KB213394

아기가 생겼어요

아기가 생겼어요 1

초판 1쇄 찍은 날 § 2018년 08월 03일
초판 3쇄 펴낸 날 § 2022년 01월 05일

지은이 § 이정
펴낸이 § 예경원

기획 · 편집 § (주) 알에스 미디어

펴낸곳 § 예원북스
등록번호 § 제396-2012-000132호
등록일 § 2012.07.25

주소 § 서울특별시 구로구 디지털로31길 38-9, 8층 802호 (우)08376
전화 § 070-7721-7939 팩스 § 02-866-4627
E-mail § Yewonbooks@naver.com

ⓒ 이정, 2018

ISBN 979-11-89348-31-1 04810
    979-11-89348-30-4 (세트)

※ 파본은 구입하신 곳에서 교환하여 드립니다.
※ 저자와 협의하여 인지를 붙이지 않습니다.
※ 이 책은 예원북스와 (주) 알에스 미디어의 계약에 의해 출판된 것이므로,
   무단 전재 및 유포, 공유를 금합니다.
※ 플레이블은 예원북스와 (주) 알에스 미디어의 공동 출판 브랜드입니다.

ROMAN ROMANCE STORY

아기가
생겼어요

이정 장편소설

vol. 1

PLAYVEL

CONTENTS

1. 애 아빠는 누구야?

두 줄이었다.

누군가에겐 경이로울 수도, 누군가에겐 경악스러울 수도 있는 시뻘건 두 줄.

"으악, 이건 아니야. 이럴 수는 없어."

희원은 소리를 죽여 경악스러운 비명을 지르며 머리를 쥐어뜯었다.

"다시 해봐야 해. 믿을 수가 없어."

침대에서 벌떡 일어나 밖으로 나가려던 희원은 화장대 위에 수북이 쌓인 테스터기를 보곤 땅이 꺼질 듯 한숨을 내쉬며 다시 침대에 털썩 주저앉았다.

테스트는 이미 넘칠 정도로 해봤다. 수북이 쌓인 저 모든 게 고장일 리는 없었다.

정자의 평균 길이는 0.05㎜ 정도라고 한다.

육안으론 보이지도 않는 그 조그마한 녀석들이 꼬리를 극성스럽게 흔들며 헤엄쳐 가야 하는 거리는 무려 10㎝.

에계, 겨우. 그렇게 생각할지도 모르지만, 정자가 사람 키라고 가정한다면 10㎝는 4㎞가 넘는 어마어마한 거리란다.

게다가 난자에게로 향하는 길은 가로등 하나 없고 방향지시등 하나 없는 컴컴한 비포장도로에 가깝다질 않나.

대체 어떤 끈질긴 녀석이 줄기차게 살아남아 거기까지 도달했단 말인가?

물론 그녀의 난자가 너무도 매혹적이고 뿌리치기 힘든 향기를 풍겼겠지만, 제 주인을 닮은 정자라면 최소한 쉽게 눈길 안 주는 도도함 정도는 갖추었어야 할 게 아닌가.

어쩌자고 이 망할 것이 그 요망한 꼬리를 냅다 흔들며 알토란 같은 그녀의 난자에 알량한 머리를 처박았단 말인가.

희원이 첫경험을 한 역사적인 날에 처음 만난 정자 주인은 분명 시시껄렁한 유혹에는 시선조차 주지 않는 도도함을 지니고 있었다.

자태는 그야말로 예술 작품에 가까워 그녀의 위험한 시도를 결행하는 데 자그마한 위안이 됨직했다.

게다가 어찌나 다방면에 해박한 지식을 가지고 있는지 대화만으로도 이론상으로만 알고 있던 황홀경을 느낄 판이었다.

가는 쌍꺼풀과 풍성한 속눈썹이 보기 좋게 자리 잡은 아몬드형 눈을 그윽하게 반짝이며 그녀의 말에 귀 기울일 때는 시선을 떼기가 힘들 정도였다.

풍기는 향은 또 어떻고. 그를 감싸고도는 은은한 향은 자극적이지 않으면서도 끊임없이 그녀의 코끝을 맴돌았다.

한마디로 시각, 청각, 후각적인 아름다움을 골고루 장착한 명품 중의 명품이었다.

희원이 이렇게나 후하게 점수를 쳐줬는데, 그 음흉한 인간은 몸속에 그리도 끈질긴 녀석들을 품고 있었단 말이더냐.

불을 껐으면 좋겠다는 희원의 요구로 짙은 어둠 속에 휩싸여 있으면서도 그녀가 혹할 만한 부위를 척척 찾아낼 때부터 알아봤어야 했다.

다시 생각하니 정말 프로의 향기가 느껴졌는데, 생경한 쾌락에 눈이 멀어 영혼을 팔아버린 대가를 이제 와서 톡톡히 치르게 생겼다.

"아니지. 프로라면 그런 것쯤 잘 알아서 조절했어야 하는 거 아니야? 어쩌자고 두 줄을 만드느냐고, 어쩌자고."

"장희원, 뭐 하냐?"

"꺄악. 야 씨, 노크 좀 해."

예고도 없이 벌컥 열린 문에 놀란 희원이 화장대 위에 쌓인 테스터기 위에 철퍼덕 엎드려 사력을 다해 가렸다.

"우리가 언제 노크하고 지냈다고. 그나저나 너 뭐 하냐?"

"이, 이제라도 서로 프라이버시 좀 존중하면서 살면 안 되냐?"

"뭔 개풀 뜯어먹는 소리야. 근데 지금 그 흉한 꼴은 대체 뭐냐?"

"어? 시, 신종 운동이야. 화장대에 이렇게 엎드린 자세로 엉덩이를 쭈욱 빼면 똥배가 쑥쑥 들어간다네."

"아아, 그래? 그래, 그럼 똥배 쑥 들어가게 열심히 해라…… 요럴 줄 알았지? 또 뭔 짓을 꾸미는 거야? 어?"

바짝 다가온 화장대와 물아일체가 될 듯 붙어 있는 희원을 무지막지한 힘으로 떼어내려 했다.

"으악! 꾸미긴 뭘 꾸며. 아무것도 안 꾸며. 저리 가. 하지 마아. 으."

희원의 거센 반항은 미란에게 씨알도 안 먹혔다.

희원을 침대로 툭 밀쳐 낸 미란은 하나같이 두 줄 띠를 두른 그것들을 물끄러미 바라봤다.

"저, 그게 말이야, 미란아, 이게 어떻게 된 일이냐면, 이렇게 끈질기게 살아남아서 두 줄을 만드는 녀석이 있을 거라곤 아무도……."

"임신했냐? 축하해."

쿨내 팍팍 풍기고 다니는 황미란다웠다. 미혼모가 될지도 모르는 친구를 앞에 두고 몰인정한 계집애는 참으로 건조하게 축하를 말하고 있었다.

"어, 뭐, 고맙다."

"애 아빠는 누구야?"

희원으로서도 이 점이 가장 받아들이기 힘든 부분 중 하나였다.

"그게, 누군지 몰라."

희원이 머뭇거리며 중얼거린 말에 미란의 눈이 한 치나 위로 치켜 올라갔다.

"뭐? 애 봐라. 얌전한 고양이 부뚜막에 먼저 올라간다더니, 애 아빠가 누군지 모를 만큼 그렇게 문란했니? 아니, 언제? 매일 집 아니면 학교가 다인 애가."

희원이 살벌한 눈빛으로 미란을 흘겨봤다.

"이씨, 그런 거 아니거든. 누군지는 아는데, 그 사람이 누군지 모른다고."

"이게 무슨 거지발싸개 같은 소리야. 누군지 아는데, 누군지 모르…… 허, 너 설마 원나잇?"

'잇'을 끄집어 올리며 불협화음을 만들어내는 미란을 보며 희원은 비틀린 미소를 지어 보였다.

"뭐, 보통 그렇게들 말하더라."

"어머, 어머. 그럼 너 그날? 한 달 전인가, 눈 퀭해서 들어왔던 그날 그랬던 거야?"

그래, 그날. 퀭할 수밖에 없었지. 그 누군지도 모르는 인간이 지칠 줄 모르는 체력과 욕망을 가졌더라고. 밤새 다른 세상에 발을 담근 듯 시달리다가 새벽이 되어서야 잠깐 눈 붙이고 도망쳐 나왔으니, 쓰러지지 않은 것만도 기특하다 할 수 있는 날이었다.

"허, 이 기지배, 보기보다 대담해."

그래, 나도 몰랐어. 내가 이렇게 대담할 줄은.

"아무리 원나잇이라도 그렇지, 통성명도 안 했어?"

"통성명해도 되는 거였니? 난 하면 안 되는 줄 알았지."

미란의 입이 기가 막힌 듯 떡 벌어졌다.

"헐, 옛말 그른 거 하나 없어. 매도 맞아본 놈이 잘 맞는다고, 원나 잇은커녕 원데이도 생각조차 못 할 숙맥이 일을 저질렀으니…… 쯧쯧 쯧."

'씨, 이게 다 누구 때문인데…….'

희원은 미란이 안 보는 사이 슬쩍 눈을 흘겼다.

희원과 미란, 민욱은 중학교 때부터 친구였다. 엄밀히 말하면 희원 과 민욱이 어릴 적부터 친구였고, 미란이 나중에 그들 사이에 합류했 다고 말하는 게 맞았지만, 오랜 기간을 친구로 지내다 보니 누가 누구 와 먼저 친했는지는 흐지부지 되어버렸다.

그렇게 내내 친구로 지낼 줄만 알았다. 미란이 특유의 쿨내를 풀풀 풍기며 '우리 오늘부터 1일 하기로 했어'라는 소리를 하기 전까지 말 이다.

귀가 멍하고 머리가 팽 돌아버릴 것 같았다. 그래도 되는 건 줄 알 았더라면, 희원은 그 오랜 세월 짝사랑한 게 아까워서라도 고백이라 도 한 번 해봤을 것이다.

완벽해 보였던 삼총사의 허울을 지키기 위해 희원은 썩어문드러지 는 가슴을 안고 민욱에 대한 마음을 꾹꾹 눌러 감췄는데, 억울함은 말 할 것도 없었고 배신감마저 느꼈다.

하지만 짝사랑의 아픔이야 예견되어 있었던 것이나 마찬가지였고, 그 이유만으로 원나잇을 생각할 만큼 희원은 경솔하지 않았다.

이게 다 저 솔직담백함과 쿨내가 적당히 버무려져서 극한의 뻔뻔함을 선보이는 미란이 계집애 때문이었다.

두 달도 더 전에 진짜 말 그대로 불타는 금요일 밤을 보내고 초췌한 몰골로 토요일 정오가 되어서야 나타난 미란은 가자미눈을 해서 쳐다보는 희원에게 꿀물 같은 미소를 흘리며 몽혼한 목소리로 청천벽력 같은 말을 토해냈다.

"희원아, 우리 민욱이 테크닉이 끝내줘. 이럴 줄 알았으면 진작 해볼걸 그랬어. 어우, 자식이 잘 컸어."

미란이 말하는 테크닉이 국어사전에 등재된 '악기연주, 노래, 운동 따위를 훌륭하게 해내는 기술이나 능력'을 말하는 것이 아니라는 것을 희원이 모를 리가 없었다.

"야, 야, 너 진짜, 어후, 너희들. 허."

되도 않은 감탄사만 줄줄이 내뱉다가 숨도 못 쉬고 쓰러질 뻔한 희원은 안중에도 없는 듯 미란은 그날 종일 꿈결이었다.

그래서 결심했다. 27년 평생 고이고이 간직해 온 이 거추장스러운 순결에 종지부를 찍자.

그렇다고 한번 막 살아보자, 이런 생각은 아니었다. 주변을 의식하지 않을 수 없는 그녀의 사회적 위치를 생각할 때 그건 아주 위험스러운 생각이었고, 엄청난 일탈이었으니까.

단지, 미란이 말하는 끝내주는 테크닉이 어떤 건지만 알아볼 요량이었다.

'지들만 좋아죽지' 하는 오기도 일정 부분 발동한 결심을 실행에 옮기는 데는 역시 미란이가 지대한 공헌을 했다.

미란이가 아니었다면 아마 회원제로 운영되는 고급 바에 갈 기회도, 끈질긴 정자를 숨긴 음흉하기 짝이 없는 도도한 남자를 만날 기회도 없었을 것이다.

"그래, 그 두줄이 아빠는 어디서 만났는데?"

"두줄이 아빠가 뭐야?"

"이름도 모른다며. 그럼 뭐라고 불러? 원샷 원킬이 아빠라고 할까?"

"씨, 원샷 원킬 아니거든."

"헐! 뭐야? 또 만났어?"

"아니, 그게 아니고, 그날 밤에 여러 번……."

희원은 점점 죄인이 되어가는 기분이었다.

지는 테크닉이 끝내준다느니 어쩌니 당당하기 이를 데 없으면서 자신을 죄인 취조하듯 몰아붙이는 미란이 영 마음에 들지 않았다.

"허, 이 기지배, 아주 신났었구먼. 그렇게 좋대? 너 여태 경험도 없었잖아. 그런데 첫날밤에 뭐, 여러 버언?"

"아니, 그게, 그 남자가 테크닉이 좀, 아야 씨."

미란이 테크닉 좋은 손놀림으로 희원의 등짝을 시원하게 갈겼다.

"눈 못 깔아. 테크닉 같은 소리 하고 있다. 아, 뭐, 그래, 그게 중요한 건 아니니까. 몇 번을 했건 우리 두줄이가 이미 생겨 버렸는데 그게 뭐 중요하겠어. 어디서 만난 남자야?"

"타임."

"설마 내가 알고 있는 그 타임은 아니지?"

미간을 좁힌 미란이 팔짱을 턱 끼며 희원을 노려봤다. 희원은 비굴한 미소를 지어 보일 수밖에 없었다.

"네가 알고 있는 그 타임이 맞는 것 같은데."

"내가 죽일 년이구나! 내가 널 악의 구렁텅이로 몰아넣었어. 그걸 그렇게 쓰라고 회원으로 등록시켜 준 줄 알아, 이 계집애야?"

"어떻게든 써먹으면 되지 뭐. 아무래도 싸구려 술집보다는 괜찮은 남자가 오지 않을까 싶어서……."

희원이 웅얼거리며 한 말에 미란은 뒷목 잡고 넘어갈 듯 경악을 했다.

"후후, 그래, 침착하자, 장희원."

"너만 침착하면……."

"시끄러! 통성명 안 했다고 아무것도 모르는 건 아니지?"

"얼굴? 몸매? 헤어스타일?"

희원이 조막만 한 얼굴에 꽃받침을 해 보였다가, 잘록한 허리를 더듬어 내려갔던 손으로 머리를 살랑 쳐올리며 눈꺼풀을 팔랑거려 앙큼을 떨어 보였다.

"죽을래? 직업이나 취미 그런 것도 안 물어봤어?"

"취미 같은 거 물어볼 시간적 여유가……."

희원이 말을 끝내기도 전 미란은 오뉴월에도 서리가 앉을 살벌한 눈빛으로 쳐다봤다.

"그걸 지금 말이라고 지껄이지?"

"말 얘기는 꺼내지도 않았는데?"

"죽고 싶지? 장희원."

자신의 타고난 재치에 놀라며 입술을 희죽 끌어 올렸던 희원이 미인박명을 실천하지 않기 위해 냉큼 다소곳한 자세를 취했다.

"뭐 아무거라도 들은 거 없어? 그 남자 정체를 짐작할 만한 뭐 아무거라도?"

"음, 감시가 주 업무라고 한 건 기억나."

다방면에 두루 해박한 지식을 갖춘 게 신기해 무슨 일을 하냐고 물었더니 두줄이 아빠가 애매하게 밝힌 직업이었다.

그때는 그 말이 참 재치 있다고 느껴졌는데…… 그녀도 덩달아 어쩌면 자기도 감시가 주 업무인 것 같다고 맞장구까지 쳤는데, 지금 다시 생각하니까……

"감시? 감시적, 단속적 할 때 그 감시? 그 남자 경비한대? 그런데 그런 고급 술집을 드나든다고?"

"경비라곤 안 했어. 감시가 주 업무라고 했지."

"그게 그거지, 이 계집애야. 알 만하다. 경비 월급으로 그런 고급 술집을 드나들고."

"엄청 큰 회사 경빈가 보지. 아야, 아."

"이 계집애 터진 입이라고. 오늘 너 죽고 나 살아보자, 계집애야."

시집도 안 가고 사고 친 딸내미 잡는 엄마 같은 극적인 분위기를 조성한 미란의 매타작이 시작됐다.

"야, 미란아, 아파. 아프다고. 임산부를 이렇게 막 때려도 돼?"

계속 날아들 것만 같았던 미란의 주먹이 뚝 멈췄다. 그러곤 금세 반백 년을 살아버린 듯 축 늘어져 희원을 처량한 눈으로 바라봤다.

"내일 몇 시쯤 끝나?"

"내일 좀 일찍 끝나긴 할 건데. 그건 왜?"

"병원은 가봐야 할 거 아니야. 시간 맞춰서 너희 학교 앞으로 갈게."

"흑, 고마워, 미란아. 흑, 안 그래도 나 엄청 겁났는데, 너까지 나 몰라라 하면 어떻게 해야 하나, 으앙. 우리 두줄이 어떡하지?"

"너나 걱정해, 이 계집애야."

미란은 울음소리를 내며 안겨드는 희원을 타박하면서도 다정한 손길로 등을 토닥여 줬다.

✛

"그 시커먼 건 뭐냐?"

병원에 들어오기 전까지 없었던, 얼굴의 반 이상을 가리고도 남을 선글라스를 낀 희원을 발견한 미란이 한심하단 눈길을 보내며 물었다.

"너도 알다시피 내가 사회적으로 좀 모범을 보여야 될 위치에 있잖니. 신분 노출에 신경 쓰는 건 당연한 일 아니겠어."

도둑이 제 발 저리다고, 임산부만 산부인과에 오는 건 아니라는 걸 알면서도 희원은 괜스레 신경이 쓰여 행동이 자연스럽지 못했다.

"그러는 계집애가 원나잇을 하고 자빠졌니?"

"나 지금 앉아 있거든."

"앉아 있든 누워 있든 시선 왕창 집중시키고 싶지 않으면 제발 그 왕방울만 한 선글라스 좀 벗어."

"시선을 더 잡아끌려나?"

"말이라고."

입을 삐죽거린 희원이 선글라스를 벗어 가방 속에 집어넣었다.

아무하고나 부딪칠 염려 없는 고급스러운 산부인과니까 걱정 말라던 미란의 말이 허언은 아니었던 듯 병원 내부는 럭셔리 그 자체였다.

클래식한 음악에 은은한 조명, 푹신한 고급 가죽소파에 향긋한 원두커피까지, 듬성듬성 앉은 임산부들만 아니라면 카페라고 해도 믿을 것 같았다.

한가하게 병원 내부 전경을 살피고 있을 상황이 아님에도 불구하고 주변을 둘러보던 희원이 별안간 눈을 동그랗게 뜨며 놀란 숨을 삼켰다.

"야, 화, 황미란, 쟤, 쟤, 쟤가 왜 여기 있어?"

바르르 떨리는 희원의 손끝을 따라간 미란이 심드렁하니 대꾸했다.

"민욱이 왔네."

"그, 그래, 미, 민욱이 맞지? 내가 잘못 본 거 아니지? 쟤가 도대체 왜 여기 있냐고?"

"내가 불렀어. 아무래도 둘보단 셋이 나을 것 같아서."

'헐, 지금 그걸 말이라고. 죽자, 황미란. 오늘 널 내 손으로 죽이고, 난 세상 빛도 제대로 못 본 우리 두줄이랑 생을 마감할란다.'

"지금 그걸 말이라고…… 아니, 쟤를 왜 불러?"

"말 얘긴 꺼내지도 않았다. 그리고 둘보단 셋이 나을 것 같아서 불렀다니까."

씨도 안 먹힐 농담을 건네는 미란과 희원을 발견한 민욱이 싱그러운 미소와 함께 손을 흔들며 다가오고 있었다.

"야, 이 계집애야, 내 입장은 생각도 안 해? 저 녀석한테까지 내 치부를 까발려야겠어?"

"야, 우리가 언제 그런 거 가렸다고. 한 해 두 해 봤냐? 민욱이 너 이상하게 안 보니까 걱정하지 마."

'난 그런 거 미치도록 가리고 싶거든. 너 같으면 짝사랑했던 놈한테 미혼모가 될지도 모른다는 소식을 전하고 싶겠니?'

쿨내와 정비례하는 미란의 무신경함에 희원은 치가 떨렸다. 부부는 일심동체라더니, 부부도 아닌 것들이 벌써 부부 흉내를 내려 들었다.

짜증이 잔뜩 솟구친 희원이 가방에서 다시 선글라스를 꺼내 얼굴의 반 이상을 가렸다.

짝사랑 그놈하고 까발려진 치부를 확인하며 맨얼굴로 마주하고 싶지는 않았다.

"욱이 너, 아무 소리 하지 마."

"이런 걸 원천봉쇄라고 하나? 그 시키먼 건 뭐야?"

천생연분이 따로 없었다. 어쩜 치는 대사까지 약속이나 한 듯 딱 맞아떨어질까?

고백을 했건 안 했건 희원에겐 이미 기회가 없었는지도 모르겠다. 미란과 민욱, 전혀 다른 둘은 묘하게도 잘 어울렸다.

"사회적으로 모범을 보여야 돼서 쓰신 거란다."

"그거 쓴다고 굉장히 모범적으로 보이진 않는데."

"입 닥쳐, 이민욱."

희원에게서 튀어나온 거친 말에 놀란 민욱이 미간을 구기며 움찔했다.

"네가 이해해. 임산부들은 원래 호르몬 변화 때문에 좀 예민해지기 마련이야."

"황미란, 네가 아주 무덤을 파는구나."

"거 봐. 예민하…… 어, 저기 너희 학교 교복 아니냐?"

"뭐? 어디? 야, 아무하고나 부딪칠 염려 없는 고급스러운 병원이라며?"

미란의 손가락 끝을 따라가자 아니나 다를까, 눈에 익은 교복을 입은 여학생이 키 큰 남자와 서 있었다.

"그럼, 물론이지. 학생 신분으로 비밀스럽게 오기엔 분명 고급스러운……."

"시끄러. 바짝 좀 붙어봐. 욱이 너도. 아니, 그냥 나갈까? 어쩌지?"

희원은 양쪽에 미란과 민욱의 팔짱을 끼고 저만치 교복을 입은 학생의 팔을 잡아끄는 남자를 훔쳐봤다.

롱코트를 걸친 남자는 뒤태만 봐선 참 그럴듯했다.

바람직한 키에 떡 벌어진 어깨, 척 보기에도 값나가 보이는 옷까지. 완벽해 보이는 남자가 참 못나기도 했다.

"확 신고해 버릴까? 어디 미성년자를……."

"얘 봐라. 지가 사고 쳤다고 다 사고 친 줄 알아. 그냥 진료받으러 온 걸 수도 있지. 오빠나 삼촌, 아빠, 아빤 너무했나? 아무튼 그런 관계일 거라고는 왜 생각을 못 해?"

"그런가? 아무튼 나 어떡해? 그냥 갈…… 헉, 쟤 저거 뭐야? 강세현이 아니야?"

"그게 누군데?"

"우리 반 애. 어머, 어머, 저 아저씨 뭐래? 지금 우리 세현이한테 막 나쁜 일 시키려고 저러는 거 아니야? 생긴 건 멀쩡해 가지고 저거, 저거."

저만치 키 큰 남자가 안 끌려가려고 버티는 세현을 강제로 잡아당기고 있었다.

좀 전까지 몸을 숨기고 있었다는 사실도 잊어버린 희원이 벌떡 몸을 일으켜 성큼성큼 다가갔다.

"어, 야."

"장희원 너."

미란과 민욱이 동시에 불러댔지만, 선생이라는 사명감에 불타오른 희원은 이미 눈에 뵈는 게 없었다. 힘에 못 이겨 딸려가려는 세현의 반대쪽 손을 재빠르게 잡아챘다.

"어? 쌤."

"그래, 강세현. 너 이 자식……."

그 한마디 해놓고 제풀에 감정이 북받쳐 오른 희원이 별안간 세현을 덥석 안았다.

희원을 말리기 위해 다가서던 미란과 민욱이 멈칫 굳어졌다. 감정이 넘쳐흐르는 순간의 희원은 절대로 가까이하고 싶지 않은 게 미란과 민욱의 솔직한 심정이었다.

그럴 때의 장희원은 대체로 물불을 가리지 않는 편이었다. 불꽃같이 타오르는 정의감과 버무려진 질척하게 흘러넘치는 정은 약간의 허당기와 어우러져 때때로 생각지도 못한 곤란한 상황을 만들어내기 일쑤였다.

"너 어쩌자고……."

"쌤, 왜 이래요? 아우, 팔 좀 풀어보세요."

희원의 넘쳐흐르는 정의 늪에 빠진 세현이 억세게 감긴 팔 안에서 웅얼거렸다.

"세현아, 선생님은 네 편인 거 알지? 이제 아무 걱정 하지 마."

팔을 푼 희원은 감격에 겨운 얼굴로 제자의 머리를 다정하게 쓸며 단호하게 말했다.

그런 희원의 얼굴을 바라보던 미란과 민욱은 서로 말려보라며 옆구리를 툭툭 치고 있었다.

그러는 사이 세현을 보호하듯 자신의 뒤로 세운 희원은 비호 같은 몸놀림으로 저보다 머리 하나 이상은 큰 남자의 멱살을 거머쥐었다.

평상시엔 굼뜬 계집애가 이럴 땐 또 어찌나 빠른지…….

"어어, 쌤!"

"당신, 어른이면 어른답게 행동해야 될 거 아니야? 멀쩡하게 생…… 히익."

대롱대롱 매달리듯 우스꽝스럽게 멱살을 움켜쥐고 목소리를 높였던 희원이 괴상망측한 신음을 뱉어낸 뒤, 손을 풀고는 미란과 민욱의 뒤로 재빠르게 숨어들었다.

참 하다하다 별짓을 다하는 계집애를 친구로 둔 미란은 창피해서 얼굴을 들 수가 없었다.

"뭐야, 대체? 왜 그래?"

"……이 아빠."

"뭐? 안 들려."

"두줄이 아빠라고."

희원이 귓가에 빠르게 속삭인 말에 미란의 동그래진 눈이 인상을 구긴 채 서 있는 훤칠한 사내에게로 향했다.

그러곤 그 옆에 선 예쁘장한 여학생에게로 옮겨갔던 눈빛에 불꽃이 화르르 일었다.

"뭐? 감시하는 일? 야 씨, 어디서 개망나니 같은 제비한테 걸려서는. 너 이놈 아주 잘 걸렸다. 감히 우리 순진한 희원이를 꼬드겨서 두 줄이를, 읍."

초록은 동색이고 유유상종이라더니, 물불 안 가리는 건 미란이나 희원이나 똑같았다.

흥분한 미란이 두줄이의 존재를 알리기 전에 입을 틀어막은 민욱은 그나마 유유상종하면서도 군계일학한 놈이라 하지 않을 수 없었다.

"강세현, 누구야?"

소란 중에도 인상을 구긴 채 혼자 고고하던 남자가 그윽한 목소리로 물어왔다. 그의 음성을 들은 희원이 민욱에게 잡혀 버둥거리고 있는 미란의 뒤에 숨어 움찔했다.

그래, 잊을 수가 없었던 저 목소리.

그냥도 사람을 혹하게 만드는 저 목소리가 귓가에 나직이 속삭이며 만들어내던 전율은 지금까지도 희원의 몸에 지문처럼 남아, 그의 목소리를 듣는 순간 소름이 끼치듯 저릿해 왔다.

그녀의 몸은 마치 '긴장하지 말고 힘 빼'라고 속삭이던 그 순간으로 돌아간 것만 같았다.

"어, 그게, 우리 담임 쌤. 선생님, 쌤, 우리 삼촌이에요."

민욱에게 잡혀 버둥거리던 미란의 행동이 멈췄다. 여전히 의심스러운 눈초리는 가시지 않았지만, 어느 정도 이성을 찾은 듯 세현과 남자를 찬찬히 살피고 있었다.

그래, 살짝 닮은 것 같긴 했다.

"어이, 고딩. 친삼촌 맞아? 혹시 그렇고 그런 아무 삼촌 뭐 그런 거……?"

"황미란."

솔직담백한 미란의 입에서 튀어나온 민망한 말을 민욱이 말리고 나섰다.

미란의 말에 기가 막힌지 똑 부러지는 희원의 제자 강세현이 코웃음을 치며 팔짱을 턱 끼고 미란을 흘겨봤다.

"그렇고 그런 아무 삼촌 아니고요, 친삼촌 강두준, 나는 삼촌 조카 강세현이에요. 뭐, 가족관계증명서 그런 거라도 떼다 보여 드려요?"

"아니, 뭐, 그럴 거까지야. 야, 장희원. 네 제자는 어째 담임 안 닮아서 똑 부러진다."

희원은 이걸 친구라고 믿고 따랐던 게 막 후회가 되는 순간이었다. 그걸 말이라고 나불거리고 있으니, 안 그래도 여러 모로 난감한 상황에 뒤통수를 갈기기도 뭐 하고 힘껏 째려보자니 눈만 아팠다.

"세현이 담임이라고요? 그만 숨어 있고 인사나 합시다."

두준의 말에 움찔한 희원이 미란의 옷자락을 꼭 움켜쥐었다. 하지만 그걸 그냥 두고 볼 미란이 아니었다.

"희원아, 뭐 하니? 인사나 하자잖아."

자신을 뒤에서 끄집어내는 미란의 손길에 머리만 간신히 내밀고 다 기어들어 가는 목소리로 인사를 건넨 희원은 다시 뒤로 숨어들었다.

"아, 안녕하세요."

하지만 그것도 잠시, 재빠르게 몸을 피한 민욱과 미란이 덕에 그녀의 앞이 훤해졌다.

졸지에 마음의 준비도 없이 두줄이 아빠와 정면 대치 상태가 되어버렸다. 희원은 죄지은 것처럼 고개도 들지 못하고 세현에게 말을 건넸다.

"여, 여기는 무슨 일이니?"

"아, 그게 말하자면 좀 복잡해요. 남다른 가정사를 가지고 있어서……."

"동생 생긴 게 왜 남다른 가정사야?"

"아우, 삼촌 쫌."

심드렁한 두준의 말에 세현이 짜증스레 소리를 질렀다.

"휴, 쌤, 애들한텐 비밀이에요."

"어, 그래, 뭐."

여기서 날 봤다는 비밀 지켜주면 비밀 같지도 않은 네 비밀 지켜줄 수 있을 것 같은데 말이다.

"근데, 쌤은 산부인과에 웬일이세요?"

"어? 그게…… 아, 친구들이 임신을 해서…….."

다른 핑계도 얼마든지 있을 텐데, 얼른 둘러댄다는 말이 하필이면 또 임신이었다.

"친구들이요?"

의아한 세현의 눈이 떡 벌어진 어깨와 평평한 가슴을 자랑하는 민욱에게로 향했다.

거짓말도 해본 사람이 잘한다고 뒤늦게 말실수를 알아챈 희원의 얼굴이 사색이 됐다.

"아, 아니. 친구. 선생님 친구 미란이. 우리 다 친군데, 그러니까 얘네가 부부가 아니고 예비부부고, 얘가 임신을 한…….."

어이없어하는 민욱과 미란은 깡그리 무시한 채 진땀을 빼며 띄엄띄엄 이어지는 설명에 희원의 똑 부러지는 제자 강세현은 어느 정도 수긍을 하고 있는 것 같았다.

이쯤에서 적당히 인사를 나누고 병원을 벗어나면 이 웃기지도 않은 해프닝은 대충 마무리될 것도 같았다.

하지만 지금 이 순간 신은 희원의 편이 아니었다. 하필이면 그때 청천병력과도 같은 낭랑한 목소리가 들려와 그녀의 머리를 핑 돌게 했다.

"장희원 씨…… 장희원 씨 안 계세요?"

"네, 여기 있습니다."

'그런 거 막 대신 대답하고 그러지 마. 이 자식아.'

착실하게 대답도 잘하는 민욱이 한없이 미워졌다.

"2번 진료실로 들어가세요."

"친군데, 같이 들어가도 됩니까?"

'그런 것 좀 막 묻지 마, 이 자식아.'

착실하게 질문도 잘하는 민욱을 죽여 버리고 싶었다.

고개를 푹 숙이고 몸을 돌리는 희원의 뒤통수로 남자의 예리한 시선이 날아와 꽂혔다.

보지 못했는데도 꼭 두 눈으로 본 것처럼 뒤통수가 따끔따끔 타들어 갈 것만 같았다.

"고딩, 네 볼일 안 보니?"

희원이 들어간 2번 진료실 앞에 앉은 네 사람은 팽팽한 긴장감을 조성하고 있었다.

아니, 정확히 말하면 세 사람이라고 하는 게 맞을 것이다.

남다른 촉으로 흥미로운 무언가를 감지한 세현은 호기심 가득한 눈을 빛내며 즐거운 듯 발을 일렁이고 있을 뿐, 긴장감과는 거리가 멀어 보였으니까.

"고딩 아니고, 강세현이요. 우리 쌤 나오는 거 보고 나서 움직일 거예요."

"네 쌤은 그거 별로 바라지 않을 것 같은데?"

쌀쌀맞게 말하는 미란의 사나운 눈길이 고딩 옆에 팔짱을 끼고 앉아 아무 말이 없는 거죽 멀쩡한 남자에게로 향했다.

그는 감시하고 단속하는 일을 할 사람으로는 보이지 않았다. 그가 대충 걸치고 있는 코트만 해도 몇백만 원을 호가하는 고급 브랜드 제품이었다.

더구나 생김새는 아주 예술이었다.

민욱이 부드러운 이미지에 그 나이 또래다운 상큼한 매력을 뿜내는 데 반해, 앞에 앉은 남자는 위험하고도 섹시한 매력을 풀풀 풍기고 있었다.

사실 미란은 중요한 회의석상에라도 앉은 것 같은 표정을 한 채 도통 무슨 생각을 하고 있는지 모르겠는 두줄이 아빠와의 대화를 시도해 보고 싶은 마음이 굴뚝같았다.

하지만 희원의 일이라면 끔찍하게 챙기는 민욱이 옆에서 감시의 눈을 부릅뜨고 있는 데다 섣불리 나섰다가 희원을 더 곤란하게 만들지 않을까 걱정스러워 꾹꾹 참고 있는 중이었다.

'대체 저 남자 무슨 생각을 저렇게 골똘히 하는 거야? 원나잇 상대를 산부인과에서 만났는데 당황하는 것 같지도 않고. 표정 관리 하나는 끝내주는구먼.'

한편, 끝내주는 표정 관리로 미란에게 소리 없는 원성을 사고 있는 두준의 머릿속은 그야말로 전쟁 통이었다.

그의 어깨쯤에나 닿을까 말까 한 여자가 멱살을 움켜쥐었을 때까지만 해도 두준은 솔직히 그녀를 알아보지 못했다.

어쩐지 낯이 익어 기억을 열심히 되짚어봐도 대체 누군지 이름조차 떠오르지 않아 답답해하던 차였는데, 놀라서 동그랗게 뜬 눈을 마주하고 나서야 생각이 났다.

바로 알아보지 못한 데는 지금과는 다른 진했던 화장과 화려했던 옷차림이 한몫을 하기도 했지만, 애초에 이름과 연결시키려고 했던 것 자체가 잘못이었다.

두준은 그녀의 이름을 알지 못했다.

두준이 임의로 붙인 그녀의 이름은 두 장이었다.

누군가에겐 기분 좋을 수도, 또 누군가에겐 열 뻗칠 수도 있는 5만 원짜리 두 장.

생애 처음 경험했던 원나잇은 나름 괜찮았다. 아니, 솔직히 말하면 끝내주는 밤이었다.

그 아침 온몸 구석구석 나른하게 들어찬 충만함에 기분 좋게 눈을 떠서, 5만 원짜리 두 장을 발견하기 전까지는 말이다.

처음엔 웃음밖에 안 나왔다. 천하의 강두준한테 화대라니…….

그리고 잠시 후엔 불같이 화가 솟구쳤다. 그의 품 안에서 어설픈 몸짓으로 전율할 땐 언제고, 그 여자에게 그는 겨우 십만 원 어치의 가치밖에 되지 못했다는 사실에 자괴감이 일었다.

처음엔 복받치는 화를 풀어볼 목적으로, 나중엔 대체 뭐 하는 여잔지 궁금해서 시간과 노력을 동원해 봤지만, 달랑 하룻밤 만에 그에게 별의별 감정을 다 안겨준 여자는 그 어디에서도 찾을 수가 없었다.

난생처음 유혹 같지도 않은 여자의 유혹에 넘어가 생각지도 못했던 일탈에 취했던 그는 근 한 달 넘게 풀지 못한 수학문제를 떠안고 있는 듯 찜찜한 기분으로 살아야 했다.

그런데 이렇게 코앞에 숨어 있었을 줄이야.

게다가 그때와는 전혀 다른 화장기 없는 수수한 얼굴에 사감선생 같은 고리타분한 복장을 하고 뜻밖의 장소인 산부인과에서 마주치게 될 줄 누가 알았겠는가.

낌새를 보아하니 저 멀대 같은 젊은 치는 남편이 아닌 것 같았고, 대체 친구들과 함께 산부인과로 몰려와야 하는 일은 어떤 일일까 의문만 증폭되는 가운데, 여우 같은 조카 세현의 호기심까지 만족시켜 줘야 하는 지금의 상황이 두준은 상당히 마음에 들지 않았다.

마음에 들지 않는 상황을 마주하고 있는 것은 희원도 마찬가지였다.

은테 안경이 빛을 발해 더 냉정해 보이는 여의사는 희원을 쳐다보지도 않은 채 열심히 키보드를 두드리고 있었다.

차갑게 일자로 다물어진 얇은 입술 때문인지 희원은 여의사가 그녀의 차트에 욕을 써넣고 있는 것이 아닌가 하는 착각이 들었다.

"5주째 접어드셨네요."

생김새만큼이나 참 건조한 말투였다. 누군가에겐 일생일대의 전환점이 될 만한 크나큰 사건이 누군가에겐 그저 무미건조한 일상에 불과한 것 같았다.

마치 나른하게 하품을 삼키며 '너 이 점수론 네가 원하는 대학 못 가'라고 일상처럼 읊어대는 선생님을 만난 기분이었다.

"남편분은 함께 안 오셨나요?"

생각도 못 했던 질문이 훅치고 들어오자 희원은 말문이 막혀 버렸다.

눈치 빠른 여의사는 희원이 부지불식간에 내비친 당황하는 기색을 알아챈 것 같았다. 느낌이 애매모호한 헛기침이 여의사의 입에서 흘러나왔다.

희원의 자격지심인지 몰라도 은테 안경 너머로 그녀를 쳐다보는 여의사의 눈에는 조롱기가 가득 담긴 것처럼 보였다.

괜히 억울했다. 그녀만 더 특별하게 생각해 달라는 것이 아니었다. 최소한 태풍을 목전에 둔 사람에 대한 배려를 발휘해 건조하지 않은 조금은 다정한 눈빛으로 그녀를 바라봐 줄 수는 없었을까.

"임신중절은 불법인 거 아시죠? 저희 병원에서는 임신중절시술은 일체 하지 않고 있으니까 혹시 생각 중이시라면 다른 병원 알아보시는 게 좋을 것 같군요. 뭐 질문 있으세요?"

군더더기 없이 똑 떨어지는 여의사의 말에 희원의 얼굴이 샐쭉해졌다.

"기혼이신가요?"

"네? 네."

예고도 없이 솟구친 반항심에 질문이 툭 튀어나와 버린 희원을 여의사는 미친년 보듯 쳐다봤다.

"아기는 낳으셨고요?"

"네. 뭐."

"임신 소식 들으셨을 때 축하받으셨을 거고요?"

"이보세요, 환자분, 지금 뭐 하자는 겁니까?"

"아니요. 뭐 하자는 거 아니고요. 미혼이면서 임신한 게 자랑은 아니지만, 우리 두줄, 아니, 이제 막 시작된 새 생명이 축하받지 못할 이유는 될 수 없는 것 같단 생각이 들어서요."

여의사가 기막힌 표정으로 안경을 쓱 치켜 올리고 있었지만, 희원은 아랑곳 않고 말을 이었다.

"설사 엄마한테조차 환영받지 못하는 생명일지라도 최소한 새 생명의 탄생을 돕는 산부인과 의사시라면, 임신중절을 말하기 이전에 축하의 말 한마디 먼저 할 수 없었을까 싶어서요."

"아니, 이보세요, 장희원 씨……."

볼일 끝났다는 듯 희원이 자리에서 일어났다.

"볼 것도 없구면 뭘 자꾸 보라고 하시는지 모르겠지만, 저는 이만 바빠서요."

도도하게 돌아서 진료실 문을 열었던 희원이 재빠르게 다시 문을 닫고는 울 것 같이 인상을 구겼다.

진료실 바로 앞에 두줄이 아빠가 긴 다리를 꼬고 팔짱을 낀 채 앉아 있었다.

'아우 씨, 저 남자는 왜 저기 앉아 있는 거야? 이럴 줄 알았으면 잘난 척이나 마는 건데. 저 의사 선생 분명 화났겠지?'

"장희원 씨, 지금 뭐 하는 겁니까?"

"하하, 그러게요. 제가 지금 뭘 하는 걸까요? 저, 죄송한데요, 선생님 혹시 여기 뒷문 같은 건 없겠죠?"

"없습니다. 바쁘다면서요? 어서 나가세요. 나도 바쁩니다. 정 선생,

다음 환자분 들여보내세요."

여의사는 희원을 날카롭게 흘겨보며 인터폰을 눌러 다음 환자를 호출했다.

희원은 하는 수 없이 울상이 되어 몸을 돌렸다. 가방을 뒤져 선글라스를 다시 꺼내 쓴 희원이 문손잡이에 느리게 손을 가져가는데 문이 벌컥 열렸다.

하마터면 문에 부딪쳐 코피가 터지는 불상사까지 겪을 뻔했다.

들어오다가 뜻밖의 충돌에 당황한 다음 환자가 제법 부른 배를 양손으로 소중히 감쌌다.

그 동작이라는 것이 당연하면서도 참 당당해 보여 한쪽으로 재빠르게 비켜서는 희원 자신이 초라하게 느껴졌다.

하지만 지금은 절대로 초라해선 안 되는 순간이었다. 두 눈 시퍼렇게 뜨고 호기심에 목말라 하는 저 당돌한 제자 때문에라도 이 위기를 현명하게 극복해야만 했다.

배를 감싼 다음 환자가 그녀를 미심쩍은 눈으로 바라보거나 말거나 일단 심호흡부터 크게 했다.

오늘 이후로 어떤 순간에도 거짓말은 절대 나쁜 거라는 가르침은 더 이상 그녀의 사전에 없었다. 모두를 위한 선의의 거짓말은 존재하는 법이니까.

어깨를 쫙 편 희원이 진료실 밖으로 나서자마자 미란과 민욱이 득달같이 다가왔다. 그나마 머리는 돌아가는 친구들이라 진료 결과에 대해 묻는 우는 범하지 않았다.

"어머, 얼굴들이 왜 이렇게 심각하니? 아무 이상 없대."

"그, 그래?"

고개를 살짝 갸웃한 미란이 적절하게 맞장구를 쳐줬다.

"그래. 나 혼자 와도 된다니까 자궁암 검사가 뭐 대단한 거라고 둘이 다 줄줄이 따라와서는…… 아무튼 고맙다."

세현과 세현의 삼촌이 들을 수 있게 좀 큰 소리로 너스레를 떨었다.

"장희원 너, 자궁암 검사가 아니라…… 윽."

눈치 없는 민욱이 쓸데없이 입을 놀리자, 미란이 가차 없이 옆구리를 가격했다.

모든 면에서 만족할 수는 없었지만, 미란은 좋은 친구였다. 희원은 미란이 민욱이랑 사귀게 된 뒤로 그녀의 의지와는 상관없이 때때로 미운 감정을 가졌던 걸 후회했다.

"선생님, 자궁암 검사하러 온 거였어요?"

세현이 그녀를 보며 또박또박 물어왔다.

역시나 똑똑한 제자였다. 세현과 함께 몸을 일으킨 두준은 여전히 미심쩍은 눈길로 희원을 지그시 쳐다보고 있었지만, 초면이나 마찬가지인 사이에 진료 결과를 꼬치꼬치 물어볼 것도 아니고, 이대로 서로 그럴듯하게 헤어지면 잘 마무리될 것도 같았다.

속으로 좀 이른 안도의 한숨을 뱉어내고 있었다.

두준의 시선을 피해 세현에게 막 선생님다운 인사를 건네려던 순간, 친절한 미소를 머금은 간호사가 희원의 옆으로 다가왔다.

"장희원 환자분."

"네."

대신 대답하는 민욱의 우렁찬 목소리에 희원은 움찔 놀라며 못마땅하게 쳐다봤다.

생긋 웃어 보인 간호사는 천사 같은 목소리로 천청벽력과도 같은 말을 토해냈다.

"이쪽으로 오셔서 아기 초음파사진 받아가세요."

❖

희원은 두줄이의 이름을 점이로 바꿔야 할까를 심각하게 고민하고 있었다.

'아기 초음파사진'이라고 하지나 말든가, 천사(?) 같은 목소리의 간호사가 친절하게 야광 펜으로 동그라미를 쳐주지 않았다면 알아채지도 못했을 시커먼 점이 두줄이란다.

점이 찍힌 사진 한 장 주겠다고 그 요란을 떨어서 다 된 밥에 코 빠뜨린 걸 생각하면, 간호사의 모가지를 그냥 확……

솟구치는 화에 주먹을 불끈 쥐었던 희원이 깊게 심호흡을 하며 마음을 가라앉혔다.

태교에도 신경 써야 할 마당에 험악한 생각으로 마음을 어지럽히는 건 좋지 않을 것 같았다.

상황이 상황인지라 쉽게 진정되지 않는 마음을 가라앉히기 위해, 희원은 여태껏 숙이고 있던 고개를 들고 물을 벌컥벌컥 들이켰다.

투명한 유리컵 너머 고고한 자세로 앉은 남자가 그녀의 시야에 들어왔다.

안절부절못하다가 물에 원수라도 진 것처럼 들이켜는 희원을 바라보는 두준의 얼굴은 흡사 미친년을 만난 것 같은 찜찜한 표정이었다.

거의 바닥을 보이는 컵을 슬그머니 내려놓은 희원은 그의 시선을 피해 다시 고개를 숙였다.

두준은 손도 대지 않은 물 잔을 그녀의 앞으로 밀어주었다.

고개 숙인 여자는 마치 그가 사약 그릇이라도 밀어준 것처럼 흠칫 몸을 떨었다.

상황에 맞지 않게 웃음이 비어져 나오려는 걸 참아낸 두준은 눈앞의 여자를 유심히 살폈다.

능수능란한 것과는 거리가 있어 보이는 사감선생이 대체 어떻게 한 건지, 여우 같은 조카 세현은 순순히 꼬리를 내리고 17년 터울의 남동생을 보기 위해 자리를 피해주었다.

그걸 기점으로 이 여자도 친구들과 함께 잽싸게 사라지려는 걸 간신히 낚아채 근처 커피숍으로 옮긴 참이었다.

세현이 담임인 걸 안 이상 다시 찾는 거야 어렵지 않았지만, 궁금한 걸 두고는 참을성을 발휘하지 못하는 그의 성격상 그녀와의 대면을 다음으로 미룰 수가 없었다.

"이제 진정 좀 됐습니까?"

"네?"

"안절부절못하기에, 불안한 건가 했습니다."

비꼬는 듯한 말투, 비웃듯 올라간 입꼬리. 그날 밤 그 남자가 맞았지만, 그날 밤 그 남자가 아닌 것 같았다.

애교는 없었지만 다정한 말투를 가진 남자로 기억했다. 적당한 유머 감각에 재치와 매너까지 완벽하게 겸비한, 모자란 구석이라곤 끈질긴 정자를 숨기고 있는 음흉함 정도가 다인 남자였다.

그 음흉함도 나중에야 안 사실이니까 그때의 그는 완벽한 남자였다고 하는 게 맞을 것이다.

그런데 마주 앉은 이 남자는 상대방을 배려하는 미덕 따위 모르는 냉정한 표정을 짓고 있었다. 매력적으로 보였던 도도함은 정도가 지나쳐 건방짐으로 변질되어 있었다.

첫날밤의 기억은 그녀의 머릿속에서 각색되고 편집돼 환상적인 로맨스로 변질되었던 게 분명했다.

어쨌든 지금은 그게 중요한 게 아니었다. 하필이면 두줄이와 점으로 첫 대면을 한 날, 재수 없게도 두줄이 아빠와 마주하게 된 이 상황을 제대로 벗어나는 일에 집중해야 했다.

희원이 그를 기억하듯 두준 또한 그녀를 기억하는 눈치였다. 당황한 마음에 이상한 소리를 내며 놀랐던 터라, 기억 못 하는 듯 행동하기에는 이미 늦어버린 상황이었다.

더구나 눈앞의 남자 표정으로 봐서는 어설픈 변명이나 연기 따위는 씨알도 안 먹힐 것 같았다.

"음, 세현이 삼촌분, 뭘 걱정하시는지 알아요. 어떤 이유로건 제 행실이 정당화…….."

"장희원 씨."

"네?"

"강두준입니다."

"네?"

"내 이름 강두준이라고요. 세현이 삼촌분이 아니고."

그는 단순히 자신의 이름을 말한 것뿐이었는데, 희원의 귀에는 그것이 '걍 두줄입니다'로 들리는 통에 화들짝 놀라고 말았다. 이름이 참 절묘하게도 맞아떨어졌다.

"아, 네. 알고 있어요. 근데 지금 이 순간에 그게 중요한가요?"

교사로서의 정체성을 위협받고 있는 이 절체절명의 순간에 두줄이 아빠의 이름이 개똥이건 소똥이건 뭐가 중요하다고 말을 끊나 싶어 희원의 미간에 빗금이 갔다.

"중요합니다."

"네? 아, 네, 뭐."

눈앞의 여자가 사감선생 이미지와는 어울리지 않게 입을 삐죽거리고 있었다. 그의 이름 따위는 중요한 게 아니라고 말하고 싶은 얼굴이었다.

하지만 그에겐 그 빌어먹을 이름이 그 무엇보다 중요했다.

짙고 얇은 쌍꺼풀 아래로 자리 잡은 총명한 눈동자, 윗입술보다 2㎜ 정도 더 도톰한 아랫입술, 마른 듯 섬세하게 도드라진 쇄골뼈, 심지어는 말랑한 가슴 모양까지.

희원의 생김새에 관한 거라면 하룻밤 상대였다고 말하기 무색할 만큼 속속들이 알고 있는데, 그놈의 빌어먹을 이름을 몰라 한 달을 과거에 머물러 살았다.

거칠 것 없이 앞만 보고 달려온 두준으로서는 있을 수도 있어서도 안 될 일이었다.

5만 원짜리 두 장을 툭 던져 놓는 무심함으로 그의 자존감에 흠집을 냈기 때문이라고 치부하더라도 두준에게 있어 그것은 상당히 비정상적인 집착이었다.

두준은 그게 다 그녀의 이름 때문인 것만 같았다. 차라리 명함 한 장 툭 던져 놓고 갔더라면 그저 하룻밤의 일탈로 끝났을 일이었다.

춤만 추고 달아나며 완전한 내숭을 선보였던 먹튀의 대명사 신데렐라도 특별한 유리 구두를 남기는 것으로 찾을 수 있는 단서를 제공했다.

하물며 하룻밤을 꼬박 함께 보낸, 그것도 아주 열렬하게 함께 보낸 사이에 지가 무슨 신사임당도 아니고, 5만 원짜리 두 장만 달랑 던져 놔서 그의 호기심에 불을 댕기고, 집착의 늪에 빠지게 만드느냔 말이다.

"강두준 씨."

희원이 미간을 살짝 일그러뜨리며 선심 쓰듯 그의 이름을 불러줬다.

며칠을 꼬박 이 여자를 찾느라 애쓰고 한 달을 꼬박 골머리를 썩었던 게 억울할 정도로 눈앞의 여자는 그에게 일말의 관심도 없어 보였다.

은근히 심사가 뒤틀린 두준은 못마땅한 듯 팔짱을 꼈다.

"제가 드리고 싶은 말은 공과 사는 정확히 구분했으면 좋겠다는 거예요."

두준은 계속 말해보라는 듯 아무런 대답 없이 거만한 표정으로 그녀를 바라봤다.

재수 없음과 잘생김이 절묘하게 공존하는 그의 얼굴은 정신 바짝 차려야 하는 이 마당에도 희원을 두근거리게 했다.

다른 건 다 차치하더라도 외모만큼은 두 손 들고 인정해야 할 것 같았다.

"제가 가지고 있는 개인사와는 상관없이 아이들을 가르치는 데 있어 최선을 다하고 있습니다. 물론 도덕적인 부분을 문제 삼을 수 있겠지만, 그땐 진짜 일생일대 단 한 번의……."

말을 하면할수록 점점 더 초라해지는 상황에 희원이 입술을 깨물었다. 세현의 삼촌만 아니었다면 더 쉬웠을 일이었다.

어쩌다 이런 지랄 맞은 우연을 맞닥뜨려서는 3년 내내 꿋꿋하게 지켜온 교사로서의 자존심을 왕창 구겨야 하는지 억울함이 울컥 치밀었다.

세현이 삼촌만 아니었더라면 만난 적도 없었던 것처럼 발뺌하고 끝낼 수도 있는 문제였다.

아니, 발뺌이 통하지 않더라도 최소한 그녀 혼자만 죄인인 것처럼 이러고 있을 필요는 없는 문제였다.

그 밤을 그녀 혼자 까맣게 불태웠겠는가? 요즘 중고생들 성교육 수준에 비해 크게 나을 것 없는 백지 상태의 희원을 이끌고 다독이고 몰아붙여 평생 경험해 보지 못한 세계로 나아가게 한 건 분명 눈앞의 이 건방진 남자란 말이다. 더구나 끈질긴 정자까지 무단침입 시킨 주제에 뭐가 저렇게 혼자 당당한 걸까?

"세현이하고는 내일 얘기를 나누도록 하겠습니다. 혹시라도 아이한테 나쁜 영향을 미치지 않을까 걱정할 줄은 알지만, 부디 조용히 마무리 지을 수 있도록 도와주십시오."

힘겹게 말을 끝맺은 희원은 울컥하는 감정을 추스르기 위해 커피숍 창밖으로 무의미한 시선을 던졌다. 일탈의 대가는 참담하기 그지없었다.

두준에게선 아무 말도 들려오지 않았다. 귀한 조카를 낯모르는 남자와 서슴없이 잠자리를 하고 임신을 한 이 여자한테 맡겨도 될까를 고민하는 것이 분명했다.

하지만 그렇게 친다면 그녀도 할 말은 많았다. 그녀의 모든 일탈엔 그가 함께였으니까.

"하실 말씀 없으시면 이해해 주시는 걸로 알고 저는 이만 일어나겠습니다."

절대로 일을 크게 확대시키지 않으리라는 확답을 받고 싶었지만, 그러기에 그녀는 너무 지쳐 버렸다.

뜻하지 않은 임신 사실만 해도 버거워 미칠 지경인데, 짝사랑했던 친구와 제자에게까지 이 사실이 알려진 데다가 두줄이 아빠와의 지랄 맞은 우연까지, 정말 딱 쓰러져서 일어나고 싶지 않은 심정이었다.

더 이상 시간을 지체하고 싶지 않아 희원은 말을 맺자마자 바로 몸을 일으켰다.

간단하게 묵례를 하고 고개를 들 때까지 두준은 거만한 자세 그대로 그녀를 계속 주시하고 있었다.

이렇게 그냥 가야 할까, 아니면 자신의 입장을 감정적으로 어필해 보는 게 좋을까 잠시 고민하던 희원은 이내 고개를 젓고는 한 발 걸음을 떼놓았다.

들을수록 짜릿한 두준의 음성이 다시 들린 것은 그때였다.

일부러 냉정함을 꾸며내느라 목소리가 경직되어 있던 그녀와는 전혀 다른 마치 일상적인 인사말을 건네듯 나른한 목소리로 그는 뒤통수가 띵할 정도의 질문을 던졌다.

"내 아입니까?"

"네?"

"다시 묻겠습니다. 내 아입니까?"

"어, 아, 아닌데요. 내 아인데요."

두준은 앉아 있었고 희원은 서 있었다. 그런데 어째서 그가 내려다보고 있는 것 같은 기분이 되는 걸까?

높낮이 없는 평온한 그의 목소리에 비해 뜻밖의 질문에 당황한 희원의 음성엔 옅은 떨림이 묻어 있었다.

"내 얘긴 이제부터 시작인데 계속 서 있을 겁니까? 목 아픈데."

이제부터 시작이라는 이 사람의 얘기를 듣기가 두려웠다. 희원은 달아나고 싶은 마음뿐이었다.

만일 교사로서의 자질을 따지고 든다면, 이해할 마음도 없고 조용히 마무리 짓고 싶은 마음은 더더욱 없다고 말한다면. 아니, 그보다 두줄이가 누구의 아이인지가 왜 궁금한 걸까?

희원의 눈이 탈출로를 확인하듯 입구로 향하는 길을 쭉 훑었다가 그에게로 다시 돌아왔다. 아니, 정확히 말하면 커피 잔을 집어 든 그의 손쯤으로 돌아왔다.

길고 힘 있어 보이는 손. 저 손이 불러일으켰던 감각을 희원은 한동안 그리워했다. 은근한 목소리만큼이나 다정다감하고 에로틱했던 손놀림은 오래도록 기억에 남아 그녀의 가슴을 설레게 했는데…….

그건 아무래도 그녀 혼자만의 환상 속에서 터무니없이 과장되어졌나 보다.

긴 다리를 느긋하게 꼬고 앉아 커피 광고 찍기 딱 좋은 포즈로 잔을 기울이고 있는 이 남자에게선 다정다감함 같은 건 전혀 찾아볼 수 없었다.

속으로 한숨을 삼킨 희원이 마지못해 다시 자리에 앉았다.

다정함을 싹 걷어낸 이 남자는 대충 보기에도 두루뭉술하게 넘어갈 스타일은 아니었다. 정중한 말투 뒤에 숨은 진실은 분명 명령이었다.

그에게선 나쁜 남자의 에로틱함만 느껴졌다. 희원이 앉기를 기다리기라도 한 듯 두준이 바로 입을 열었다.

"좀 전 내 질문이 애매모호했던 것 같습니다. 다시 하겠습니다. 아이 아빠가 납니까?"

"아니요."

숨기고 싶은 마음이 강해서였을까, 대답이 너무 부자연스럽게 빨리 튀어나왔다.

"그래요?"

좁혀진 미간을 경계로 날렵하게 자리 잡은 두준의 눈은 그녀의 말을 전혀 믿지 않는 눈치였다.

"자꾸 그렇게 생각하는 이유를 모르겠군요. 세현이 삼촌분이랑 저는."

"강두준이요."

이름에 대한 무한한 집착을 보이며 말을 뚝 끊어버리는 두준 때문에 희원은 슬쩍 짜증이 일었다.

"네에, 강두준. 강두준 씨랑 저는, 그러니까 우리 사이엔."

"하룻밤이 있었죠."

뭐가 저렇게 당당하고 뻔뻔스러울까?

희원의 눈이 동그래졌다. 아무리 생각해도 아무 유혹에나 흔들리지 않을 것 같은 도도함마저 희원의 착각이었나 보다.

아무렇지 않게 떠들어대는 저 모양새로 봐서는 원나잇이 생활화된 사람임이 분명했다.

동그랬던 눈이 찜찜함을 품고 일그러졌다.

희원의 시시각각으로 변하는 표정을 바라보고 있던 두준은 불편한 듯 자세를 고쳐 앉았다.

그녀의 총명하게 반짝이는 눈은 동그래질 때 묘한 매력을 발산했다. 그가 전달하는 모든 것을 하나라도 놓치지 않으려는 듯 집중하는 그 눈동자에 속절없이 빠져들었던 순간이 불현듯 뇌리를 스치고 지나갔다.

그 총명하고 아름다운 눈은 변함이 없는데, 눈앞의 여자는 그에게 더 이상 집중하지 않는 것 같았다.

"그날 나는 피임을 하지 않았습니다."

솔직히 안 한 게 아니라 못 한 거라고 해야 맞을 것이다. 아니, 피임 같은 건 생각조차 못 했다.

자유분방한 형의 뒤치다꺼리에 지친 나머지 사소한 것 하나까지도 철저히 계획적으로 움직였던 그와는 전혀 어울리지 않는 행동이었다.

"그리고 당신은 그날이 처음이었죠."

두준이 한마디씩 툭툭 꺼내놓을 때마다 희원의 얼굴은 조금씩 더 붉어지고 있었다.

"그때 피임."

"아우, 좀. 그만, 그만 좀 하세요. 네, 제가 했어요. 애 아빠는 따로 있고요, 곧 결혼할 거고요. 이제 됐나요?"

물론 희원도 피임 같은 건 하지 않았다. 즉흥적인 발상이었고, 원래 목적이 원나잇이었다고는 해도 끝까지 갈 결심 같은 건 하지 못한 상태였다. 그녀는 미리 피임을 준비할 만큼 결심이 굳건하지 못했다.

희원의 마음이 어떠했건 간에 그날은 술기운이 일정 부분 작용하기도 했고, 다시 한 번 말하지만 두줄이 아빠는 여러모로 완벽한 남자였다. 조잡한 변명 같지만, 그렇게 될 수밖에 없었던 상황이었다.

사후피임을 생각하지 않은 건 아니었지만, '뭘 그렇게까지' 하는 안일한 마음으로 넘겨 버렸던 것을 이제 와 땅을 치며 후회하게 될 줄은 몰랐다.

"현재까지의 상황 전개상 상당히 신빙성이 없는 주장이라는 거 압니까?"

유혹할 때의 대담함과는 어울리지 않게 그녀는 첫경험이라는 걸 눈치챌 수 있을 정도로 어설펐다.

결혼할 애 아빠가 따로 있을 리 없었다. 결혼할 사람이 있었다면 친구들과 산부인과 견학이라도 온 것처럼 단체로 몰려오진 않았겠지.

딱딱하게 흘러나온 질문에 움찔하는 것만 봐도 알 수 있었다.

"신빙성이 있건 없건 강두준 씨와는 상관없는 일입니다."

"내가 교사로서의 자질을 문제 삼는다면 상관이 있어지는 것 아닙니까?"

희원의 인상이 팍 굳어졌다.

"문제, 삼으실 건가요?"

"장희원 씨 말대로라면 결혼할 상대를 두고 처음 만난 남자를 유혹해……."

"그만. 그만요. 항상 이렇게 직설적으로 말하나요?"

"필요하다고 생각되면 그러는 편입니다. 그래야 빠르고 쉽게 내 뜻을 전달할 수 있으니까요."

'허! 두줄아, 넌 알았니? 네 아빠가 빠르고 쉬운 거 좋아하는 패스트푸드 같은 사람이라는 사실을? 난 그날 밤 대체 이 사람의 뭘 본 거니?'

"그럼 저도 빠르고 쉽게 전달하도록 할게요. 누가 원인 제공을 했건 이 아이는 내 아이예요. 교사로서의 자질 문제는 필요하다면 세현이 부모님과 대화 나누도록 하겠습니다. 따라서 제삼자인 강두준 씨는 이 문제에서 빠져 줬으면 좋겠네요."

내 아이라는 부분에서 희원은 살짝 목이 메었다. 아직 임신이 실감 나지도 않는 마당에 모성애 같은 건 생각조차 않고 있었는데, 말하다 보니 그녀한테 있는 줄도 몰랐던 감정이 툭 불거져 나왔다.

"왜 그렇게 부정하려 드는 겁니까?"

"진짜 아니니까요."

다시 눈이 동그래지는 희원을 주시하던 두준이 손목시계를 힐끔 확인하고는 곤란한 듯 이마를 쓸었다.

갓 태어난 형의 아들을 보기 위해 한 시간 정도로 계획했던 병원 방문 시간이 8분 30초가량 초과해 있었다.

희원과의 대화가 싫은 건 아니었지만, 합의점을 찾지 못하고 무한 반복되는 것 같은 말들로 허비하기엔 시간이 너무 아까웠다.

"모든 정황상 내가 아이 아빠라는 확신이 드는군요. 따라서 이 문제에 있어 나는 제삼자가 아닙니다. 장희원 씨도 그렇겠지만, 너무 갑작스러운 일이라 생각을 정리할 시간이 필요할 것 같군요. 내일 다시 만나도록 합시다."

"이보세요, 강두준 씨."

희원이 인상을 쓰며 부르거나 말거나 제 볼일은 끝났다는 듯 몸을 일으킨 두준은 커피숍 밖을 손짓으로 가리켰다.

"장희원 씨 친구들 기다리는 것 같으니 집까지는 바래다주지 않아도 되겠군요. 오늘 만남은 일정에 없던 일이라 이만 가봐야 할 것 같습니다. 조심히 들어가고 내일 봅시다."

희원의 시선이 커피숍 바로 앞에 주차되어 있는 낯익은 차로 향했다가 이미 등을 돌리고 당당한 걸음걸이로 자리를 벗어나는 두준에게로 돌아왔다.

머릿속이 멍했다. 몸에서 기운이 한꺼번에 빠져나갔다.

예상치도 못한 존재 둘이 그녀의 인생 속으로 갑자기 뛰어들어 지진을 일으키고 있었다.

하룻밤을 함께 보낼 때만 해도 친밀하다고 느꼈던 남자는 생판 낯선 모습으로 두줄이 아빠임을 확신하며 그녀의 인생에서 쉽게 빠져나갈 생각이 없음을 시사하고 있었다.

대체 무슨 생각을 어떻게 정리한다는 건지 짐작도 안 갔다. 하긴 짐작하는 것 자체가 우스운 일일 것이다. 그에 대해 뭘 얼마나 알아서…….

어쨌든 구체적인 약속도 없이 내일 보자고만 하면 언제든 볼 수 있는 것처럼 건방의 극치를 보여주고 떠난 두줄이 아빠를 상대하기 위해서라도 대충 생각을 정리해야만 했다.

힘없이 한숨을 뱉어낸 희원이 핸드폰을 꺼내 미란에게로 전화를 걸었다.

✤

"데려다줄게. 얼른 나와."

[…….]

"그래? 정말 괜찮겠어?"

[…….]

"뭐래?"

그대로 전화를 끊는 미란을 보고 있던 민욱이 커피숍에 우두커니 혼자 앉아 있는 희원을 보며 성급하게 물었다.

"엄마한테 갔다 온다고 먼저 들어가래."

"거긴 갑자기 왜?"

"엄마 보고 싶은가 보지."

"야, 그걸 말이라고. 너 희원이랑 아줌마 사이가 어떤지 몰라서 그래? 다른 데 가려는 거야. 안 되겠어. 가서 데리고 와야지. 그놈 그냥 가게 두는 게 아니었는데."

"이민욱."

미란의 가라앉은 목소리가 차에서 내리려는 민욱을 불러 세웠다.

"미란이 넌 그냥 여기 있어. 내가 가서 데리고…….."

"야, 이민욱, 이 거지 같은 놈아."

갑작스럽게 튀어나온 미란의 격앙된 목소리에 내리려던 민욱이 멈칫 굳어졌다.

"넌 대체 누구 애인이니?"

다시 차 문을 닫은 민욱이 미간을 구긴 채 미란을 쳐다봤다.

"그게 무슨 소리야?"

"장희원 어린애 아니거든."

"누가 뭐래? 난 단지 친구로서……."

"어디부터 어디까지 친구로서인 거니? 너랑 나 일주일 만인 거 알아?"

"그거야 바빠서……."

컴퓨터 공학석사 과정을 밟고 있던 민욱은 연구하던 보안 프로그램을 활용한 창업을 준비 중이었다.

줄곧 천재라는 소리를 들었던 터라 창업쯤이야, 하고 쉽게 생각했던 건 크나큰 오산이었다. 특허를 내는 문제부터 시작해 뭐 하나 호락호락한 게 없었다.

"오늘은?"

"뭐?"

"오늘은 안 바빴냐고?"

말문이 막힌 민욱을 매서운 눈길로 쳐다보던 미란이 고개를 획 돌려버렸다.

요 며칠 바쁘다는 말로 미란에게서 걸려온 전화를 급히 끊곤 했다. 오늘만 해도 희원이 때문에 병원에 갈 거라는 말만 안 했으면 습관처럼 바쁘다고 한 뒤 전화를 끊었을 것이다.

"미란아, 화내지 말고 나 좀 봐봐."

민욱이 예쁘게 컬이 들어간 미란의 머리를 부드럽게 매만졌다.

"미안해, 미란아. 마음이 태평양인 우리 미란이가 오빠 좀 이해해 줘라. 응?"

민욱의 은근한 말에 미란이 입을 삐죽거리며 슬그머니 그를 마주했다. 솔직담백한 성격답게 미란의 화는 길게 가는 법이 없었다.

"피, 생일도 20일이나 늦으면서 오빠는 무슨."

"어허, 키 크면 오빤 거 몰라?"

민욱이 너스레를 떨며 미란을 잡아당기자, 그녀는 못 이기는 척 그에게 안겼다.

"민욱아, 우리 저녁 먹고……."

미란이 말을 길게 늘이며 그의 가슴에 손가락으로 원을 그렸다.

상당히 노골적인 제스처에 민욱의 숨이 슬쩍 거칠어졌다. 그런 그를 살피느라 팔랑거리는 눈꺼풀은 앙큼하기 그지없었다.

그들의 처음도 그랬지만, 둘이 불붙는 건 항상 순식간이었다.

차 안은 삽시간에 열기로 휩싸였고, 민욱은 거칠게 미란의 입술을 찾아들었다. 언제 다툼이 있었나 싶게 그들은 열정적으로 서로를 탐닉했다.

잠시간 차 안은 거친 숨소리와 연한 살이 부딪치는 소리로 가득 찼다.

"하아, 민욱아. 우리 저녁은 생략할까?"

그저 친구로 지냈던 오랜 기간 때문인지, 아니면 쿨내 나는 그녀의 성격 때문인지 미란은 내숭하곤 거리가 멀었다. 민욱은 미란의 그런 면에 매력을 느꼈다.

"하하, 나도 그러고 싶은데 6시까지 들어가 봐야 돼."

민욱은 잠깐 사이 세 개쯤 열린 미란의 블라우스 단추를 채우며 최대한 부드럽게 말을 꺼냈다.

하지만 부드럽게 말한다고 해서 뜻이 달라질 리 없는 말에 입매를 굳힌 미란이 민욱의 손을 매섭게 쳐냈다.

"미란아, 이해해 주기로 했잖아."

"내가 언제? 그건 네가 한 말이고. 일주일 만에 얼굴 보여주면서 저녁도 같이 못 먹어? 밥은 먹을 거 아니야?"

"그게, 정 교수님이랑 의논할 것도 있고 해서 저녁 약속 했단 말이

야. 원래는 오후 3시쯤 잡혔던 약속인데, 희원이 일로 미루는 바람에
또 미루기도…….”

“너 정말…….”

미란의 눈에 순식간에 눈물이 고였다. 목이 메는지 말을 멈춘 미란
이 차창 밖으로 시선을 돌려 버렸다.

“내가 아프다고 했어도 정 교수님 약속 미루고 득달같이 달려왔을
까?”

“당연하지. 그걸 말이라고…….”

“아니, 안 그랬을 거야. 아까도 너, 바쁘다는 말 하려다가 내가 희원
이 이름 꺼내자마자 냉큼 무슨 일이냐고 물었어.”

바빠서 못 만났던 것에 대한 투정이라고 치기엔 미란의 화는 엉뚱한
방향으로 흐르고 있었다.

민욱은 둘 사이에 희원의 문제를 끼워 넣는 미란을 이해할 수가 없
었다.

“희원인 따로 챙겨줄 사람도 없는 데다 특히나 오늘은…….”

“희원이는 챙겨줘야 하고 나는? 도대체 나는 뭔데?”

“너답지 않게 왜 이래?”

민욱만큼 미란도 희원에게 각별한 마음일 거라 생각했다. 미란의 이
런 태도는 정말 그녀답지 않았다.

“나다운 게 뭔데? 애인하고 절친이 애매모호한 관계를 유지하는데
도 모른 척 쿨하게 넘어가는 거?”

“황미란, 말이 지나치잖아. 너랑 나 연인이기 이전에 우리 셋 다 친
구였어. 애매모호한 관계라니, 말도 안 돼.”

민욱의 목소리가 날카로워졌다.

“말도 안 되는데 두줄이 아빠를 잡아먹을 듯 노려봐? 말도 안 되는
데 일주일 만에 만난 애인은 안중에도 없고 희원이 감시하는 데 시간

을 보내느냐고?"

"그거야 친구니까 걱정돼서 그런 거 아니야."

미란과 둘이 있는 것보다 셋이 함께하는 게 더 익숙할 만큼 오랜 시간 그들은 함께였다. 서로에게 무슨 일이 생길 때마다 제 일처럼 흥분하는 건 이제 당연하게 여겨졌다. 별 의식 없이 한 민욱의 행동들에 미란이 너무 예민하게 반응하고 있었다.

게다가 눈물이라니. 자그마치 10년을 넘게 봐왔지만, 미란의 우는 모습은 처음이었다.

말문이 막힌 민욱은 생소한 미란의 눈물을 닦아줄 생각도 못 하고 멍하니 쳐다보기만 했다.

"잘 생각해 봐. 마음은 희원이한테 있고, 나는 그저 잠자리 상대로 여기는 건 아닌지."

거칠게 눈물을 훔쳐 낸 미란이 민욱이 어쩔 사이도 없이 차에서 내려 문을 쾅 닫아버렸다.

2. 우리 결혼합시다

"꼴이 그게 뭐니?"

자그마치 세 달 만에 얼굴을 마주하는 딸에게 선정이 건넨 첫마디였다. 지극히 예상 가능한 반응이었고, 다른 날 같았으면 아무렇지 않게 무시하고 말았을 말이었다.

"엄마는 신수가 훤하네."

희원에게서 날이 선 뾰족한 한마디가 튀어나왔다. 오늘만은 그냥 무시하기가 쉽지 않았다. 위로를 바라고 찾아온 건 아니었지만, 최소한 '잘 지냈니?' 하는 안부 인사 정도는 들을 수 있길 바랐나 보다.

"말버릇하고는."

희원은 '엄마 닮아 그런가 보지' 하는 말이 목 끝까지 차오르는 걸 꾹꾹 눌러 참았다.

선정은 희원의 기호 따위 묻지도 않고 머그컵 가득 커피를 따라 건넸다.

선정이 좋아하는 커피 냄새가 희원의 코끝을 자극했다.

컵을 들어 안에 든 검은 액체를 물끄러미 바라보던 희원은 입도 대지 않고 그대로 내려놨다.

선정은 희원이 앉아 있는 소파에 마주 앉는 대신 창가 쪽에 놓인 흔들의자에 앉아 우아한 자태로 커피를 기울였다.

작년에 선정은 이 오피스텔로 이사를 했다. 그녀가 조교수로 임용된 대학과 가까운 데다, 신축 건물이라 보안시스템도 괜찮고 깔끔하다는 이유로 선택된 이 오피스텔은 전에 살던 곳에 비해 희원과는 두 배 이상 멀어진 거리에 위치하고 있었다.

희원의 시선이 깔끔하고 절제된 분위기를 풍기는 집 내부를 쭉 훑었다.

오후 6시를 막 넘긴 시간이었지만, 커피향만 가득할 뿐 음식 냄새는 흔적도 없는 집은 선정의 성격만큼이나 차갑게 느껴졌다.

"저녁은?"

선정이 물어야 맞을 것 같은 말을 희원이 대신 물었다.

"안 먹었니?"

아직까지 저녁도 안 먹고 뭐 했냐는 힐난이 섞인 말투였다. 희원은 원래도 밥 생각이 없었지만, 선정의 한마디에 입맛이 천 리 밖으로 달아났다.

"우유는 있어요?"

희원이 생각해도 참 뜬금없는 물음이었다. 어디에 숨어 있었는지도 모를 모성애가 그녀도 모르는 사이 툭툭 튀어나오는 것만 같았다. 희원은 괜스레 뜨끔해 미간을 일그러뜨리며 선정의 눈치를 살폈다.

"냉장고에 있을 거야."

변함없이 무미건조한 말투, 희원은 괜한 우려를 하고 있었다. 선정은 딸의 미묘한 변화를 눈치챌 만큼 그녀와 감정을 공유하고 있지 않았다.

안심 반 서운함 반의 감정을 안고 몸을 일으킨 희원은 냉장고로 다가갔다.

"별스럽다. 우유 맹맹하다고 싫다더니."

뒤통수에서 들려온 선정의 말에 냉장고 문을 열고 우유를 꺼내려던 희원이 멈칫 굳어졌다.

"미리미리 칼슘 섭취해 놔야지. 나도 낼모레면 서른이야."

선정을 쳐다보지도 않고 할 필요도 없는 말을 줄줄이 늘어놓았다.

희원은 우유를 컵에 따르며 선정을 힐끔 쳐다봤다. 언제부터 그랬는지 선정의 눈은 희원을 향해 있었다.

"우유 넘친다."

"어? 어."

얼른 따르던 걸 멈췄지만, 우유는 찰랑찰랑 위태로울 정도로 가득 따라졌다. 하는 수 없이 허리를 숙여 컵에 입을 가져다 대고 한 모금을 마셨다.

"하고 싶은 말이 뭐야?"

"뭐가?"

"휴일도 아닌 평일에 갑자기 찾아온 이유가 있을 거 아니야."

"그런 거 없어."

선정은 더 이상 묻지 않고 탁자에 놓인 책을 집어 들었다.

아마도 보통의 평범한 엄마라면 딸이 그런 거 있는 표정으로 그런 거 없다고 말할 때 그냥 저러고 말지는 않았을 것이다.

얕은 한숨을 뱉어낸 희원이 우유를 들이키는 것으로 헛헛한 마음을 달랬다.

"엄마, 아빠 소식 들었어?

못 들을 소릴 들은 것처럼 선정의 인상이 일그러졌다.

"곧 재혼한다나 봐. 셋째가 중3이잖아. 예민할 때라 걱정……."

"걔가 왜 셋째야?"

선정이 정색을 하며 희원의 말을 끊었다.

"셋째니까 셋째라고 하지, 그럼 뭐라고 해?"

"너랑 그 여자 딸들을 같은 선상에 놓고 얘기하지 마. 기분 나빠."

모르는 사람이 들으면 희원을 끔찍이도 사랑받는 딸로 오해하기 십상인 말이었다.

희원에게 잔정 한 번 준 적 없으면서, 전 남편이 또 다른 여자와 낳은 아이들과 섞이는 건 기분 나빠하는 선정의 심리 상태를 이해하기 힘들었다.

선정과 희원의 아빠인 경태는 스물셋, 스물다섯 어린 나이에 만나 3년을 치열하게 싸우다 이혼했다.

건실한 중소기업을 운영하고 있는 경태는 2년 만에 새로운 여자를 만나 새 가정을 꾸렸고, 그 여자와의 사이에서 딸 둘을 얻었다.

두 번째 부인과 2년 전에 사별한 그는 지금 세 번째 결혼을 준비 중이었다.

선정이 지나치게 차가운 사람인 데 비해 경태는 지나치게 뜨거운 사람이었다.

선정이 이혼한 뒤로 쭉 함께 살았던 희원에게 데면데면한 데 비해, 한 달의 간격을 두고 정기적인 만남을 가졌던 경태는 항상 애정이 넘쳤다.

선정의 말을 빌리자면 경태는 싱크대 구석지에 자리 잡은 바퀴벌레한테도 정을 퍼부을 사람이었다.

그런 그가 부인 없이 지낼 수 있는 한계점은 아마도 2년인 것 같았다.

선정이 경태와 이혼한 후로 이성과의 가벼운 교재도 없이 지금까지 쭉 혼자 지내온 데 비하면 참 정이 넘쳐도 너무 넘치는 사람이었다.

생각해 보면 희원의 탄생은 불가사의한 일이 아닐 수 없었다. 너무

극명하게 달라 그만큼 서로 끌어당기는 힘이 더 강했던 것일까?

경태는 생애 첫 황홀한 밤으로 기억하고, 선정은 그녀의 인생에서 싹 지워 버리고 싶은 밤으로 기억하는 그 밤, 그들은 뜨겁게 타올랐고 희원을 잉태했다.

그리고 그들은 서둘러 결혼을 했으며, 3년을 내내 서로 할퀴고 상처 내는 데 전념하다, 각자가 너무도 다름을 뼈저리게 깨닫고 합의이혼 절차를 밟았다.

3년 동안 마르지 않는 샘물처럼 그들에게 싸울 수 있는 원동력을 제공한 건 희원을 잉태한 그날 밤이었다.

선정이 사춘기에 돌입한 희원에게 입버릇처럼 늘어놓은 푸념은 원치 않는 임신은 절대로 안 된다는 것이었다.

냉한 그녀의 성격상 경태와 결혼을 하지 않았어도 그리 행복한 삶을 살았을 것 같지는 않았지만, 그녀는 경태와 희원이 자신의 인생을 망쳐 놓았다고 굳게 믿고 있었다.

"엄마, 아직도 아빠를 원망해?"

한 번도 한 적 없었던 직설적인 물음에 선정의 입이 맹하게 벌어졌다.

"아빠가 엄마를 강제로 덮친 것도 아니고, 서로 좋아서."

"장희원. 뭐 잘못 먹었니? 갑자기 왜 이래?"

잘못 먹은 거라곤 우유뿐이었다. 은연중에 두줄이를 생각해서 마신 우유 한 잔.

"혹시 엄마는 내가 싫었던 거야? 그래서 원인 제공을 한 아빠를 끊임없이 원망했던 거야?"

"장희원, 쓸데없는 소리 자꾸 하려거든 더 늦기 전에 어서 가."

"그게 왜 쓸데없는 소리야? 내 잘못도 아닌 일에 부당한 미움을 받은 건 아닌지 궁금하다는데 그게 쓸데없는 소리야?"

희원의 목소리에 떨림이 섞여들었다. 자리에서 엉거주춤 일어난 선정은 손에 든 책을 던지기라도 할 듯 바들바들 떨어댔다.

"둘이 좋아서 그래 놓고, 왜 나를 엄마 인생의 걸림돌로 취급했냐고!"

양손을 꽉 움켜쥔 희원은 사춘기 때도 하지 않았던 반항을 일시에 쏟아내고 있었다.

말을 하다 보니 모든 게 다 억울해졌다. 배다른 동생들은 맘껏 누렸던, 한 달 간격으로 선심 쓰듯 주어지던 아빠의 사랑도, 찬란한 삶을 희원에게 저당 잡힌 것 같이 느끼게 만들던 엄마의 냉정함도, 엄마 아빠가 필요 없어진 이 순간에 와서 갑자기 다 억울해졌다.

"그만 갈게."

흐르려는 눈물을 거칠게 닦아낸 희원은 갑자기 쏟아진 공격에 넋을 잃은 선정을 내버려 둔 채 가방을 챙겨 들고 현관으로 향했다.

"널 책임지는 일에 소홀했던 적 없었다."

선정에게서 들으리라고 짐작도 못 했던 격앙된 목소리가 들려온 것은 희원이 막 현관문 앞에 도착했을 때였다.

"사랑해 주진 않았잖아."

되돌아오는 말은 없었다. 부정하지 않는 건 분명 긍정의 뜻일 것이다.

또다시 흐를 것 같은 눈물을 입술을 꽉 물어 삼킨 희원이 문손잡이에 막 손을 올려놓았을 때 선정의 힘없이 축 처진 목소리가 들려왔다.

"원하지 않았던 임신을 초연하게 받아들일 수 있는 사람은 드물 게다."

선정의 자책이 섞인 말에 희원은 가슴이 따끔거렸다.

선정의 말은 틀린 데가 없었다. 희원도 초연할 수가 없어 여기까지 찾아와 선정의 속을 뒤집어놓고 있는 거니까.

"아빠를 사랑한 적은 있어?"

대답이 돌아오지 않을 질문을 해놓고 희원은 얕은 한숨을 내쉬었다.

"그때는 사랑이라 생각했다."

뜻밖에도 선정은 착실하게 답변을 해줬다. 바늘로 찔러도 피 한 방울 안 날 것 같은 선정의 목소리엔 물기가 잔뜩 배어 있었다.

"맘 상하게 해서 미안해. 갈게."

"희원아! 잘 지내는 거지? 무슨 일 있는 거 아니지?"

한참 전에 물었으면 좋았을 질문이 희원의 뒤통수를 울렸다.

희원은 차마 아무 일 없이 잘 지낸다는 빈말을 하지 못한 채 선정의 집을 나섰다.

✤

똑똑.

노크와 동시에 문이 벌컥 열렸다. 저렇게 행동할 위인은 하나뿐이라 두준은 별반 신경 쓰는 일 없이 모니터를 주시하며 업무에 열중했다.

"부회장님, 저녁 식사 대령했습니다."

"스토커야? 먼저 들어가라니까 왜 말을 안 들어?"

"저녁도 안 먹고 열일하실 부회장님이 눈앞에 아른거려 퇴근을 할 수가 있어야죠."

비서실장 시형은 두준과 대학 동창으로 인연을 맺어 지금까지 이어 온 사이였다. 원래는 기획실에서 근무했는데, 두준이 부회장으로 승진하면서 비서실로 옮겨왔다.

모르는 사람들 눈에는 특혜로 비칠 수도 있었지만, 실상을 들여다보면 좌천이나 다름없었다.

철두철미하게 계획적으로 움직이며 작은 것 하나도 허투루 넘기는 법 없는 두준의 성미를 맞추기란 쉽지 않아 그가 부회장으로 승진하고 3개월간 비서실장 자리는 여러 번 주인이 바뀌는 수모를 겪은 뒤, 반강제로 시형에게 맡겨졌다.

그 후로 3년, 시형은 능구렁이가 다 됐다. 두준의 매서운 눈빛 따위는 애교로 받아넘길 정도로 레벨업 된 상태였다.

"뭘 그렇게 또 감동받은 표정을 하고 그러실까."

"이 실장 눈에는 이게 감동받은 표정으로 보여?"

"잘하면 울게 생겼는데요. 에이, 아무리 감동받았어도 눈물은 넣어두십시오. 부담됩니다. 뭐 해요? 얼른 오세요. 입맛도 까다로우신 우리 부회장님 주려고 스시향까지 가서 샀다는 거 아닙니까."

"그거 지금 나 입맛 까다롭다고 흉보는 거지?"

"역시, 우리 부회장님은 눈치도 빠르셔."

'저 능구렁이.'

시형과의 입씨름은 건지는 것 없이 입만 아픈 일이라 이내 포기한 두준은 자리에서 일어나 소파로 가서 앉았다.

시형은 두준이 앉자마자 상큼한 미소를 머금은 채 냉큼 젓가락을 건넸다.

"자, 이제 천천히 먹으면서 털어놔 봐."

"뭘?"

"무슨 일이야? 무슨 일인데 천하의 강두준이 회의에 집중을 못 하고 딴생각이냐고? 혹시 한준이 형님 또 사고 치셨어?"

그쯤이야 늘 있던 일 아니냐는 투로 묻는 시형을 힐끗 쳐다본 두준은 초밥이 원수라도 되는 것처럼 꼭꼭 씹어대기만 했다.

그런 두준을 유심히 살피던 시형은 대답 듣기를 포기하고, 일부러 소리를 내며 미소장국을 한 모금 들이켰다.

"나 결혼하려고."

"푸."

시형의 입에서 미소장국이 분수처럼 뿜어져 나왔다.

사레까지 들려 콜록거리는 시형은 안중에도 없는 듯 두준은 티슈를 뽑아 여기저기 튄 장국의 파편들을 닦고 있었다.

"콜록, 진지한 얼굴로 장난 좀 치지 말자. 누구 숨넘어가는 꼴 보고 싶어서 그래? 하다하다 이젠 장난까지 완벽하게."

"장난이라고 누가 그래?"

"이거 봐. 끝까지 흐트러짐 없는 자세 아주 끝내준다, 끝내줘. 제발 장난치는 것만이라도 대충 좀 하자. 응?"

오늘 오전까지도 아무 내색 없다가 갑자기 결혼을 한다니, 다른 사람이라면 몰라도 강두준에게는 있을 수 없는 일이었다.

화장실 가는 것조차도 계획을 세워놓고 갈지도 모른다는 낭설이 진실처럼 느껴지게 만드는 인간이 강두준이었다.

"되도록 5월쯤 식 올리면 좋을 것 같은데, 일정 조정하기 힘들까? 6월 초까지 꽉 잡혀 있지?"

시형은 두준의 질문에 답할 생각도 없이 초밥 하나를 집어 이리저리 살피기 시작했다.

"뭐 해?"

"초밥에 이상한 거 들었나 싶어서."

"지금 있는 오피스텔은 애 키우기엔 좀 그렇겠지? 집 좀 알아봐 줘. 마당 넓은 집으로."

시형이 뭐라 건 두준은 그야말로 거침없이 마이웨이, 앉은 자리에서 한 살림 뚝딱 차릴 기세였다. 줄곧 진지한 표정을 유지한 상태라 시형은 더 미칠 지경이었다.

"아우, 정말 미치겠네. 그래, 마당을 키우든 애를 키우든 알아서 하고, 진짜 결혼한다고?"

"여태 뭘 들었어? 호텔 쪽에 연락해서 6월 중순쯤으로 예식 잡아야겠다."

시형이 미간을 짙게 일그러뜨린 채 두준의 얼굴을 유심히 살폈다.

장난이라고 하기엔 지나치게 진지했다.

자신도 모르게 대체 언제부터 결혼 계획을 세웠던 걸까?

오늘 아침까지, 아니, 희원을 만나기 전까지 결혼의 'ㄱ' 자도 생각해 본 적 없는 두준의 즉흥적인 결정이라는 걸 알 리 없는 시형은 추진력과 합세한 치밀한 그의 계획에 항복을 선언하듯 양손을 들어 보였다. 그러곤 이내 기진맥진해서 소파에 털썩 기댔다.

"강두준이 하겠다는데 누가 말려. 그래, 그러자. 집도 구하고, 호텔에 예식 일정도 잡고. 하자, 해. 근데, 그 결혼 여자랑 하는 건 맞지?"

죽이기라도 할 듯 노려보는 걸로 봐서는 여자랑 하는 건 확실한가 보다.

"아니, 대체 언제? 나 모르게 선이라도 봤냐? 누구? 제일그룹 둘째? 한신전자 외동딸?"

"아니야."

"아니면…… 혹시 미나?"

"밀긴 뭘 밀어?"

시형은 씨알도 안 먹힐 아재개그를 선보이는 두준을 힘껏 째려봤다.

"미나 몰라? 이번에 전속모델 계약한 애. 어린애가 당돌하게 부회장님과 직접 대면할 수는 없냐고 묻더니만, 나도 모르는 새 언제 찾아온 거야?"

"아아, 미나? 만난 적 없는데. 그리고 미나는 내 취향 아니야. 너무 대놓고 귀여운 척하는 거 보기 그래."

웃는 모양은 물론 찡그린 모양조차 귀여워 대부분의 남자들은 눈한 번 찡긋 해주는 것만으로도 좋아 죽는 요즘 가장 핫한 가수 겸 배우 미나를 대놓고 귀여운 척한다고 평하는 데 기가 막혀 입이 떡 벌어졌다.

"그럼 대체 누군데?"

"있어. 그래서 말인데, 내일 대한고 방문 일정 좀 하나 끼워 넣자."

결혼 얘기하다가 갑자기 학교는 왜 방문한다고 하는 건지 시형은 어안이 벙벙했다.

"부르는데도 안 갈 땐 언제고, 거긴 갑자기 왜?"

"애 엄마 만나러. 아! 내가 말했나?"

"뭐, 뭘?"

"나 곧 아빠 돼."

시형의 손에서 젓가락이 툭 떨어져 경쾌한 소리를 내며 대리석 바닥을 굴렀다.

"네가 말한 아빠가 내가 알고 있는 그 아빠를 말하는 건 아니지?"

자꾸 맹하게 구는 시형이 마음에 들지 않아 두준은 미간을 짙게 일그러뜨렸다.

장희원은 아니라고 했지만, 두준은 자신의 아이라고 확신했다.

하룻밤 일탈로 졸지에 애 아빠가 되게 생긴 이 상황이 그로서도 당황스러울 수밖에 없었다.

오후 내내 일에 집중을 못 할 정도로 고민에 빠졌지만, 도출해 낼 수 있는 결론은 하나였다.

습관처럼 몸에 밴 책임감은 결혼에 대한 망설임을 최소화시켜 줬다.

그리고 무엇보다 두준은 희원과의 하룻밤이 나쁘지 않았다. 아니, 그녀와 함께한 시간은 '나쁘지 않았다'라는 말로 격하시키기엔 그에게 있어 몇 안 되는 최고의 순간이었다.

특정한 부분에서 그와 그녀는 너무나 잘 맞았고, 둘이 함께 새로운 인생을 시작하기에 그건 꽤 좋은 조건인 것 같았다.

두준은 결혼에 대해 분홍빛 환상을 가지고 있지도 않았지만, 그렇게 회의적인 편도 아니었다.

사랑이 전제가 된 결혼이라고 해서 평생 행복이 보장되는 것도 아니며, 실리와 편의에 의해 이루어진 결혼이라고 해서 평생 불행만 가득한 것도 아닐 것이다.

두준은 언제든 변질될 수 있는 애정에 근간을 두기보다, 책임감과 완벽한 계획을 베이스로 깔고 시작하는 결혼이야말로 지속성이 높을 거라 판단했다.

그가 애 아빠가 아니라고 우기는 희원을 설득해야 하는 난제가 기다리고 있었지만, 그게 또 의외로 재미있을 것 같았다.

반쯤 넋이 나간 시형을 대신해 젓가락을 집어 든 두준은 티슈로 깨끗이 닦아 다시 건네며 그의 어깨를 툭 쳤다.

"이 실장, 대한고 방문은 오전이 좋을 것 같군. 오전에 잡힌 회의 한 시간 정도만 미뤄도 되겠지?"

"부회장님, 제발 한 가지만 하자고. 결혼 얘기도 모자라 애 아빠 된다는 폭탄을 터뜨려 놓고 왜 자꾸 대한고는 가재?"

"말했잖아. 애 엄마 만나러 간다고. 애 엄마가 그 학교 선생님이야."

두준이 정성스럽게 닦아서 건넨 젓가락이 또다시 시형의 손을 벗어나 대리석 바닥을 또르르 굴렀다.

밤새 잠을 설쳤다. 그녀를 기다리고 있을 줄 알았던 미란은 새벽에 잔뜩 취해서 들어와 희원이 출근할 때까지 깨어나지 않아서 말 한마디 나눠보지 못했다.

생각은 지치도록 했지만, 뭐 하나 정리된 게 없었다.

교장 다음으로 말이 많은 교감이 열변을 토하며 쓸데없는 말을 늘어놓는 동안 희원은 멍한 상태로 수첩에 글씨를 써넣고 있었다.

무슨 이유인지 몰라도 요란한 박수 소리가 들려왔고, 희원도 덩달아

손뼉을 부딪쳤다.

그리고 잠시 후, 옆자리 김 선생이 희원을 툭 쳤다.

화들짝 놀란 희원이 돌아보자, 김 선생은 교감이 있는 방향을 턱짓으로 가리켰다.

"장희원 선생, 대체 몇 번을 부르게 만드는 겁니까?"

교감의 짜증 섞인 음성이 날아와 꽂혔다. 엉거주춤 일어난 희원은 죽을죄를 지은 것처럼 고개를 푹 숙이고 들릴 듯 말 듯 죄송하다는 말을 웅얼거렸다.

"죄송하다면 답니까? 교직원회의라고 달랑 20분 하는데도 집중을 못 하면서, 학생들한테 수업시간에 집중하라고 할 수 있겠습니까?"

"죄송합니다."

"흠흠, 다른 선생님들도 마찬가지예요. 선생님들이 먼저 모범을 보여야 학생들도 자연스럽게 따라오게 되어 있는 겁니다. 오늘은 교생 선생님도 있고 해서 이쯤 끝내지만, 장 선생 앞으로 주의하세요."

"네, 교감선생님."

"이지훈 씨, 회의 끝나고 장 선생님 따라가면 됩니다."

어쩐지 낯설지 않은 이름.

희원은 숙이고 있던 고개를 반짝 쳐들었다. 교감 옆에 서서 싱글거리고 있는 저 녀석은 분명 그 이지훈이 맞았다.

희원의 미간이 일시에 일그러졌다. 박수 소리가 들리기 전에 교생이란 단어가 나왔던 걸 생각해 낸 희원이 머뭇거리며 말을 꺼냈다.

"저, 교감선생님. 교생실습은 아무래도 1학년에서……."

희원의 말이 끝나기도 전 김 선생이 그녀의 다리를 툭 쳤다. 그와 동시에 교감이 다시 목소리를 높이고 있었다.

"그거 봐요. 집중을 안 하니까 엉뚱한 소리만 해대는 거 아닙니까."

교감이 희원을 매섭게 노려봤다. 희원은 하는 수 없이 또다시 죄송하다는 말을 하고 자리에 앉았다.

"장 선생, 정말 하나도 못 들었구나."

희원이 자리에 앉자마자 김 선생이 몸을 기울여 작게 속삭였다.

"이지훈 씨 국어 전공이래. 1학년 담임들 중엔 국어 없잖아."

"아무리 그래도 꼭 저한테 붙여줄 필요는 없잖아요."

"그러게. 그럼 나 줄래? 지훈 씨 선생님 하기엔 너무 잘생기지 않았어?"

윤리를 담당하고 있는 김 선생은 올해로 서른다섯 노처녀였다.

독신주의도 아니고, 외모도 그럭저럭 괜찮은 김 선생이 아직까지 결혼을 못 하고 있는 이유는 순전히 저 꽃미남 밝힘증과 여행 중독증 때문이었다.

김 선생 말에 따르면 여행을 좋아하는 꽃미남을 찾기란, 교감이 낮잠을 자면서 코를 골지 않을 확률보다 낮다는 것이었다.

참고로 교감은 오후 2시 즈음해서 꼭 낮잠을 자고, 교무실 밖까지 들릴 정도로 코를 골아댔다.

그런 고로 김 선생은 방학 동안의 여행을 위해 학기 중에 열심히 일하며 골드미스로 늙어가는 중이었다.

김 선생의 관점에서 지훈은 여행만 좋아한다면 완벽한 남자였다.

하지만 희원의 관점에선 겉모습만 보고 사람을 판단하면 안 된다는 진리를 깨우쳐 준 놈이었다.

안 그래도 머릿속이 복잡해 죽겠는데 이지훈까지. 설상가상이 따로 없었다.

"선생님이라고 못생겨야 된다는 법 있나요, 뭐. 근데 3월에 웬 교생이에요? 보통 4월이나 5월쯤에나 오지 않나요? 게다가 우리 학교는 교생 잘 안 받기로 유명하잖아요."

"교장 쪽으로 줄이 있나 봐. 그러니까 싫어도 싫은 티 내지 말고 잘

해줘."

이지훈 집안이 알아주는 교육자 집안이라는 걸 잊었다.

하여튼 그놈의 줄, 그녀의 인생에 줄이라는 큰 복병이 숨어 있을 줄 꿈엔들 알았겠는가?

"장 선생, 세현이가 뭐 잘못했어?"

"네?"

"세현이 이름은 왜 잔뜩 써놨어? 장 선생 반 세현이면 강세현 아니야? 걔가 뭐 잘못하고 그럴 앤 아니지 않나?"

"아, 아니에요. 그냥 좀……."

"두줄이? 걘 누구야? 하하, 이름 되게 특이하다. 부모가 이름 짓기 엄청 귀찮았나 보다. 설마 한줄이, 두줄이, 세줄이 이렇게 지은 건 아니겠지? 하하."

"아니에요, 이름은 무슨. 누가 사람 이름을 이렇게 짓겠어요? 그냥 교재에 두 줄 그을 곳이 생각나서…… 하하, 하하."

'두줄아, 미안해.'

"장 선생, 이젠 떠들기까지 합니까? 오늘 진짜 왜 이러는 겁니까? 교생선생님 보기 창피하지도 않습니까?"

아무래도 교감한테 미운 털이 박혔나 보다. 김 선생이 떠드는 건 아무 말 않고 희원에게만 잔소리를 해대는 거 보면 미운 털이 박혀도 단단히 박힌 게 분명했다. 혹시, 낮잠 잘 때 옷으로 확 덮어버렸던 일을 누군가 보고 고자질한 건 아닐까?

"죄송합니다."

"쯧, 오늘 저녁에 회식 있는 거 다들 알고 있죠? 학생들은 7교시 후에 바로 하교 조치하시고 전원 참석할 수 있도록 하세요. 그럼 이상 교직원회의 마칩니다."

교감의 말이 끝나자마자 저만치 서 있던 지훈이 희원에게로 다가왔다.

"선배, 오랜만이에요."

"어머, 두 사람 아는 사이였어?"

눈이 초롱초롱해진 김 선생이 먼저 톡 끼어들었다.

"네, 대학 후배예요."

"그래?"

금세 입가를 쭉 늘린 김 선생이 희원을 쿡쿡 찔러댔다. 분명 다리 좀 놔달라는 신호인 게 분명한데…….

'김 쌤, 얘는 여행보단 여관을 더 좋아하는 놈이랍니다.'

속으로만 열심히 외친 뒤, 불편한 자리를 벗어나기 위해 몸을 일으켰다.

아무 말도 없이 교실로 향하는데, 지훈은 득달같이 그녀의 뒤를 따랐다.

"정말 잘됐죠? 어떻게 이런 우연이 있나 몰라."

빠르게 걷는 희원을 긴 다리로 휘적휘적 따라잡은 지훈이 살랑거리며 말을 걸어왔다.

"나는 선배 무지 보고 싶었는데, 선배는 내가 그렇게 반갑지 않은가 봐요?"

"이지훈 선생님."

"네."

"앞으로는 호칭 장 선생님으로 해주세요. 반 애들이랑 너무 허물없이 지내는 건 삼가고, 특히나."

거기까지 말한 희원은 가던 걸음을 멈추고, 생글거리는 지훈을 냉랭하게 쳐다봤다.

"여학생들한테 과한 스킨십은 하지 않도록 주의해 주세요."

생글거리던 지훈의 얼굴이 서서히 굳어졌다가 다시 입꼬리가 쓱 올라갔다.

"선배, 여전히 질투가 심하네요."

'아오, 진짜 이 인간을 그냥 확⋯⋯. 두줄아, 미안. 넌 아무것도 못 보고 아무것도 못 들은 거야. 알았지?'

지훈을 알게 된 건 대학 3학년 때 교양과목인 윤리와 사상 강의를 들으면서였다.

희원만 모르고 있었지 1학년인 지훈은 이미 과내에서 유명한 인물이었다.

부모가 모두 교육계에 몸담고 있는 데다가 차석 입학에 인물까지 준수해서 지훈은 남녀를 아울러 두루 인기를 누리고 있었다.

게다가 그는 도도하다고 소문났던 희원과 대화를 나눈 지 10분 만에 미소를 짓게 할 정도로 붙임성도 좋았다.

어쩌다 우연히 옆자리에 앉게 된 지훈은 희원에게 볼펜을 빌려달라고 했다.

아무 말 없이 빌려주면서도 강의 들으러 온 놈이 기본이 안 됐다는 생각을 하며 샐쭉하는 희원에게 지훈은 싱그러운 웃음을 선사하며 작게 속삭였다.

"강의 들으러 온 놈이 기본이 안 됐어, 라고 생각했죠?"

뭐, 이런 놈이 다 있나 하는 표정으로 쳐다보는데, 지훈이 희원의 것과는 다른 볼펜을 꺼내 살랑살랑 흔들어댔다.

"선배랑 말하고 싶은데 핑곗거리가 있어야죠. 그래서 하는 수 없이⋯⋯."

민욱에 대한 마음만으로도 힘들었던 터라, 골치 아픈 연애 감정 같은 건 겪고 싶지 않은 마음에 일부러 냉정함을 꾸며내던 때였다.

그런 그녀의 노력이 도도함으로 오인받긴 했지만, 지훈처럼 대놓고 들이대는 사람은 없어서 좋았다.

"그다음 단계는, 볼펜 빌려준 보답으로 내가 점심 산다고 하려고 했는데, 이 작전 실팬 거죠?"

이목구비 어디 한 군데 미움받게 생기지 않은 얼굴이었다.

활짝 웃는 모습은 남자로서의 매력보다 싱그러움과 귀여움이 한껏 묻어 있어 희원의 경계심을 흐트러뜨리기에 충분했다. 절로 미소가 지어지는 얼굴이었다.

"어차피 점심은 먹어야 하니까 같이 먹지, 뭐."

"앗싸! 성공."

어린아이 같은 그의 반응도 그때는 별로 싫지 않았다.

그날 희원은 지훈과 함께 학식을 먹고 헤어졌다. 그게 다였다. 어쩐 일인지 그 후로 지훈은 윤리와 사상 시간에 나타나지 않았고, 희원도 곧 그를 기억에서 지워 버렸다.

희원의 기억 저편에서 지훈을 다시 끌어 올린 것은 그로부터 2주 후 1학년 여자 후배가 눈이 퉁퉁 부어서 찾아왔을 때였다.

다짜고짜 지훈이랑 헤어져 주면 안 되냐고 하면서 붙잡고 우는데, 황당한 건 둘째 치고 보는 눈이 많아 창피해서 죽는 줄 알았다.

지금은 이름도 생각나지 않는 여자 후배가 훌쩍임을 비트로 섞어가며 풀어놓은 사연을 요약하자면, 지훈이 그녀와 사귈 것같이 꼬드겨서 만리장성을 쌓은 뒤에 희원의 이름을 꺼내며 더 이상 만나지 말자고 했다는 것이었다.

말인즉슨, 지훈이 사랑하는 사람은 희원이고, 아직도 희원을 잊지 못한다는 것이었다.

여자 후배의 얼토당토않은 오해를 풀어주고 달래는 것은 알바 두서너 개를 한꺼번에 뛴 것처럼 지치고 힘든 일이었다.

그런데 더 기가 막힌 건 그 상황이 한 번으로 끝나지 않았다는 것이었다.

겨우 밥 한 끼 먹은 게 전부인, 친하다는 말조차 꺼내기 민망한 사이임에도 지훈은 귀찮아진 여친을 떼어내는 일에 수시로 희원을 팔아먹었다.

결국 화가 머리끝까지 난 희원이 지훈을 찾아가 따졌을 때, 첫 만남에서 보여줬던 싱그러운 웃음을 머금은 채 그가 했던 말은 아직까지도 잊을 수가 없었다.

"선배, 지금 질투해요?"

기가 차서 숨이 턱 막힌 희원에게 생글거리는 얼굴을 바짝 들이댄 지훈은 말 같지도 않은 말들을 쏟아냈다.

"꽤나 도도하게 굴기에 팔아먹고 다녀도 콧방귀도 안 뀔 줄 알았는데, 이거 실망인데요."

이런 애를 어쩌자고 상큼하다고 생각했을까, 헛웃음밖에 안 나왔다.

소화와 배출이 이미 끝난 지훈과 함께 먹은 학식에 대한 역겨움이 물밀 듯 밀려왔다. 저 느물거리는 상판에 확 토해 버렸으면 속이 시원했을 텐데.

"여자애들은 참 이상해요. 조금만 잘해주면 주제도 모르고 내가 지건 줄 안다니까요. 귀찮고 피곤한데 떼어낼 방법이 마땅치가 않아서요. 설마, 내가 선배 사랑한다고 착각하고 이렇게 쫓아온 건 아니죠?"

기가 막히다 못해 화가 머리끝까지 뻗쳐 졸도하기 일보 직전인 희원을 대신해 미란이 선방을 날렸었다.

솔직담백한 미란의 입에서 육두문자가 날개를 달고 튀어나왔다.

희원까지 합세한 발길질에 주먹질에 사방 탁 트인 교내 잔디광장에서 지훈은 그야말로 묵사발이 되게 얻어맞았다.

그날, 민욱과 함께하지 않은 건 천만다행이었다. 민욱까지 합세했다면 아마 지훈은 어디가 부러져도 제대로 부러졌을 것이 뻔했다.

여자에게 맞은 것이 창피해서였는지, 수많은 목격자가 있음에도 불구하고 일은 더 이상 확대되지 않고 마무리됐다.

그 후로 1학년을 마친 지훈은 군에 입대했고, 희원은 그사이 졸업을 했다.

그와의 접점은 사라졌다고 생각했고, 다시는 만날 일도 없었기에 기억에서도 지워 버렸다.

그런데 지훈이 말마따나 그놈의 빌어먹을 '우연'은 그를 다시 그녀 앞에 데려다 놓고, 여전히 질투가 심하다는 쓰레기 같은 멘트를 듣게 만드는지 참 알다가도 모를 일이었다.

하지만 20대 초반 풋풋할 때도 아니고, 그런 말로 흥분해 교사로서의 품위를 떨어뜨리고 싶지는 않았다. 그냥 무시하는 게 상책이다 싶었다.

"1교시는 수업 없으니까, 학교를 둘러보든지 수업 준비를 하든지 하고 싶은 거 하세요."

희원이 담임을 맡고 있는 2학년 5반에 지훈을 소개한 뒤, 앞으로 교생선생님 많이 도와주라는 아량 넓은 말까지 보탰다.

왠지 죄지은 것 같아 눈을 마주치기 쉽지 않은 세현에게 점심 먹고 상담실에서 보자는 말까지 전달하고 교실을 벗어났는데도 이놈은 무슨 볼일이 남아 아직까지 그녀를 쫄랑쫄랑 따라오고 있었다.

"선배가."

"장 선생님이요."

매섭게 말을 끊고 호칭을 정정하던 희원은 불현듯 말할 때마다 자신의 이름을 강조하던 두줄이 아빠가 생각났다.

두줄이와 묘하게 맞아떨어지던 그의 이름 강두준.

겨우 하루밖에 지나지 않았는데, 잘생겼다고 감탄했던 그의 이목구비가 잘 기억나지 않았다.

'그래, 저 사람이랑 비슷하게 생겼었는데. 저 사람처럼 키도 엄청 컸

었지, 아마?'

마침 복도 끝에서 슈트발이 장난 아닌 남자가 큰 보폭으로 그녀가 있는 곳을 향해 다가오고 있었다.

"아, 네, 장 선생님. 장 선생님이 학교 구경……."

"헉!"

"아니, 무슨, 학교 구경 시켜달라는 게 그렇게 놀랄……."

"이지훈, 학교 구경을 하건 탐험을 하건 혼자 해라."

지훈을 보지도 않고 빠르게 말을 내뱉은 희원은 학생들한테는 먼지 나니까 뛰지 말라고 했던 복도를 다다다 달려 두리번거리는 일 없이 곧장 그녀를 향해 다가오는 남자의 손을 덥석 잡아서 교실 밖으로 이끌었다.

남자에 가려 보이지 않던 사람이 그런 그녀를 황당한 눈길로 쳐다보며 '어어' 했지만, 희원은 다른 사람까지 신경 쓸 겨를이 없었다.

아니, 아무리 만나기로 했어도 그렇지, 남의 직장에, 그것도 연락도 없이 불쑥 이렇게 찾아오는 법이 어디 있단 말인가?

뜀박질에 숨이 차서인지, 놀라고 흥분해서인지는 알 수 없었지만, 두준을 잡아끄는 희원은 거칠게 숨을 헐떡이고 있었다. 두준은 다행히 별 반항 없이 그녀에게 끌려오고 있었다.

1교시가 막 시작된 시간이라 학생들의 모습은 찾아볼 수 없었지만, 심각한 눈으로 주변을 두리번거린 희원은 본관 왼편 모퉁이를 돌아 후미진 곳에 멈춰 서서 숨을 골랐다.

그때까지도 단단하고 큰 두준의 손은 희원의 희고 가는 손에 잡힌 채였다.

"아니, 도대체 여기까지 찾아오는 법이 어디 있어요?"

심호흡을 하듯 여러 번 숨을 몰아쉰 희원이 그를 향하자마자 다짜고짜 쏘아붙였다.

"오늘 만나기로 했지 않습니까. 그리고 딱히 당신만 만나러 온 길은 아닌데…….."

"세현이 지금 수업 중이거든요."

희원은 당연히 두준이 만날 사람은 그녀와 세현뿐이라고 생각했다.

"알고 있습니다. 그보다 이 손 좀 놓죠."

"아! 죄송해요."

두준도 그녀만큼이나 꼭 잡고 있어서 누가 놓지 않은 건지 모를 손을 힐끗 쳐다본 희원이 흠칫 놀라며 떨쳐 냈다.

"괜찮아요? 물이라도 가져오라고 할까요?"

"네?"

"숨을 너무 몰아쉬기에. 원래 체력이 안 좋은 건가? 평상시 운동 부족인 건가? 몸조심해야 하는데, 앞으로 뜀박질은 삼가는 게 좋겠군요."

"히익."

듣기 거북한 말만 쏟아내는 것도 미칠 지경인데, 희원은 흘러내린 줄도 몰랐던 머리를 두준이 기다란 손가락으로 다정하게 쓸어 넘기는 바람에 그녀는 기겁할 듯 놀라며 괴상한 소리를 냈다.

"진짜 왜 이래요? 우리 퇴근 후에 만나요. 그만 돌아가세요."

"당신 퇴근 후엔 내가 시간이 안 될 것 같아서."

"2교시부터 수업 있어요. 준비도 해야 하고, 길게 얘기할 시간 없어요."

"그럼 간단하게 말하겠습니다. 우리 결혼합시다."

희원의 눈이, 두준이 마음을 빼앗겼던 그 형태로 바뀌었다.

동그래진 눈은 잠시 움직임을 멈췄다가 빠른 속도로 깜빡거렸다.

"바, 방금 뭐라고 하셨죠?"

"결혼하자고 했습니다."

"그렇죠? 내가 잘못 들은 게…… 아니, 이게 아니지. 강두준 씨, 제

정신이에요?"

"지극히 정상입니다."

"아니요. 당신이 비정상이란 소리가 아니라요. 결혼이라뇨. 그게 말이 된다고 생각해요?"

"왜 말이 안 됩니까? 난 내 아이를 책임져야 할 의무가 있습니다."

"당신 아이가 아니라 내 아이라고요."

인상을 한껏 일그러뜨린 채 씹어뱉듯 말을 토해낸 희원은 흥분한 나머지 어깨를 들썩거리며 거칠게 숨을 내쉬고 있었다.

"오늘 저녁이 안 되면, 시간이 될 때 연락 주세요. 우리 좀 더 신중하게……."

애써 마음을 다잡은 희원이 최대한 차분한 목소리로 다음에 만날 것을 설득하려는데, 멀찍이서 대화 소리가 들려왔다.

남자 둘이었는데, 그중 하나는 희원도 아는 목소리였다.

"오셨으면 바로 교장실로 가시면 됐는데 어디를……."

"하하, 그러게요. 저 뒤쪽으로 끌려가는 것 같던데요."

"끌려가요? 아니, 이사장님을 누가……."

분명 교감의 목소리였다. 지나치게 친절하고 부드러웠지만, 교감의 목소리가 확실했다.

당황한 희원이 어쩔 줄 모르고 우왕좌왕하다가 좀 전에 돌아왔던 모퉁이를 향해 살금살금 걸음을 옮겼다.

고개만 살짝 내밀어 동태를 살핀 희원이 장대같이 버티고 선 두준에게 급하게 다시 돌아왔다.

"어떡해요? 교감이에요, 교감."

본관 뒤쪽으로 갈 수 있는 수풀이 우거진 샛길을 살피던 희원이 장대 같은 두준을 아래위로 쫙 훑어봤다.

"무슨 사람이 쓸데없이 크기만 해서. 쯧."

비율 끝내주는 길쭉한 다리와 바람직한 키가 졸지에 쓸데없이 크다는 말로 폄하되는 것에 어이가 없어진 두준이 항의를 하려고 막 입을 열었을 때였다.

"까악!"

모퉁이를 막 돌아온 교감을 본 희원이 짤막한 비명을 지르며 그의 슈트 안으로 머리를 쏙 집어넣었다.

쿵. 쿵. 쿵. 쿵.

남다르게 탄탄한 가슴과 어울리는 남다르게 씩씩한 심장이었다.

그녀 혼자였다면 체면을 구기게 되는 한이 있어도 수풀이 우거진 샛길을 기어 본관 뒤로 도망갈 수 있었을 것이다. 아니, 혼자였다면 도망갈 필요도 없었겠지.

결국, 이 남자가 문제였다. 쓸데없이 큰 데다가 쉽게 굽히지 않을 뻣뻣함까지 고루 갖춘 것 같아 보이는 이 남자를 그냥 두고 달아났다가, 교감에게 쓸데없는 소리라도 하는 날에는 희원의 인생은 그걸로 종치는 것이었다.

'아무리 그렇대도 이건 아니지. 네가 타조야? 여기다 머리는 왜 집어넣는데?'

교감과 낯선 남자의 목소리는 점점 가까워지다가 뚝 끊겼다.

이 바보 같은 짓을 계속 하고 있을 수도 없고, 그렇다고 달리 뾰족한 수가 있는 것도 아니고, 난감하기만 한 희원이 울상이 되어 슬그머니 고개를 들었다.

두준의 눈과 딱 마주쳤다.

기가 막히지? 어이없지? 능력되면 대형 쥐구멍 하나만 파주시지. 그리로 조용히 물러나 줄 테니.

미간을 한껏 구긴 두준의 표정은 가관도 아니었다. 화가 난 듯 일그러진 눈에 입은 마치 웃음을 참고 있는 듯 어정쩡하니 희한한 형태로 다물어져 있었다.

그의 눈엔 지금 그녀가 얼마나 바보 같아 보일까? 희원은 창피함에 입술을 깨물었다.

슈트 밖으로 눈만 빼꼼 내밀자, 교감과 낯선 남자가 입을 벌린 채 넋을 놓고 그들을 쳐다보고 있었다.

다시 두준에게로 시선을 돌렸지만, 이 남자도 뭐 그렇게 도움이 될 것 같지는 않았다.

얕은 한숨을 뱉어낸 희원은 결심을 굳힌 듯, 두준의 슈트 속을 벗어 났다.

"하하, 하하. 이런 감사할 데가. 넘어졌더라면 큰일 날 뻔했는데, 잡아주셔서 정말 감사합니다. 근데, 여긴 대한중학교가 아니라 대한 고등학교거든요. 중학교로 가시려면 정문에서 오른쪽 방향으로 쭈 욱…… 어머나, 교감선생님, 거기서 뭐 하세요?"

슈트 자락을 단정히 정돈해 주며, 고개까지 넙죽 숙여 보인 희원이 지나치게 큰 목소리와 과장된 팔 동작을 선보이며 사태를 수습해 보 려 안간힘을 썼다.

하지만 만들어진 웃음은 너무나 작위적이었고, 쓸데없이 넣은 '어머 나'란 감탄사는 너무나 어색했다.

게다가 장대같이 버티고 선 이 남자는 전혀 도와줄 생각이 없어 보 였다.

열락의 밤을 보낼 때는 더할 나위 없이 안성맞춤이었던 두준은 대낮 엔 전혀 써먹을 만한 인간이 못 되었다.

밀면 밀려주기라도 해야지, 힘자랑 하는 것도 아니고 딱 버티고 서 서 꼼짝을 안 하는 심보는 대체 뭔지 알 길이 없었다.

"하하, 여기 이분은 대한중학교를 찾아왔다는데요, 글쎄, 고등학교 로 왔지 뭐예요. 그래서 제가 길을 가르쳐 드리느라고…… 하하, 하

하. 저쪽으로 좀 가시죠."

얼굴에 안쓰러울 정도로 어색한 웃음을 매단 희원은 바닥에 못 박힌 듯 꿈쩍을 않는 두준을 미느라 안간힘이었다.

"이사장님."

"어머, 교감선생님, 아시는 분이세요? 근데 이분은 이 사장님이 아니고 강 사장님인데요."

'감시하는 일 한다더니, 사장님이었어? 오! 급식업체 사장님이신가?'

"장 선생, 무슨 엉뚱한 소립니까? 얼른 이사장님 몸에서 손 떼고 이리 와요."

교감의 손이 모터가 달린 듯 팔랑팔랑 움직이고 있었다.

아직 제대로 된 상황 파악을 못 한 희원이 우선 두준의 몸에서 손부터 떼고 봤다.

"죄송합니다, 이사장님. 장 선생이 몰라보고 실수를 했나 보네요. 근데, 중학교로 가실 생각이십니까?"

"아닙니다. 오랜만입니다, 교감선생님. 잘 지내셨습니까?"

"아, 네. 저야 뭐, 학교의 발전을 위해 늘 고심하는 일 말고는 잘 지내고 있습니다."

"학교가 발전하면 됩니까. 학생들이 발전해야죠."

"물론입니다. 제 말이 그 뜻이었습니다. 학생들이 어떻게 하면 더 발전할 수 있을까, 그걸 고심한다는 말이었습니다."

두준과 교감이 말을 주고받는 동안 희원의 눈에 들어차 있던 의아함은 점점 경악으로 바뀌고 있었다.

급식업체 사장이 학생들의 미래를 걱정할 리가 없었다.

급식업체 사장 앞에서 교감이 한껏 저자세를 취하고, 코를 골며 낮잠 자는 시간을 학교 발전을 위해 고심하는 시간으로 둔갑시킬 리 없었다.

희원이 급하게 숨을 삼키며 입을 틀어막았다. 놀라서 커다래진 눈은 두준의 옆얼굴로 향했다.

얼굴에 학교 이사장이라고 쓰여 있는 것도 아닌데, 그녀는 시선을 돌리지 못하고 뚫어지게 바라보고 있다가 슬금슬금 그의 뒤로 물러났다.

"헉!"

교감과 대화하느라 신경 쓰지 않을 거라고 생각했던 두준의 손이 순식간에 뻗어 나와 그녀의 손목을 낚아챘다.

놀란 숨을 뱉어내며 교감에게로 눈을 돌리자, 아니나 다를까, 의문으로 가득한 시선이 굳게 연결된 그녀의 손목과 그의 손에 머물러 있었다.

"먼저 교장실에 가셔서 좀 있다 찾아뵙겠다고 해주시겠습니까? 저는 장 선생님과 볼일이 있어서 잠시 후에 그리로 가겠습니다."

"아, 예. 알겠습니다. 그럼 천천히 볼일 보고…… 근데, 이사장님, 장 선생님과 아는 사이십니까?"

"네."

"아니요."

두준과 희원에게서 동시에 다른 답이 튀어나왔다.

"하하, 아는 사이라니요. 그럴 리가 있겠어요? 이사장님 친화력이 참 남다르시네요. 오늘 잠깐 얼굴 마주한 사이에 아는 사이라고 하면 교감선생님께서 오해하시잖아요. 저희 절대로 아는 사이 아니에요."

두준의 미간이 구겨지건 말건 빠르게 말을 뱉어낸 희원은 손목을 억지로 비틀어 빼냈다.

고개를 갸웃거리며 무언가 묻고 싶어 안달이 난 교감을 말리고 나선 것은 두준만큼이나 장대 같은 낯선 남자였다.

"교감선생님, 먼저 교장실로 가시는 게 좋을 것 같습니다."

"아, 네, 뭐."

남자가 키 작은 교감을 반강제로 돌려세웠다.

교감은 찜찜한 표정으로 뒤를 돌아봤지만, 옆의 남자가 무어라고 했는지 웃어 보이며 이내 걸음을 옮기기 시작했다.

"휴우."

희원은 숨을 멈추고 있었던 것처럼 한꺼번에 몰아쉬었다. 그러고도 진정이 안 되는지 가슴을 손바닥으로 꾹 눌렀다.

첫 단추가 열린 셔츠 사이로 희원의 쇄골이 들숨과 날숨에 맞춰 오르락내리락하기를 반복하고 있었다.

두준은 잠시 섬세하기 이를 데 없는 그녀의 쇄골 선에 시선을 빼앗기고 말았다.

두준의 머릿속에 그녀에 대한 저장소가 따로 있는 듯 지워지지 않았던 기억들이 일시에 다시 수면 위로 떠올랐다.

저 쇄골이 어떤 식으로 도드라져 보였는지 그는 정확히 기억하고 있었다.

그녀가 달뜬 숨을 내뱉으며 고개를 한껏 뒤로 젖혔을 때, 예쁘게 도드라졌던 쇄골에 그는 뜨겁게 입을 맞췄었다.

의도된 행동이 아니었다. 그때의 그녀는 그의 무엇이라도 다 내어주고 싶을 만큼 사랑스러웠으며, 그 어디에라도 입을 맞추고 싶은 마음이 들게 했었다.

"저기요, 무슨 생각 하세요?"

두준이 뚫어질 듯 바라보고 있던 쇄골이 좌우로 오락가락하는 희원의 손바닥에 의해 가려졌다.

겨우 쇄골 하나로 봇물처럼 터져 나온 기억으로 인해 순식간에 열기에 휩싸였던 두준이 시선을 회피하며 헛기침을 해댔다.

"뭐라고 했습니까?"

'이 남자 보게. 지가 이사장이면 다야? 사람 무시하는 것도 아니고, 왜 쳐다보지도 않는 건데?'

생각이야 어떠하건 희원의 태도는 급 겸손해져 있었다.

제자의 삼촌이고 두줄이의 아빠이며 감시하는 일을 한다고 했던 남자는, 알고 보니 그녀의 밥줄을 쥐고 있는 대한재단 이사장이었다. 우연도 이 정도면 블록버스터 급이었다.

"아니요. 뭐라고 안 했는데요."

하고 싶은 말은 많았지만, 할 수 있는 말이 없었다.

"드, 들어가 보셔야죠? 교장선생님 기다리실 텐데."

"장희원 씨와 볼일이 있어 온 길입니다."

볼일 있어 온 길이면, 제대로 쳐다보기라도 해야 할 것 아닌가. 두준은 좀 전부터 줄곧 그녀를 외면하고 있었다.

책임진다거나 결혼하자거나 하는 말들은 이사장으로서 나쁜 이미지를 남기지 않기 위한 홍보용 멘트였을까?

실상은 그녀를 만나러 오기 전부터 해고자 명단에 장희원을 올려놓은 것은 아닐까?

비극적인 추측이 난무했고, 그녀를 보려고도 않는 두준으로 인해 추측은 확신으로 굳어질 것만 같았다.

억울했다. 그녀가 먼저 유혹의 손길을 뻗쳤다고는 해도, 아무리 후하게 쳐줘도 중급 수준도 안 될 허접한 유혹에 넘어온 건 그였고, 그 후에 벌어진 일들은 99.9% 두준의 주도하에 이루어졌다.

저와는 아무 연관 없을 거라 여겼던 사회 특권층의 권력을 실감하는 순간이었다.

황당한 결혼 얘기를 앞세워 책임지는 이미지를 구축한 두준은 교장을 만나 제 손엔 피 한 방울 묻히지 않고 희원일 쳐낼 생각인 것이다.

'두줄아, 너도 몰랐지? 네 아빠는 패스트푸드 같은 인간에 피도 눈

물도 없는 사회 특권층이었단다.'

그의 책임을 운운하는 그 어떤 말도 꺼낸 적이 없는데, 그녀가 혹시 아이를 핑계로 들러붙기라도 할까 봐 떡잎부터 싹둑 잘라내려는 의도일까?

그럴 생각은 없다는 확신을 심어준다면 두준은 그녀의 해고를 다시 고려해 줄까?

거기까지 생각을 이끌어가던 희원은 입매를 굳히며 몸을 돌려 버렸다.

더 이상 구차해지고 싶지 않았다. 두줄이를 위해서도 씩씩하고 당당한 엄마가 되어야 했다.

"저는 수업 준비 때문에 이만 들어가 보겠습니다."

"어, 장희원 씨."

두준이 황당한 목소리로 불렀지만, 뒤도 안 돌아보고 성큼성큼 걸음을 옮겼다.

"해고, 그까짓 거 하라지, 뭐. 설마 너랑 나 굶어 죽기야 하겠니?"

중얼거리며 다섯 발짝 정도 걸음을 뗐던 희원이 우뚝 멈춰 섰다.

이렇게는 아니었다. 잘릴 때 잘리더라도 이건 너무 억울했다.

다시 획 몸을 돌린 희원이 그녀를 잡을 요량이었는지 어정쩡하게 팔을 뻗고 있는 두준에게로 성큼성큼 다가가 넥타이를 잡고 그녀의 코앞까지 끌어당겼다.

맥없이 딸려간 두준의 얼굴은 그녀와 10㎝ 정도의 간격을 두고 멈춰졌다.

총명하고 맑은 눈 가득 당황한 그의 얼굴이 담겼다. 거칠게 몰아쉬는 희원의 숨결이 두준의 얼굴 위로 흩뿌려졌다.

쇄골의 습격과는 비교도 안 될 자극이 순식간에 그를 훅 덮쳤다. 살짝 벌어진 붉은 입술이 무차별적으로 그를 유혹하고 있었다.

불편함을 느낀 두준이 시선을 슬쩍 피하자, 희원은 다시 타이를 잡아당겨 그를 집중시켰다.

목줄, 아니, 타이 당기는 솜씨가 예술이었다. 말썽꾸러기 강아지깨나 키워본 듯한 솜씨였다.

"1학기가 끝나기 전에 사표 낼 거예요. 당신 앞에 얼씬도 않을 자신 있어요. 그러니까 교장 쌤한테 입도 뻥끗하지 말아요. 그만둬도 내가 그만둬요. 두줄인 끝까지 나 혼자 책임져요. 알겠어요?"

잡아챌 때와 마찬가지로 재빠르게 타이를 놓은 희원은 두준의 대답도 듣지 않고 찬바람이 쌩 일도록 몸을 돌려 성난 코뿔소처럼 자리를 벗어났다.

"천천히 걸어요. 넘어지면 어쩌려고……."

불안해진 두준이 그녀의 뒤를 따르려다가 우뚝 멈춰 섰다.

"근데, 방금 대체 뭐라고 한 거야? 사표는 그렇다고 쳐도, 내 앞에 얼씬도 않을 거라는 소리는 뭐야? 그리고 뭐? 두줄? 귀가 어두운가? 강두준이라고 몇 번을 알려줬는데……. 책임은 내가 질 거라니까. 거참, 선생님이라 그런가? 책임감 한번 투철하네."

이미 저만치 사라져 점이 되어가는 희원을 바라보던 두준이 흐트러진 넥타이를 정돈하다가 왼쪽 가슴께를 꾹 눌렀다.

"부회장님, 그런 걸 마음대로 결정하시면 어쩌라는 겁니까? 오늘 저녁 약속은 대체 어쩌실 거냐고요?"

본관 중앙현관까지 배웅 나왔던 교장과 교감이 안으로 들어가자마자 시형의 잔소리가 시작되었다.

"뭘 어째? 그런 거 조정하는 게 비서가 해야 될 일 아닌가?"

"하, 그럼 지금 제가 심심할까 봐 일거리 만들어주려고, 갑자기 저녁 약속 일정을 바꾸셨다고요?"

"그럼 어쩌나. 교장선생님이 꼭 참석해 줬으면 좋겠다고 간곡히 부탁하시는걸."

"혹시 시간이 괜찮으시면, 이란 말이 간곡한 부탁이 될 줄은 몰랐네요. 아우, 진짜, 일주일 전부터 잡혀 있던 약속을 이제 와 어떻게 취소합니까?"

"내가 얘기 안 했었나? 이 실장 목소리가 꽤나 설득력 있다고. 이 실장은 대한민국에서 두 번째로 설득력 있는 목소리를 가졌어. 용기를 가져."

칭찬은 고래도 춤추게 한다고, 전생에 고래였기라도 했는지 칭찬이라면 그저 좋은 시형은 금세 멋쩍은 듯 헛기침을 했다.

"흠, 제가 두 번째면 첫 번째는 누굽니까?"

"나."

이런 순간에도 전혀 설득력이 없는 목소리로 깨알같이 자기자랑을 해주시는 강두준 부회장님 덕에 가라앉으려고 했던 시형의 짜증이 다시 급상승했다.

"아, 네. 그럼 약속 취소는 부회장님께서 직접 하시는 게 낫겠네요. 아니, 죽을 때가 가까워 온 것도 아니고, 계획된 일 아니면 화장실도 안 갈 것 같은 양반이……."

시형이 나발을 불어대거나 말거나 잘 가던 두준이 갑자기 우뚝 멈춰 섰다.

부딪칠 뻔하다가 놀라운 순발력으로 멈춰 선 시형이 순간 움찔했다.

아무리 짜증이 나기로서니 죽을 때 운운한 건 역시 너무했나 싶어서 두준의 눈치를 살폈지만, 그의 시선은 먼 데를 향해 있었다.

의아한 마음에 시선을 따라가 보니, 좀 전 두준의 가슴에 얼굴을 처박고 있던 여자가 젊은 남자와 함께 1층 복도를 걸어가고 있었다.

희원이 웬 기생오라비 같은 놈과 친밀하게 복도를 걸으며 얘기를 나누고 있었다.

그냥 지나치고 말았어도 될 장면이 두준의 눈에 콕 들어와 박혔다.

그의 가슴에 얼굴을 파묻는 만행을 저지르는 것으로도 모자라, 넥타이를 잡아당겨 달짝지근한 입김을 흩뿌려서 심장에 이상 증상을 일으켰던 발칙한 여자는, 끝까지 책임지겠다는 달콤한 공수표를 남발한 지 얼마나 지났다고 새파랗게 젊은 놈이랑 복도를 다정하게 횡단하고 있었다.

이쯤 되면 시형의 잔소리는 일도 아니었다. 회식 자리에 참석하기로 한 결정은 백 번 생각해도 잘한 일이었다.

희원과 진지하게 얘기를 나눠볼 필요성도 있었고, 무엇보다 그의 이름을 제대로 각인시켜 줄 필요가 있었다. 괴상망측하게 두줄이가 뭐란 말인가.

"이 실장, 내가 두준이라고 하면 두줄이라고 들리나?"

"네? 그건 또 무슨 소립니까?"

"아니, 됐어. 그보다 이 실장, 스케줄 조정할 수 있지?"

"네에. 월급 받아먹는 처지에 기라며 기어야지 별수 있습니까. 근데, 결혼할 사이라고 하기는 되게 어색해 보이던데요."

"애 엄마가 부끄러움을 많이 타는 스타일이야."

"제가 보기엔 부회장님의 일방통행이 아닌가 싶은데요."

"날 끝까지 책임지겠다는데, 그래도 일방통행인가?"

"허, 별스럽네요. 책임지라고 덤비는 게 정상 아닌가?"

"남다른 매력이 있지."

"그러게요. 미인이시네요."

희원의 외모에 대한 시형의 칭찬이 두준에게 이중적인 감정을 불러일으키고 있었다.

어차피 결혼 상대로 생각하고 있으니까 뿌듯함이야 그런가 보다 해도, 슬쩍 짜증이 솟구치는 건 왜일까?

고개를 갸웃하던 두준이 매서운 눈길로 시형을 흘겨본 뒤 걸음을 옮겼다.

괜스레 뜨끔해진 시형이 잽싸게 따라붙었다.

3. 우리 아이 태명

점심시간의 소란함이 상담실 안으로 미세하게 스며들고 있었다.

세현과 마주 앉은 지 벌써 5분, 희원은 말머리조차 꺼내지 못하고 있었다. 하지만 이렇게 앉아만 있다간 말 한마디 못 하고 점심시간이 끝나 버릴 것이다.

"세현아, 혹시 삼촌이 어제 다른 말씀 없으셨니?"

"아니요. 삼촌 그렇게 한가한 사람 아니에요."

"그, 그래?"

"그리고 저희 삼촌 계획에 없는 일은 잘 안 하는 편이에요. 철저한 계획주의자죠."

철저한 계획주의자? 그럼 뭐야? 끈질긴 정자를 숨긴 채 타임에 나타난 것도, 그녀와 잊을 수 없는 하룻밤을 보낸 것도, 다 계획된 일이었단 말인가?

그래서 마치 준비하고 기다렸던 사람처럼 결혼 얘기를 꺼내고, 두줄이에 대한 책임을 운운했던 건가?

'어머, 어머. 이거 뭐야? 종족번식 프로젝트, 그런 거 아니야?'

즉흥적인 감정과 우연이 겹쳐진 일을 순식간에 SF영화로 둔갑시켰던 희원은 이내 고개를 저어버렸다.

그런 계획적인 프로젝트였다면 뛰어난 유전형질을 얻기 위해서라도 그녀보다는 좀 더 괜찮은 상대를 골랐어야 맞았다. 계획적인 프로젝트라 하기는 너무 허점이 많았다.

'두줄아, 그렇다고 엄마 유전형질이 남보다 떨어진다거나 그런 건 아니란다. 네가 좋은 것만 물려받으면 되는 거야. 알았지?'

'좋은 것만'이라는 생각을 할 때 하필이면 두준의 얼굴이 3D 입체영상으로 머릿속을 가득 채웠다.

매일 관리받기라도 하는 건지 무슨 남자가 피부까지 깨끗했다.

눈은 또 어떻고. 아몬드 형에 가는 쌍꺼풀, 우수에 찬 눈망울까지, 넥타이를 잡아당겨 코앞에서 마주한 두준의 얼굴은 얄미울 정도로 흠잡을 데가 없었다.

잡아당겨서 마주할 때는 화난 마음에 미처 인식하지도 못했는데, 아름다운 것에 약한 이놈의 뇌는 쓸데없이 두준의 얼굴을 각인시켜서는 시시때때로 그녀의 머릿속에 영상을 띄워댔다. 이러다가 두줄이가 강두준을 너무 닮지나 않을까 걱정스러울 정도였다.

"선생님."

"어?"

SF와 각인된 기억을 넘나들며 생각의 바다를 유영하던 희원이 세현의 갑작스러운 부름에 화들짝 놀라며 현실로 돌아왔다.

"저 고백 하나만 해도 돼요?"

"어? 어, 그래."

"어제요, 병원에서 동생을 낳은 사람은 제 친엄마가 아니에요."

세현이 '어제요, 병원에서'까지 말했을 때는 드디어 올 것이 왔구나 생각했지 이런 뜬금없는 고백을 듣게 되리라곤 짐작조차 못 했다. 어떻게 반응해야 할지 난감해진 희원의 미간이 슬쩍 구겨졌다.

"아, 뭐, 그렇다고 해서 신데렐라 계모 버전, 그런 건 아니니까 너무 걱정하실 필요는 없으시고요."

"그, 그래? 다행이구나."

"울 아빠랑 엄마는 스무 살에 결혼해서 스물한 살에 저를 낳았어요. 아빠의 말에 의하면 정말 불꽃같은 사랑이었대요."

"불꽃같은 사랑?"

"네. 할아버지 반대 때문에 더 시뻘겋게 타올랐다나 봐요."

"그러면 두 분은……."

희원은 괜한 동질감에 뭉클했다. 세현 역시 부모의 사랑 때문에 피해 본 케이스가 아닐까 싶어서 차마 헤어지셨냐고 마저 묻지 못했다.

"헤어졌냐고요? 아니요. 엄마는 지병으로 제가 여섯 살 때 돌아가셨어요."

"어머, 그러니?"

희원의 음성에 안타까움이 잔뜩 담겼다.

"워낙 어릴 때라 엄마 얼굴 잘 기억도 안 나요. 아파서 누워 있었던 날이 대부분이라 별로 추억도 없고. 저를 키운 건 80%가 삼촌이에요. 아빠는, 아, 저희 아빠 강한준이에요. 아시죠?"

내가? 너희 아빠를?

"글쎄다. 유명한 분이시니?"

"모르시는구나. 월간미술이라는 잡지에도 여러 번 실렸었는데. 저희 아빠 화가예요. 여인 시리즈로 유명한, 준화랑 관장."

"혹시 그 오후 3시의 여인……."

"네, 맞아요. 저희 아빠 작품이에요."

이름을 연결시키지 못했을 뿐 여인 시리즈로 유명한 강한준 화가라면 회원도 알고 있었다. 미란이 광적으로 좋아하는 화가였으니까.

미란이 덕에 준화랑에서 열리는 전시회에도 몇 번 간 적이 있었다.

작년인지 재작년인지 기억은 확실치 않지만, 강한준이 열두 살 연하의 큐레이터와 결혼한다는 기사를 미란이 가져다 놓은 잡지에서 본 적이 있었다.

그 사람에게 이렇게 큰 딸이 있었다니, 새삼 놀라웠다.

"새엄마는 준화랑에서 일하던 큐레이터 언니였어요. 아빠가 워낙 젊으니까 평생 수절하고 살 거라고 생각한 건 아니었지만, 새엄마 나이 때문에 좀 충격이었죠."

왜 아니겠는가? 한준보다 열두 살 연하면 세현과는 겨우 여덟 살 차이였다. 엄마라기보단 언니에 가까운 나이 차였다.

"그랬겠네. 이해가 간다."

"그래도 뭐, 사이가 나쁜 건 아니에요. 엄마보단 언니같이 느껴질 때가 많지만."

"그래, 다행이구나. 그런데 아빠랑은 사이가 안 좋은 거니?"

"네? 아니요. 사이 괜찮은데요."

"좀 전에 80%는 삼촌이 키웠다고……."

"아아, 오해하셨구나! 아빠가 좀 즉흥적이고 제멋대로라서요. 아이를 키우기엔 적합하지 않은 사람이거든요. 저 어렸을 땐 할아버지, 할머니 두 분 다 바쁘실 때였고, 삼촌 아니었으면 아마 일하시는 분들 손에 컸을 거예요. 우리 삼촌, 아빠보다 네 살이나 어린데, 책임감 하나는 남달랐거든요. 모르긴 몰라도 철저한 계획주의자가 된 데는 아빠의 영향이 컸을 거예요."

남다른 분석 능력까지. 역시 세현은 똑 부러지는 제자였다.

'강두준은 서른네 살이었구나!'

새로운 정보를 입수한 희원의 뇌가 의식하지 못하는 사이 또다시 각인 작업을 시행하고 있었다.

"너희 삼촌, 대한재단 이사장님이더구나. 왜 아빠가 안 맡으시고……."

3년 전 희원이 대한고등학교에 들어올 때만 해도 이사장은 대한그룹 강찬길 회장이 맡고 있었다.

"에이, 선생님, 여태 뭘 들으셨어요? 저희 아빠 즉흥적이고 제멋대로에 책임감 제로라니까요. 준화랑 제대로 운영하고 있는 것도 거의 새엄마 덕일걸요. 할아버지가 재단 일에 얼마나 공을 들였는데, 아빠한테 맡길 리가 없죠. 건강 안 좋아지시고 바로 삼촌한테 넘기셨어요."

아빠에 대한 평가를 저렇게 객관적으로 하기도 참 힘들지 않을까 싶었다. 불현듯 강두준의 조카답다는 생각이 들었다.

냉철하고 책임감 있고 계획적인 강두준.

왠지 밤을 함께 보낸 열정적인 강두준과는 자꾸 멀어지고 있는 것 같은 기분이 들었다.

"제 고백은 여기까지예요. 예술혼 남다른 젊은 아빠에 어린 새엄마, 갓 태어난 남동생까지. 꼭 숨겨야 될 건 아니지만, 친구들한테 밝히기엔 좀 그런 얘기. 그러니까 비밀이에요."

"그걸 왜 굳이 선생님한테 알려주는 거니?"

"서로 비밀을 공유하는 거죠."

희원의 일에 비하면 비밀 같지도 않은 비밀을 털어놓은 세현의 비밀 공유라는 말은 상당히 미심쩍을 수밖에 없었다.

"비밀 공유라…… 그럼 뭐가 달라지지?"

"저는 제 고민을 털어놓을 데가 생겨서 좋고, 쌤은 밝히고 싶지 않은 일을 비밀로 할 수 있어서 좋고. 아빠랑 새엄마는 지금 너무 꽃날이고, 삼촌은 고민 상담 상대로는 별로거든요."

희원은 왠지 시커먼 뒷거래에 엮인 것 같은 기분이 들었다.

제자를 상대로 비밀로 해달라고 먼저 사정할 입장은 아니지만, 이건 왠지 발목 잡히는 것 같은 느낌이었다.

"저기, 세현아, 어떻게 말을 꺼내야 할지 난감하긴 한데 말이다. 어제……."

"저는 상관없어요."

"뭐?"

"쌤 인생이잖아요. 가정사가 좀 복잡해서 이런 일에 영향받을 만큼 멘탈이 약하지도 않고, 색안경 끼고 볼 만큼 유치하지도 않아요."

"그, 그래?"

왠지 리틀 황미란과 마주하고 있는 느낌이었다. 그녀의 똑 부러지는 제자는 쿨내가 진동을 했다.

"고맙구나."

"별말씀을요. 대신에 저 쌤한테 수시로 고민 상담해도 되죠?"

"물론이지."

"고마워요, 쌤. 저 이만 나가 볼게요."

"그래. 시간 내줘서 고맙다."

도대체 누가 선생님이고 누가 학생인지 모를 상담이 훅 지나가 버렸다.

희원의 엄청난 비밀을 함구하는데, 담임으로서 그냥도 해줘야 하는 고민 상담 5분 대기조가 조건이라니, 이건 세현이 그녀를 봐주겠다는 소리나 다름없었다.

세현은 상관없다고 말했지만, 한참 예민한 시기에 전혀 상관없을 수가 없는 일이었다.

희원의 입장을 고려해 내보이기 싫은 자신의 가정사까지 털어놓으며 그녀를 안심시켜 준 세현이 너무나 고맙게 느껴졌다.

80%는 삼촌이 키웠다는 세현의 저런 성향은 삼촌의 영향을 받은 것

일까?

갑자기 궁금해진 희원은 조용히 문을 열고 나가는 세현의 뒤통수를 물끄러미 바라보다가 탁자에 늘어지듯 엎드렸다.

일시에 진이 다 빠져나간 것처럼 몸이 나른하게 늘어졌다. 회식이고 뭐고 오후 수업만 끝나면 집으로 가야 할 것 같았다.

❖

세현이 상담실 밖으로 나가자마자 저쪽 복도 끝에서 라니가 눈썹을 휘날리며 달려왔다.

"강세, 빨리빨리."

"왜? 고라니. 무슨 일 났어?"

이름이 구라니라 별명이 고라니가 되어버린 라니는 정말 고라니처럼 껑충껑충 뛰어와 세현의 손을 낚아채며 그녀를 깨알같이 흘겨봤다.

"고라니라고 하지 말랬지?"

"지는. 강세라고 하지 말랬잖아."

"그게, 뭐? 고라니보단 낫다. 빨리빨리 좀 뛰어. 이러고 있을 새 없단 말이야."

"왜? 무슨 일인지 말을 해줘야 뛰든지 기든지 할 거 아니야."

"태우 선배랑 기영 선배랑 농구 시합한대."

좀 전까지 뛰는 시늉이라도 했던 세현이 갑자기 멈춰 서더니 라니에게 반강제로 끌려가고 있었다.

라니의 사랑을 한 몸에 받고 있는 장태우는 세현의 이웃사촌 오빠였고, 덩치깨나 크고 힘깨나 써서 종종 말썽을 일으키곤 하는 기영은 태우와 같은 반 학생이었다.

"그게, 뭐? 점심시간도 거의 끝나가는구만. 난 그냥 교실……."

"시끄러, 계집애야. 잔말 말고 따라와. 5분 동안 누가 더 많이 득점하는지로 승패를 가린대. 오래 안 걸릴 거야."

"5분이고 10분이고, 내가 왜 수컷들 서열 다툼하는 것까지 보고 있어야 되냐고?"

"어머, 어머, 이 계집애 눈 높은 것 좀 봐. 어떻게 우리 태우 님을 수컷이라고 표현할 수 있니? 그리고 서열 다툼 아니래. 저명한 소식통에 따르면 여자 문제로 다퉜다는 거야."

"여자 문제? 진짜?"

"진짜."

끌려가던 세현이 라니와 발을 맞춰 뛰기 시작했다.

'장태우가 여자 문제로 다퉜단 말이지.'

세현의 가슴속에 희망이 샘솟고 있었다.

"뭐 더 자세히 아는 건 없어?"

이제는 반대로 라니가 세현에게 끌려가는 형상이었다.

세현이 나는 듯이 뛰면서 묻는 말에 헉헉거리는 라니의 숨소리가 먼저 되돌아왔다.

"헉헉, 더 자세한 거? 알지, 알지. 내가 모르는 게 어디 있냐. 헉헉, 아이고, 천천히 좀 가자. 우리 태우 님 농구하는 것도 못 보고 저세상 가게 생겼네. 좀 전에 체육관으로 가는 중이라고 했으니까, 아직 시작 안 했을 거야. 그러니까 좀만 천천히, 헉헉."

세현의 뛰는 속도가 조금 늦춰졌다. 샘솟은 희망에 주체를 못 하고 너무 방방 날았나 보다.

체육관은 3학년 교실이 있는 동관 3층보다 상담실이 있는 본관에서 더 가까웠다. 어차피 농구하는 거 보고 싶어 가는 것도 아니고, 굳이 뛸 필요는 없었다.

"빨리 좀 말해봐."

빨리 걷는 정도로 속도를 더 늦춘 세현이 라니를 재촉했다.

"있지, 이건 태우 선배랑 기영 선배 다투는 현장을 직접 목격한 선배의 친구에 그 후배의 친구에 같은 반 애가 말해준 건데…….."

"어우, 복잡해. 도대체 몇 다리야?"

"몇 다린지 그게 중요해? 그만큼 확실한 정보란 얘기지. 기영 선배 재수 없는 건 너도 알지? 오늘도 아마 어떤 여자애를 대상으로 지 맘대로 이리저리 요리하고 난리가 아니었나 봐. 이젠 아주 자뺑 말기 수준인가 보더라고."

"요점만 간단히, 그거 안 되니?"

세현의 닦달에 라니가 눈을 흘겼다.

"요점 막 들어가려고 했거든. 자꾸 중간에 끊지 좀 마."

"알았어, 알았어. 얼른 해."

제풀에 신난 라니는 세현의 재촉에 더 이상 토를 달지 않고 말을 이었다.

"근데 오늘따라 태우 선배가 끼어들었다는 거야. 태우 선배 그런 일에 별로 관심 안 가지는 거 너도 알지? 고고하신 우리 태우 님은 하찮은 것들하고는 아예 상대도."

"요점!"

"아씨, 그래, 요점. 태우 선배가 딱 일어나더니 목소리 쫙 깔고, 권기영 입 닥쳐. 그러더라는 거야. 그래서 체면 구긴 기영 선배가 싸우자고 덤비는데, 글쎄 태우 선배가 꼭 싸울 생각이면 차라리 건전하게 농구 시합을 하자고 했다는 거야. 폭력을 싫어하는 우리 태우 님답지 않니?"

폭력을 싫어하긴 개뿔, 허구한 날 꿀밤에 볼따구니 꼬집혀 봐라. 그런 소리가 나오나. 장태우는 그냥 귀찮은 일에 휘말리기 싫었던 거다. 이 순진한 고라니야.

"그래서 그 여자애가 누군데?"

"그 여자애?"

"기영 선배가 요리했다는 여자애."

"아아, 그 여자애. 그거야 모르지. 싸운 상황이 중요하지 그 여자애가 중요한 건 아니니까."

'이 고라니 새끼를 그냥 확!'

두 손을 기도하듯 앞으로 모으고 농구하는 태우를 볼 기쁨에 젖어 있는 라니를 매섭게 째려보던 세현이 깊게 심호흡을 했다.

장태우 팬클럽 회장답게 그녀의 태우 사랑은 지칠 줄을 몰랐다.

"강세 넌 대체 무슨 복을 타고난 걸까? 전생에 나라를 구했나?"

구한 게 아니라, 한 열댓 개 무너뜨렸지 싶다.

"너는 그냥 아무 생각 없이 태어나기만 했는데, 태우 님이 이웃사촌이잖아. 아, 부럽다, 계집애."

내가 태어나서 제일 후회한 게 그거다. 부러우면 장태우 이웃사촌 네가 해보던가?

장태우 흉봤다가 된통 얻어맞고 일주일 동안 라니 근처에도 못 갔던 걸 잊지 않고 있는 세현은 겉으로 내뱉지 못한 말을 꼬박꼬박 안으로 주워 삼키고 있었다.

자타공인 모범생에 대한고 여학생들이 자체적으로 만든 팬클럽까지 보유하고 있는 장태우는 안타깝게도 세현의 이웃사촌이었다.

그런 고로 잘생긴 데다 예의 바르고 친절하기까지 한 태우의 숨겨진 실체를 아는 사람은 세현뿐이라는 소리였다.

그는 귀차니즘 끝판왕에, 악마와 천사를 수시로 넘나드는 이중인격자에, 남의 약점을 쥐고 흔드는 간교한 놈이었다.

하지만 태우에 대한 세현의 평가를 믿어주는 사람은 아무도 없었다. 심지어 한집에 살고 있는 아빠와 새엄마마저도 세현보다 태우를 더 신뢰했다.

태우의 괴롭힘에 대해 하소연이라도 할라 치면, 친동생처럼 예뻐해 주는 거라며 그녀를 설득하기 바빴다.

강력하게 이사를 요구해 보기도 했지만, 이놈의 두 집안은 어찌나 정들이 도타우신지, 20년을 한결같이 형님 아우 하며 한집처럼 지내고 있는 통에 세현의 주장은 씨알도 안 먹혔다.

그런데 이제 드디어, 한 줄기 희망의 빛이 보이고 있었다.

그 숱한 밤들을 제발 장태우에게 여자친구가 생기게 해달라고 세상에 이름을 날린 모든 신에게 기도하며 허비했다.

그렇게 절실하게 빌었던 이유는 딱 한 가지였다. 여자친구가 생기면 그녀는 태우의 관심 대상에서 멀어질 테니까.

장태우는 매사에 무신경하고 뭐든 대충 하는 것 같아 보였지만, 실상 하나에 꽂히면 만족스러운 결과를 얻을 때까지 놀라운 집중력을 보이는 집착남이었다.

초등학교 때는 큐브를 맞추는 데 열을 올렸고, 중학교 때는 키와 근육을 키우기 위해 온갖 운동에 열중했으며, 재작년엔 오버워치라는 게임에 미쳐 그랜드마스터 등급까지 오른 뒤에 손을 뗐으며, 작년엔 요리를 배우겠다고 허구한 날 괴상한 음식을 들고 와 그녀를 괴롭혔다.

그의 집중력은 대단해서 만족스러운 결과를 얻는 데 그리 오래 걸리지 않았고, 태우의 관심은 곧 다른 것으로 옮겨가곤 했다.

그런데 태우가 유일하게 17년 5개월 동안이나 관심을 끊지 않고 있는 대상이 바로 세현이었다.

참 낭만적으로 들릴 법한 얘기였지만, 실상은 그렇지가 않았다. 한마디로 요약하자면 태우에게 있어 세현은 그저 똘마니였다.

그런 그에게 여자친구가 생기게 된다면, 분명 강세현 똘마니는 방해꾼으로 여겨질 것이 뻔했다.

세현은 장장 17년하고도 5개월 만에 진정한 자유를 맛보게 되는 것이다.

자유, 이 얼마나 뭉클한 단어인가.

장태우에게 빼앗겨 봄을 잊었던 나의 들에도 드디어. 으, 하하하하!
세현 독립 만세!

"강세, 미쳤냐? 뭐 하냐?"

라니가 눈을 부라리며 높이 쭉 뻗은 세현의 양팔을 끄집어 내렸다.

너무 흥분한 나머지 진짜 만세를 부르고 말았다는 걸 깨달은 세현이
창피함에 멋쩍게 웃어 보였다.

체육관은 이미 소식을 들은 '태우사랑' 멤버들로 가득했다.

태사 팬클럽 회장의 특권을 십분 활용한 라니가 농구 코트가 코앞인
위치에 세현과 함께 자리를 잡았다.

태우와 기영이 몇몇 추종자를 이끌고 체육관 안으로 들어서고 있었다.

분위기에 고무된 듯 흥분한 기영에 비해 태우는 특유의 심드렁한 표
정이었다.

태사 애들, 저 표정에 아주 죽는다. 벌써 여기저기서 감탄사와 비명
이 터져 나오고 있었다.

장태우 실체도 모르는 한심한 것들.

"꺄아악!"

돌고래가 부럽지 않을 라니의 비명에 세현의 인상은 더욱 일그러졌다.

아직 농구는 시작도 안 했는데, 여기저기서 박수와 함성이 툭툭 튀
어나오고 있었다.

그 와중에 태우는 교복 재킷을 또 그럴듯하게 벗어주셨다.

장태우 성격상 저건 분명 의식하고 하는 행동임이 분명했다. 그렇지
않고서야 재킷 하나 벗는데도 모델 흉내를 낼 리가 없었다. 게다가 모
델 워킹까지 선보여 주신다.

'어어, 왜 이쪽으로 오는데? 저리 가. 가! 가란 말이야.'

17년 5개월 똘마니의 표정이 무엇을 뜻하는지 알아채지도 못하는 태우는 세현에게로 성큼성큼 다가와 재킷을 획 던져 그녀의 얼굴을 덮어버렸다.

'아우, 씨, 진짜. 90년대 코스프레해? 창피하게 뭐 하는 짓이야?'

옆에 앉은 고라니가 발을 동동거리며 '꺄악~ 어떡해. 어떡해'를 남발하고 있었다.

정말 세현이 하고 싶은 말이었다.

대체 이 상황을 어떻게 벗어나야 할지 난감하기 이를 데 없었다.

창피하다고 계속 태우 옷 속에 숨어 있는 것도 우스운 일인 것 같아서 막 옷을 끄집어 내리려던 순간이었다. 세현의 뒤에 앉은 여자애들 둘이 날 선 목소리로 속닥거렸다.

"야, 앞에 앉은 애, 맞지? 강세현. 쟤 때문에 태우랑 기영이 시합하는 거라며?"

"응. 장태우 취향 의외지 않니? 생긴 건 꼭 여우같이 생겼구만. 남자애들 취향은 이해할 수가 없다니까. 쟤보단 내가 훨씬 낫지 않니?"

"그러니까."

들으라고 일부러 그러는 건지 대놓고 속닥거리며 키득대는 소리에 태우의 교복을 움켜쥔 세현의 손이 부들부들 떨렸다.

벌떡 일어난 세현이 교복을 라니에게 툭 던져 준 뒤, 저만치 서 있는 태우를 흘기며 몸을 획 돌렸다.

기영 역시 세현에게 교복을 맡기러 왔다가 당황하며 라니에게 툭 던져 준 뒤 신경질적으로 머리를 헝클이며 재빠르게 돌아갔다.

얼결에 태우와 기영의 교복을 받아 들고 멍해 있던 라니가 뒤늦게 세현을 불렀지만, 그녀의 귀에 들릴 리가 없었다.

내 똘마니는 내가 지킨다는 장태우의 철칙이 발동한 것이 분명했다.

늘 그랬다.

태우는 허구한 날 세현을 교묘하게 괴롭힐망정, 그녀가 다른 사람에게 괴롭힘을 당하거나 부당한 대우를 받는 걸 그냥 두고 보는 법이 없었다.

세현이 절대로 이해할 수 없는 태우의 이런 행동 양상은 다른 여자애들의 오해를 불러일으키기 십상이라, 오늘의 다툼도 여자 문제로 소문난 것이 분명했다.

그녀에게 관심을 보인 기영의 마음까진 알 수 없었지만, 아니, 알고 싶지도 않았지만, 태우의 마음이라면 너무나 잘 알고 있었다.

태우는 단지 자신의 똘마니를 흠집 내는 게 싫었던 것이다.

장태우가 여자 문제에 관심을 가졌다는 헛된 희망은 김칫국 한 사발을 안긴 채 숱한 핍박의 뒤안길로 사라져 가고 있었다.

이렇게 요행만 바라다간 평생 장태우의 똘마니로 살아야 될 수도 있었다.

지금부터 장태우만을 위한 완벽한 맞춤 여자친구를 그녀의 손으로 직접 구해주리라.

굳은 결의에 불타오른 세현은 그녀를 불러 세우는 지훈 또한 보지 못했다.

지훈은 희원과 함께 상담실로 들어갔던 세현을 따라 체육관까지 와 버렸다.

그의 예리한 촉이 틀리지 않았다면 희원과 세현 사이에 분명 뭔가가 있었다.

희원에 대한 정보를 얻고 싶은 그로서는, 세현은 더할 나위 없이 좋은 상대였다.

세현에게서 딱히 얻어낼 것이 없다고 해도 친해둬서 나쁠 것 없다는 계산에 지훈은 줄곧 그녀를 따르며 기회만 엿봤다.

세현이 가까스로 혼자 떨어져 나왔기에 말을 시켜보려 했지만, 예쁘장한 모습과는 어울리지 않게 눈에 살벌한 불길이 일고 있어 지훈은 그저 어깨만 으쓱하고 말았다.

계속 따라가 볼까 고민하던 지훈은 체육관 안으로 성큼성큼 걸어가 라니 옆에 털썩 자리를 잡고 앉았다.

"안녕?"

"아, 안녕하세요."

교복을 끌어안은 여학생의 얼굴은 금세 붉어졌다.

"나 누군지 알아?"

"네, 교생선생님이요."

"하하, 기억해 줘서 고마워. 넌 이름이 뭐니?"

"고라, 아니, 구라니요."

"구라니? 이름이 참 예쁘네."

세현이 덕에 라니만 이래저래 남자 복 터진 날이었다.

❖

"오, 웬일이래? 이런 고급진 데서 회식을 다 하고."

김 선생 말마따나 오늘 회식 장소는 그들이 단골로 애용하곤 하던 삼겹살집이 아니었다.

희원은 갑자기 회식 장소가 횟집으로 변경되었다는 소식에 흥분한 회 킬러 김 선생에 의해 막무가내로 끌려왔다.

"장 선생, 우리 교장쌤 올해 정년인가?"

"글쎄요, 아직 좀 남지 않았나요?"

"그치? 근데 이게 웬일이래? 가실 날이 가까워 왔나? 자기도 들어오면서 들었지? 이런 고급 횟집을 통째로 빌리다니, 믿겨져?"

과히 믿기지 않는 상황이긴 했다. 연회 장소로 쓰이기 딱 좋게 생긴 횟집 중앙 홀은 자리마다 경계를 나누고 있던 파티션이 제거되어 더 휑해 보였다.

식탁엔 이미 샐러드를 비롯한 갖가지 해산물들이 보기 좋은 그릇에 담겨 자태를 뽐내고 있었다.

한 테이블당 삼겹살 4인분 한정을 외치던 것과는 비교도 안 될 규모였다.

회식이 시작됨과 동시에 늘어나는 술병과 음료수병에 촉각을 곤두세우곤 하던 행정실 이태민마저 오늘은 여유로운 자태였다.

"교장쌤 로또 맞았나?"

"장 선생, 무슨 헛소리야. 우리 교장쌤 로또 맞았어도 학교 회식비에 단돈 만 원 한 장 보탤 양반 아니거든."

"그러기야 한데……."

"오늘 학교에 이사장 다녀갔다고 하던데, 회식하라고 금일봉이라도 내렸나 보지."

이사장이라는 말에 희원은 자동반사적으로 흠칫하며 김 선생 눈치를 봤다.

죄짓고도 아무렇지 않게 잘사는 사람들이 참 대단하게 느껴지는 순간이었다.

"우리도 얼른 앉자. 어디가 좋을까?"

김 선생의 물음에 희원은 재빨리 자리 배치도를 스캔했다. 입구에서 제일 안쪽엔 교장과 교감이 앉을 게 뻔했다.

눈치 봐서 슬쩍 빠져나가려면 아무래도 입구가 가까운 쪽이 편하겠다는 생각에 김 선생을 잡아당겨 점찍어놓은 곳에 막 자리를 잡고 앉자, 기다리기라도 한 것처럼 누군가 그녀의 옆자리를 차지하고 앉았다. 누군지를 확인하는 희원의 인상이 미세하게 일그러졌다.

"여기 앉아도 될까요?"

이미 자리에 앉은 지훈이 여전히 상큼한 미소를 머금은 채 물었다.

"아니요. 젊은 남선생님들 저 앞쪽에 모여앉아 있네요. 아무래도 저쪽으로 가는 게 낫겠네요."

지훈과 엮이고 싶지 않은 희원이 단호하게 말을 건넸다.

"낯을 좀 가려서요. 다 모르는 분들이라……."

낯가리는 거 좋아하네. 어디 그런 씨도 안 먹힐 소리를…….

"그래, 장 선생. 어차피 모르는 사이도 아니고, 앉아요. 앉아."

김 선생은 이미 앉아 있는 지훈을 붙박이 시키기라도 할 것처럼 경쾌하게 손을 팔랑거렸다.

"제가 낄 자리가 아닌데, 괜히 왔나 봅니다."

"아유, 무슨 그런 소릴. 아침에 교감선생님도 꼭 참석하라고 하셨잖아요. 마음 푹 놓고 어서 먹어요."

간만에 접하는 꽃미남에 김 선생은 아주 신이 났다.

"이지훈 선생님, 뭐 하나 물어봐도 돼요?"

김 쌤, 여행 얘기는 꺼내지도 마세요.

"네. 살살 물어주십시오. 하하."

놀고 있네. 언제 적 개그를.

"호호호, 이 선생님 은근 위트 있네. 혹시 여행 좋아해요?"

김 쌤, 얘는 여행보다 여관을 더.

"네. 여행 엄청 좋아하죠."

"어머, 그렇구나! 어쩜 나랑 취향이 비슷하네."

감격스레 손바닥을 마주친 김 선생의 눈은 여행 좋아하는 꽃미남을 만난 즐거움에 반짝반짝 윤이 났다.

"그래요? 여행 좋아하십니까?"

"아유, 말해 뭐……. 교장선생님 오신다. 근데, 저 사람은 누구래?

엄청 잘생겼네."

입구 쪽을 향해 앉아 있던 김 선생의 잘생겼다는 소리에 희원은 순간 등골이 오싹했다.

잘생긴 사람이 두준만 있는 건 아닌데, 희원의 촉은 왜 꼭 두준인 것만 같은지 알 수가 없었다.

"어머, 어머. 이사장님이다. 장 선생, 이사장님 한 번도 못 봤지?"

"네? 네."

"나도 3년 전에 먼발치로 딱 한 번 봤는데, 워낙 출중한 외모라 기억이 나네. 장 선생도 얼른 봐봐. 보통 인물이 아니라니까. 어머, 이리 온다. 웬일이니?"

설레발치며 자세를 바로잡는 김 선생에 비해 희원은 탁자 밑으로 들어갈 듯 몸을 움츠렸다.

입구로 들어서는 교장과 두준에게서 시선을 돌린 지훈이 희원의 반응을 유심히 살피고 있었다.

제법 요란스러운 소음들이 비트로 깔린 와중에도 묵직한 발자국 소리만 희원의 귀에 들어와 꽂혔다.

점점 거리를 좁히는 발자국 소리에 혹시나 두준이 아는 척이라도 하면 어쩌나 가슴이 무섭도록 콩닥거렸다. 하지만 그녀의 우려와는 달리 발자국은 멈추는 법 없이 지나가 버렸다.

안도와 묘한 아쉬움이 뒤섞인 한숨을 토해내려는 순간, 그녀의 어깨 위에 묵직한 손이 올려졌다. 희원은 소스라치게 놀라며 얕은 비명을 질렀다.

"선배, 어디 아파요?"

휴, 지훈이었다. 지훈이 놈의 쓸데없는 붙임성이 발동을 한 것이었다.

"……워."

"네? 뭐라고 했어요?"

지훈은 고개를 한껏 기울여서 희원의 얼굴 가까이 가져다 댔다.

"손 치우라고."

갑자기 고개를 드는 희원의 볼에 어느 부윈지 모를 지훈의 얼굴이 슬쩍 닿았다.

하지만 희원은 그런 것 따위 신경 쓸 겨를이 없었다.

여전히 그녀의 어깨를 점령하고 있는 지훈의 손을 툭 쳐낸 희원은 마음의 준비를 하듯 두어 번 심호흡을 한 뒤, 두준이 지나갔을 방향을 향해 서서히 시선을 옮겼다.

"헉!"

멀리 갔을 거라 여겼던 두준은 두 발짝만 옮기면 닿을 거리쯤에 멈춰 희원을 무섭게 노려보고 있다가, 그녀와 눈이 마주치자마자 고개를 획 돌려 버렸다.

두준은 곧 자리를 안내하는 교감을 따라 앞쪽에 위치한 테이블로 걸음을 옮겼다.

"진짜 끝내주지?"

멍한 희원의 의식을 뚫고 김 선생의 목소리가 날아와 꽂혔다.

"네? 뭐가요?"

"에이, 시치미 떼기는. 자기, 좀 전에 이사장 얼굴 보고 놀란 거 아니야. 잘생겨도 너무 잘생겼지? 가까이서 보니까 진짜 장난 아니네. 그치?"

"네. 뭐……."

희원은 두준이 앉아 있는 테이블을 힐끔 쳐다봤다.

어디에 앉아 있건 도드라져 보이는 사람이었다. 잘난 거야 이미 알고 있었지만, 학교 이사장이라는 명예를 뒤집어쓰고 나타난 두준은 그 어느 때보다 멀게 느껴졌다.

지금의 그는 그녀와 열정적인 밤을 보낸 환상 속의 남자도 아니었고, 잡아채는 넥타이에 맥없이 끌려오던 두줄이 아빠도 아니었다.

아무리 그렇다고 해도 그 무서운 눈길은 뭐란 말인가? 그녀가 이 자리에 참석한 게 못마땅하다는 의미였을까? 어차피 사표 낼 사람이 회식 자리엔 꼬박꼬박 참석한다는 비난의 눈길이었을까?

교장이 무어라 말을 건넨 것인지 지금 그는 설핏 미소를 보이고 있었다.

아는 척이라도 하면 어쩌나 조마조마했으면서, 외면하고 가버린 걸 고마워해야 맞는데 희원의 마음은 이상하게도 참담하기 그지없었다.

"선배, 그만 쳐다보고 이것 좀 먹어봐요. 새우버터구이 이거 엄청 맛있네."

너무 물끄러미 쳐다보고 있었나 보다. 지훈이 그녀의 앞접시에 새우구이를 옮겨 담으며 팔을 툭 쳤다.

"이 선생이나 먹어요. 그리고 장 선생님이라고 하세요."

새우구이를 지훈의 접시로 옮긴 희원의 시선이 다시 저 앞으로 향했다.

일순 두준과 시선이 마주쳤다고 느꼈다. 하지만 그건 마치 그녀만의 착각인 것처럼 그의 시선은 재빠르게 옮겨졌다.

"사석이잖아요. 사석에서만이라도 선배라고."

"회식도 업무의 연장인 거 몰라요?"

"장 선생, 뭐 안 좋은 일 있었어? 오늘따라 왜 그렇게 날카로워? 우리 이 선생 울겠네."

김 선생에게 지훈은 어느새 '우리'가 되어 있었다.

"희원 선배가 학교 다닐 때부터 워낙 좀 도도했어요."

고집도 쇠심줄 같은 놈, 곧 죽어도 장 선생님이라는 호칭 대신 선배라고 칭했다.

"도도? 그거 장 선생 얘기 맞아요? 장 선생은 겸손이 미덕인 사람인데. 그 덕에 못난이 정희 선생이 미모 담당이랍시고 설치는 거 아니야."

김 선생은 작년에 새로 부임한 정희를 유난히 탐탁지 않아했다.

스물다섯 어린 나이에 얼굴까지 곱상하게 생긴 정희는 학생들뿐 아니라 선생님들한테도 인기가 많은 편이었다.

원한 건 아니었지만 대한고 미녀 선생님 부동의 1위를 차지하고 있던 희원의 인기가 한풀 꺾인 것도 정희가 부임하면서부터였다.

웃을 때마다 귀염성 있게 패는 보조개며 콧소리 살짝 섞인 목소리를 가진 정희는 희원의 눈에도 매력 있어 보이긴 했다. 그러니 남자들 눈엔 오죽했으려고.

같은 윤리 과목을 담당하고 있기 때문인지 김 선생만 유독 정희에 대한 평가를 박하게 했다. 호박씨를 대량 생산할 인물이라나.

아무튼 호박씨를 대량 생산할 능력을 소유하고 있는 정희는 애교까지 타고나서 교장 이하 거의 모든 남선생님한테 귀염을 독차지하고 있었다.

오늘도 알아서 옮긴 건지 권유를 받은 건지 교장과 교감, 두준이 앉은 자리에 떡하니 한자리 차지하고 앉아 무한 보조개를 발사하고 있었다.

"저 봐. 벌써 냉큼 자리 차지하고 꼬리 치고 있는 거 봐. 정희 선생은 윤리가 아니라 사교 같은 거 가르쳐야 된다니까."

김 선생이 입을 삐죽이며 하는 소리에 희원은 그저 피식 웃고 말았다.

예쁜 얼굴로 생글생글 웃기까지 하는데 어느 남자라고 좋아하지 않겠는가? 봐라. 사회특권층 두줄이 아빠 얼굴에도 꽃이 피었다.

"자자, 다들 식사하면서 들으세요."

드디어 올 것이 왔다. 대한고 회식 날이면 어김없이 찾아와 여러 선생님들의 심금을 울리는 그것.

"새 학기를 시작하는 뜻깊은 회식 자리를 맞아."

절대로 빠질 수 없는 그것.

"교장선생님이 한 말씀."

분명 한 말씀인데 한 말씀이 아닌 것 같은 교장선생님의 한 말씀이 시작되려 하고 있었다.

그나마 오늘은 횟집이니 망정이지 삼겹살집이였다면 불판 위에 올려놓은 삼겹살은 다시 접시로 얌전히 옮겨놓는 게 상책이었다.

음식이 식는 건 예사였고, 따라놓은 맥주는 찝찔한 맹물이 되는 걸 감수해야 했다.

물론 먹으면서 들으라고는 하지만, 괜히 먹는 소음을 보태 눈총을 사고 싶어 하는 선생님은 아무도 없었기에 말씀 시작과 동시에 회식 일시 중단이었다.

"하시기 전에 귀한 시간 내주신 이사장님의 말씀 먼저 듣도록 하겠습니다."

그 어마무시한 교장선생님 한 말씀에 오늘은 이사장님 한 말씀까지 추가되었으니, 아무래도 회는 매운탕에 넣어서 먹어야 하지 않을까 싶은 상황에 여기저기서 숨죽인 한숨 소리가 절로 새어 나왔다.

그러거나 말거나 자리에서 일어난 두준은 일순 조용해진 홀을 쭉 둘러본 뒤, 뭘 알기라도 하는 것처럼 입꼬리를 쓱 끌어 올려 속모를 미소부터 지어 보였다.

다시없을 명품 미소에 여선생님들은 급하게 숨을 몰아쉬었다.

"학생들의 미래를 걱정해서."

현재도 아니고 미래까지 나왔다. 명품 미소와는 상관없이 두준의 한 말씀은 아무래도 30분을 넘기지 싶었다.

"그러시는 줄은 알지만, 제가 학교 다닐 때 가장 견디기 힘들었던 건 교장선생님 훈화 말씀이었습니다. 회식 자리에서까지 그럴 필요는 없겠죠. 자, 오늘은 맘껏 드시고 즐기다 돌아가십시오. 이상입니다."

30분이 아니라 30초 만에 끝났다.

횟집 중앙 홀에 우레와 같은 박수 소리와 함성이 울려 퍼졌다. 더구나 다음 교장선생님 한 말씀을 안내하려던 교감은 이내 교장한테 제지를 받고 씁쓸한 표정으로 자리에 앉고 말았다.

회식 분위기는 고조됐고 각자들의 화제에 제각각 다 즐거워 보였다. 앉은자리가 불편한 건 희원뿐인 것만 같았다.

몰래 빠져나가려던 희원은 옆자리에 앉은 지훈 덕에 번번이 타이밍을 놓치고 있었다.

한편, 두준의 눈은 수시로 기생오라비와 앉은 희원에게로 돌아갔다. 얼마나 친한 사인지는 몰라도 음식을 서로의 접시로 옮기는 모습이 아주 가관도 아니었다.

"이사장님, 이사장님."

"아, 네. 무슨."

"음식이 별론가 해서요. 드시진 않고 계속 입구 쪽만 바라보고 계시기에……."

교장이 조심스럽게 묻는 말에 두준은 고개부터 젓고 봤다.

"아닙니다. 맛있네요. 제 걱정 마시고 교장선생님 많이 드십시오. 저, 그보다 저쪽에 앉은 저분도 선생님인가요? 많이 젊어 보이는군요."

"저쪽이라면 누구……."

"장 선생 옆에 앉은 친구라면 교생실습 나온 명운대 학생입니다."

목을 쭉 빼고 두리번거리는 교장을 대신해 교감이 얼른 답을 하고 나섰다.

"아, 그래요? 학생이었군요."

'저 여자 취향이 연하였나? 쯧.'

"이리로 오라고 할까요?"

계속 시선을 떼지 못하고 있는 두준의 눈치를 보던 교감이 듣던 중 반가운 제안을 해왔다.

"요즘 대학생들은 어떤 의식을 가지고 있는지 궁금했던 참인데, 그래도 되겠습니까?"

"물론입니다."

교감은 두준이 원한다면 별이라도 따다 바칠 기세로 일어나 지훈에게 손짓을 하며 이쪽으로 오라고 소리를 높였다.

얼떨떨한 표정으로 일어난 지훈은 똑같이 얼떨떨한 표정인 희원을 힐끔 쳐다본 뒤, 앞으로 나아갔다.

"이사장님이 대화를 나눴으면 하시네요. 자리가…….."

"최정희 선생님이라고 했나요?"

지훈이 앉을 자리를 마련하려고 두리번거리는 교감을 대신해 두준이 앞에 앉은 정희에게 말을 건넸다.

"네, 이사장님."

"자리 좀 피해 주겠어요. 이지훈 씨가 앉을 자리가 없네요."

부드럽게 말을 건네는 두준의 얼굴에 떠오른 미소에는 일반인들은 눈치채지 못할 사악함이 깃들어 있었다.

이사장의 말이라 무시하지도 못한 정희는 얼굴을 붉히고 일어나, 얼른 자리를 내주는 남선생님들 테이블로 옮겨갔다.

이로써 두준은 일석이조의 효과를 거두는 데 성공했다.

기생오라비를 희원의 곁에서 떨어뜨려 놓고, 거슬릴 정도로 대놓고 귀여운 척하는 정희를 다른 테이블로 보내고.

진짜 대놓고 귀여운 척하는 저런 스타일은 그의 취향이 아니었다. 자신은 의식하지 못하고 하는 행동 같은데 귀여워 보이는 희원이 같은 스타일이…….

에헤이, 지금 무슨 생각을 하는 거야?

엉뚱한 데로 흘러가려는 생각을 떨쳐 내려는 듯 두준은 고개를 살짝 저었다.

자리에 조심스럽게 앉은 지훈은 두준의 눈치를 보며 먼저 말을 꺼냈다.

"저, 저한테 무슨 하실 말씀이 있으신지……."

"명운대 학생이라고요?"

"네, 4학년입니다."

"아, 긴장할 필요 없어요. 요즘 대학생들은 어떤 생각을 가지고 있는지 알고 싶어서 부른 것뿐입니다."

"아, 네."

긴장할 필요 없다는 두준의 말에도 지훈은 눈에 띄게 긴장하고 있었다.

두준의 사악한 미소는 깊이를 더해갔다.

"그래서 말인데요, 연대적 질서와 도덕을 강조하는 사회이론을 형성한 교육사회학의 권위자 에밀 뒤르켕은 교육은 사회생활 준비를 갖추지 못한 어린 세대에 대한 성인 세대의 영향력을 행사하는 것이라고 했지 않습니까?"

뭐? 뒤르, 뭐? 영향력 행사?

지훈의 머릿속이 복잡하게 얽혀 들어가고 있었다.

어디선가 들어본 내용 같긴 한데, 대체 무슨 질문을 하려고 저러는지 짐작조차 가지 않았다. 마치 대기업 면접관 앞에 앉아 있는 기분이었다.

"네. 네. 그분이 그랬죠."

지훈은 열심히 고개부터 끄덕인 뒤 긴장하며 다음 말을 기다렸다.

"그렇다면, 남의 여자 어깨에 무람없이 손을 올리는 것에 대해서는 어떻게 생각합니까?"

"네?"

지훈뿐 아니라, 두준의 교육학 지식에 진중하게 고개를 끄덕이고 있던 교장과 교감도 그의 엉뚱한 질문에 놀라 어리둥절한 표정이었다.

"하하하, 농담이었습니다."

날카로운 눈빛으로 지훈을 바라보던 두준이 웃음을 터뜨리고 나서야 모두 어설프게 따라 웃었다.

지훈은 농담 같지 않은 농담에 억지웃음을 지으면서도 괜스레 뜨끔했다.

"이지훈 씨는 술 좀 합니까?"

"네, 조금."

"그럼 한잔해요."

"아, 네. 이사장님도."

"나는 차를 가져와서요. 데려다줄 사람도 있고. 그냥 음료수 마시겠습니다."

지훈은 술잔을 기울이며 두준의 눈치를 살폈다. 두준의 날카로운 눈빛은 자주 그에게로 쏘아졌다. 자신도 모르는 새 뭔가 크게 잘못을 저지른 것만 같았다.

울림이 좋은 웃음소리에 희원의 시선이 자연스레 두준에게로 향했다.

옆에 붙어서 귀찮게 하던 지훈을 불러 간 두준은 뭐가 좋은지 소리를 내서 웃고 있었다.

물끄러미 바라보던 희원은 미간을 짙게 일그러뜨리며 고개를 획 돌렸다.

좀 전부터 계속 이 모양이었다. 무의식중에 웅성웅성 뭉뚱그려진 소음들 속에서 그의 목소리를 찾아내기 위해 촉각을 곤두세우고 있었다. 그녀의 모든 감각이 자꾸 그를 쫓고 있었다.

원치 않는 방향이었고, 좋지 않은 현상이었다.

희원은 꿈틀거리고 있는 산낙지를 젓가락으로 툭툭 건드리며, 이건 분명 페로몬 때문일 거라는 핑곗거리를 가져다 붙였다. 두준은 어떤 여자가 봐도 호감을 느낄 정도의 페로몬을 마구 분비하고 있었으니까.

그게 아니라면, 엄마와는 달리 산낙지를 과히 좋아하지 않는 두줄이가 아빠를 간절하게 원하는 것이거나.

"장 선생, 진짜 한잔 안 할래?"

소주잔을 비우고 내려놓은 김 선생이 아쉬운 듯 물어왔다. 같이 주거니 받거니 하던 지훈이 자리를 옮겨간 뒤 혼자 기울이는 술잔은 별로라며 희원을 자꾸 부추기고 있었다.

"컨디션이 별로라 진짜 안 당기는데, 어쩌죠?"

"그러게, 그 좋아하던 낙지도 괴롭히고만 있는 거 보면 어디가 단단히 안 좋긴 한가 보네."

희원은 낙지를 찌르고 있던 젓가락을 내려놓으며 피식 웃어 보였다.

"그러니까요. 좀 으슬으슬 추운 것도 같고, 감기 오려나 봐요. 아무래도 저 먼저 일어나야 될까 봐요."

"어어, 그럼 나도 가야지."

"아직 다 드시지도 않았잖아요. 그냥 저 먼저 갈게요."

"나 혼자 뭔 재미로 먹나?"

주섬주섬 가방을 챙겨 일어나는 희원의 눈에 막 몸을 일으켜 제자리로 돌아오고 있는 지훈의 모습이 보였다.

지훈은 취기가 오른 듯 살짝 비틀거리고 있었다. 두준이 연거푸 따른 술은 모두 지훈이 마셨나 보다.

"마침 이지훈 선생 돌아오네요. 둘이 한 잔 더 하세요."

"어머, 그러네. 그럼 그럴까?"

김 선생은 싫지 않은 듯 집어 들었던 가방을 다시 슬쩍 내려놓았다.

"그럼 재밌게 놀다 들어가세요."

마지막 인사를 건넨 뒤 자리를 벗어나려던 희원이 위태롭게 다가오는 지훈을 한 번 쳐다본 뒤 김 선생을 향해 허리를 숙였다.

"김 선생님, 제 말 오해하지 말고 들어주세요."

"어? 뭐? 말해."

"이지훈 선생은요, 여행보다 여관을 더 좋아해요."

"응? 그게 무슨 소리야?"

"지조가 없는 녀석이라고요. 한마디로 늑대예요."

일급비밀을 알려주듯 근엄하게 전한 희원의 말에 김 선생은 잠시 멀뚱멀뚱 별 반응이 없었다. 그러다 일시에 요란한 웃음이 터져 나왔다.

당황한 희원은 재빨리 주변을 살폈다. 잠시 이쪽으로 향했던 시선들이 다시 각자의 관심사로 돌아가는 것을 확인했다. 그 와중에 곧장 뻗어온 두준의 시선을 느낄 수 있었다.

최대한 조용히 사라지고자 했던 희원의 계획이 김 선생의 요란한 웃음소리에 의해 틀어질 것만 같았다.

"김 쌤, 그만 좀 웃으세요. 그게 뭐가 웃긴 소리라고."

"하하, 웃기지 안 웃겨? 지훈 씨 같은 꽃미남이 늑대가 돼준다면 나야 땡큐지. 안 그래?"

"아이 참, 김 선생님, 그 앞의 말은 못 들으셨어요? 지조가 없다니까요."

"하하, 그래, 그래. 알았어. 쟤가 없으면 나라도 있으면 되지, 뭐. 걱정하지 말고. 흐흐, 어서 들어가. 하하."

한번 웃음이 터져 버린 김 선생은 주체 못 하고 웃어댔다.

난감해진 희원은 잠시 망설이다가 결심을 굳힌 듯 입구를 향해 종종걸음을 쳤다. 자칫 잘못하다 누군가의 시선을 끌기라도 하면 몰래 자리를 벗어나긴 힘들어질 게 뻔했다.

뒤에서 '어, 희원 선배' 하는 어눌한 소리가 들려왔지만, 돌아보지 않고 부지런히 횟집을 빠져나왔다.

어디선가 불어온 봄바람이 한기를 몰고 왔다.

너무 이르게 꺼내 입은 봄 외투는 한기를 덜어주기엔 역부족이었다.

양팔을 손으로 감싼 희원은 어깨를 한껏 움츠렸다. 심각한 방향치에다 길치인 희원은 그 자리에 멈춰 선 채 망설이고 있었다.

분명 횟집에서 정면으로 보이는 길을 통해 들어온 것 같은데, 앞쪽길이 영 낯설게 느껴졌다.

가방에서 휴대폰을 꺼낸 희원은 잠시 만지작거리다가 다시 집어넣었다.

"계집애, 데리러 오라고 하면 짜증 내겠지? 으, 봄이 뭐 이렇게 추워."

"집에 가는 겁니까?"

"악!"

희원은 갑자기 들린 목소리에 화들짝 놀라 비명을 지르며 뒤를 돌아봤다.

꾹 누른 손바닥 아래서 가슴이 거칠게 뛰고 있었다. 놀랐기 때문인지, 목소리의 주인공이 두준이기 때문인지 분간하기가 힘들었다.

"놀라게 하려던 게 아닌데, 미안해요."

"어, 괘, 괜찮아요."

바지주머니에 손을 찔러 넣은 두준이 괜찮다고 말하는 희원을 유심히 살피고 있었다.

깊고도 나른한 그의 눈빛은 그 밤 타임에서 그녀를 바라보던 때와 흡사한 것 같았다.

교사 신분으론 다시 입는 것조차 상상하기 힘든 블랙 미니드레스를 입고 있었던 그때와 지금의 희원은 현저한 차이를 보이고 있었지만, 그는 그 밤이나 지금이나 변함없이 멋진 자태였다.

희원은 자신도 모르는 새 뒷걸음질을 치고 있었다.

두줄이를 책임지겠다며 갑작스러운 청혼을 했다가, 순식간에 그녀를 외면하는 양면성을 보여줬던 사회특권층 강두준에게 손을 내밀게 될까 봐 겁이 났다.

"전 이만 가보려고요."

"데려다줄게요. 같이 갑시다."

"아니요. 혼자 가겠습니다. 감사합니다."

몇 발짝 뒷걸음질 치던 희원은 그대로 몸을 돌려 도망치듯 허둥대며 횟집 정원을 벗어났다.

하지만 그녀의 도망은 그 지점에서 끝이 났다.

횟집 정원을 벗어나자마자 그녀를 맞이한 건 기억에 없는 낯선 광경이었다. 횟집으로 올 때는 김 선생의 차를 타고 주차장까지 쭉 들어왔기 때문에 길을 눈여겨볼 필요가 없었다.

졸지에 길 잃은 미아라도 된 것처럼 막막했다.

한적한 곳에 자리 잡은 횟집 앞길은 모두 네 갈래로 나누어져 그녀를 혼란스럽게 만들고 있었다.

"분명 저쪽에서 꺾어 들어온 것 같긴 한데…… 엄마야!"

돌연 상큼한 향이 훅 끼쳐 오더니 그녀의 어깨 위로 내려앉았다. 한기가 돌던 몸이 따뜻한 옷에 푹 감싸였다.

"죄지은 거 많습니까? 왜 자꾸 놀라는 겁니까?"

"자꾸 놀라게 하시잖아요."

제법 신경질적으로 말을 뱉어낸 희원은 부담스럽기 짝이 없는 그의 외투를 돌려주기 위해 벗으려 했다. 하지만 곧 두준에 의해 제지를 당했다.

"추워 보여요. 그냥 입고 있어요."

그녀가 추워 보인다고 말하는 그를 힐끔 쳐다봤다.

'이사장님도 추워 보여요'라는 말을 준비한 채 쳐다본 것이었지만,

북풍한설에도 열을 뿜어내는 산삼이라도 삶아 먹은 것인지 드레스셔츠에 베스트 차림인 그는 전혀 추워 보이지 않았다.

"근데, 여기 서서 뭐 하는 겁니까?"

"어, 그게. 휴우, 어디로 가야 할지 모르겠어요. 길을 잃었어요."

말해놓고 보니 이중적인 의미가 내포되어 있다는 생각이 들었다. 희원은 횟집 앞에서도, 그녀의 인생에서도 길을 잃었다.

"제가 심각한 방향치에 길치라 처음 와본 곳에선 곧잘 이래요."

다른 의미는 차단하고 싶은 마음에 희원은 괜한 설명을 덧붙였다.

"잘됐네요. 나는 방향도 길도 잘 찾습니다. 없는 길도 만들어낼 수 있는 능력을 갖추고 있죠."

두준의 말도 어쩐지 이중적인 뜻을 내포한 것처럼 들렸다.

"그러니까 여기 서 있지 말고 내 차 탑시다."

지금 이 남자의 말은 그저 집에 데려다주겠다는 것일까? 아니면 자신의 인생에 동승하라는 말일까?

희원은 종잡을 수 없는 속내를 얼굴에 그대로 띄워놓은 채 그를 멍하니 쳐다보고만 있었다.

"당신 아니었으면 여기 올 이유도 없었어."

이 남자가 왜 이러는 걸까?

희원의 머릿속에 가장 먼저 떠오른 생각이었다.

그녀의 추측이긴 했지만, 오전까진 희원의 해고를 염두에 뒀던 사람이었고, 좀 전만 해도 회식에 참석한 게 탐탁지 않은 듯 그녀를 매섭게 노려보기까지 한 사람이었다.

그랬던 그가 회식에 참석한 이유는 오로지 그녀 때문이라고 말하고 있었다. 어떻게 받아들여야 할지 알 수가 없었다.

"우리 좀 더 신중하게 얘기를 나눠봤으면 좋겠다고 한 것 같은데, 아닙니까?"

'아, 그 이유였어?'

"네, 그랬죠. 그래야죠."

"그럼 이제 차로 갑시다. 좀 춥네. 아, 그렇다고 그 옷 벗어달란 소린 아닙니다. 좀 빨리 움직입시다. 다른 사람 눈에 띄면 좋을 거 없으니까."

두준의 말에 그제야 제 처지를 깨달은 희원이 주변을 부지런히 두리번거렸다.

회식 자리에서 말도 없이 몰래 빠져나와 오늘의 스페셜 게스트나 다름없는 두준과 단둘이, 그것도 그의 외투를 걸친 채 서 있었다. 절대로 다른 선생님들 눈에 띄면 안 되는 상황이었다.

둘은 약속이라도 한 듯 아무 말 없이 움직여 주차되어 있던 그의 차에 올랐다.

차 안은 꽤 넓고 쾌적했다.

"방향치에 길치라도 집 주소는 아는 거죠?"

두준의 물음에 눈매를 일그러뜨린 희원이 그를 흘겨봤다. 입가에 웃음을 매달고 있던 그의 표정이 서서히 굳어졌다.

"농담이었습니다."

희원이 불퉁한 목소리로 주소를 말한 뒤 고개를 돌려 버린 후에도 두준은 한동안 그녀를 바라보고 있었다.

희원의 총명한 눈은 동그래질 때만 예쁜 게 아니었다. 원망과 투정을 담은 채 흘겨볼 때는 또 다른 매력을 발산하고 있었다. 나쁘지 않았다.

"오전에 말했던 제안, 생각해 봤습니까?"

생각해 보고 말고 할 것도 없었다. 그녀는 불변의 답을 준비해 놓고 있었다.

"저는 이사장님과 결혼할 생각 없습니다."

"강두준입니다."

"네?"

"내 이름 이사장님도 아니고, 강두줄도 아니고, 강두준이라고요."

"네, 알고 있어요. 근데, 매번 그렇게 이름이 중요한가요?"

희원은 졸지에 그를 쓸데없이 이름에 집착하는 쪼잔한 인간으로 몰고 있었다.

그게 다 누구 때문인데. 하룻밤을 몽땅 훔쳐 간 어떤 여자가 5만 원짜리 두 장 대신 명함 한 장만 놓고 사라졌어도 이름에 한 맺힐 일 따위 생기지도 않았다.

"어쩌다 보니. 오전엔 나를 두줄이라고 부르기에 다시 한 번 확인시켜 주는 겁니다."

"두줄이요? 그거 이사장님 이름 아닌데요."

출발해서 잘 가고 있던 차가 갑자기 일렁거렸다.

"그럼 그건 누굽니까?"

두준은 지금 희원이 책임지겠다고 한 사람이 자신이 아니라는 사실에 충격을 받은 상태였다.

그 나름대로 해석한 아침의 상황은 심하게 꼬여서 어디부터 잘못된 건지 알 수가 없었다.

"아기 태명이요."

아기 태명? 그 이상한 이름이?

"아니, 그런 걸 왜 혼자 막 결정합니까?"

"내 아이니까요."

"반은 내 아입니다."

두준의 목소리가 조금 높아졌다. 아직 태어나지도 않은 아이를 두고 소유권 주장이라니. 참 웃지 못할 상황이었다.

"아니라고 몇 번을 말해요."

희원의 목소리도 질 수 없다는 듯 살짝 격앙됐다. 잘 가던 차는 아예 도로변에 정차를 해버렸다.

"증거 있습니까?"

"네?"

"내가 아빠 아니라는 증거 있냐고요?"

"왜 억지예요? 제가 아니라잖아요."

"장희원 씨 말 믿을 수가 없어. 무슨 이유로 이렇게까지 우기는 건지 모르겠지만, 정 나를 설득하고 싶으면 그 실체 없는 결혼 상대라도 데려와 보든가. 참 나, 그런 걸 태명이랍시고."

"두줄이가 뭐 어때서요?"

"아니, 예쁜 태명들이 얼마나 많은데, 내 아이한테 그런 개 이름으로도 안 쓸 희한한 이름을 붙여줍니까? 장희원 씨 미술선생님인가? 아니면 수학선생님이야? 줄 긋는 거 좋아하나?"

"국어선생이고요, 줄 긋는 거 아주 안 좋아하고요, 그래도 우리 아이 태명은 두줄로 할 거고요. 됐나요?"

중후한 엔진 소리가 깔린 차 안에 잠시 침묵이 찾아들었다.

야무진 목소리로 또박또박 한마디씩 뱉어낸 희원은 '감히 우리 두줄이 이름 갖고 트집을 잡아' 하는 표정으로 팔짱을 낀 채 그를 노려보고 있었다.

"됐습니다."

"네? 뭐가요?"

뜬금없는 '됐습니다'는 대체 뭐가 됐다는 건지 알 수가 없어 그녀를 혼란스럽게 했다.

"장희원 씨가 그렇게 원한다니 마음에 안 들긴 하지만, 우.리. 아이 태명 그냥 두줄로 하자고요."

특정 단어를 뚝뚝 끊어서 강조하는 두준의 말을 듣고 나서야 자신의 실수를 깨달은 희원의 눈이 화등잔만 하게 커졌다.

"아니에요."

"뭐가 말입니까?"

"일반적으로 쓰이는 그런 '우리'라고요. 말하는 사람이 듣는 사람을 포함하지 않고, 자신과 주위 사람을 집단적으로 가리키는 뜻의 그 우리라고요. 제 말 무슨 뜻인지 이해되시죠?"

"정말 국어선생님인가 보네."

두준이 고개를 갸웃하며 중얼거린 말이었다.

"무슨 뜻인지 이해는 가는데, 지금 이 자리엔 집단적으로 가리킬 만한 주위 사람도 없을뿐더러, 당신이 말한 '우리'는 분명 듣고 있는 나를 포함한 말이었습니다. 내 말, 무슨 뜻인지 이해되죠?"

이해력과 응용력을 고루 갖춘 학생을 마주한 희원은 심란하기 이를 데 없었다.

"그러니까 결론은 두줄인 우.리. 아이란 소립니다."

선언하듯 내뱉은 두준의 말에 희원은 판결문을 받아 든 것처럼 착잡했다.

원래 핏줄에 과하게 집착하는 스타일인가? 굳이 아니라는데, 굳이 자신의 아이라고 단정 짓는 두준을 이해할 수 없었다.

"이사장님 혹시, 종족번식 프로젝트, 그런 거 하는 건 아니죠?"

"그건 또 무슨 소립니까?"

이 남자는 불만스럽게 눈썹을 일그러뜨려도 그냥 잘 깎아 만든 조각 같았다.

내가 이렇게 잘난 남자를 유혹했었구나, 새삼 뿌듯해하던 희원이 흠칫하며 정신을 가다듬었다.

"아니, 이런 경우 말이에요, 여자 쪽에서 아니라고 하면 그걸로 끝인 게 일반적이지 않나요?"

"이런 경우 남자 쪽에 책임지라고 떼쓰는 게 일반적이죠."

"그거 안 하겠다고요. 이사장님으로서의 이미지 때문에 이런다는 거 알아요. 지금도 그렇고 앞으로도 아기를 빌미로 이사장님을 곤란하게 하는 일은 없을 거예요. 그러니까 안심하셔도 돼요."

"이해할 수 없군요. 내 이미지 관리와 아이를 책임지는 일이 무슨 관계가 있는 겁니까?"

두준은 정말 이해할 수 없다는 듯 미간을 일그러뜨렸다.

오전에 그녀를 해고자 명단에 올려놓았을지도 모른다고 생각한 건 순전히 착각이었을까?

"오전엔 강제로 책임을 떠안게 될까 봐 겁나는 것처럼 자꾸 절 외면했잖아요."

두준의 미간이 한층 더 짙게 일그러졌다. 그녀가 왜 성난 코뿔소처럼 그의 넥타이를 잡아당겼는지 이제야 알 것 같았다.

두준이 쇄골과 달콤한 숨결의 유혹을 이겨내려 고군분투하는 동안, 희원은 자신을 외면한다고 오해를 하고 있었다.

"오햅니다. 그러니까 그건…… 외면한 게 아니라 자제한 겁니다."

"자제요? 대체 그게 무슨……. 암튼, 외면이든 자제든 책임지라고 떼쓰는 일은 절대로 없을 거니까 마음 푹 놓으시라고요."

"그건 내가 원하는 방향이 아닙니다."

한 치의 물러섬 없이 대꾸를 하는 두준으로 인해 희원은 슬쩍 짜증이 일었다.

"그럼 뭘 어쩌자고요?"

"잊었습니까? 결혼하자고 했습니다."

"잊으셨어요? 전 안 한다고 분명 말했어요."

"이유가 뭡니까? 내가 마음에 안 드는 겁니까?"

지나가는 차량의 헤드라이트 불빛이 점멸하기를 반복하고 있었다.

운전대에 한 팔을 올린 채 그녀를 향해 옆으로 몸을 튼 그의 얼굴에 불빛들이 음영을 만들고 있었다.

마음에 안 드느냐고? 저 얼굴이, 저 형체가 마음에 안 든다고 말할 수 있는 여자는 드물 것이다. 하지만 결혼은 마음에 들고 안 들고의 문제가 아니었다.

"아니면, 달리 마음에 둔 사람이라도 있는 겁니까?"

두준의 말에 민욱의 얼굴이 언뜻 떠올랐다. 하지만 이제 그는 여러 의미에서 마음에 담으면 안 되는 인물이었다.

"있다고 하면 믿으실래요?"

지나가는 차에서 스며든 불빛이 그녀의 얼굴을 환하게 밝혔다가 다시 어둠 속으로 되돌려놓고 있었다.

살짝 찡그린 눈망울, 무의식중에 깨물고 있는 도톰한 아랫입술이 두준에게 열정적으로 타올랐던 그 밤을 다시 상기시켜 주고 있었다.

희원의 말은 믿기지도 않았지만 설령 마음에 둔 사람이 있다고 해도, 나이 어린 애송이를 포함한 그 누구에게도 순순히 그녀를 넘겨주고 싶은 마음은 없었다.

"믿지 않습니다."

얼굴이 일그러지며 찡긋하는 콧잔등이 그의 시선을 잡아끌었다.

희원이 그의 아이를 가졌기 때문인지, 아니면 그 밤이 만들어냈던 환상에서 제대로 빠져나오지 못했기 때문인지, 그도 아니면 한 달을 내내 집착하고 있던 문제여서 그런 건지, 그녀의 모든 것이 그에게 새로운 자극으로 다가왔다.

어려운 수학 문제 풀기는 지금부터 시작이었다. 엉뚱한 장소에서 우연히 찾은 수학문제지를 빼앗기고 싶은 마음은 눈곱만큼도 없었다.

"타당한 이유를 말해요. 왜 나와 결혼하기 싫은지."

"이사장님과 전 서로에 대해서 아는 게 하나도 없어요."

"그 말에는 심각한 오류가 있군요. 당신이 사회적 약자들에 대해 어떤 관심을 기울이고 있는지 알고 있습니다. 한 달 전에 읽고 있었던 책이 뭔지, 어떤 종류의 음악을 즐겨듣는지 알고 있습니다."

그때 타임에서 그와 함께 나눴던 대화들이었다. 그녀 또한 그에 대해 알고 있는 부분이기도 했다. 생각들이 모두 일치하지는 않았지만, 그래서 더 만족스러웠던 대화였다.

"난 당신이 어디를 만졌을 때 자지러질 듯 흥분하는지 알고 있습니다."

너무 급선회를 한 두준의 말에 희원의 얼굴이 순식간에 붉어졌다.

"귓불을 자극하면 나른한 한숨이 새 나온다는 것도, 허벅지 부근을 만지면 심하게 간지럼을 탄다는 것도, 가슴."

"그만! 그만요. 그런 원초적인 얘기는 좀 빼고 하면 안 돼요?"

"안타깝게도 우린 원초적인 부분을 더 많이 공유하고 있고, 나는 그 부분이 아주 마음에 듭니다. 그리고 그건 결코 나쁜 게."

"아우, 제발 그만요. '하나도'라는 말을 '거의'로 정정할게요. 그럼 됐죠? 그리고 제가 말하려던 건 그런, 음, 아무튼 우리는 결혼을 해도 될 만큼 서로 잘 알지 못해요."

"앞으로 알아가면 됩니다. 그리고 우린 특정 부분에서 아주 잘 맞는 편이고요."

놀랍도록 훌륭하게 잘 맞았다. 말랑하게 꼭 들어맞던 몸이 그리워, 한 달을 꼬박 밤잠을 설쳤다면 말 다 했지 않은가.

많은 경험을 해본 건 아니었지만, 두준은 확신했다.

그에게 그런 황홀경을 안겨줄 여자는 세상에 단 하나, 5만 원짜리 신사임당을 볼모로 던져 주고 사라진 장희원뿐이었다.

"거기서부터 시작하면 됩니다."

끈질긴 정자를 가진 집요한 남자는 원초적이기까지 했다.

누가 믿겠는가? 사회적 위치로 보나 지적인 모습으로 보나 고고하기만 할 것 같은 두준이 결혼의 시작은 원초적인 것에서부터라고 말할 줄 상상이나 했겠는가?

"아니요. 그래선 안 돼요. 결혼은, 가정은 사랑에서부터 시작하는 거예요. 이사장님은 절 사랑하지 않아요. 저도 마찬가지고요. 원초적인 끌림은 곧 사그라지기 마련이에요."

희원은 두준이 제발 이쯤에서 물러서 주길 바랐다. 그녀 또한 그 밤을 잊지 못하고 있었지만, 그건 단 하룻밤으로 끝났기 때문에 완벽하게 느껴지는 것일 수도 있었다.

한마디로 희소성의 문제였다. 완벽하고 황홀했던 밤이 하룻밤으로 끝나지 않고 계속 된다면 그건 더 이상 완벽하지도 황홀하지도 않을 것이 뻔했다. 그 뒤에 남는 건 서로에 대한 이질감과 후회가 될 것임은 자명한 일이었다.

"그럼 이제부터 그것도 해봅시다."

"네? 그거 뭐요?"

끝을 얘기하고 있는 이 마당에 이 남자는 자꾸 시작을 말하고 있었다. 희원은 두준이 대체 뭘 해보자는 것인지 알 수가 없었다.

"사랑, 그거 이제부터 해보자고요."

"네에?"

"내일 시간 있습니까?"

"아니요. 내일 학교에서 늦게까지……."

두준의 미간이 짙게 일그러졌다. 급하게 핑계를 대던 희원은 내일이 토요일이라는 걸 깨닫고는 미처 말을 끝맺지 못했다.

"마침 주.말.이라 잡힌 일정 오전에 당겨서 처리하고 나면 오후에는 시간 낼 수 있을 겁니다. 학교로 가면 되겠습니까?"

주말이라는 말을 강조하는 걸 보면 그녀가 거짓 핑계를 댔다는 걸 알고 있는 눈치였다.

"아니요. 내일이 토요일이라는 걸 깜빡했네요. 학교엔 안 갈 거예요. 대신 친구와 약속이."

"어제 봤던 그 친구들이라면 함께 만나도 상관없습니다. 첫날밤은 이미 치렀고, 프러포즈도 했고, 순서가 엉망이 돼버리긴 했지만, 데이트부터 다시 시작해 봅시다."

"싫어요."

그와 더 이상 엮이고 싶지 않았다. 차라리 하룻밤 상대로만 생각했을 때가 훨씬 나았다.

엉망이 되어버린 순서를 제대로 밟아 데이트부터 시작하는 평범한 만남을 가지기에 그는 너무 부담스러운 존재였다.

"그런 무책임한 행동은 안 됩니다."

"데이트하기 싫다는 의견을 말하는 게 무책임한 행동인가요?"

"우리 사이에 두줄이가 없었다면 그냥 순수한 의사 표현으로 받아 줄 수 있겠지만, 지금 희원 씨의 태도는 최소한의 노력도 해보지 않겠다는 말밖에 안 됩니다."

곧게 바라보는 두준의 시선엔 쉽게 거역하기 힘든 단호함이 담겨 있었다.

"나는 우리 두줄이가 엄마, 아빠의 사랑을 듬뿍 받는 제대로 된 가정에서 자라길 원합니다. 그러려면 결혼이 전제가 돼야 하는데, 장희원 씨는 결혼엔 사랑이 전제돼야 한다고 했죠?"

그는 여태까지의 대화를 정확하게 요약 정리해 주고 있었다. 희원의 고개가 절로 끄덕여졌다.

"서로를 알아가고 거기에서 사랑이라는 감정을 이끌어낼 수 있는지 보려면 지속적인 만남을 가져야 한다고 봅니다. 그러니까 데이트부터 시작합시다. 그게 두줄이에 대한 최소한의 예의라고 생각합니다."

어디 한 군데 반박할 만한 구석이 없었다. 대기업 부회장은 아무나 하는 게 아니구나! 하는 깨달음이 희원을 찾아들었다.

"내일 데이트하는 겁니다."

두준이 다시 한 번 확인 사살을 했다.

고민하듯 미간에 주름을 잡고 고개를 갸웃하던 희원은 마지못해 긍정의 답을 내놓았다.

"네. 하지만 한 가지는 짚고 넘어갈게요. 데이트를 승낙했다고 해서 이사장님의 결혼 제안을 승낙한 건 아닙니다."

"네. 그거면 됐습니다."

그거면 됐다고 말하는 그의 얼굴엔 자신감이 넘쳐흘렀다.

집에 데려다주는 것도 마다했던 그녀를 차에 태우고, 내일 데이트 승낙을 받아내기까지 채 30분도 걸리지 않았고, 그는 내내 여유로운 자태를 유지한 채였다.

이대로 그의 페이스에 말려들어 휩쓸려 가다가, 어느 순간 정신을 차리고 나면 원치 않았던 결혼을 한 채 후회하고 있는 것은 아닐까?

괜스레 밀려온 불안감에 한기를 느낀 희원이 걸치고 있던 옷을 한껏 여몄다. 그녀를 감싸고도는 상큼한 향, 희원은 두준의 외투를 그대로 걸친 채였다.

4. 첫 데이트

희원의 아파트 앞에 도착한 두준은 그녀가 엘리베이터에 오르는 것
까지 확인하고 돌아갔다.

보안을 문제 삼으며 아파트 안까지 따라올 것처럼 굴던 두준은 미란
과 함께 살고 있다는 말을 듣고 나서야 겨우 발길을 돌렸다.

정말 길고도 피곤한 하루였다.

피곤한 몸을 엘리베이터 벽에 기대고 눈을 지그시 감고 있다가 도착
을 알리는 음을 듣자마자 비척거리며 걸음을 옮겼다.

피곤에 전 눈은 뜨나마나한 상태였고, 팔은 한껏 처져 있었다.

희원의 움직임을 감지한 센서등이 눈앞을 환히 밝혔다.

엘리베이터에서 바로 마주 보이는 계단에 시커먼 덩치가 앉아 있다
가 갑자기 몸을 일으키는 바람에 화들짝 놀란 희원이 소리를 질렀다.

"꺄악, 너 뭐야? 애 떨어질 뻔했잖아."

"야, 진짜처럼 들리니까 웬만하면 말 좀 가려서 해라."

머리에 까치집을 지은 민욱은 바지주머니에 손을 찔러 넣고 삐딱한 자세로 서서 희원을 쳐다봤다.

살짝 치켜 올라간 짙은 눈썹과 약간 처진 입꼬리를 보아하니 지금 녀석의 심기는 상당히 불편한 상태였다.

"지금이 몇 시야? 바깥세상이 얼마나 험한데 늦은 시각까지 싸돌아 다니고 난리야?"

"아직 10시도 안 됐거든. 맞고 싶지 않으면 괜히 시비 걸지 마라."

희원은 어제 병원에서 헤어진 뒤 처음 대면하는 민욱의 시선을 똑바로 마주하기가 껄끄러웠다.

그녀는 그를 본체만체 문을 향해 돌아섰다.

"집에 미란이 없어? 비번 모르는 것도 아니고 들어가 있지……."

"비번 바뀌었어."

"응? 비번이 왜?"

얼결에 민욱을 똑바로 쳐다보자, 오히려 그가 희원의 시선을 피하고 있었다.

"너희 싸웠니?"

"애냐? 싸우긴 무슨."

입을 삐죽거리며 불만스레 벽을 발로 툭툭 차는 폼만 봐도 딱 싸운 모양새인데, 민욱은 어설프게 시치미를 뗐다.

"그래? 그럼 담에 보자. 잘 가."

"야아, 장희원."

"싸웠지?"

"그저 좀 약간의 오해와 의견 충돌 정도로 하자."

"싸웠다는 거네."

입을 삐죽거린 희원이 초인종을 누르려 하자 민욱이 말리고 나섰다.

"몇 번이나 눌렀어. 안 열어줄 거야."

"엄청 싸웠네."

희원이 휴대폰을 꺼내 들며 중얼거린 말에 민욱이 머리를 거칠게 헤집었다.

미란은 희원의 전화를 기다리기라도 한 것처럼 신호가 가자마자 받았다.

"문 열어."

희원의 한마디에 문 너머에서 요란한 소리가 들려왔다.

민욱이 열 번도 넘게 초인종을 누르고, 옆집 눈총을 받아가며 소리를 지르고, 손이 아프도록 두들겨 댔던 일이 무색하게 문은 너무도 쉽게 벌컥 열렸다.

"희원아, 나 그 사람 누군지 알았……."

문이 열리기 무섭게 들려왔던 미란의 목소리는 민욱을 보자마자 뚝 끊겼다.

"아무리 싸웠어도 그렇지, 문은 열어줘야지, 애 밖에서 울고 앉아 있더라. 뭐 해? 들어와."

뻣뻣하게 굳어 있는 미란을 지나쳐 들어가며 희원이 한 말에, 제집 드나들 듯 편하게 오갔던 일은 아예 없었던 것처럼 민욱은 어정쩡하게 서서 뒤통수만 긁적이고 있었다.

매섭게 노려보던 미란은 그대로 쌩 하니 몸을 돌려 거실로 향했다.

무언의 허락을 받은 민욱은 조심스럽게 안으로 발을 들여놓았다.

지칠 대로 지친 희원은 그들의 냉랭한 기운까지 신경 쓸 여력이 없었다.

소파에 널브러지듯 앉은 희원은 탁자 위에 수북이 쌓인 오렌지 껍질을 보고 헛웃음을 흘리고 말았다.

"황미란, 너도 임신했니?"

"것도 농담이라고 하고 싶냐? 어쨌든, 지금 그게 문제가 아니야. 나 두줄이 아빠가 누군지 알았다니까. 어쩐지 이상하게 낯이 익다 했어. 장희원, 우선 심호흡 좀 해봐. 후아, 후아."

미란은 과하게 가슴을 들썩거리며 희원에게 심호흡을 유도했다.

희원은 그저 심드렁하기만 했다. 더 이상 심호흡이 필요할 만큼 놀랄 일도 없었다.

"놀라지 마. 그 사람, 두줄이 아빠 있잖아. 대한그룹 부회장이야."

효과를 극대화하기 위함인지 미란의 말은 축축 늘어지고 있었다.

"그래?"

"이 반응 뭐야? 내 말 무슨 뜻인지 모르겠니? 그 사람 너희 학교 이사장이라고."

"그래, 알았어. 오렌지 더 없어?"

희원은 심드렁한 반응을 보이며 수북이 쌓인 오렌지 껍질을 뒤적거렸다. 상큼한 향이 코끝을 자극하자 괜히 오렌지가 먹고 싶어졌다.

그때까지도 소파 근처에서 어찌할 바를 모르고 엉거주춤 서 있던 민욱이 어디선가 오렌지와 접시를 찾아와 껍질을 벗기기 시작했다.

"얘 봐. 너 혹시 나 못 믿는 거야? 진짜라니까. 아직 일선에 나서는 일이 거의 없어서 얼굴은 잘 알려지지 않았지만, 아빠 말로는 곧 승계 과정을 밟게 될 거라고, 작년인가 대한그룹이 주최한 자선파티에서 아빠가 직접 소개까지 시켜줬다니까."

"작년 언제?"

민욱이 아무렇지 않게 툭 끼어들었다.

"언제긴 뭘 언제야. 12월 31일, 왜 네가 종 치는 거 보러 종로 가자고 했던 날 있잖아."

미란도 습관처럼 술술 답을 늘어놓았다.

껍질째 잘라 뜯어먹는 걸 좋아하지 않는 희원을 위해 오렌지 껍질을 벗겨 접시에 얌전히 담아내던 민욱도, 그걸 집어 입으로 가져가던 희원도 정지 화면처럼 멈춰 버렸다.

"생각 안 나? 내가 그날 민욱이한테 아픈 걸로 해달라고…… 헉!"

너무 많은 걸 실토한 뒤에야 제 실수를 깨달은 미란이 뒤늦게 입을 틀어막았다.

"나 바람맞히고, 다른 놈 소개받으러 간 거였어?"

"민욱아, 그게 아니고 미란이 아빠가 거의 강제로 데리고 간 거였어. 얜 끝까지 가기 싫다고 했……."

"장희원, 입 닫아라. 뭐? 애가 열이 펄펄 끓는다고? 형편없는 몰골 보여주고 싶어 하지 않을 테니까 절대로 오지 말라고? 혹시 너도 같이 따라갔었냐?"

"아아니."

강하게 부정하는 희원을 미란이 매섭게 째려봤지만, 그녀와 한배를 타고 싶은 마음은 눈곱만큼도 없었다.

평상시엔 뭐든지 다 들어줄 것처럼 구는 천사표 민욱은 거짓말에 민감하게 반응하는 편이었고, 때때로 통제 불능인 악마로 변하기도 했다.

심혈을 기울여 껍질을 벗기던 오렌지를 내팽개치듯 내려놓는 걸로 보아 민욱은 곧 악마로 돌변할 것 같았다.

"이민욱, 나한테 소리 지를 거 아니지? 우리 두줄이 다 듣고 있을 텐데."

애처로운 눈길을 한껏 꾸며낸 희원이 애교 같지도 않은 장희원표 애교를 선보이는 동안 미란은 인상만 잔뜩 일그러뜨렸다.

"황미란, 잠깐 나 좀 보자."

자리에서 벌떡 일어난 민욱이 먼저 미란의 방으로 향했다. 곧 희원과 미란의 소리 없는 다툼이 시작됐다.

'의리 밥 말아먹은 기집애. 어떻게 혼자만 쏙 빠져나갈 수 있냐?'

'뭐? 뭐? 내가 솔직하게 말하라고 했잖아. 신나서 엉덩이 흔들면서

갈 때 알아봤다니까.'

'아우 씨, 그러지 말고 뭐라고 말 좀 해줘.'

'몰라. 네가 알아서 해. 민욱이 네 말이라면 껌뻑 죽는다며?'

손짓과 입모양만으로 이어지던 희원과 미란의 격한 말다툼은 먼저 방으로 들어선 민욱의 묵직하고도 단호한 한마디로 끝이 났다.

"황미란, 얼른 안 들어오고 뭐 해?"

"어, 가. 가는 중이었어."

울상이 된 미란을 향해 희원은 두 주먹을 불끈 쥐어 보였다.

잠시 후 탕, 하는 요란한 소리와 함께 문이 닫히고 침묵이 찾아들었다.

문가에 서 있던 민욱이 미란이 방으로 들어서자마자 문을 탕 닫아버렸다. 흠칫 놀라는 미란을 유유히 지나친 민욱은 침대에 걸터앉았다.

"이리 와 앉아."

민욱이 자신의 옆자리를 눈짓으로 가리켰다.

"여, 여기 앉을게."

쭈뼛쭈뼛 다가간 미란은 티 테이블 의자 끝자락에 엉덩이를 슬쩍 걸쳤다.

"황미란, 난 너한테 거짓말 같은 거 안 해."

"작정하고 거짓말한 거 아니야. 나도 정말 너랑 종 치는 거 보러 가고 싶었다고. 근데 아빠가 참석 안 할 거면 집으로 당장 끌고 들어갈 줄 알라고 엄포를 놓으시는 바람에 어쩔 수 없었단 말이야."

미란은 유통업계에선 독보적인 위치를 점하고 있는 태신그룹의 3녀 중 막내였다.

남다르게 뛰어난 언니들이 경영과 패션 분야에 관심을 보이며 그룹 내에서 한자리씩 차지한 데 반해, 미란은 화가의 길을 택하며 일찌감치 후계 경쟁에서 발을 뺀 상태였다.

그런 막내딸의 앞날에 대한 황 회장의 걱정은 정도가 지나쳐, 원치 않는 선 자리를 강요하는 일이 종종 있었다. 작년 그 자선파티 참석도 그런 의도에서 강요되어진 것이다.

"그 얘기를 하려는 게 아니야."

민욱의 묵직한 목소리에 미란의 표정도 굳어졌다. 그는 어제 헤어지기 전 나눴던 대화의 연장선상에 있었다.

"이미 들어서 알겠지만, 희원이하고 나는 남매나 다름없이 자랐어."

희원의 엄마 선정과 민욱의 엄마 은혜는 동향 친구였다.

고등학교에 다닐 무렵 선정의 집이 이사를 하면서 잠시 공백이 있긴 했지만, 같은 대학에 입학하면서 다시 만난 그들은 친자매나 다름없이 지냈다.

뜻하지 않은 임신과 결혼, 이혼으로 부모와도 거의 왕래를 끊고 살았던 선정이 유일하게 의지하며 정을 나눴던 사람이 은혜였다.

경태와 이혼 후 선정은 은혜의 집 가까이로 이사를 했고, 다시 공부를 시작하면서 희원을 은혜에게 맡기는 일이 잦았다.

"다른 기억은 다 흐릿한데, 희원이 처음 만났을 때의 기억은 아직까지도 생생해. 비쩍 마른 데다 눈만 동그래서는 말도 없고 잘 웃지도 않는 못난이였지."

인형같이 생긴 애가 엄마 손도 안 잡고 아장아장 걸어 들어와 아무 말 없이 고개만 까딱 숙여 보였을 때, 은혜는 자존심 강한 친구 맘 상할까 걱정돼 아이가 말을 못 하는 거냐고 차마 묻지도 못했다고 했다.

"희원이 우리 집에 온 첫날 제일 처음 한 말이 뭔지 알아?"

종일 엄마 한 번 찾지 않고 동화책만 보고 있었던 희원이 저녁을 먹을 무렵 은혜의 옷자락을 잡아당기며 물었다.

"아줌마, 우리 엄마가 혹시 저를 버린 걸까요?"

지금도 그렇지만, 정 많고 마음 여린 은혜는 대답도 못 하고 희원을 끌어안기부터 했었다.

말을 못 할 거라 여겼던 희원의 완벽한 언어 구사 능력에 놀라기도 했지만, 어린아이답지 않은 말투며 감정을 지워낸 담담한 목소리가 울며 떼쓰는 것보다 몇 배는 더 아프게 다가와 그렇게 하지 않을 수 없었단다.

"희원이 녀석 어머니가 처음 안았을 때 빳빳하게 굳어버려서는, 참 웃기지도 않았는데."

"하고 싶은 말이 뭐야?"

민욱이 하고 싶은 말이 뭔지 빤히 알면서도 미란은 퉁명스레 물을 수밖에 없었다.

민욱은 깨닫지 못하고 있는 것 같았지만, 희원의 얘기를 할 때 그는 눈빛부터 따뜻하게 물들었다.

저기에 정말 남녀 간의 사랑은 담기지 않은 걸까? 미란을 끊임없이 괴롭히고 있는 의문이었다.

"희원인 가족이야. 나한텐 동생 같고 누나 같고, 쌍둥이 형제 같은 존재라고. 희원일 상대로 다른 마음 가져본 적 없어. 불쑥불쑥 솟아나는 보호본능은 일종의 습관 같은 거야. 이해할 수 있겠어?"

미란은 잠시 대답을 망설였다. 이해할 수 있다고 하면 아마도 그들 셋은 지금까지와 다름없는 관계를 유지하게 될 것이다.

하지만 그녀가 이해하지 못한다고 한다면, 민욱과 헤어지는 것은 희원일까? 그녀일까?

"미란아."

민욱이 너무나 다정해서 녹아버릴 것 같은 목소리로 미란을 부르더니, 침대에서 일어나 티 테이블 의자에 앉은 그녀의 앞에 한쪽 무릎을 꿇고 앉았다.

"나는 분명 가족 같은 마음이고 일종의 습관 같은 거지만, 네가 그 것 때문에 상처받는다면 고치도록 해볼게."

따뜻하고 큰 손이 그녀의 무릎 위에 얌전히 놓인 양손을 다정히 감싸 쥐었다.

"나도 이렇게 될 줄은 몰랐는데, 내가 말이야. 너를 엄청나게 사랑하나 봐."

찰랑찰랑 눈물 고인 눈으로 민욱을 바라보고 있던 미란의 입술 새로 웃음 한 자락이 튀어나와 버렸다.

"어어, 웃어? 야, 나 창업하기도 전에 망하게 생겼어. 너 연락 안 되는 통에 어젯밤에 일도 제대로 못 하고, 오늘은 하루 종일 이 집 밖에서 진 치고. 철곤이 녀석, 나 여기서 이러고 있는 거 알면 아마도 죽이려고 덤벼들걸."

민욱의 엄살에 미란이 밉지 않게 입을 삐죽거렸다.

"이제 진짜 화 풀 거지?"

"하는 거 봐서."

"뭐 하는 걸 보여줄까? 우선 키스 한 번만 할까?"

"얘는. 미쳤나 봐. 밖에 희원이 있잖아."

"그러니까 키스만 한다는 거지."

무릎을 세운 민욱이 미란의 입술에 자신의 입술을 살짝 맞댔다가 떨어졌다.

흠칫 놀라며 한 손으로 입을 가렸던 미란은 몇 초의 망설임 끝에 그의 목에 팔을 감은 뒤 열렬하게 그의 입술을 찾아들었다.

적당히 쿨하고 적당히 무신경한 미란을 유일하게 쿨할 수 없게 만드는 존재. 그래서 미란은 민욱을 사랑할 수밖에 없다.

✤

"저 친구들, 언제까지 저러고 있을 건가?"

두준의 손짓에 미란과 민욱이 인형 뽑기 자판기 뒤로 재빠르게 숨어들고 있었다.

미란에게 떠밀려 부리나케 숨던 민욱은 자판기에 무릎을 부딪쳐 절뚝거리며 난리도 아니었다.

꽤 떨어진 거리임에도 우당탕탕 하는 소리가 들리는 것만 같았다.

정말 눈물겨운 우정을 선보이는 친구들 덕에 창피해 미칠 지경이었다.

커다란 선글라스와 푹 눌러쓴 모자만 아니었어도 그나마 덜 창피했을 텐데, '우리 지금 미행하고 있어요'라고 광고하는 것 같은 저 패션은 아마도 미란의 아이디어일 게 뻔했다.

저럴 거였으면 어제 함께 가자고 말했을 때 그러마고 할 것이지, 대체 뭐 하는 짓들인지 알 수가 없었다.

어젯밤 방에서 무슨 짓을 했는지 둘 다 얼굴이 상기되어 나온 미란과 민욱은 설핏 잠이 들려는 희원을 깨워 본격적으로 취조를 하기 시작했다.

2대 1 양방향으로 진행된 취조는 그녀의 정신을 쏙 빼놓기에 충분해, 결국 두준이 학교로 찾아왔던 얘기며, 두줄이 아빠임이 밝혀진 얘기, 두줄이에게 행복한 가정을 만들어주기 위해 만날 약속을 잡았다는 얘기까지 술술 불고 말았다.

미란은 '두줄이 아빠 생각보다 괜찮은데'라는 반응을 보인 데 반해, 민욱은 그렇게 능수능란한 놈들치고 속까지 제대로 된 놈은 드물다는 평을 내놓으며 날을 세웠다.

둘의 반응을 살피던 희원은 '나 도망갈까?'라는 소릴 했다가 등짝에 미란의 손도장을 선명하게 받았다.

오전에 2시쯤 데리러 온다는 문자를 남겼던 두준은 단 1초도 어김없이 제시간에 나타나 도망을 심각하게 고려 중인 희원을 차에 태웠다.

오지랖 넓은 친구들이 따라붙은 걸 알게 된 건 두준에 의해서였다.

심각하게 쫄랑쫄랑 따라붙는 차를 유심히 살펴보던 두준이 한쪽 입꼬리를 끄집어 올리며 희원에게 물었다.

"첩보영화 좋아합니까?"

"네? 딱히 싫어하는 건 아니지만, 그렇게 좋아하지도 않아요."

"장희원 씨 친구들은 첩보영화 엄청 좋아하나 보네요."

"네? 무슨……."

두준이 턱짓으로 가리키는 뒤쪽을 바라본 희원의 미간이 짜증스럽게 일그러졌다.

"함께 만나도 상관없다고 했던 것 같은데, 말 안 했습니까?"

"죄송해요. 쟤들이 좀……."

두준의 말속엔 비난의 뜻이 전혀 담겨 있지 않았음에도 희원은 자연스레 사과부터 하고 봤다.

오늘의 두준은 어제와 또 달라서 왠지 좀 어색했다.

흐트러진 모양마저도 딱 제자리를 지키고 있는 것 같은 느낌이긴 했지만, 깔끔하게 정돈되어 각을 잡고 있던 어제의 헤어스타일과는 너무도 대조적인 모습을 하고 나타난 그는, 어제 봤던 차 옆에 서 있지 않았더라면 알아보지도 못할 뻔했다.

옷은 또 어떻고.

그와는 전혀 어울릴 것 같지 않은 워싱 진과 재킷은 서른넷이라는 나이를 20대로 돌려놓는 효과를 거두며 완벽하게 맞아떨어지고 있었다.

아파트를 벗어나기 전 요란한 웃음소리로 인사를 전하던 1003호 아줌마의 탐욕스러운 눈길이 두준의 엉덩이 부근에 머물렀던 건 그만한 이유가 있어서였을 것이다.

미란이 골라준 샤방한 원피스를 청바지로 갈아입길 잘했다는 생각을 했다.

첫 데이트라곤 하지만, 결코 '첫'이라는 단어를 붙이기엔 적당하지 않은 오늘 같은 날 입기에 미란이 골라준 원피스는 너무 사랑스러운 느낌이었다. 그래서 갈아입은 청바지와 카디건 차림은 그와 제법 잘 어울렸다.

"오늘은 선생님이 아니라 학생 같네요."

하지만 두준의 생각은 희원과 좀 차이가 있는 듯했다.

따라붙는 차를 살피는 줄 알았던 두준이 그녀의 머리부터 발끝까지 훑어본 뒤, 한 줄로 간략하게 요약한 총평에 희원은 어떻게 반응해야 할지 어리둥절했다.

"좀 젊어 보이고 싶어서 신경 써서 입었는데, 어려 보이는 컨셉으로 잡았어야 했나 봅니다."

멋쩍게 뒤통수를 긁적이는 그를 희원이 물끄러미 쳐다봤다.

넝마를 걸쳐도 잘 어울릴 것 같은 남자의 입에서 나온 저 말은 겸손일까? 준비된 멘트일까?

"나이가 어떻게 됩니까?"

"스물일곱이요."

희원의 대답을 듣고 난 두준은 뒤따르는 차를 주시하며 스물일곱이라는 단어를 입속에 넣고 굴리듯 여러 번 중얼거렸다.

"내 나이는."

"알아요, 세현이한테 들었어요."

"그렇군. 일종의 뒷조사 같은 건가?"

"아니요. 세현이 부모님 얘기하다가 알게 된 것뿐이에요. 세현이 아버님이랑 네 살 차이 난다고……."

'아, 형님' 하고 중얼거리는 두준의 인상이 미세하게 굳어졌다가 되돌아왔다.

두준이 계획적인 사람이 된 데에는 형의 영향이 컸다고 했던가?

그런 그에게 인생 계획에 전혀 들어 있지 않았던 장희원이란 여자는 대체 어떤 의미일까? 또 두줄이는 어떤 의미일까?

"장희원 씨, 우리 좀 더 친해져 볼 생각 없습니까?"

친해져 볼 생각 없냐고? 그러려고 만나자고 한 거 아니었어? 친해지는 게 뭐 말로 한다고 하루아침에 딱 되는 일이야?

"친해져 보려고 만나는 거 아니었나요?"

"그러니까요. 그런 의미에서 호칭이랑 말투부터 정리하는 게 어떨까 싶은데."

"편할 대로 하세요."

사양하는 법도 모르고, 물러서는 법은 더 모르는 두준은 편할 대로 하라는 희원의 말에 바로 편하게 말을 놓더니, 호칭도 간질간질하기 짝이 없는 '희원아'로 바꿔 버렸다.

두준의 호칭 바꾸기는 거기에서 그치지 않고 희원에게까지 강요되기에 이르렀다. 결국, 두준 씨에서 합의를 보고 호칭 협상은 마무리됐다.

알고 보니 두줄이 아빠는 패스트푸드 같은 사고방식에 추진력 또한 남다른 사람이었다.

"희원아, 잠깐만."

그가 그녀를 부를 때마다 희원은 몸이 배배 꼬이는 느낌을 감수해야만 했다.

두준의 '희원아'는 어찌나 자연스러운지 미리 준비라도 한 게 아닌가 하는 착각이 들 정도였다.

배배 꼬이는 희원의 심정 따위 안중에도 없는 두준의 시선은 인형 뽑기 자판기 옆으로 고개만 쏙 내밀고 있는 어설픈 첩보원들에게로 집중된 상태였다.

"왜요? 어쩌게요?"

지금까지도 많이 참기는 했다. 저 선글라스 첩보원 덕에 극장에 들어서기까지 사람들 시선을 엄청 끌긴 했으니까.

하긴, 그게 선글라스 첩보원 때문인지, 두준의 외모 때문인지는 확실치 않았지만 말이다.

두준이 성큼성큼 다가가자 놀란 미란은 저만 숨어서 어쩌겠다는 심사인지 민욱의 뒤로 냉큼 숨어들었다.

의리라곤 눈곱만큼도 없는 애인을 둔 민욱만 바짝 굳어서 두준과 희원의 시선을 피해 먼산바라기 중이었다.

"안녕하십니까, 희원이 친구들이시죠?"

"아, 네. 그렇죠. 희원이 친구들이죠."

저렇게 준비 안 된 첩보원도 드물지 싶었다.

두준의 옆에 선 희원은 민욱과 그 뒤에 선 미란까지 매섭게 노려봤다.

"아하하, 이런 우연이. 이런 데서 또 만나네요. 희원아, 영화 볼 거였으면 말을 하지. 같이 왔으면 좋았잖아."

민욱에게서 밀려나온 미란이 과장되게 웃으며 꺼내놓은 말에 희원은 또 커다란 쥐구멍을 파고 싶은 심정이 되고 말았다.

하지만 남다른 포커페이스를 자랑하는 두준의 표정엔 우연히 마주친 반가움 외에 그 어떤 것도 들어 있지 않았다.

"영화 보러 온 거면 우리 함께 볼까요?"

"하하, 네. 뭐. 그러는 게 좋겠네요."

어설픈 웃음을 지어 보이는 미란에게 다가선 희원이 볼썽사나운 선글라스를 확 벗겨 버렸다.

데이트도 계획 잡고 각 잡아서 하는 강두준 씨는 스케일도 남달랐다.

볼 영화를 고르고, 티켓과 팝콘을 사는 과정은 모두 생략됐고, 시간 맞춰 기다리고 있던 영화관 매니저의 안내를 받아 곧장 VIP관으로 입

실했다.

커플 좌석으로 나누어진 VIP관은 토요일임에도 불구하고 손님이라곤 두준을 포함한 그들 네 명이 전부였다.

어색한 몸짓으로 두리번거리며 자리에 앉은 희원이 매니저에게 따로 지시를 내린 뒤 옆자리에 앉는 두준을 쳐다봤다.

"이거 혹시 여기를 통째로 빌렸다거나 하는 그런 거 아니죠?"

"아니야."

두준의 단호한 대답에 너무 앞서서 설레발 친 건 아닌가 싶어 희원은 괜스레 민망했다.

"근데, 손님이……."

"그냥 세 시간 정도만 비우라고 지시했어. 따로 보고 싶은 영화 있나?"

그런 것쯤은 아무것도 아니라는 듯 말하는 두준의 태도에, 입이 떡 벌어졌던 희원이 미간을 짙게 일그러뜨렸다.

"네? 아니요. 두준 씨 좋을 대로 하세요."

앞선 설레발이 아니었다. 사회특권층 두준의 남다른 스케일에 희원은 불편하기 짝이 없었다.

이 영화관이 대한그룹 계열사라는 걸 미처 깨닫지 못했다.

두준은 빌리는 수고조차도 할 필요가 없었던 것이다. 그저 시간 정해주고 비우라는 지시만 내리면 그걸로 끝.

서로를 알기 위해 시작한 데이트에서 희원은 그 어느 때보다 두준을 멀게 느끼고 있었다.

산부인과에서의 두준도, 학교에서의 두준도, 회식 자리에서의 두준도 이보다는 훨씬 가깝게 느꼈다.

타임에서의 두준과 그녀의 입맞춤 한 번에 뜨겁게 반응하던 그 밤의 두준은 말할 것도 없고.

"음료수 마셔. 탄산은 몸에 안 좋을 것 같아서 생과일주스로 부탁했는데, 괜찮지?"

"네, 괜찮아요."

작은 테이블엔 어느새 팝콘과 음료들이 놓여 있었다.

괜찮다고 말하는 희원의 표정은 전혀 괜찮지 않았다.

바로 옆자리인데도 간격이 넓어 한참 떨어진 것 같은 민욱과 미란을 힐끔 쳐다봤다. 무슨 말을 나누는 건지 둘은 딱 붙어 앉아 소곤거리고 있었다.

"불편하면 쿠션 좀 가져오라고 할까?"

"아니요. 괜찮아요."

또 판에 박은 것 같은 '괜찮아요.' 소리가 튀어나왔다.

계속 괜찮다고 말하면 정말 괜찮아지기라도 할 것처럼 희원은 의식적으로 '괜찮다'는 말을 입 밖으로 내고 있었다.

영화는 아직 시작도 안 했는데 희원은 벌써부터 지쳤다.

푹신한 의자에 몸을 기댄 채 눈을 감으려는데, 갑자기 다가선 민욱이 희원의 앞에 놓인 팝콘을 들고 쳐다봤다.

"희원아, 치즈로 바꿔달라고 할까?"

희원은 바로 괜찮다고 말하지 않았고, 두준의 미간은 미세하게 일그러졌다.

그런 미묘한 분위기는 제 알 바 아니라는 듯, 희원의 기호를 훤히 꿰고 있는 민욱의 물음은 계속 이어졌다.

"딸기네. 망고 같은 걸로 바꿔달라고 할까? 너 딸기 별로잖아."

희원의 심장이 절대로 보내지 말아야 할 신호를 보내고 있었다.

미란을 위해서도 그녀 자신을 위해서도 싹 지워내야 할 감정임을 알면서도 민욱의 저런 행동들 때문에 매번 마음이 흔들리곤 했다.

희원에게 다정함이란 기간한정 쿠폰이나 다름없었다.

일주일 혹은 2주일에 한 번 몇 시간 한정으로 베풀어지던 아빠의 다정함은 항상 그녀를 목마르게 했고, 긴 기다림으로 지치게 만들었다.

그런 그녀에게 민욱과 그의 어머니인 은혜의 다정함은 선물과도 같은 것이었다.

걸어서 5분이면 닿을 거리에 있던 민욱의 집으로 가기만 하면 한껏 누릴 수 있던 다정함에는 기간한정도 없었고, 기다림도 없었다.

모든 게 어렴풋해졌지만, 지금까지도 생생하게 그녀를 사로잡고 있는 기억.

저녁 준비 하느라 몸에 밴 고소하고 상큼한 냄새, 푹신하고 따뜻한 가슴, 귓가를 울리던 경쾌한 은혜의 심장 소리.

경쾌한 리듬을 타고 들려온 '어머, 어쩌니' 하는 은혜의 안타까운 탄식에, 엄마가 저를 버린 걸지도 모른다고 생각했을 때도 아무렇지 않았던 마음이 출렁거리듯 요동을 쳤다.

희원의 마음에 끊임없이 파문을 만들며 쿵쿵 울려오던 은혜의 목소리는 얼마나 따뜻하게 느껴졌던지…….

"아니야, 희원아. 이렇게 예쁜 희원일 왜 버리겠니? 엄마가 좀 늦으시는 거야. 걱정하지 마, 희원아."

분명 걱정하는 마음 같은 건 없었다. 버림받는 것에 대한 슬픔도 없었던 것 같았다.

그런데 은혜가 그녀를 안고 안타까워하는 그 순간 갑자기 슬픔이 밀려왔다.

처음 느끼는 생소한 품은 그녀를 어리둥절하게 만들어 눈물조차 흘리지 못했지만, 울음을 터뜨리고 싶을 만큼 감정이 복받쳤었다.

은혜와 민욱은 희원에게 그런 존재였다. 포근하고 뭉클한 존재. 자꾸 해바라기하게 되는 존재.

그렇게 해바라기하다가 그녀도 모르는 사이 마음이 옮겨가 버렸다.

한 번 옮겨가기 시작한 마음은 쉽게 갈무리되지 않았다.

민욱이 어떤 마음으로 그녀를 챙기는 건지 알면서, 이렇게 매번 별 것 아닌 말 한마디에도 가슴이 콩닥거려서는 안 될 일이었다.

더구나 지금은 두줄이 아빠와 미란이가 바로 옆에 앉아 있는 상황이었다.

도둑이 제 발 저리다고, 괜스레 신경 쓰여 민욱에게 대답도 못 하고 미란과 두준의 눈치부터 살폈다.

미란은 이쪽엔 관심도 없는 것처럼 팝콘을 집어먹고 있었지만, 미세하게 올라간 눈꼬리가 과히 기분이 좋지 않다고 말해주는 듯했다.

반면, 완벽한 포커페이스를 자랑하는 두준에게서 미묘한 감정 변화를 잡아내기란 쉬운 일이 아니었다. 그는 아무렇지 않은 표정으로 벨을 눌러 매니저를 불렀다.

"치즈팝콘, 망고주스 말고 뭐 더 필요한 거 없어?"

"네? 아니요. 저는 이것도 괜찮은데요. 민욱이 얘가 괜히……."

"괜히는 뭐가 괜히야. 서로 알아가기로 했다며? 이런 사소한 것들이 은근 사람 맘 상하게 하는 거 몰라? 그러니까 우리 희원이는요."

얘 뭐니? 왜 이러니? 왜, 아예 글썽글썽 눈물까지 짓지.

이건 아니다 싶었다. 오지랖도 정도가 있지, 민욱이 더 이상 주책 떨기 전에 말려야겠다는 생각을 했을 때였다.

"이민욱, 그만 이리 오지."

팝콘을 우악스레 씹어 삼키던 미란의 묵직한 음성에 민욱은 놓고 있던 정신 줄을 다시 챙긴 듯 흠칫했다.

"어, 가. 미란아, 팝콘 그만 먹어. 좀 이따 밥 맛 없어."

"그건 내가 알아서 할 거고."

"어, 그래."

"희원이는 지가 알아서 하겠지."

"그래, 그렇겠지."

제자리로 돌아가는 민욱의 모습은 주인한테 혼나서 주눅 든 강아지와 흡사했다.

여러 가지 감정이 복잡하게 담긴 희원의 시선이 민욱을 좇았다. 두준이 그런 희원을 바라보고 있으리라곤 생각조차 못 한 채.

호출을 받고 나타난 매니저가 두준의 옆에 서서 '부회장님'이라고 두 번 정도 부르고 나서야 그는 희원에게서 시선을 거둬들였다.

두준의 주문에 의해 영화가 시작되기 직전, 새로운 팝콘과 망고주스가 테이블에 놓여졌다.

마음이 불편했던 희원은 두준의 성의를 생각해 망고주스만 몇 번 빨아 먹고 내려놓았다.

두준의 선택인지, 영화관 쪽에서 정한 건지는 모르겠지만, 시작된 영화는 요 근래 개봉된 핫한 영화 중 하나였다.

시리즈로 제작된 이 영화의 전작들을 다 챙겨봤던 희원이 개봉 날짜를 꿰고 있던 영화이기도 했다. 계속된 돌발 상황만 아니었어도 미란과 민욱을 졸라 벌써 봤을 영화였다.

그래서인지 영화를 제대로 볼 수나 있을까 생각했던 게 무색할 정도로 희원은 곧 영화에 빠져들었다. 하지만 영화를 보는 도중 엉뚱한 문제에 봉착하고 말았다.

조금이라도 잔인한 장면이 나올라 치면 두준의 커다란 손이 희원의 눈앞을 불쑥불쑥 막아버리는 것이었다.

처음 한 번은 놀라기도 하고 당황하기도 해서 그의 손바닥이 치워지기까지 잠자코 기다렸지만, 그게 계속 반복되자 슬슬 짜증이 나기 시작했다.

두준의 손바닥 심의를 거친 영화는 하이라이트 액션 장면이 뭉텅뭉텅 잘려 나간 반쪽짜리 영화나 다름없었다.

결국 참지 못한 희원이 두준의 손을 툭 쳐내며 그에게 속삭였다.

"두준 씨, 왜 자꾸 이러는 거예요?"

"영화를 잘못 골랐어. 임산부가 보기엔 너무 잔인해."

두준이 몸을 기울여 그녀의 귓가에 속삭이는 통에 희원은 흠칫 어깨를 떨어야 했다.

순간 두준의 목소리가 '긴장하지 말고 힘 빼'라고 속삭였던 그때와 흡사하다고 느꼈다.

귓불을 스치는 입김이 그녀의 전신을 관통하는 전기스위치를 누르기라도 한 것처럼 온몸이 짜릿했다.

건망증이 심한 머리는 하루에도 해야 할 일 두서너 가지씩은 꼭 까먹기 일쑤인데, 몸은 어쩌자고 이렇게 기억력이 좋아 두준의 속삭이는 음성에도 여지없이 반응을 하는 건지…….

동물적 감각에 충실한 자신의 한심한 모습에 얕은 한숨을 뱉어낸 희원이 애써 잡념을 떨쳐 낸 뒤, 두준과 최대한 거리를 유지하며 다시 속삭이기 시작했다.

그녀가 넓힌 거리는 고개를 숙이며 다가온 두준에 의해 다시 좁혀지고 말았다.

"이 영화 청불이지 임산부 관람불가가 아니거든요. 참고로 저는 스무 살도 훨씬 넘었어요."

"희원이 넌 상관없지만, 우리 두줄인 아직 청소년도 아니라서 말이야."

그가 귓가에 속삭일 때마다 그녀는 계속 찌릿찌릿했다.

의도적으로 그러는 것인지, 아니면 그저 그러는 것인지는 모르겠지만, 두준의 속삭이는 입은 그녀의 귀에 닿을 만큼 가까이 다가와 있었다.

빨리 이 상황을 정리해야 했다. 속삭임이 길어지면 길어질수록 그녀만 곤란해졌다.

"두줄이 아직 못 볼걸요?"

"그래도 느끼긴 하겠지."

"제가 잘 걸러서 전달할게요."

"글쎄, 별로 믿음이 안 가는군."

두준은 말하고 있는 중에도 적을 향해 날을 세운 주인공과 희원의 시야를 분리하기 위해 널찍한 손을 들이댔다.

"아이참, 저런 장면 다 빼고 나면 이 영환……."

짜증을 내며 휙 돌아본 희원의 코앞에 두준의 얼굴이 있었다.

그는 속삭일 말을 준비하고 그녀의 귓가를 찾아드는 길이었던 것 같았다. 거참, 속삭이는 거 어지간히 좋아하는 양반이었다.

하여튼 그렇게 서로를 딱 맞닥뜨린 두준과 희원은 잠시 말을 잃고, 눈의 깜박임도 잊었다.

그녀의 입술뿐 아니라 전신을 배회했던 부드러운 두준의 입술이 10㎝ 정도의 간격을 두고 살짝 벌어진 채 달짝지근한 숨을 뿜어내고 있었다.

한시도 잊은 적 없었던 입술의 감촉이 생생하게 되살아나고 있었다.

참 당황스러운 일이 아닐 수 없었다. 민욱의 관심에 동요했던 게 불과 몇 분 전이었다. 두준의 입술이 가까이 있다는 것만으로 이런 반응을 보이는 것은 옳지 않았다.

어떻게 몸과 마음이 이렇게도 따로 놀 수 있단 말인가. 자책과 갈망이 공존하는 희원의 눈은 그의 입술에 사로잡혔다.

도톰한 입술의 벌어진 새로 흘러나온 향긋한 숨결이 두준의 코끝을 간질였다.

저 입술을 삼켰을 때 어떤 맛이 났는지, 그에게 어떤 감각을 선사했는지 선명하게 되살아나고 있었다.

한 달 내내 그의 정상적인 수면을 방해했던 그 입술이 살짝만 움직여도 닿을 거리에 있었다. 동물적 본능이 순식간에 그의 이성을 잠식해 들어오고 있었다.

자신도 의식하지 못하는 사이 그의 손이 그녀의 목덜미 부근까지 옮겨졌다.

움직임을 잊었던 그녀의 눈꺼풀은 서서히 닫혀가고 있는 중이었다. 두준의 얼굴은 적당한 각도로 기울어져 곧 그녀의 입술에 닿을 준비를 하고 있었다.

쾅!

끔찍하게도 큰 소음이었다. 두준도 희원도 화들짝 놀라 둘 사이의 거리를 넓혔다.

스크린 속에선 한바탕 난리가 벌어졌다.

두준과 희원의 시선은 곧 스크린에 못 박혀 버렸다. 그 어느 때보다 잔인한 액션 장면이 펼쳐지고 있었지만, 두준은 더 이상 희원의 눈을 가리지 않았고, 희원의 시선은 스크린에 못 박혀 있었지만, 더 이상 영화를 보고 있지 않았다.

잠시 두 사람 다 숨을 고르느라 바빴다.

소음만 아니었더라면 상황이 어떻게 전개됐을지 생각하던 희원은 속으로 '미쳤어'라는 말을 연발하고 있었고, 곤란한 표정으로 이마를 문지르던 두준은 두어 번 헛기침을 해댔다.

본능에 이끌렸던 순간이 지나간 자리엔 어색함만이 감돌았다. 둘 사이에 경계를 짓는 팔걸이 없이 이인용으로 설계된 의자엔 모세의 기적이라도 일어난 듯 중앙이 쩍 갈라졌다.

분명 이인용이었지만, 일인용처럼 사용하라고 만들어졌을 의자 한쪽 끝에 붙어 앉은 희원은 눈에 들어오지도 않는 영화를 뚫어져라 보고 있다가 곁눈질로 옆자리를 힐끔 쳐다봤다.

의자의 용도를 제대로 이해하고 활용해 주시는 커플이 한 몸인 듯 붙어 앉아 있었다.

이젠 제법 익숙한 통증이 가슴을 훅 치고…… 들어와야 하는데, 이상하게도 별로 아프지 않았다. 그보다 화가 울컥 치밀어 올랐다.

멍석 깐 사람이 누군데 엉뚱한 사람들이 재미를 보고 있었다.

민욱이 무어라 속삭였는지 미란이 얼굴을 붉히며 그의 가슴을 톡치는 앙탈을 부리고 있었다.

유혈이 낭자하는 SF액션 영화는 다정한 연인에게 아무런 영향도 미치지 못하는 것 같았다.

괜스레 멍석 까느라 고생한 두준을 힐끔 쳐다보니, 무표정한 그의 시선은 스크린에 집중되어 있었다.

매끈한 콧날과 날렵한 턱선 덕에 앞모습보다 훨씬 더 수려하게 보이는 그의 옆모습엔 좀 전 미묘했던 분위기의 여운 같은 건 전혀 남아있지 않았다.

이래저래 억울해진 희원은 팝콘을 집어 우악스레 씹어대며 스크린으로 시선을 돌렸다.

영화가 끝날 때까지 두준과 희원 사이의 거리는 좁혀지지 않았고, 엇갈리는 시선만 간간이 오갔다.

❖

"그만 좀 울지."

"나도 그러고 싶은데요, 흑, 눈물이 멈추지 않아요."

주차장으로 내려가는 엘리베이터 안은 희원의 훌쩍거리는 소리로 가득했다.

두준이 건넨 손수건은 이미 푹 젖은 상태였다.

"원래 잘 우는 편인가?"

두준의 물음이 울고 있는 희원을 지나쳐 미란과 민욱에게로 향하자, 둘은 약속이라도 한 것처럼 어깨를 으쓱해 보였다.

엄마의 냉정함과 아빠의 다정함을 적절히 버무려 놓은 것 같은 희원은 때때로 감정이 흘러넘쳐 물불 안 가리고 질척대기도 했지만, 독하다는 소리 여러 번 들을 정도로 울음이 박하기도 했다.

남자주인공이 죽음을 맞이하는 새드엔딩이긴 했지만, 저렇게 눈물을 쏟을 만큼 슬프지는 않았다. 울음 박한 희원에게 절대로 어울리지 않는 일이었다.

"영화가 그렇게 슬펐나?"

두준이 고개를 갸웃하며 묻자, 희원은 눈물을 닦으며 고개를 가로저었다.

"……워요."

"뭐?"

"흑, 안쓰럽다고요. 펄펄 날던 사람이었는데, 흑, 산에서 뛰어가는 장면 기억나요? 막 헉헉대잖아. 어쩜 그렇게 설정할 수가 있어. 내 영웅을 누군가 빼앗아간 것 같다고요. 흑흑."

어이없는 표정으로 입을 벌린 미란과 민욱이 희원에게서 두 발짝쯤 떨어져 섰다.

친구인 게 창피하다는 표정을 한껏 담아 두준에게 양손을 들어 보이는 것도 잊지 않았다.

웃어야 할지 울어야 할지 모르겠는 표정으로 미간을 일그러뜨리고 있던 두준이 희원의 어깨를 감싸 안았다.

"다른 영웅 찾으면 되지."

"네?"

빨개진 콧방울을 해서는 새초롬한 속눈썹 끝에 눈물을 매달고 멍하니 올려다보는 희원으로 인해 두준의 입가에 설핏 미소가 얹혔다.

타임에서의 희원은 남자들의 시선을 집중시킬 만큼 고혹적이었다.
짙은 화장이며 노출이 심한 블랙 미니드레스가 어색한 듯하면서도 또 그럴듯하게 잘 어울리는, 무의식적으로 자꾸 쳐다보게 만드는 매력을 풍기고 있었다.

시형이 집안일로 금요일 하루 연차를 쓰면서, 일정이 꼬이는 걸 극도로 싫어하는 두준을 위해 완벽하게 스케줄을 조정해 놓고 간 날이었다.

모든 세상사가 다 그렇지만, 아무리 완벽하게 계획을 짜도 꼭 어디선가는 문제가 생겨 어긋나기도 하고 꼬이기도 하는 것이 당연지사인데, 그날은 이상하게도 모든 게 착착 맞아떨어지는 날이었다.

마지막으로 잡힌 미팅을 끝냈을 때는 심지어 계획한 시간에서 30분이나 남았을 정도였다.

유능한 비서 덕을 톡톡히 본 날이었고, 덕분에 기분 좋은 피로감이 밀려왔다.

타임에서 간단하게 한잔하고 들어가야겠다고 생각한 건, 일 잘한 자신에게 선사하는 작은 일탈 같은 것이었다.

아무리 계획적인 삶을 좋아한대도 그도 사람인 다음에야 가끔은 답답함을 느낄 때가 있었다.

고급스럽게 꾸며진 데다 사장과도 친분이 있어 꽉 짜인 그의 삶을 살짝 풀어놓기에 적당한 곳이 타임이었다.

운전기사까지 들여보내고 혼자 타임으로 들어서면서 누군가를 부를까도 생각했지만, 곧 마음을 바꿔먹었다.

누군가를 만나도 좋고, 혼자여도 좋고, 그런 즉흥적인 마음이 그를 지배했던 것 같다.

이제 와 다시 생각하면 정말 아리송한 날이었다. 보이지 않는 거대한 힘에 의해 계획되어져, 꼭 그날 그때 그 자리에 그가 있어야만 했던 것은 아닐까 하는 그런 아리송한 날.

아무튼 그날 만나도 좋을 누군가는 장희원이라는 여자가 됐고, 두준은 그 만남이 꽤나 좋았다.

몸에 짝 달라붙는 블랙 미니드레스 덕에 아찔한 굴곡을 자랑하며 다가온 희원이 그의 옆에 앉으며 처음 꺼낸 말은 '제가 눈이 좀 높은가 봐요. 딱 한 시간 걸렸네요'였다.

무슨 말인지 어리둥절해하는 그에게 희원은 계획한 일이 있는데, 그 계획에 적합한 인물을 찾는 데에만 한 시간이 걸렸고, 그게 두준이라는 것이었다.

어이없는 말에 황당해서, 혼자만의 시간을 즐기고 싶다며 한 번쯤 거절해 볼 타이밍을 놓치고 말았다. 더구나 그녀의 계획이 뭔지 궁금해지기까지 했다.

그렇게 시작된 그녀와의 대화는 그에게 뜻밖의 즐거움을 안겨주었다.

대담한 것 같았던 희원은 의외로 소심한 일면을 가지고 있었고, 그 소심함을 상쇄하고도 남을 만큼의 재치가 있었으며, 고퀄리티 유머감각을 탑재하고 있었다.

한 시간이 넘게 대화가 끊이지 않았다. 그녀는 생김새와는 달리 내숭이란 걸 몰랐고, 그의 말을 귀 기울여 들을 때의 눈은 초롱초롱 빛이 났었다. 꼭 사랑받고 있는 것 같다는 착각이 들게 만드는 눈빛이었다.

그래서 만난 지 한 시간이 지날 무렵, 그의 재촉에 머뭇거리다가 풀어놓은 그녀의 계획을 들었을 때 전혀 거부감을 느끼지 못했었다.

다시 말하지만, 그 순간 그녀와의 만남은 보이지 않는 거대한 힘에 의해 이루어진 듯 거부하기가 힘들었다.

여기까지가 그의 기억 속에 있는 그녀의 이미지였다.

대담한 듯 소심하고, 재치 있으며, 내숭을 모르고 총명하며 시선을 끌 정도의 아름다움을 지닌 여자.

그런 그녀가 영웅이었던 영화 속 남자 주인공이 세월의 흔적을 빗겨 가지 못했다는 안타까움에 울고 있었다.

두준의 기준에서 생각하면 참 어이없을 수밖에 없는 이 상황이 이상하게 싫지 않았다. 왠지 이 여자의 영웅을 지켜줘야 될 것 같은 이 기분은 뭐란 말인가?

아마도 두줄이의 영향일 거라며 책임을 전가한 두준은 그가 생각해도 유치하기 그지없는 말을 꺼내놓기 위해 '다른 영웅 찾으면 되지'라는 말로 운을 뗐다.

"장희원의 영웅이 되려면 뭘 어떻게 하면 되지? 비탈을 단숨에 뛰어 올라가야 하나?"

눈가에 눈물을 주렁주렁 매단 희원이 맑게 웃었다.

그가 생각해도 유치하기 짝이 없는 말장난에 미란과 민욱의 인상이 이상야릇하게 일그러졌다.

분명 민망하거나 기분 나빠야 할 상황인데, 의외로 기분이 썩 괜찮았다. 장희원 점유권을 획득한 것 같은 기분이었다.

아무렇지도 않은 척 넘겨 버렸지만, 실상은 짜증이 났다. 그가 알지 못하는 희원의 사소한 부분을 알고 있는 애송이에게 장희원 우선권을 빼앗긴 것만 같아 은근히 화가 치밀었다.

더구나 애송이를 바라보는 희원의 눈은…….

"아니면 근육을 더 키워야 할까?"

"흐, 그만 놀려요."

엄지로 눈물을 닦아내는 두준의 가슴을 희원이 툭 쳤다.

평소의 그녀라면 하지 않았을 꽤나 간질간질한 행동이라는 생각에 미란과 민욱의 눈치를 보게 됐다.

어쩌면 희원이나 두준이나 둘만 있었더라면 하지 않았을 행동들을 의도적으로 하고 있는 걸지도 몰랐다.

최대한 희원과 멀찍이 거리를 둔 그들의 표정은 가관도 아니었다.

지들은 사람 바로 앞에 두고 서로 먹여주고 닦아주고 별 요란을 다 떨어놓고도 뻔뻔하기가 번데기 저리 가라 했던 것들이, 그녀의 애교 같지도 않은 애교에는 못 볼 꼴 본 것처럼 인상을 구기는 게 얄미워 두준의 시선을 피해 눈을 흘겼다.

"어, 철곤이 전화 왔었네."

흘겨보는 희원을 본체만체 괜스레 휴대폰을 만지작거리던 민욱이 함께 창업을 준비하고 있는 철곤에게 전화를 걸었다. 엘리베이터가 멈추기 전 통화를 끝낸 민욱은 곤란한 표정으로 미란을 쳐다봤다.

"어쩌지? 들어가 봐야 할 것 같아. 로고디자인 맡겼던 거 나왔다네."

"그래?"

아무렇지 않은 듯 대답하는 미란의 표정은 급격하게 한 톤 다운되고 있었다. 그건 희원도 별반 다르지 않았다.

학교 다닐 때는 거의 매일 셋이 몰려다니다시피 했는데, 각자의 일을 가지게 되고는 함께 만나기가 쉽지 않았다.

두준도 함께이긴 했지만, 셋이 함께 영화를 본 건 대충 꼽아도 거의 1년 만인 것 같았다.

저녁까지 함께할 수 있을 거라 예상했는데, 아쉬움이 짙게 밀려왔다.

희원의 마음이 이런데 미란은 오죽할까 싶었다.

미란의 표정을 살피던 민욱이 고민에 빠진 듯 미간을 일그러뜨렸다가 이내 미소를 지어 보였다.

"같이 갈래?"

"어?"

"최종적으로 뽑힌 셋 중에 하나 골라야 하거든. 도와달라고. 멋대가리 없는 내 눈보단 미적 감각 뛰어난 네 눈이 낫겠지."

저렇게 좋을까? 미란의 표정이 환히 밝아졌다.

"그럼, 그걸 말이라고. 철곤 씨는 대체 뭘 믿고 너한테 최종 결정을 맡기는지 모르겠다. 얼른 가자. 철곤 씨 기다리겠다."

미란이 서슴없이 민욱의 손을 잡았다. 민욱도 싫지 않은 듯 그 손을 마주 잡았다.

그들의 결정을 기다리며 엘리베이터 앞에 서 있던 두준과 희원에게 간단한 인사를 남긴 미란과 민욱은 경쾌한 걸음으로 멀어져 갔다.

"우리도 그만 갈까?"

두준이 물끄러미 쳐다보고 서 있는 희원을 재촉하며 그녀의 손을 잡아끌었다.

그 손을 꽉 맞잡지 않은 채 이끌려 가면서 희원은 굳게 연결되어 있던 민욱과 미란의 손을 떠올렸다.

미란과 민욱이 특별한 사이가 된 후로 민욱의 손은 희원이 마음대로 잡을 수 없는 손이 되어버렸다.

마음 아파해서도 안 되고, 질투는 더욱 안 될 일이었다. 지금 희원이 집중해야 할 사람은 분명 두준이었다.

그녀를 위해 영웅이 되어보겠다고 말하던 강두준.

비록 농담일지라도 너무 진지한 표정으로 말하는 바람에 그녀를 가슴 설레게 했던 두준에게 집중해야 할 순간임을 알면서도 마음은 자꾸 흐트러지고, 잡힌 손엔 힘이 들어가지 않았다.

그날 밤엔 전혀 낯설지 않았던 이 남자의 크고 따뜻한 손은 지금 상당히 낯설었다.

만리장성까지 제대로 야무지게 쌓은 사이에 겨우 손잡는 것 정도로 예민하게 군다는 건 우스운 일이었지만, 이래도 되나 싶을 만큼 이질적으로 느껴지는 것은 어쩔 수 없었다.

그런 거리감은 오로지 희원만의 몫인 듯, 세현의 계획적인 삼촌 강두준은 데이트 풀코스를 계획적으로 실행 중이었다.

영화 보고, 밥 먹고, 차 마시고. 너무 늦지도 이르지도 않은 시간, 그녀의 집까지 바래다주는 것으로 그의 데이트 일정은 끝날 것이 분명했다.

말 그대로 두줄이를 위한 노력, 그 이상도 이하도 아닌 첫 번째 데이트가 끝을 향해 달려가고 있었다.

대략 여섯 시간 동안 두준과 함께했고, 중간에 잠시 이성을 잃고 야릇한 분위기를 연출했던 순간도 있었지만, 희원은 아직도 이게 잘하는 짓인지 헷갈렸다.

객관적으로 판단했을 때 두준은 분명 괜찮은 사람이었다. 아니, 솔직히 말하면 두준은 희원에게 분에 넘치는 사람이었다.

두준의 말대로 서로를 알아가기 위해 만남을 거듭하다 보면, 결혼 절대불가였던 그녀의 생각이 '결혼해도 괜찮을까?'를 거쳐 '결혼 해야겠다'로 바뀌는 것은 그야말로 한순간일 게 뻔했다.

아무런 대화 없이 차를 홀짝이고 있는 이 순간에도 그가 중요하다 얘기했던 원초적인 부분에서 끌리고 있는 건 명확한 사실이니까, 정서적인 부분이 템포를 맞추기도 전에 결혼하는 쪽으로 방향을 잡을 가능성이 농후했다.

그렇게 결혼을 하고 난 뒤, 그녀의 엄마 아빠와 같은 전철을 밟지 않을 수 있을까? 자신의 잘못된 선택에 괴로워하며 두줄이를 원망하는 삶을 살지 않을 수 있을까?

잔잔한 음악이 깔린 내부와는 달리 요란한 불빛들이 점멸하는 야경에 시선을 둔 희원은 복잡한 생각들로 두준이 그녀를 주시하고 있다는 걸 깨닫지 못하고 있었다.

"이민욱, 그 친구."

갑작스레 그의 목소리가 들려왔을 때 희원은 그만 움찔 놀라고 말았다.

"네?"

"이민욱이라는 친구 좋아하나?"

두준의 질문은 아무런 배려 없이 훅 치고 들어왔다.

일부러 방심하고 있을 때를 노린 것 같은 그의 질문에, 태연한 척 꾸미고 '에이, 걔는 친구예요'라며 너스레를 떨 만한 여유를 갖지 못했다.

얼굴에 긍정의 대답을 잔뜩 담은 채 그저 멍하니 그를 바라본 게 희원이 한 전부였다.

"좋아하는군. 그것도 남자로."

단정적인 대답은 두준에게서 나왔다. 고개부터 저었지만, 아니라는 말은 쉽게 뱉어지지 않았다.

두준의 예리한 눈빛이 그녀의 얼굴 곳곳을 훑었다. 그의 얼굴엔 표정이라는 것 자체가 없었다.

희원은 어떻게 대처해야 할지 알 수가 없었다. 부정을 하기엔 너무 늦어버린 상황이었다.

"어, 저, 뭔가 오해하신 것 같은데요. 민욱이는 미란이와……."

"상관없어."

"네?"

"희원이 네 마음이 누구에게로 향해 있건 상관없다고. 당신하고 나, 우린 어쨌든 서로의 행동에 책임을 져야 하는 성인이고, 두줄이에게 행복한 가정을 만들어주기 위해 서로 노력하기로 합의를 본 상태니까 나는 최대한 노력을 해볼 생각이야. 그건 희원이 당신도 마찬가지여야 해."

마음 같은 건 상관없다고 말하는 두준은 어쩐지 좀 냉정해 보였다.

희원은 냉정을 유지하면서 노력이 가능한 걸까 의문이 들었지만, 일단은 약점도 잡힌 마당이라 순순히 따를 수밖에 없었다.

"알고 있어요."

"알고 있다니 다행이군. 그렇담 얘기가 쉬워지겠네."

패스트푸드 강두준이 다시 등장하는 순간이었다.

"적어도 일주일에 네 번 이상은 만나는 걸로 가이드라인을 잡고 그때그때 서로의 일정에 맞춰 조금씩 조정하기로 하지. 괜찮겠어?"

"네."

다른 여지를 두지 않는, 희원의 선택권은 없는 물음이었다.

그녀의 다른 영웅이 되어주겠다고 우스갯소리를 하던 남자는 지금 이 자리에 없었다. 두준은 데이트도 사업같이 하는 사회특권층이었다.

정말 눈앞의 이 사람이 열정적인 밤을 보냈던 그 남자가 맞는 걸까?

어떤 게 진짜 두준인지 알 수가 없었다. 서로를 알아가자고 시작한 오늘의 데이트는 일보 전진이 아니라 이보 후퇴한 실패한 데이트였다.

"한 가지만 더 물어봐도 될까?"

"네."

오늘의 장희원 컨셉은 아무래도 '괜찮아요'와 '네'인 듯싶었다.

"나하고의 잠자리는 이민욱에 대한 복수 차원이었나?"

정곡을 찔린 희원은 잠시 말을 잃었다. 복수를 생각할 만한 관계도 아니었지만, 그렇다고 민욱과 전혀 상관없는 일도 아니었기에 그의 원색적인 질문에 어떻게 대답을 해야 할지 판단이 서지 않았다.

"그게…… 그런 거 별로 상관없잖아요."

두준의 한쪽 눈썹이 까딱했다. 무엇을 의미하는 표정인지 정확히 집어낼 수는 없었지만, 그리 기분 좋은 표정은 아니었다.

"상관있다면?"

"네?"

두준의 입에서 얕은 한숨이 먼저 새 나왔다.

"당신을 만나는 동안 나는 최선을 다해 충실할 거야. 그건 장희원도 마찬가지여야 해. 그 녀석과의 관계에 날 이용할 생각은 하지 않는 게 좋아."

마누라한테 정절을 요구하는 권위적인 남편과도 같은 그의 태도에 희원의 기분도 과히 좋지 않았다.

"저 혼자만의 감정이었어요. 정리하는 중이고요. 그럴 일은 없을 거예요."

어차피 숨기기만 했던 마음이라, 꺼내 보일 용기 같은 건 눈곱만큼도 없어서 누굴 이용하거나 하는 일은 절대로 없을 것이다.

그나저나 이 남자, 내가 민욱이 좋아하는 건 어떻게 안 거야? 독심술 같은 것도 하나?

발갛게 드러난 치부가 못내 신경 쓰였다.

❖

"하아!"

청명한 날씨와는 어울리지 않는 깊은 한숨 소리였다.

어제 한바탕 비가 쏟아지더니, 하늘은 가을의 그것마냥 청명했다. 나뭇가지 끝에 맺힌 꽃망울은 건드리면 톡 터질 것처럼 부풀어 올라 있었다.

대한고가 개교하기 훨씬 전부터 이 자리를 굳건하게 지키고 있었다는 벚나무는 도도하고 근엄한 자태를 뽐내고 있었다.

아마도 며칠 뒤면 하나둘 개화를 시작해 이번이 마지막이기라도 한 것처럼 커다란 가지를 옅은 핑크빛으로 화려하게 물들일 것이다.

그럴 때면 아이들은 쉬는 시간을 이용해 너나없이 몰려와 봄의 한때를 추억 속에 담기 위해 휴대폰을 눌러대곤 했다.

한순간 피었다가 지는 건 매한가진데, 벚꽃은 유난히 마음을 설레게 하는 힘을 가지고 있었다.

3년을 대한고에서 종사하는 동안 희원도 아이들 권유에 못 이긴 척, 여러 번 이곳에서 사진을 찍었다.

하지만 꽃이 피기 전인 지금 같은 때는 동관 옆에 자리 잡은 이 나무 아래 벤치를 찾는 이는 드물었다.

더구나 지금은 수업시간이라 저만치 운동장에서 들리는 소리 말고는 고즈넉하게 가라앉아 있었다.

벤치에 무릎을 세워 앉은 희원의 귓가로 체육선생님의 호루라기 소리가 들려왔다.

운동장을 오가는 아이들은 봄빛마냥 나른하게 보였다.

두준과 첫 데이트가 있은 후로 2주가 지나 있었다. 그사이 여섯 번을 더 만났다.

보통 함께 저녁을 먹거나, 짧은 거리를 드라이브하는 일정으로 채워진 데이트였다.

데이트하는 내내 두준은 희원을 세심하게 챙겼고, 다정하게 굴었으며, 예의 바르게 행동했다.

나쁘지 않았지만, 무언가 겉돌고 있다는 생각을 지울 수가 없었다.

그건 아무래도 두줄이에게 행복한 가정을 만들어주기 위해서라는 목적이 바탕이 된 만남이라 그런 게 아닌가 하는 생각이 들었다.

일반적인 연인들이라면 결코 이렇게 하진 않을 것이다. 이건 데이트가 아니라 비즈니스였다.

두준은 약속 시간을 정하거나 약속을 취소해야 될 경우가 아니면 일체 문자나 전화가 없었고, 그건 희원도 마찬가지였다.

그렇다는 건 결국 안 보이면 보고 싶고, 보고 있어도 보고 싶은, 그래서 목소리만이라도, 아니면 하트가 콕콕 박힌 문자만이라도 주고받아야 하는 그런 연인이 아니라는 소리였다.

'이대로 진짜 결혼까지 생각해 볼 수 있을까?'

가뜩이나 확신 없는 마음에 그녀를 더 힘들게 하는 것은 두준과의 엄청난 수준 차이였다.

만남이 거듭될수록 두준이 재벌이라는 인식이 피부로 와 닿았다.

두준이 자신의 부를 일부러 과시하거나 하는 일은 절대 없었다.

하지만 손짓 한 번에도 부티가 좔좔 흘렀고, 물건 하나 고르는 데도 탁월한 안목을 자랑했으며, 고급스러운 소비 습성을 가지고 있었다.

진정한 부자는 자신의 계좌잔고가 얼마인지 모른다는 말을 들은 적이 있었다.

두준이 계산을 하기 위해 번쩍거리는 골드카드를 꺼내 들 때마다 희원은 계좌에 잔고가 얼마나 있는지 묻고 싶은 마음이 불쑥불쑥 솟아올라 그를 뚫어져라 쳐다보곤 했다.

그런 것과는 전혀 거리가 멀었지만, 가끔 두준의 부를 노리고 일부러 접근해 임신을 빌미로 결혼을 요구하는 여자가 된 것 같은 기분에 휩싸일 때가 있었다.

작년에 결혼한 친구 미경은 예비신랑과 서로의 경제 사정을 오픈하는 과정에서 심하게 싸우고 헤어질 뻔했다며, 트러블 없이 경제 사정 오픈하기 노하우를 전수했었다.

그때 희원도 급 공감하며 정말 열심히 경청했었는데, 예비신랑이 될지도 모르는 두준은 그녀의 경제 사정 같은 건 전혀 관심이 없었다.

첫 월급을 탈 때부터 꼬박꼬박 적금도 부었고, 지금은 공짜로 얹혀 살 수 없다는 이유로 미란에게 맡겨놓고 있었지만, 아빠 엄마가 7:3의 비율로 각출해 그녀의 몫으로 해준 돈까지, 예비신랑한테 경제 사정 오픈할 때 부끄럽지 않을 만한 수준은 된다고 생각했는데…….

"하아!"

"선생님."

"악, 너 뭐야? 왜 수업 안 들어가고 여기 있어?"

생각에 골몰해 인기척도 느끼지 못했는데, 갑자기 그녀가 앉아 있는 벤치 옆으로 세현이 폴짝 뛰어 들어왔다.

"죄송해요. 놀라셨어요?"

"어, 조금. 근데 너 수업 왜 안 들어갔어?"

"안 들어간 게 아니고, 못 들어갔어요."

세현이 시무룩한 표정으로 희원의 옆에 털썩 앉았다.

"왜? 무슨 일인데?"

"3교시 체육인데, 저 그날이거든요. 체육 쌤한테 배 아프다고 말씀드렸더니, 보건실에서 쉬라고 하시더라고요."

"그래? 많이 아프니?"

"아니요. 그냥 조금. 보건실에 누워 있다가 답답해서 나왔어요."

"그래?"

상담실에서 얘기를 나눈 뒤로 세현과 단둘이 마주하는 건 오늘이 처음이었다.

고맙게도 세현은 희원과의 비밀을 잘 지켜주었고, 그녀를 일부러 불편하게 하는 일도 없었다. 하지만 희원은 끊임없이 세현을 의식했다.

세현의 예쁘장한 얼굴을 마주할 때면 자연스럽게 떠오르는 사람 때문에 사랑스러운 제자를 마냥 사랑스럽게만 볼 수가 없었다.

"하아!"

"휴우!"

희원과 세현이 동시에 한숨을 뱉어냈다.

"땅 꺼지겠다."

"선생님도요."

"무슨 걱정거리 있니?"

"그냥 뭐, 이것저것."

체육선생님의 거침없는 호루라기 소리가 세현의 말을 막았다.

누군가가 찬 축구공이 벤치에서 똑바로 보이는 곳까지 날아와 굴렀다. 호루라기를 목에 건 체육선생님이 경쾌하게 달려와 그럴듯한 포즈로 공을 찼다.

"체육 쌤이 선생님 좋아하는 거 아세요?"

금시초문이었다.

교생인 지훈을 제외하고, 총각 선생님은 방금 공을 멋있게 차 보인 신동호 선생님을 포함해 총 여섯 명이었다.

그 여섯 중 체육선생님인 동호는 준수한 외모로 여학생들의 인기를 독식하고 있었다.

"강세현, 확인되지도 않은 사실을 그렇게 함부로 얘기하는 거 아니다."

"체육 쌤이 워낙 솔직담백한 분이시라 대놓고 흘리고 다니는 바람에 저희들끼리는 다……."

"어허, 세현아."

엄하게 불렀지만 딱히 세현을 야단칠 만한 성질의 것이 아니라 희원은 미간을 구긴 채 입을 다물어 버렸다.

아무래도 동호와 따로 얘기를 나눠봐야 할 것 같았다. 이성 문제에 예민한 아이들한테 뭘 어찌했기에 이런 말이 나오게 만드는 건지…….

"그런 얘기 말고 네 고민이나 말해봐. 고민 상담해 달라더니 한 번도 상담을 않네. 혹시 선생님이 못 미더운 거니?"

"아니요. 그런 거 아니에요."

"그래? 그럼 말해줄래? 뭐 때문에 땅이 꺼져라 한숨을 쉬는지."

누군가의 고민을 상담해 줄 입장이 되기는 할까 싶었지만, 그래도 세현이보다는 인생 선배니까, 그저 들어주는 것 정도야 괜찮겠지 싶어 은근한 목소리로 재촉했다. 누군가 들어주는 것만으로도 위로받을 때가 있으니까.

"선생님, 3학년에 장태우 알아요?"

"응, 알지."

대한고에서 태우 모르는 사람이 몇이나 될까? 공부면 공부, 운동이면 운동, 인물이면 인물, 뭐 하나 빠지는 게 없는 진정한 엄친아 장태우. 거기다 인성까지 좋아 학생들뿐 아니라 선생님들 사이에서도 인기가 꽤 많았다.

"3학년 2반 장태우, 너 좋아하는 애 말이지?"

"네에? 누가 그래요? 장태우가 저 좋아한다고."

"아니, 누구한테 딱히 들은 게 아니라, 너희 둘 거의 매일 붙어 다니잖아. 등하교 때도 자전거 타고 같이."

"아우, 선생님, 그거 오해예요. 다정한 거 그런 거 절대 아니거든요."

버스를 타건 택시를 타건 지하철을 타건, 아니면 장 원장 아저씨의 차로 움직이건, 항시 태우와 함께여야 하는 게 싫어서 좀 이른 시간에 일어나 자전거를 타고 등교하기 시작했다.

3일 동안은 꿈 같았는데. 30분의 꿀 같은 단잠을 포기하고, 힘들게 자전거 페달을 밟아야 했지만, 등하교 시간에 태우 없는 자유를 누릴 수 있다는 것만으로도 너무 좋았는데. 시한부 자유는 결국 삼일천하로 끝나고 말았다.

길쭉한 기럭지를 뽐내며 멋들어지게 자전거에 앉아, 한쪽 입꼬리를 비스듬히 치올리며 한 태우의 말에 아침부터 어찌나 등골이 오싹했던지……

"강세현, 살 빼려고 자전거 타고 다닌다며? 내가 적극 도와주지."

"아니, 그럴 필요 없는……."

"너도 알지? 내가 전문트레이너 못지않다는 거. 괜히 어설프게 살 뺀다고 덤볐다가 건강이라도 해치면 이 오빠 마음이 얼마나 아프겠니? 앞으로 비가 오나 눈이 오나, 나만 믿고 끝까지 파이팅!"

그 후로 자전거 특훈을 하며 등하교 중이었다.

자전거 타고 달리는 동안 태우와 밸런스를 맞추지 못하고 뒤처지기라도 하면 그야말로 죽음이었다.

정말 짜증 나는 건, 이놈의 특훈이 다이어트에는 전혀 도움이 안 된다는 것이었다.

전문트레이너 못지않은 장태우의 의견에 따르면 에너지는 소비한 만큼 보충을 잘 해줘야 한단다. 그런 이유로 세현에게 뭘 자꾸 먹였다.

안 먹겠다고 하면 그 사나운 눈을 있는 대로 부릅뜨며 잡아먹을 듯 덤벼들었다.

죽어라 자전거 타서 내린 살은 강제로 먹인 음식에 제자리로 돌아가곤 했다.

원래 다이어트가 목적도 아니었지만, 이젠 먹기 위해 자전거를 타는 건지, 자전거를 타기 위해 먹는 건지 헷갈릴 지경이었다.

그런데 그보다 더 큰 문제는 이런 그들이 남들 눈에는 다정하게 보인다는 데 있었다.

못 하는 게 없고 인성까지 좋은 장태우는 옆집 동생을 살뜰히 챙기는 멋진 놈이었고, 반면 세현은 단지 옆집 산다는 이유만으로 살랑살랑 꼬리 치는 여우 같은 계집애가 되어버렸다.

일일이 설명하고 발뺌하기도 힘든 일이었지만, 장태우가 쌓아 올린 이미지는 어찌나 견고한지, 험담이라도 했다간 공공의 적이 될 것 같은 분위기였다.

어느 누가 알겠는가? 2층인 세현의 방에서 현관문과 대문을 지나고, 태우네 대문과 현관문을 통과해 그의 방이 있는 2층으로 가기까지 족히 5분은 걸리는 거리에 떨어져 있는 세현에게 물 좀 가져다 달라고 심부름을 시키는 장태우의 비뚤어진 마음을.

"휴, 선생님, 혹시 족쇄 같은 관계에서 벗어날 수 있는 방법 알고 계세요?"

"뭐? 누가 너 괴롭히니? 혹시 장태우? 걔가 너 괴롭혀?"

희원의 물음에 멀리 운동장쯤에 머물러 있던 세현의 시선이 휙 옮겨졌다.

입가에 미소를 가득 머금은 세현의 눈은 금방이라도 울음을 터뜨릴 것처럼 울먹울먹했다.

대체 어느 부분에서 감동을 받은 건지, 상당히 감격스러운 표정으로 두 손까지 모아 쥐고 있던 세현은 산부인과에서 희원이 그랬던 것처럼 그녀를 덥석 안았다.

"쌤, 고마워요. 쌤이 처음이에요. 장태우를 나쁘게 말해준 거."

"아니, 세현아, 그건 장태우가 나쁘다는 뜻이 아니……."

희원의 어깨에 얼굴을 묻은 세현이 급하게 도리도리했다.

"으음, 알아요. 그런 뜻 아니라는 거. 그래도 쌤은 장태우가 저를 괴롭힐 수 있다고 생각하잖아요. 그거면 됐어요. 유일한 내 편이 생긴 것 같아서 얼마나 좋은지 몰라요."

"세, 세현아, 잠깐 좀 진정하고 제대로 얘기를 해보자. 그러니까 네 말은 태우가 널 괴롭힌다는 거니?"

억지로 떼어낸 세현은 살짝 시무룩한 표정을 지었다가 이내 어떤 결심이라도 선 듯 결의에 찬 얼굴을 해 보였다.

"선생님, 저요, 희망을 가지고 열심히 맞서보려고요."

"뭘? 누구한테?"

"지금은 좀 설명하기 그렇고요, 나중에 선생님 도움이 필요하면 꼭 말씀드릴게요."

"세현아, 그러지 말고……."

3교시가 끝났음을 알리는 소리에 희원은 하려던 말을 멈췄다. 4교시 수업에 들어가려면 그만 움직여야 할 시간이었다.

"선생님, 저 그만 가볼게요."

"어, 그래. 같이 가자."

세현을 따라 희원도 벤치에서 일어났다.

"세현아, 더 얘기하고 싶으면 오늘 수업 끝나고라도……."

"아니요, 선생님. 진짜 다음에요."

"그래?"

"선생님."

"음?"

"우리 삼촌이요."

"사, 삼촌? 삼촌이 왜?"

"선배, 여기 있었네요. 한참 찾아다녔잖아요. 수업 들어가야죠."

희원과 세현의 앞을 지훈이 불쑥 막고 섰다.

"선생님, 저 먼저 갈게요."

눈치를 보던 세현이 냉큼 인사를 하고 본관 쪽으로 뛰어가 버렸다. 결정적인 순간에 나타나 방해를 한 지훈 때문에 희원은 짜증이 일었다.

"선배, 쟤 우리 반 강세현 맞죠? 쟤랑 친한가 봐요?"

세현을 우리 반이라고 말하는 데는 괜히 거부감이 일었다.

"이지훈 선생님."

"에이, 선배, 왜 또 이렇게 냉랭하게 구실까?"

"머리가 나빠요? 아님 나 무시해요? 장 선생님이라고 호칭 바꾸지 않을 거면 앞으로 부르지 마세요."

　사납게 말을 쏘아붙인 희원은 지훈을 내버려 둔 채 먼저 앞서 교무실로 향했다.

　뒤에 남은 지훈의 입꼬리가 보기 흉하게 비틀려 올라갔다.

　"이런 식이면 곤란하지. 언제까지 그렇게 도도할 수 있는지 두고 보자고."

5. 어색함과 이끌림 사이

"반도체 부문은 타 공급업체의 부진으로 당사로의 수요 집중이 계속될 전망이라 상반기 목표 달성은 어렵지 않을 것으로 보입니다. 하지만 올 초 제품 결함으로 타격을 입었던 가전제품 쪽은 계속해서 하락세를 보이다가 이제 겨우 안정을 찾아가는 분위깁니다. 다음 주에 있을 주주총회에서 김 사장님 쪽은 이 부분을 부각시킬 가능성이 높습니다."

차분하면서도 냉철한 시형의 음성이 부회장실을 가득 채우는 가운데, 신경에 거슬릴 정도로 딸깍거리는 소리가 이어지고 있었다.

강 회장의 매제인 김철민 사장은 명석한 두뇌와 원대한 야망의 소유자로 두준의 자리를 탐내는 인물 중 하나였다.

그렇다고 쉽게 자리를 내줄 두준도 아니었지만, 언제나 방심은 금물. 주주총회를 앞두고 철저한 준비가 필요했다.

"거기다 한 달 앞으로 예정되어 있는 SH그룹 김우민 사장과 동아건

설 장녀와의 결혼이, 당사에 미칠 데미지에 대한 주주들의 우려가 큽니다. 이건 SH그룹과 동아건설의 협력으로 인해 야기될 수 있는 저희 쪽…… 부회장님?"

딸깍, 딸깍.

시형의 부름에도 두준은 멍한 표정으로 볼펜만 거슬릴 정도로 딸깍거리고 있었다.

지금 두준의 앞에 놓인 데이터들은 주주총회에 대비하기 위해 일주일간 비서실을 풀가동해서 작성한 것들이었다.

시형은 칼칼한 목을 달래가며 30분째 브리핑 중이었고, 두준은 30분째 멍 때리는 중이었다.

아니, 제대로 꼬집어 말하자면 요 근래 두준은 자주 저런 상태였다.

"부회장님, 볼펜 망가뜨리고 싶은 게 아니라면 그만 좀 내려놓으시죠."

"어? 어."

시형의 지적에 딸깍거리던 볼펜을 생소한 물건 보듯 힐끔 쳐다본 두준은 바로 앞에 놓인 서류를 집어 들었다.

그러나 두준의 시선은 곧 탁자 위에 놓인 휴대폰으로 옮겨졌고, 손가락 사이에 낀 볼펜으로 '톡톡' 소리를 내며 두드리기 시작했다.

"부회장님, 정말 이렇게 집중 안 하실 겁니까?"

시형이 짜증스러운 반응을 보이고 나서야 톡톡거리던 볼펜이 딱 멈췄다.

"이 실장."

"네에."

"내가 별로야?"

"흠, 그렇게 단도직입적으로 물어보시면, 단도직입적으로 대답해 드리는 게 인지상정이겠죠? 네, 별롭니다."

똑 떨어지는 시형의 대답에 두준의 관자놀이에 힘줄이 섰다.

"어떤 면에서?"

화를 억누른 두준이 시형을 날카롭게 주시하며 물었다.

"정말 구체적으로 듣고 싶으십니까?"

사납게 쳐다본다고 겁먹을 녀석이 아니라는 건 알았지만, 되묻는 시형의 태도는 방자하기 이를 데 없었다.

대답을 구걸하고 있는 것 같아 심사가 뒤틀렸지만, 꾹꾹 눌러 참은 두준은 어서 말해보라는 듯 팔짱을 끼고 소파에 기대앉았다.

"경영인으로서 계획적인 거 참 좋죠. 하지만 직장 상사로서는 별로라 이겁니다. 한 시간도 아니고 달랑 10분 정도의 갭도 참지 못해 생난리를 다 치는."

"뭐? 생난리?"

"아, 제가 좀 입이 거칠어서. 걸러서 들어주십시오."

"이 실장, 걸러서 말하는 게 어떨까 싶은데."

"하하, 네, 뭐. 하여튼, 그렇게 철저하셨던 분이 갑자기 죽을 때가 다가온 것도 아니고, 약속을 줄줄이 취소하질 않나, 회의 시간을 수시로 바꾸질 않나. 일부러 골탕 먹이는 것도 아니고, 그거 조정하느라 비서실이 난리도 아닌 거…….."

"아, 됐어. 그만. 웬 엄살이야?"

"엄살이요? 지금 엄살이라고 했습니까?"

"이 실장, 잘하면 한 대 치겠다."

두준의 눈빛이 좀 전보다 한 단계 더 날카로워졌다.

그 미세한 변화를 놓칠 리 없는 시형은 호흡을 가다듬으며 격한 감정을 애써 갈무리했다.

"제 말은 비서실 고충도 좀 헤아려 달라는……."

"알았어. 알았으니까 1절만 하고. 내가 묻고 싶은 건 그런 게 아니라…… 남자로서 별로냐고."

시형이 흠칫 몸서리를 치며 엉덩이를 슬금슬금 뒤로 뺐다.

"나 남자로서? 허, 부회장님, 왜 이러십니까? 저 여자 좋아합니다."

"이시형, 퇴사자 명단에 네 이름 석 자 올리고 싶어서 좀이 쑤시지?"

"하하, 그럴 리가요. 지난달에 새로 뽑은 차 할부 끝나려면 까마득한데 무슨 그런 섭섭한 말씀을……. 부회장님이야 뭐, 남자로서 완벽하죠."

"완벽해? 어떤 점이?"

"음, 우선 돈이 많고요."

"또."

"부자고요."

두준의 미간에 주름이 잡히고 한쪽 눈썹이 꿈틀 올라갔다.

"음. 또 대한그룹 부회장이시고요."

시형을 매섭게 노려보던 두준이 별안간 몸을 일으키자, 그는 움찔 놀라 움츠러들었다.

"이 실장."

"네, 부회장님."

"오늘은 일찍 퇴근하지."

"네? 다섯 시밖에 안 됐는데요? 아직 일정도 두 개나 더 남아 있고……."

"그건 내가 알아서 할 거니까 걱정 말고. 이런 날도 있어야지. 퇴근해."

"하하, 정말이십니까? 감사합니다, 부회장님."

"감사하긴. 그동안 내가 고마웠지. 오늘은 마지막 날이니까 일찍 퇴근하고, 월요일부터는 고용센터로 출근하는 걸로."

웃음기 하나 없는 두준의 말에 어이없는 표정으로 입을 벌리고 있던 시형이 자세를 바로 하고 표정을 굳혔다.

"흠흠, 장난 좀 친 거 가지고 정색하시긴."

만면에 비굴한 웃음을 매단 시형을 날카롭게 일별한 두준이 자리로 가서 앉자, 소파에서 일어난 시형도 쪼르르 다가가 책상 앞에 섰다.

"강두준, 대체 뭐가 문제야?"

느물거리는 비서가 사라진 자리엔 제법 진중하고 명석한 친구 이시형이 남았다.

"그러게, 뭐가 문젤까? 비 갠 뒤의 우산이 된 것 같은 기분 알아?"

"비 갠 뒤의 우산? 그건 또 무슨 기분이야?"

"비 올 때 가지고 나온 우산은 날이 개고 나면 쓸모도 없는 데다 거추장스럽기까지 하지. 내가 딱 그런 취급을 받고 있는 것 같거든."

"허, 천하의 강두준을 대체 누가…… 설마 장희원 씨?"

시형은 믿지 못하겠다는 표정으로 물었는데, 두준은 긍정의 표정을 짓고 있었다.

"허! 장 선생님 대단한걸. 강두준 남편 삼고 싶어서 꼬리 치는 여자가 몇이고, 사위 삼고 싶어서 줄 대는 명문가가 몇인데. 장 선생님은 네가 쓸모없고 거추장스럽대?"

"아니, 뭐, 그렇게 콕 짚어서 말한 건 아니고."

콕 짚어 말하지만 않았을 뿐, 그를 만나는 동안 희원의 표정엔 항상 메마른 의무감만 드리워져 있는 듯 보였다. 환하게 웃는 일도 드물었고, 맞선 상대라도 만난 듯 조심스러워했다.

반면 두준은 시시때때로, 아니, 그녀와 함께하는 매순간 원초적으로 강하게 끌리고 있었다.

욕구를 주체 못 하는 사춘기 소년처럼 어쩌다 손끝 한 번만 슬쩍 스쳐도 온몸에 전율이 일곤 했다.

함께 보낸 하룻밤이 꽤나 임팩트 있기도 했고, 그녀와의 사이에 두줄이가 존재한다는 명확한 이유가 있기도 했지만, 도가 지나친 맹목적인 끌림은 그조차도 이해하기 힘든 부분 중 하나였다.

처음 두줄이에 대한 책임을 내세워 결혼을 주장할 때만 해도 희원을 빠른 시일 내에 설득할 수 있으리라 예상했다.

하지만 그의 생각과는 달리 그녀와의 관계는 어쩐지 타임에서의 첫날밤 이후로 더 멀어진 것 같은 느낌이었다.

그녀는 서로 사랑하지 않는다는 이유로 결혼 불가를 주장하고 있었지만, 아무래도 그 애송이를 아직 잊지 못해 그러는 것이 아닐까 하는 생각을 지울 수가 없었다.

"혹시 내가 늙어 보여?"

요즘 두준이 아침마다 거울을 보며 갖는 의문이었다.

"왜? 장 선생님이 너 늙어 보인대?"

"아니, 그런 건 아닌데…….'

"아닌데, 뭐? 야, 네가 늙어 보이면 세상에 안 늙어 보일 사람 하나 없겠다."

"그래?"

천하의 강두준이 자신과 누군가를 비교하면서 자괴감에 빠지는 날이 올 거라고 상상이나 했겠는가? 장희원 이 여자, 정말 어지간히 스트레스였다.

"객관적으로 판단했을 때 네 외모엔 아무 문제 없거든. 너 혹시 나한테 하는 것처럼 성질 부렸냐?"

두준의 살벌한 눈빛이 다시 한 번 시형에게로 향했다.

"야야, 눈빛에 동상 걸리겠다. 아니면 말지 뭘 또 그렇게. 그럼, 선물 공세 같은 건 해봤어?"

공세라고 하긴 뭐하지만, 몇 번 그녀가 눈여겨보는 물건을 사주려고 시도했던 적은 있었다.

그럴 때마다 희원은 한사코 거절하며 그의 지갑에서 나온 카드를 태워 버릴 듯 쳐다보곤 했다.

처음엔 혹시 카드가 받고 싶은 건가 하는 생각도 해봤지만, 총명한 눈에 있는 대로 힘을 주고 쳐다보다가 매몰차게 외면하는 모양새는 결코 탐을 내는 행동으로 보이지 않았다.

지나치게 고급스러운 음식점에서는 불편해하기 일쑤였으며, 계산을 할 때면 두 번에 한 번 꼴로 자기가 계산하겠다고 우기곤 했다.

참 경제적으로 독립심 강한 여자가 아닐 수 없었다. 5만 원짜리 두 장 던져 놓고 갔을 때 알아봤어야 했는데…….

돈이라면 차고 넘치는데 이 여자한텐 전혀 통하지가 않았다.

돈 보고 넙죽 엎어지는 여자였다면 매력을 느끼지도 못했겠지만, 이게 또 그렇게 썩 마음에 드는 건 아니니 문제였다.

오죽했으면 어젠 세현이한테 전화해 담임선생님 뭐 좋아하냐고 물어보기까지 했을까.

대답을 듣고 나서는 물어본 걸 금세 후회했지만, 두준은 그만큼 절박한 심정이었다.

장희원이 좋아하는 걸 꼭 찾고 싶었다. 타임에서 보여줬던 환한 웃음을 다시 마주하고 싶었다. 아무리 그렇다 해도…….

"떡볶이라니……."

"뭐야? 떡볶이 사줬다고? 잘한다, 잘해. 그러니까 내가 뭐라고 했냐? 일에만 미쳐 있지 말고 여자도 좀 만나고 하라니까 죽어도 말을 안 듣더니. 쯧쯧쯧. 뭐? 집을 구해? 호텔에 일정을 잡아? 결혼은 혼자 하냐?"

"그래서, 집은 알아보고 있어? 호텔 일정은?"

"아이고, 떡 줄 사람은 생각도 않는데 끝까지 혼자 마이웨이지."

있는 대로 타박을 늘어놓는 시형을 날카롭게 흘겨본 두준이 자리에서 일어나 벗어놓았던 재킷을 걸쳤다.

"뭐야? 뭐 하는 거야?"

"떡 받으러 가봐야지."

"뭐? 떡? 부회장님, 가긴 어딜 가? 앞으로 일정 두 개나 남았다니까. 주주총회는 어떻게 할 거야?"

"유능한 비서 있는데 무슨 걱정이야. 그리고 재벌들끼리의 짝짓기 이젠 좀 식상하지 않나? 예상 못 했던 일도 아니잖아. 그런 걸로 흔들릴 자리 아니니까 괜한 걱정은 붙들어 매고, 깔끔한 일정 조정 부탁해, 이 실장."

두준이 시형의 곁을 지나치며 오만방자한 데 대한 복수 차원인지 격려 차원인지 구분이 안 갈 정도의 세기로 어깨를 툭툭 쳤다.

"안 듣는 줄 알았더니 듣기는 다 들었네. 하여튼 난놈이야. 아니, 지금 그게 문제가 아니지. 부회장님, 어디 가십니까? 이대로 퇴근입니까?"

"응, 이대로 퇴근이고, 떡볶이 먹으러 가."

"뭐야, 강두준 입덧해?"

시형의 황당한 물음은 두준이 쾅 닫고 나가 버린 문에 부딪쳐 흩어져 버렸다.

학교에 알려지는 걸 꺼려하는 희원을 위해 적당한 거리를 유지한 채 차를 세웠다.

저만치 듬성듬성 나오는 학생들 사이로 깔끔한 바지 차림에 카디건을 걸친 희원이 모습을 드러냈다.

그녀의 뽀얀 피부가 저물기 시작한 화사한 봄 햇살에 부딪쳐 빛을 발하고 있었다. 그래서인지 미소 짓는 얼굴은 싱그럽기 그지없었다.

멀리서도 작용하는 강한 이끌림에 두준의 심장박동이 빠르기를 더해가고 있었다. 그런데······.

'저놈은 또 뭐야?'

바보 같은 웃음을 머금은 젊은 남자가 희원의 옆에 쩍 들러붙어 있었다.

장희원에 대한 확실한 우선권을 가지고 있는 그의 허락도 없이 파리 한 마리가 가소로운 날갯짓을 하고 있었다.

인상을 굳힌 두준이 차 문을 벌컥 열고 밖으로 나섰다. 그러곤 저 멀리서도 한눈에 알아볼 수 있게 한 손을 높이 쳐들었다. 모른 척하는 일 같은 건 꿈도 못 꾸도록 목소리를 드높였다.

"희원아."

✛

종례가 끝나고 교무실로 향할 무렵 두준에게서 전화가 왔다.

괜스레 주변을 살핀 희원은 얼른 본관 뒤쪽에 있는 문으로 빠져나와 사람 왕래가 적은 곳으로 자리를 옮겼다.

제법 시간이 걸렸음에도 불구하고 끊어질 거라 예상했던 휴대폰은 끈질기게 몸을 떨어댔다.

"네."

[수업 끝났나?]

인사나 다정한 호칭은 생략된 간략한 대답에 간략한 물음이 되돌아 왔다.

"네, 끝났어요."

[그래? 나 지금 그쪽으로 가는 중인데.]

"네? 왜요? 우리 어제 만났잖아요."

별생각 없이 뱉어놓고 희원은 아차 싶었다. 그럴 의도는 아니었지만, 어제 끝낸 숙제 다시 해오라는 소리를 들은 것처럼 정색을 해버린 게 마음에 걸렸다.

아니나 다를까, 두준에게선 잠시 아무 말도 들려오지 않았다.

"어, 제 말은요……."

[아직 네 번 못 채웠어.]

그가 정한 가이드라인을 읊는 두준의 음성은 어쩐지 좀 딱딱하게 느껴졌다.

"아, 네. 알고 있어요. 하지만 오늘은 금요일이니까, 내일도 있고 모레도……."

[만날 수 있을 때 만나야지. 내일하고 모레는 또 어떻게 될지 모르니까.]

"아, 네, 뭐. 그거야 그렇지만……."

[얼른 떡 받아먹으려면 분발해야 할 것 같아서.]

"네? 뭐요? 뭘 받아먹어요?"

[얼마나 걸리지? 난 20분 정도면 도착할 것 같은데.]

두준은 희원의 물음에 답도 없이 이미 약속이 정해지기라도 한 듯 20분 후면 도착이라고 말하고 있었다.

달리 핑곗거리도 없었지만, 그의 말대로 일주일분의 만남을 다 채우지 못했기도 해서 시간 맞춰 나간다는 답을 하고 전화를 끊었다.

어차피 해야 될 숙제 하루라도 빨리 해치우는 게 홀가분할 터였다.

교무실로 향하는 희원의 발걸음이 빨라졌다. 어제 만났으니 오늘은 아니겠지 싶어서 간편한 바지에 카디건 차림으로 출근했는데, 괜스레 매무새가 신경이 쓰였다.

매번 만날 때마다 슈트발 제대로 세우고 나타나는 두준에게 엇비슷하게라도 맞추는 일은 여간 신경 쓰이는 일이 아닐 수 없었다.

빨리 퇴근 준비 마치고 화장이라도 손봐야겠다는 생각을 하며 교무실로 들어서니, 수학선생님의 짜증스러운 목소리가 먼저 그녀를 반겼다.

3년을 넘게 함께 근무하고 있었지만, 참 정 안 가는 선생님이었다.

"시험이 장난이야? 엉? 쪽지시험은 우습다 이거야? 모르겠으면 그냥 빈칸으로 두라고 했어 안 했어?"

"잘못했습니다."

수학선생님 일에 끼고 싶지 않아 멀찍이 돌아 자신의 자리로 가던 희원이 주눅 들고 축 처진 목소리를 듣자마자 멈춰 섰다.

"잘못했다면 다야? 뭐? X야, 조금만 기다려. 구해줄게? Y야, 너도? 대체 이런 걸 쓴 저의가 뭐야?"

"저, 선생님 제가 보기엔 무슨 저의가 있어서 쓴 건 아닌 것 같습니다. 이거 SNS상에 올라온 글 보고 쓴 것 같은데요. 참신하진 않지만 재밌긴 하네요."

희원이 어찌해야 할까를 망설이는 사이 수학선생님의 잔소리가 이어졌고, 그사이에 지훈이 뜬금없이 끼어들었다.

'쟨 또 뭐니? 하여튼 낄 데 안 낄 데 구분도 못 하고 불난 집에 부채질 한번 제대로 하는구먼.'

"뭐야? 교생 주제에 어딜 끼어들어."

"선생님."

사태가 더 심각해지는 걸 막아야겠다는 생각에 얕은 한숨을 뱉어낸 희원이 가까이 다가가 수학선생님을 불렀다.

"5반 담임이 장희원 선생님이지? 하여튼 선생님이 그 모양이니. 쯧."

대한고 밴댕이소갈딱지라는 별명을 가지고 있는 정 선생답게 희원의 목소리를 들었어도 못 들은 척, 슬쩍 험담을 끼워 넣었다.

"정 선생님."

"뭡니까?"

좀 더 큰 소리로 부르자, 정 선생은 인상을 팍 구긴 채 희원을 돌아봤다.

"저희 반 아이가 뭘 잘못했나요?"

정 선생 앞에 고개를 숙인 채 서 있는 라니가 울상인 얼굴로 희원의 눈치를 살폈다.

"이거 보세요, 이거. 아무리 쪽지시험이라도 그렇지, 풀라는 문제는 안 풀고 이따위로 장난이나 쳐놓고. 내 참, 한심해서, 쯧."

정 선생이 빗살무늬가 현란하게 들어가 있는 시험지를 흔들어대며 혀를 찼다.

"구라니, 너 수학선생님한테 잘못했다고 말씀드렸어?"

희원은 라니를 향해 의도적으로 사납게 목소리를 높였다.

"네."

"아니, 이게 잘못했다는 한마디로……."

"정 선생님, 아이가 악의 없이 친 장난입니다. 저희 반 아이니 제가 따끔하게 혼내겠습니다. 그만 화 푸시고 용서해 주세요. 구라니, 이리 와."

정 선생이 가타부타 다른 잔소리를 늘어놓기 전에 얼른 라니를 빼낼 요량으로 희원은 목소리를 더 사납게 높였다.

라니는 쭈뼛쭈뼛 희원의 옆으로 다가와 섰다.

"죄송합니다. 다시는 이런 일 없도록 주의시키겠습니다."

고개를 숙이는 희원을 바라보는 정 선생의 표정이 좋지 않았다.

라니를 앞세운 희원은 미간을 구긴 채 쓸데없이 끼어들어 일을 크게 만들 뻔한 지훈에게 빨리 꺼지라는 고갯짓을 해 보였다.

"하여튼 요즘 젊은것들은 선생이나 학생이나 전부 지 잘난 줄만 알고 설쳐 대니, 쯧."

일부러 들으라는 듯 중얼거린 정 선생의 말에 희원은 자리를 벗어나려다 말고 우뚝 멈춰 섰다.

"정 선생님, 그 말씀 지금 저 들으라고 하신 말씀인가요?"

최대한 부드럽게 어색한 미소까지 머금고 묻는 희원의 말에 정 선생은 떨떠름한 표정을 지어 보였다.

"그냥 그렇단 얘깁니다."

"그러니까요. 그 얘기를 왜 지금 이 자리에서 하시는 건데요?"

"아니, 뭐, 내 입 가지고 마음대로 말도 못 합니까?"

"저희 반 학생에다 교생선생님까지 있는 자리에서, 하실 말씀이 있고 하시지 말아야 할 말씀이 있는 거죠."

"이봐요, 장 선생. 지금 누구를 가르치려 들어요?"

목소리 큰 놈이 장땡이라는 불변의 진리를 시험해 보이려는 듯 정 선생의 목소리가 높아지고 있었다.

연장자에 대한 최소한의 예의를 지켜보려고 애쓰던 희원도 점점 짜증이 나기 시작했다.

정 선생은 나이가 많다는 이유만으로 자신에게 배당된 업무를 다른 선생님에게 떠넘기기 일쑤였다.

희원도 예외는 아니라 작년까지만 해도 정 선생 업무처리반을 도맡다시피 하고 있었다.

처음 1년은 뭣도 모르고 당연히 해야 되는 일인 줄 알고 제 업무에 정 선생 업무까지 처리했고, 작년까지는 원만한 사회생활을 위해선 이 정도는 감수해야겠지 하는 마음으로 정 선생이 맡긴 일을 했었다.

하지만 대가없는 노동은 희원을 지치게 했고, 당연한 듯 일을 맡기는 정 선생의 뻔뻔함은 사람을 질리게 했다.

결국 작년 가을쯤 정 선생이 아무런 양해 없이 그녀의 책상 위로 툭 던져 주는 일거리를 정중하게 거절했었다.

김 선생은 저 밴댕이 두고두고 꽁해서 괴롭힐 텐데 그냥 해주고 말지 어쩌려고 그랬냐며 걱정했지만, 희원은 내내 떠안고 있던 찜찜함을 털어버린 듯 후련했다.

하지만 그 후로 김 선생의 걱정은 현실이 됐다.

"정 선생님께서 말씀을 이상하게 하시니까 그런 거 아니에요."

"내가 뭐 없는 말 했어?"

"저한테 진짜 왜 이러세요? 혹시 작년에 봉사활동 실태보고서 안 해 드린 것 때문에 지금까지 이러시는 거예요? 제가 정 선생님 부하직원 은 아니잖아요."

"장 선생, 말 참 기분 나쁘게 하네. 내가 지금 그 일로 일부러 트집 을 잡고 있다는 소리야?"

"네, 제가 보기엔 그런 것 같습니다."

"뭐야?"

흥분한 정 선생이 벌떡 몸을 일으켰다. 화를 못 이긴 그의 얼굴은 금방이라도 폭발할 듯 붉으락푸르락했다.

큰 덩치는 아니었지만, 시근덕거리며 희원에게로 한발 성큼 다가서 는 정 선생은 꽤나 위협적이었다.

희원은 그제야 좀 참을 걸 하는 후회를 했다.

요즘 들어 왜 이렇게 감정이 들쑥날쑥한 건지 알 길이 없었다. 그냥 듣고 말았으면 좋았을 걸, 그 순간을 참지 못해 일을 너무 크게 만들 었다.

"장 선생, 다시 한 번 말해봐. 내가 괜한 트집을 잡는 거야? 어?"

삿대질까지 해대는 정 선생 때문에 희원의 입에서 절로 한숨이 새 나왔다. 이제 와 사과를 하자니 자존심이 허락하질 않았고, 끝까지 가 보자니 앞으로의 일이 걱정이었다.

"아이고. 정 선생님, 왜 이러십니까? 진정하세요."

동호가 끼어든 건 희원이 눈물을 머금고 막 사과의 말을 꺼내려던 직전이었다.

"신 선생, 장 선생이 하는 말 들었어? 내가 괜한 걸로 트집을 잡는 다잖아. 아니, 장난친 애 야단 좀 쳤기로서니 그게 그렇게 잘못이야?"

"물론 아니죠. 장 선생이 오늘 좀 예민했나 봐요. 그만 진정하시고 퇴근 준비하셔야죠. 오늘 밤낚시 가신다고 하셨잖아요."

"후, 교직 생활 20년 만에 이런 꼴은 또 처음 당해보네. 내 참, 기가 막혀서……."

정 선생을 달래 자리에 앉힌 동호가 희원을 향해 눈을 찡끗댔다. 대충이라도 사과를 하라는 신호인 게 분명했다.

속으로 한숨을 삼킨 희원이 낮게 가라앉은 목소리로 간단한 사과의 말을 건넸다.

"정 선생님, 제가 너무 예민했습니다. 죄송합니다."

"흠흠."

정 선생은 가타부타 말도 없이 불편한 헛기침만 해댔다.

고개를 살짝 숙여 보인 희원은 그대로 몸을 돌려 버렸다. 그때까지 오도 가도 못 하고 머리를 숙이고 서 있던 라니의 손을 잡고 자신의 자리로 이동했다.

"선배, 미안해요."

라니와 함께 서 있던 지훈이 재빨리 따라붙으며 희원에게 말을 건넸다.

"휴우, 이지훈 선생님, 내가 오전에 뭐라고 했죠? 호칭 안 바꿀 거면 부르지 말라고 했던 것 같은데."

"아!"

"따라오지 말고 일 보세요."

"볼일 없는데요."

"그럼 퇴근을 하던가요."

쌀쌀맞은 희원의 반응에 어깨를 으쓱해 보인 지훈이 자리를 뜨고 나자, 울 것 같은 얼굴로 선 라니가 머뭇거리며 말을 꺼냈다.

"선생님, 죄송해요. 잘못했어요."

"흠, 그래?"

"문제는 모르겠는데, 시간이 남아서……."

의자에 털썩 앉은 희원이 지끈거리는 관자놀이를 두어 번 꾹꾹 눌렀다.

"라니야."

"네, 선생님."

"그래서, X랑 Y는 언제 구해줄 거니?"

"네?"

"나한테 죄송할 거 없어. 오늘 일 걱정할 필요도 없고. 그러니까 제발 X랑 Y 구할 방법이나 찾아봐, 이 녀석아."

"흐흐, 네, 선생님."

"그만 가봐. 주말에 수학 공부 좀 하고."

"네, 선생님."

라니를 보내고 퇴근 준비를 마친 희원은 바삐 교무실을 나섰다.

두준은 20분이면 도착한다고 했는데, 정 선생과의 실랑이로 대략 15분가량 지나 버린 것 같았다.

"장 선생님."

동호가 빠른 걸음으로 본관 정문을 나서는 희원을 불렀다.

좀 전에 편 들어준 일도 있고 감사의 말이라도 전해야 할 것 같아 희원은 잠시 멈춰 섰다.

"신 선생님, 아까는 감사했어요."

동호가 멋쩍은 듯 뒤통수를 긁적이며 웃어 보였다. 세현의 말대로 참 솔직담백한 인물이었다.

"그럼 감사의 뜻으로 저랑 오늘 저녁 식사 어떻습니까?"

"아, 저, 그게, 선약이 있어서요. 죄송해요."

"아니요. 괜찮습니다. 다음에 같이 먹으면 되죠, 뭐."

"네, 그래요. 다음에 저녁 식사 같이 해요. 저 그럼 안녕히 들어가세요."

희원은 더 이상 지체할 수가 없어서 빠르게 인사를 건네고 교문을
향해 걸음을 옮겼다.

"장 선생님, 잠깐만요. 저녁 식사는 안 되도 잠깐 얘기 나누는 건 괜
찮을까요?"

희원이 손목시계를 힐끔 쳐다봤다. 이미 20분은 지난 상태였다.

"약속에 늦어서요."

"아, 죄송합니다."

죄송하다고 말하는 동호의 얼굴에 숨길 수 없는 실망감이 드리워졌다.

"교문까지 가는 동안은 괜찮을 것 같은데, 같이 좀 걸으실래요?"

희원의 말에 동호의 얼굴은 금세 밝아졌다. 거짓말은 절대로 못 할
인물이었다. 포커페이스인 누구와는 달리 동호의 표정은 말보다 더
정직했다.

둘은 잠시 아무 말 없이 교문을 향해 걸었다.

"아, 정 선생님 너무 나쁘게 생각하지 마세요."

"네. 오늘은 저도 잘한 거 없죠, 뭐."

그러곤 또다시 침묵이 찾아들었다. 희원은 세현에게 들은 말을 확인
해 봐야 할지 고민 중이었고, 동호는 꺼내기 힘든 말을 준비 중이었다.

"저, 장 선생님, 혹시 애인 있습니까?"

"네?"

"혹시 사귀는 사람 있냐고요. 만약 없다면 저와 진지하게 만나보실
생각 없으세요?"

힘든 고백을 한 동호는 얼굴뿐 아니라 귓불까지 붉어져 있었다. 두
준과 비슷한 또래인 걸로 알고 있는데 나이에 걸맞지 않게 순수한 사
람인 것 같았다.

세현에게 들을 때는 살짝 기분이 나빴는데, 그의 태도를 보고 있자

니 왠지 미안한 생각이 들었다.

"저 지금 만나는 사람 있어요."

미안하다고 해서 거짓을 말할 수는 없었다. 예민한 아이들 앞에서 자중 좀 해주십사 하며 어차피 하려던 말이었는데, 차라리 잘됐다 싶었다.

"그, 그래요? 아, 이거 제가 실수했나 보네요."

"아니요. 저를 좋게 봐주셔서 감사합니다."

"하하, 이거 좀 씁쓸하네요."

멋쩍게 웃으며 뒤통수를 긁적이는 동호를 보며 희원도 미소를 지어 보였다.

"저 그럼 가볼게요. 신 선생님은 퇴근 안 하세요?"

"저도 해야죠. 먼저 들어가세요."

"네, 그럼."

그렇게 인사를 나누고 막 헤어지려던 참이었다. 듣고도 믿지 못할 익숙한 목소리가 그녀의 이름을 부르고 있었다.

"희원아."

'헉! 저 양반이 미쳤나 봐. 갑자기 왜 저러는 거야? 손은 대체 왜 흔드는 건데?'

환하게 웃으며 한 손을 높이 흔들고 있는 두준은 평상시 그녀가 알던 그가 아닌 것만 같았다.

놀라서 저절로 벌어지는 입을 손으로 가린 희원은 동호의 눈치부터 살폈다.

아니나 다를까, 그의 시선도 두준을 향해 있었다.

"장 선생님 부르는 것 같은데요? 오늘 만날 분…… 근데, 저분 혹시 이사장님 아닙니까?"

"아니요. 그럴 리가요."

대답은 너무 과할 정도로 빠르고 크게 튀어나왔다. 희원의 그런 반응에 동호의 의아한 시선이 그녀를 향했다.

"하하, 신 선생님이 보기에도 우리 이사장님하고 닮은 것 같죠? 저도 볼 때마다 깜짝깜짝 놀라요. 어쩌면 저렇게 닮았는지, 혹시 쌍둥이가 아닌지 물어보기까지 했다니까요. 하하, 하하."

"그래요?"

"네. 저, 저는 이만 가볼게요."

다시 두준에게로 옮겨가는 동호의 시선을 차단하며 뒷걸음질 치던 희원은, 무슨 말인가 하고 싶은 듯 입을 뻐끔대는 동호를 그대로 둔 채 두준을 향해 냅다 뛰었다.

우선 저 방정맞게 흔드는 손부터 붙들어 매야 했다. 또다시 '희원아' 하고 나불댈지 모르는 입도 콱 틀어막아야 했다.

'저 양반이 미쳤어. 미친 거야. 어쩌자고……. 악! 왜 달려오는데? 그냥 거기 있어. 오지 마. 내가 가잖아. 왜 마주 달려오는 거냐고?'

희원이 뛰기 시작하자마자 두준도 흔들던 손을 내리고 마주 달려오기 시작했다.

이건 마치 죽도록 사랑해 마지않는 연인이 긴 이별 끝에 다시 만나는 장면을 연출하는 것만 같았다.

두준을 동호의 시선으로부터 걷어내려는 희원의 노력은 이상한 방향으로 흘러가고 있었다.

기럭지도 남다른 이 양반, 금세 희원과의 거리를 좁히고 있었다.

울상이 된 희원은 거의 코앞까지 다가온 두준을 피해 오른쪽으로 방향을 틀었다.

연인 상봉의 현장으로 보였던 장면은 순식간에 쫓고 쫓기는 도주의 현장으로 바뀌는 듯싶었다. 하지만 그것도 잠시, 두준이 재빠르게 희원의 허리를 낚아챘다.

"악!"

도망가다 잡힌 도둑처럼 희원의 입에서 절로 짤막한 비명이 터져 나왔다.

단단한 그의 팔이 그녀의 가슴 아래 요란스러운 심장박동이 느껴질 바로 그 자리에 감겨 있었다.

이보다 더 노골적인 신체 접촉도 이미 다 끝낸 사이였지만, 그 밤 이후로 이렇게 격한 신체 접촉은 처음이라 놀란 마음을 주체하지 못한 희원은 바닥에서 5㎝ 정도 들린 발을 바동거리며 그의 팔을 떼어내려 애썼다.

"왜 이래?"

"내가 할 소리네요. 왜 이래요? 내, 내려주세요."

"내려줄 테니까 뛰지 마. 홑몸도 아닌 사람이 위험하게 무슨 짓이야?"

"아, 알았어요. 빨리 내려줘요. 신 선생님이 이상한 눈으로 쳐다보잖아요."

드디어 두준의 팔이 풀렸다.

"저치가 신 선생이야? 둘이서……."

희원은 발이 바닥에 닿자마자 두준의 물음은 듣는 둥 마는 둥 그의 손을 덥석 잡아끌기 시작했다.

커다란 보자기라도 있으면 두준에게 푹 뒤집어씌우고 싶은 심정이었다.

매번 느끼는 거지만, 쓸데없이 큰 이 양반 어디 숨기기도 마땅치 않고, 차 안으로라도 피하는 게 상책이다 싶어 부지런히 그를 잡아끌었다.

예상치 못한 그녀의 행동에 당황한 건지 두준은 하던 말을 멈추고 그녀에게 그대로 이끌려 갔다.

운전석 문을 연 희원은 그를 밀어 넣다시피 차에 태우고 그녀도 곧 조수석에 올라탔다.

여전히 교문 앞에 서서 그 모습을 지켜보던 동호가 고개를 갸웃하더니 학교 안으로 들어가고 있었다.

그제야 안심한 희원이 좌석 깊숙이 기대앉으며 크게 숨을 내쉬었다.

"뭐야? 뭐 하는 거야? 왜 갑자기 위험하게 달리질 않나, 도망가질 않나……."

"그러는 당신은요? 이름은 왜 불러요? 손은 왜 흔들어요? 학교에 당신 얼굴 모르는 사람 없는데, 대체 무슨 생각으로 그런 거예요?"

빠르게 말을 쏟아낸 희원이 숨을 쌕쌕 몰아쉬고 있었다.

"심장은 튼튼한가? 그거 조금 뛰었다고 이러는 거 보면 역시 운동 부족인가?"

두준이 엉뚱한 말을 하며 발그레한 그녀의 볼을 엄지로 쓱 쓸었다.

흠칫 놀란 희원이 얼굴을 뒤로 쑥 빼며 미간을 잔뜩 일그러뜨렸다.

"두준 씨, 제 말 들었어요? 대체 무슨 생각으로."

"거기까지 생각 못 했어. 미안해."

왜 그런 마음이었는지 두준도 정확히 알 수가 없었지만, 다른 남자와 환하게 미소를 짓고 있는 희원을 본 순간, 그에게 있는 줄도 몰랐던 소유욕이 불끈 솟아올랐다.

가지지 않은 것보다 가진 게 더 많아 생전 제 것이라고 욕심 부리며 독차지하려 든 적 없었던 그에겐 정말 생소한 감정이었다.

그 감정에 휩쓸려 제대로 된 상황 판단은 뒷전으로 밀려나고, 어설픈 영역표시만 한 꼴이 되어버렸다.

두준의 말에 어이가 없는 듯 희원의 입이 헤벌어졌다.

"아니, 어떻게 그런 생각을 못 하지? 경제지에 실린 당신 얘기는 엄청 부풀려지고 과장된 거였어요?"

"경제지?"

"주간경제에 실린 거요. 거기서 분명 대담한 모험심뿐 아니라 천재적인 두뇌까지 소유한…….."

패션 화보 같은 두준의 사진 한 컷이 한쪽 면의 반 이상을 차지하고 있던 경제지에서 읽은 내용을 읊어대던 희원이 뚫어져라 자신을 바라보고 있는 그를 발견하고 그대로 입을 다물어 버렸다.

"아직도 뒷조사 중인 건가?"

"아니요. 그럴 리가요."

강하게 부정했지만, 두준은 믿지 않는 눈치였다. 그에 대한 그녀의 관심을 들켜 버린 것만 같아 괜스레 얼굴이 화끈거렸다.

"그냥 교무실에 있어서, 사회 쌤이 보시던 잡진데 뒤적이다 보니까…….. 암튼 그게 문제가 아니잖아요. 거기까지 생각 못 했다니 그게 말이 돼요? 신 선생님이 의심이라도 하는 날엔, 휴, 어쩌면 좋아요?"

"그 신 선생이라는 사람하고는 무슨 얘기를 한 거야?"

"네?"

'무슨 얘기를 했는데 나한테는 그렇게 박한 미소가 그치를 보고는 술술 나오느냐고?'

두준의 미간에 주름이 잡혔다.

그와의 만남을 들킬지도 모른다는 불안감에 전전긍긍하는 그녀의 얘기는 듣지도 못한 듯, 두준의 관심 포인트는 그녀와 살짝 어긋나 있었다.

이름에 목숨 걸었던 강두준은 또 엉뚱한 데 필이 꽂힌 것 같았다.

"지금 이 상황에 그게 중요해요?"

"중요해."

두준의 태도는 꽤나 단호했다. 바라보는 눈빛은 사소한 거짓도 용납하지 않을 듯 예리했다.

"도움받은 게 있어서 감사 인사한 거였어요."

"감사 인사치곤 너무 다정해 보였던 것 같은데?"

"저 지금 취조당하고 있는 거예요?"

"관심으로 순화시키면 어떨까 싶은데."

"왜 저한테 관심을…… 아!"

왜 관심을 가지냐고 따지려던 희원은 중대한 오류를 깨닫고는 코를 찡긋했다.

"별것 없었어요. 사귀는 사람 있냐고 묻기에, 만나는 사람 있다고 대답해 준 게 다예요."

무신경한 희원의 발언에 두준의 관자놀이에 핏대가 섰다.

그의 동물적 감각은 틀리지 않았다. 제대로 인지도 못 하는 사이 그의 영역이 침범당하고 있었다. 희원에게 이끌려 그냥 차를 탈 일이 아니었다.

당장이라도 그 녀석을 찾아내 제대로 된 영역표시를 하고 싶은 것처럼 두준의 시선이 저만치 교문 앞을 헤매고 있었다.

"그치는 그런 게 왜 궁금하대?"

뻔한 질문을 해놓고 두준은 눈꼬리를 사납게 치켜 올렸다.

"이성 간에 가질 수 있는 순수한 관심 아니겠어요?"

"아니, 그러니까 그 순수한 관심을 왜 당신한테 가지냐고?"

"신 선생님 마음을 제가 어떻게 알아요? 그리고 제가 그렇게 막 남자한테 관심도 못 끌 만큼 매력 없거나 그렇지 않거든요."

"그건 이미 알아."

'그래서 이 지경까지 온 거니까.'

표정 변화 없이 무신경하게 툭 뱉어낸 두준의 말에 그를 바라보는 희원의 눈은 지진이라도 일어난 듯 바삐 일렁거렸다.

두준이 한 말의 의미를 파악하고 싶었지만, 동호와는 달리 타고난 포커페이스인 그에게서 무언가 읽어내기란 쉬운 일이 아니었다.

"최종적인 결론을 내릴 때까지 나한테 충실해 달라고 분명 얘기했어."

희원을 외면하고 정면으로 시선을 돌린 두준이 무미건조한 음성으로 전에 했던 말을 상기시켰다.

희원은 괜스레 두근댔던 가슴을 손으로 꾹 눌렀다.

혹시나 그가 질투라도 하는 건가 싶어 설레었던 마음이 창피해 차창 밖으로 시선을 돌린 채 최대한 목소리를 건조하게 꾸며내야만 했다.

"알고 있어요. 그래서 만나는 사람 있다고 말했다고요."

한 번 힐끔 그녀를 쳐다본 두준은 이내 차를 출발시켰다.

'만나는 사람'이라는 말이 상당히 거슬렸다. 두준은 아직 그녀에게 '사귀는 사람'이 아니었던 것이다. 이미 첫날밤과 프러포즈까지 거친 사이임에도 그녀에게 그는 그저 만나는 사람이었다.

실망감과 함께 알 수 없는 승부욕이 들끓었다.

천재적인 두뇌의 소유자인 두준의 머릿속은 '만나는 사람'에서 '사귀는 사람'으로 레벨 업 할 수 있는 방법을 찾느라 바쁘게 돌아가고 있었다.

"근데, 우리 어디 가는 거예요?"

화라도 난 것처럼 말이 없는 두준을 힐끔거리던 희원은 이내 대답 듣기를 포기하고 푹신한 좌석에 편안하게 기대앉았다.

이 차도 자꾸 타다 보니 이젠 제법 편하게 느껴졌다. 이러다 차 주인까지 편하게 느끼게 되는 것은 아닐까 슬슬 걱정스러워졌다.

아무 말 없이 운전만 하기에 어디 멀리 가려나 보다 싶어서 눈까지 스르르 감았더니, 차는 얼마 안 가 멈춰 섰다.

"내리지."

그 말만을 남긴 채 두준이 먼저 차에서 내렸다.

밖을 두리번거리던 희원은 의아한 듯 고개를 갸웃거리며 차에서 내렸다.

"여긴 왜?"

익히 알고 있는 분식집 간판을 올려다보며 희원이 물었다.

"떡볶이 먹자."

"네에? 왜요? 아니, 여기에서요?"

"여기 떡볶이가 맛있다고 하더군."

분식집 앞으로 성큼성큼 걸어가는 두준의 팔을 희원이 덥석 잡았다.

"미쳤어요? 지금 농담하는 거죠?"

"떡볶이 먹는 일이 미친 짓인가?"

"여기 우리 학교 학생들 엄청 많이 오는 데예요."

"그렇다고 하더군."

"알아요? 아는데 여길 들어가겠다고요?"

"희원이 네가 이집 떡볶이 좋아한다고…….."

"아니요. 안 좋아해요. 다른 거, 아니, 다른 데 가서 먹어요."

희원은 또다시 두준을 차로 잡아끌고 있었다.

도대체 이 남자가 왜 이러는지 알 수가 없었다. 그가 안내하는 음식
점마다 고급스럽기 그지없어 부담스럽긴 했어도, 아는 사람 만나서
곤란해질 일은 없겠다 싶어 안심했었는데, 갑자기 무슨 바람이 불어
떡볶이 타령인지. 게다가 그런 쓸데없는 정보는 어디서…….

'아! 세현이.'

"떡볶이가 정 먹고 싶은 거면 다른 데로 가요. 떡볶이 맛이 다 거기
서 거기지 여기라고 특별할 거 없어요."

차에 올라타는 그를 확인한 희원이 조수석으로 올라타며 딱 잘라 말
했다.

하지만 그녀의 시선은 분식집 문에서 떨어질 줄 몰랐다.

두준을 끌어다 차에 태울 때까지만 해도 몰랐는데, 괜히 아쉬움이

밀려왔다.

'이 집 떡볶이가 맛있기는 한데.'

갑자기 입안에 침이 고였다. 이 집 떡볶이의 맛이 머릿속에 생생하게 되살아나면서 꼭 먹고 싶다는 신호를 마구 보내왔다.

떡볶이 맛이 다 거기서 거기라고 큰소리쳤던 게 얼마나 지났다고, 여기 떡볶이가 아닌 다른 떡볶이는 결코 먹고 싶지 않다는 결론에 이르기까지 30초도 걸리지 않았다.

"그냥 여기서 먹자. 다른 데는 몰라."

분식집 문에서 시선을 떼지 못하는 그녀의 마음을 짐작이라도 한 듯, 설득하는 두준의 목소리는 은근하기 그지없었다.

"여긴 안 되는데……."

안 된다고 말하는 희원의 목소리엔 아까와 같은 단호함은 사라진 지 오래였다.

"우리 떡볶이 먹는 동안 아무도 안 올 거야. 약속해. 그냥 여기서 먹자."

"그걸 어떻게 알아요? 분식집을 통째로 빌리기라도 했다면 모를까…… 설마?"

"통째로 빌렸어."

희원의 입이 또 반쯤 헤벌어졌다. 떡볶이 먹는 것도 남다른 스케일을 자랑하는 재벌 강두준 선생 되시겠다.

"대체 무슨 생각으로 밴댕이 시험지에 그런 걸 쓴 거야?"

어깨가 축 처져서 터덜터덜 걷는 라니의 한심한 꼬락서니에 세현이 핀잔을 보탰다.

"밴댕이가 유머감각까지 없을 줄 알았나."

"잘한다, 고라니."

"고맙다, 강세. 그나저나 울 태우 님이랑 자전거는?"

라니가 세현의 곁에 당연히 있어야 할 태우와 자전거를 찾아 주변을 두리번거렸다.

"네 태우 님은 과학 동아리 모임 갔고, 자전거는 망가뜨렸어."

"과학 동아리 모임? 그거 수요일만 하는 건데? 너 뭐 잘못 안 거 아니야?"

라니는 태사 회장답게 태우의 스케줄을 정확하게 꿰고 있었다.

"너희 아빠는 오늘 뭐 하시는지 아니?"

"뭔 뜬금없는 소리야? 그거야 엄마 관심사지 내 관심사는 아니잖아. 그보다 제대로 안 거 맞아? 진짜 울 태우 님 과학 동아리 모임 간 거야?"

"그래. 무슨 대회 있다더라."

"그래? 울 태우 님 이것저것 하는 게 너무 많아서 힘들겠다. 보약이라도 한 재 해 먹여야 할까 봐."

"힘들긴, 개뿔."

힘든 놈이 등하교 때마다 자전거 맹훈을 시킬까?

"말하는 꼬라지하고는. 강세, 죽고 싶냐?"

"장태우 아빠 병원장이고 엄만 한의사인 거 몰라? 장태우 보약 걱정을 왜 네가 해?"

"하하. 그런가? 걱정돼서 그러지."

"장태우 걱정만 하지 말고, 네 친구 걱정 좀 해주면 안 되겠니?"

"내 친구 누구?"

"으이그, 이걸 그냥."

"헤헤, 근데 너 자전거 망가졌어?"

"장태우 얘기 외엔 나머진 관심 밖이지? 망가진 게 아니라 망가뜨렸다고."

"그건 또 뭔 소리야?"

장태우의 마수에서 벗어나기 위해 야밤에 몰래 자전거를 망가뜨려야 되는 이 거지 같은 상황을 라니가 이해하기란 힘들 것 같았다.

장태우 흉 봤다간 라니가 잡아먹으려고 들 게 뻔해 대답을 망설이고 있는데, 교문 앞에 몇몇 아이들이 모여 웅성대는 모습이 눈에 들어왔다.

동네방네 안 끼는 데가 없는 라니가 그냥 넘어갈 턱이 없었다.

눈이 초롱초롱해지는가 싶더니, 어느새 쪼르르 다가가 무슨 일인지를 묻고 있었다.

'하여튼, 수학 문제에 저렇게 관심을 가졌으면 오늘 같은 일도 없었지.'

"왜, 뭐? 무슨 일이야? 무슨 일 났어?"

'신났네, 신났어.'

세현은 신이 난 라니를 두고 교문을 그대로 지나치려 했다. 하지만 자신의 목격담을 풀어놓는 아이의 말을 듣고는 걸음을 멈출 수밖에 없었다.

"좀 전에 국어가 저 앞에서 남자랑 끌어안고 난리도 아니었어."

"국어? 우리 쌤? 진짜? 야, 자세히 좀 말해봐."

맞장구치는 라니에 힘입어 쏟아놓는 목격담에는 날개가 붙었다.

"아까 체육하고 국어하고 나란히 걸어오는 거야. 그래서 드디어 체육이 날 잡았나 보다 했지. 근데 갑자기 저쪽에 서 있던 남자가 '희원아' 하고 국어 쌤을 부르는 거야."

"남자? 어떤 남자?"

"거야 모르지. 멀리서도 비주얼 장난 아니더라. 소리 들리자마자 국어 쌤이 다다다 달려가서 안기더니 순식간에 차 안으로 사라지는 바람에 얼굴까지는 못 봤는데, 뒤태 완전 오지더라니까."

"어머, 어머. 안겼어?"

"말도 마. 완전 영화 같았다니까. 야, 국어 쌤 그렇게 안 봤는데, 은근 대담한 거 있지."

"너희들 집에 안 가고 여기서 뭐 하니?"

갑자기 끼어든 목소리에 모여 있던 아이들의 시선이 모두 그리로 향했다.

싱그러운 웃음을 머금고 서 있는 지훈을 발견한 아이들이 일제히 인사를 했다.

"그만들 집에 가고, 월요일에 보자."

가벼운 인사말을 건넨 뒤 걸음을 옮기는 지훈을 세현의 손을 움켜쥔 라니가 부지런히 따라붙었다. 그 바람에 세현도 덩달아 지훈을 따라가는 꼴이 되어버렸다.

"선생님."

"어, 라니구나!"

"쌤, 아까 교무실에서는 감사했어요."

"별 도움도 안 됐는데 뭘."

라니와 대화를 나누고 있는 지훈의 시선은 세현에게 머물러 있었다.

그의 시선을 느낀 세현이 힐끔 쳐다보자, 지훈은 사람 좋은 미소를 지어 보였다.

"너희들 집에 가니?"

"아니요. 좀 있다가 학원 가야 해요."

"그렇구나! 오늘 라니 기분도 그럴 텐데, 학원 가기 전에 떡볶이 사 줄까?"

"진짜요?"

세현은 라니와 지훈이 꽤나 친한 사이 같아 보이는 데 놀라고 있었다.

"가자."

"저는 그냥 가볼게요. 라니야, 나 먼저……."

"에이, 그럼 안 되지. 강세현, 세현이 맞지? 세현이가 빠지면 좀 불편할 것 같은데."

'전혀요.'

"다른 애들이랑……."

세현이 돌아본 교문 앞에 다른 애들은 없었다. 웅성거리던 애들은 어느새 다 사라진 뒤였다.

"강세현, 같이 가자. 응?"

라니가 되도 않은 애교를 부렸다. 잠시 고민하던 세현은 고개를 끄덕이고 말았다.

"세현이 너 장희원 선생님이랑 친한 것 같더라."

칠칠치 못한 구라니, 단골 분식집으로 향하는 길에 수학 시험지를 교실에 두고 왔다며 다시 가지러 갔다.

틀린 문제 월요일까지 풀어오라고 했는데, 밴댕이에다 뒤끝 작렬인 수학 쌤은 분명 자신의 것을 확인할 거라며 울상이 되어 쫓아갔다.

'그런 장난은 왜 쳐서…….'

덕분에 지훈과 나란히 서서 라니를 기다리는 중이었다. 세현은 어색해 미칠 것만 같았다.

"네, 뭐. 쌤도 우리 쌤이랑 친한가 봐요?"

오전에 지훈이 희원을 선배라고 불렀던 게 생각난 세현이 다시 되물었다.

"어. 대학교 선배야. 엄청 친하지."

"아아!"

그러고는 할 말이 없어진 세현이 무의미하게 바닥을 툭툭 찼다.

"선배가 너 많이 믿는 것 같던데……."

"네, 뭐."

세현의 안색을 살피는 지훈의 눈길은 비상한 빛을 띠며 번들대고 있었지만, 땅만 바라보고 있던 세현은 미처 눈치채지 못했다.

"너랑 얘기도 자주 하는 것 같던데?"

"자주는 아니에요."

"그래? 어쨌든 네가 많이 도와드려. 선배가 요즘 좀 힘든 일도 있고 하니까."

"선생님도 아세요?"

그냥 찔러본 건데, 진짜 뭔가가 있었다. 지훈의 표정이 기민한 빛을 띠며 환하게 밝아졌다가 세현을 마주할 때는 싹 지워졌다.

"뭐야, 선배가 너한테도 얘기한 거야?"

"아니요. 그런 건 아니고, 어쩌다 보니 산부인과에서 우연히 만났어요."

"그랬구나!"

예상도 못 한 산부인과라는 단어에 살짝 당황했던 지훈은, 무슨 얘긴지 자초지종을 묻고 싶어 근질거리는 마음을 애써 갈무리했다.

자연스럽게 접근하기까지가 어렵지, 접근한 뒤에 순진한 여자아이 하나 구슬리는 건 그에게 일도 아니었다. 괜히 조급하게 굴어서 일을 망칠 필요는 없었다.

"혹시 선생님이에요?"

"어? 뭐가?"

"우리 담임 쌤 애인이요."

물어보는 세현의 미간이 살짝 일그러져 있었다.

오전에 희원과 지훈은 분명 그리 친한 사이 같아 보이지 않았다. 혹시 둘이 친밀한 사인데 학교에선 일부러 그렇게 꾸미는 건가 싶어 묻지 않을 수 없었다.

선생님의 아기 아빠가 교생선생님이 아닐까 하는 추측을 해볼 수밖에 없는 상황이었다.

그렇지 않고서야 아무리 친하다 해도 그런 비밀을 공유하기는 쉽지 않을 것이다.

희원을 난처하게 만들고 싶지 않아 차마 묻지 못했지만, 세현은 솔직히 삼촌인 두준과 관련이 있는 게 분명할 거라는 생각을 했었다.

산부인과에서의 야릇한 분위기도 그랬고, 희원이 뭘 좋아하는지 묻는 두준의 전화를 받고 난 뒤로는 거의 확신하고 있었다. 그런데 지금 지훈의 태도로 봐서는…….

"오해했나 보구나. 그저 친한 선후배 사이일 뿐이야. 학교 다닐 때부터 선배가 나를 많이 의지하긴 했지만, 그런 사인 아니야."

"아! 나는 또…….."

세현의 뒷말은 자세히 귀 기울이지 않으면 듣기 힘들 정도로 작았다.

하지만 그녀의 말에 촉각을 곤두세우고 있었던 지훈은 '아기 아빠'라는 소리를 분명히 들을 수 있었다.

지훈의 머릿속은 세현에게서 얻은 정보를 조합하느라 바쁘게 돌아가고 있었지만, 표정만은 아무렇지 않은 듯 여유로웠다.

"나는 또, 뭐?"

지훈이 은근히 묻는 말에 세현은 고개부터 저었다.

"아니요. 그냥 우리 쌤 애인이 누굴까 궁금해서요. 혹시 쌤은 아세요?"

"어? 물론 알지. 희원 선배랑 우리 다 친한 사이야. 비밀도 다 함께 공유하는 그런 사이."

지훈은 무언가 더 이끌어내 볼 요량으로 비밀이란 말에 힘을 주며 넌지시 떠봤지만, 세현의 마음은 이미 다른 데로 옮겨간 듯 보였다.

"그렇구나. 다른 사람이구나!"

세현은 괜히 두준이 안됐다는 생각에 풀이 죽었다.

'삼촌이 우리 쌤 좋아하는 것 같았는데…….'

"그럼 우리 쌤 곧 결혼하시겠네요?"

"어? 그, 그렇겠지."

차분하게 고개를 끄덕이는 세현을 바라보며, 지훈은 주워 모은 퍼즐 조각을 맞추는 데 여념이 없었다. 그는 어렵지 않게 한 가지 가정에 도달할 수 있었다.

"라니 오네요. 쌤, 라니한텐 아무 말 마세요. 쟤가 알았다간 한 시간도 못 가서 학교에 소문 쫙 퍼질지도 모른단 말이에요."

세현은 아무 일도 없었다는 듯 라니를 향해 손을 흔들었다.

헐레벌떡 뛰어온 라니와 세현을 데리고 분식집으로 향하는 지훈의 입가에 야릇한 미소가 걸렸다.

"불은 켜져 있는데, 아줌마 어디 가셨나? 기다릴까?"

떡볶이 맛이 일품이라 세현과 라니가 자주 가곤 했던 분식집은 어쩐 일인지 문이 잠겨 있었다. 평일 이 시간에는 단 한 번도 문을 닫은 적이 없던 분식집인데, 참 이상한 일이었다.

"학원 시간 늦으면 어쩌려고? 다른 데 가자."

아쉬움에 입맛을 다시는 라니를 이끌고 분식집 앞을 벗어났다.

한편, 문이 잠긴 분식집 안엔 두준과 희원이 출입문에서 잘 보이지 않는 깊숙한 곳에 자리를 잡고 마주 앉아 있었다.

아이들로 소란스러워야 할 분식집은 한창 유행하는 노래가 흘러나오고 있음에도 적막하게 느껴질 정도로 조용했다.

둘이 마주 앉은 테이블 위에는 갖가지 분식으로 수라상이 차려져 있었다.

이렇게 많이는 못 먹는다고 한사코 사양하는데도 주인아줌마는 미안해서 그런다며 자꾸 음식들을 내왔다.

아줌마의 분주함은 음식을 옆 테이블까지 채우고 나서야 끝이 났다. 그러곤 더 필요한 거 있으면 소리쳐 부르라 하시고는 2층 살림집으로 올라가 버리셨다.

돈 자랑도 정도껏이지, 얼마를 주고 빌렸기에 미안해서 분식으로 수라상을 차린단 말인가? 그러면 뭐 감동이라도 받을 줄 알았나?

애초에 두준이 학교 이사장만 아니었어도 남의 눈 피해 가며 만날 일은 없었다.

괜스레 무언가를 도둑질하고 있는 것 같은 찜찜함이 희원을 기분 나쁘게 했다. 그녀는 애꿎은 떡볶이를 젓가락으로 푹 찌르며 그를 힐끔 째려봤다.

"불만 있으면 말로 하지."

"분식집도 통째로 빌리는 통 큰 분한테 그런 게 있을 리가요."

"근데 왜 당신 젓가락에 푹푹 찔리고 있는 것 같지?"

"기분 탓이겠죠."

입을 삐죽거린 희원이 다시 한 번 떡볶이를 젓가락으로 푹 찔러 입안으로 집어넣고는 야무지게 씹어댔다. 기분과 상관없이 떡볶이는 눈물 나게 맛있었다.

"기분 탓이 아닌 것 같은데. 그냥 말로 하지."

젓가락을 탁 내려놓은 희원이 아기자기한 분식집과는 전혀 어울리지 않는 자태로 앉은 두준을 똑바로 쳐다봤다.

"자꾸 말하라고 하니까 하는 건데요, 앞으로 뭘 통째로 빌리는 건 안 돼요. 돈 자랑도 정도껏이지, 남한테 피해 주면서 그러면 안 되지 않겠어요? 우리 때문에 떡볶이 못 먹고 돌아간 애들이 몇 명이나 될지 생각해 봤어요? 아! 물론 거기까진 생각 못 하셨겠죠?"

할 말 있으면 해보라는 듯 희원이 그를 주시했다.

"거기까지 생각 못 한 건 아닌데, 당신한테 이 집 떡볶이 먹이고 싶었어."

헐, 꿀을 드럼통으로 원샷한 것 같은 저 멘트는 뭐야? 자꾸 왜 이러세요? 쓸데없이 심쿵하게.

"그러니까 남한테 피해 주는 이런 번거로운 일 만들지 않게 당신이 빨리 결정을 내려. 그래야 오픈하고 만날 수 있을 거 아니야."

심쿵해서 바닥으로 떨어졌다가 치솟던 마음이 진정도 되기 전 두준은 탁월한 사업가의 근성을 발휘해 주셨다.

잠시 잊고 있었다. 두줄이에게 행복한 가정을 만들어주는 게 그의 목적이었다는 것을.

그녀가 좋아하는 떡볶이집을 빌리고 그녀의 마음을 불편하게 하고, 결혼 수락으로 귀결되게끔 하는 그 모든 것들은 두준의 머리에서 나온 하나의 큰 그림이었던 것이다.

희원은 그 그림 속에 갇혀 하찮은 날갯짓을 하고 있는 것만 같았다.

희원의 요구로 손 안 댄 음식을 모조리 포장해 오는 바람에 차 안은 달콤하고 매콤하고 고소한 내로 가득했다.

멀쩡한 음식 버리는 거 아니라며 살림 알뜰하게 하는 아줌마 흉내를 낼 때의 희원은 귀여운 구석이 있었다.

혹시나 감동받아서 활짝 웃는 건 아닐까 기대했던 마음은 무참히 깨져 버렸지만, 떡볶이를 먹으러 왔다가 허탕치고 돌아갈 아이들을 격정하는 그녀는 정의감에 불타는 영웅처럼 멋있어 보였다.

화풀이를 하듯 떡볶이를 씹어 먹는 모습은 이상하게도 그를 즐겁게 만들었다.

그중 무엇 때문인지는 몰라도, 분식집에서 나왔을 때 그녀를 그대로 집에 들여보내고 싶지 않아 희원의 의사도 묻지 않고 그녀의 집과는 반대 방향으로 차를 몰았다.

희원은 원래도 어디 가는지, 뭐 할 건지 꼬치꼬치 묻는 법이 없었지만, 분식집에서 나온 뒤로 생각에 잠긴 듯 아무 말이 없었다.

제법 긴 시간을 달려 저수지 근처에 자리 잡고 있어서 야외 전경이 꽤나 보기 좋은 카페에 도착할 때까지 불편하지 않은 침묵이 차 안을 가득 채웠다.

저수지 주변으로 피어오르는 물안개를 본 희원은 서늘한 기온에도 불구하고 야외 테이블을 고집했다.

그의 재킷을 강제로 어깨에 걸친 희원은 점점이 늘어선 가로등 불빛 아래 몽환적인 분위기를 자아내는 저수지에서 눈을 떼지 못했다.

그가 간간이 물어보는 말에 한 톤 다운된 목소리로 대답하는 그녀는 물안개를 만들어내는 저수지보다 더 몽환적이었다.

두준은 그의 재킷에 푹 감싸인 희원의 작은 체구에서 눈을 떼지 못했다.

희고 가는 희원의 손가락이 레몬티가 담긴 유리잔을 바듯이 감싸고 있었다.

이젠 한 달을 훨씬 넘어서서 까마득한 옛일인 것만 같은데도, 두준은 희원의 가는 손가락이 선사하던 섬뜩할 정도로 짜릿했던 느낌을 그대로 기억하고 있었다.

유리잔에 살포시 닿는 희원의 붉은 입술은 마주할 때마다 그에게 원인 모를 갈증을 불러일으켰다.

고고한 자태로 앉은 그녀는 마치 구름 위에 앉아 세상을 굽어보는 여신처럼 보였다.

희원은 전혀 그럴 의도가 없는 것 같아 보였지만, 매순간 거부하기 힘든 유혹에 굴복하지 않기 위해 차가운 이성을 끌어 모으는 데 온 신경을 집중해야만 했다.

희원을 만나는 일은 극도의 스트레스를 유발했지만, 절대로 끊을 수 없는 자극을 함께 선사하고 있었다.

두줄이의 존재를 알고 희원과의 결혼을 즉흥적으로 결정할 때만 해도 두준은 그의 견고한 책임감이 발동한 것이라 여겼었다.

하지만 프러포즈 후로 이주를 꼬박 채운 지금에 와서는 두줄이 때문에 결혼을 하려는 것인지, 희원과 결혼하기 위해 두줄이가 필요한 것인지 명확하게 분간하기가 쉽지 않았다.

이렇게 누군가에게 속절없이 빠져 보기도 처음이었고, 이렇게 거부 당해 보기도 처음이었다.

간간이 이어지던 대화도 끊긴 카페 야외 테이블에서 희원의 시선은 어둠에 묻힌 저수지를 하염없이 헤맸고, 두준의 시선은 지루한 줄도 모르고 희원에게 머물러 있었다.

10시가 가까워 올 즈음 카페에서 나와 다시 차에 올랐다.

감기라도 걸릴까 걱정돼 틀어놓은 히터에 희원은 까무룩 졸고 있었다.

카페에서 벗어준 그의 재킷을 그대로 걸친 희원은 차창에 부딪칠 듯 고개를 까딱대고 있었다. 부드러운 머리칼이 흘러내려 그녀의 얼굴을 가리고 있었다.

희원의 아파트 근처 한적한 곳에 조용히 차를 세운 두준은 좌석을 뒤로 젖혀주기 위해 조심스럽게 몸을 기울였다.

희원이 내뱉는 따스한 숨결이 그의 목 주변을 간질였다. 그의 코앞에 어지러이 펼쳐진 희원의 머리칼에선 은은한 꽃향기가 풍겨왔다.

좌석만 젖히고 제자리로 돌아가려던 두준은 전신으로 퍼지는 짜릿한 감각에 그 자세로 굳은 채 눈을 질끈 감아버렸다.

그러고 있기를 잠시, 그의 목을 간질이던 숨결이 뚝 끊겨 버렸다.

이상함을 느끼고 눈을 뜨자, 총명함을 담고 반짝이는 그녀의 눈이 커다래진 채 그를 바라보고 있었다.

숨이 뒤섞일 만큼 가까운 거리, 놀란 눈을 가리며 팔랑거리는 속눈썹의 움직임마저 그대로 느껴지는 그 위치에서 두준의 시선은 누르면 톡 터질 것 같은 그녀의 입술에 집중되어 있었다.

"키스, 해도 돼?"

뭘 했다고 두준의 목소리는 이미 그윽하게 잠겨 있었다.

억지로 붙들어 매두었던 이성이 사라진 자리엔 노골적인 본능만 남아 한 번도 잊은 적 없었던 그녀의 입술을 맛보지 않고는 견디기 힘든 지경에까지 이르러 있었다.

"셋 셀 때까지 대답 안 하면 허락한 걸로 간주할 거야."

희원은 여전히 숨을 멈춘 상태였다. 눈은 동그랗게 커진 채 줄어들 줄을 몰랐다.

"하나."

숨을 멈춘 그녀가 걱정된 두준이 아랫입술을 손가락으로 쓸며 슬쩍 벌렸다.

"둘."

'아' 하는 감탄사와 함께 겨우 숨 한 자락을 뱉어낸 희원이 말을 할 듯 입을 벌렸다.

하지만 그게 끝이었다. 셋이라는 말은 희원의 입속으로 사라졌다.

뜨겁게 입술을 겹친 두준은 무람없이 침범해 그녀의 혀를 옭아맸다.

멍해질 만큼 짜릿한 쾌감이 희원의 머리부터 시작해 온몸으로 퍼져 나갔다.

마치 생의 마지막 순간인 것처럼 본능에 충실했던 그 밤, 수십 번도 더 서로를 탐했던 입술은 다시 만날 기회만 노렸던 듯 빈틈없이 적나라하게 얽혀들었다.

나른한 그의 움직임에 그날 밤 느꼈던 모든 감각들이 올올이 되살아나 그녀의 가슴을 요동치게 했다.

절대로 이런 건 바라지도 않는 것처럼, 그 밤의 희원과 원래의 그녀는 상당히 거리가 있다는 걸 보여주려는 것처럼, 그 밤은 정말 그녀에겐 엄청난 일탈이었다는 걸 확인이라도 시켜주고 싶은 것처럼, 희원은 그렇게 의도적으로 신체 접촉을 피해왔다.

하지만 그와 뜨겁게 입술이 겹쳐진 지금 이 순간 그녀는 확실히 느낄 수 있었다.

매순간 그에게 흔들리고 있었다. 매순간 열정적이었던 그를 갈망하면서도 전혀 아닌 것처럼 자신을 속여왔다.

전신의 감각이 선명하게 되살아나 뜨겁게 반응하고 있었다.

두준의 키스는 희원을 무장해제 시키는 데 탁월한 능력을 가지고 있었다.

원나잇 계획 실현을 위해 두준과 함께 호텔 스위트룸으로 자리를 옮긴 뒤, 때늦은 후회로 쭈뼛거렸던 그녀를 순식간에 열기로 휩싸이게 만들었던 것도 그의 키스였다.

허락을 구하듯 부드러웠다가도 거칠게 파고들어 아찔하게 만드는 두준의 키스에 마음을 빼앗겨 드레스 지퍼를 내리는 손길에도 거부감 따위 전혀 느끼지 못했었다.

그 탁월한 키스가 한 달 보름이 지난 지금, 이 차 안으로 그대로 옮겨와 그녀를 달뜨게 만들고 있었다.

희원의 손이 어느새 그의 목 뒤로 감겼다.

그녀가 피하지 못하게 하려는 듯 두준의 한 손은 희원의 머리를 감싸고 있었지만, 그 손이 아니더라도 피할 마음은 눈곱만큼도 생기지 않을 만큼 황홀한 키스였다.

두준이 거칠어진 숨결을 흩뿌리며 입술을 뗐을 때, 희원은 도리어 그를 따라가기까지 했다.

두준에게서 듣기 좋은 웃음소리가 새 나오고, 따라붙는 희원의 입술에 자잘한 입맞춤이 내려앉았다.

"전화."

두준이 입맞춤 사이사이 단어 하나를 뱉어냈다.

"네?"

"전화 왔다고."

희원은 두준의 말을 듣고 나서야 차 안을 가득 채우는 벨소리를 감지해 낼 수 있었다.

"아, 바, 받으세요."

울림이 좋은 두준의 웃음소리가 또다시 들려왔다.

이렇게 웃음이 헤픈 남자였나? 전화 받으라는 게 그렇게 웃긴 말인가? 하는 의문에 싸여 있는 희원의 머리를 부드럽게 쓸어 넘긴 두준은 볼록하니 도드라진 그녀의 귓불을 매만졌다.

"나도 그러고 싶은데, 당신 전화라……."

두준의 말이 무슨 뜻인지 몰라 눈만 깜빡이고 있는 희원의 입술 위로 다시 그의 입술이 살짝 내려앉았다가 떨어졌다.

"당신 전화라고. 계속 끊지 않는 거 보니 중요한 전화 같아서. 안 받아도 상관없으면 난 더 좋고."

멍해 있던 희원이 화들짝 정신을 차렸다.

가방을 뒤져 휴대폰을 찾는 희원의 손은 미세하게 떨리고 있었다. 힐끔 쳐다본 두준은 이미 제자리로 돌아가 안정을 찾은 듯한 분위기였다.

"여보세요."

[희원아, 나다.]

"네, 아빠. 웬일이세요? ……아, 내일은 참석할 거예요. 걱정하지 마세요."

[고맙구나. 그보다 지원이한테 연락받은 거 없니?]

"아니요. 지원이가 왜요?"

[학교에선 오전수업 마치고 조퇴했다는데, 집에도 안 오고 학원에도 안 갔다고. 전화 연결도 안 되고. 휴우, 어제 말다툼을 좀 했거든.]

"예민할 땐데 그냥 받아주시지 그랬어요."

[그러게 말이다. 내 욕심 채우려다가 일을 이렇게 만든 게 아닌가 싶기도 하고. 이번 결혼 그냥 접어야 되는 건 아닌지 생각이 복잡하구나.]

"그런 말씀 하지 마세요. 그분에 대한 예의가 아니죠."

은근한 목소리로 경태를 다독이는 희원의 머릿속은 어릴 적 기억의 한 귀퉁이를 헤매고 있었다.

희원이 여섯 살 무렵, 경태는 딸과의 만남에 낯선 여인과 동행을 했었다.

결혼할 사람이라고 소개한 그녀가 화장실을 핑계로 잠깐 자리를 비웠을 때 경태는 희원에게 '아빠 결혼하지 말까?'라는 질문을 했었다.

그녀는 어린아이답지 않게 '저 아줌마랑 결혼해야 아빠가 행복해지는 거야?'라고 물었다.

그때의 감정을 고스란히 기억할 수는 없었지만, 희원은 그때 아빠가 행복해야 자신을 자주 만나러 와줄 거라 생각했던 것 같다.

너무 어린 나이라 경태에게 희원의 대답 따위는 중요치 않았다는 걸 미처 알지 못했다.

제 마음 먹기에 따라서 아빠의 결혼 여부가 결정될 거라고 믿었지,

낯선 여인의 뱃속에 이미 배다른 동생이 자리를 잡고 있었다는 사실을 직시하기엔 그녀는 너무 어렸다.

선정의 말마따나 바퀴벌레에게도 나눠줄 수 있을 만큼 넘치는 정을 소유한 경태는 부인 없이 지낼 수 있는 한계점인 2년을 다 채우기도 전 이미 새로운 정을 쏟는 데 열중하고 있었던 것이다.

배신감을 느끼기엔 너무 어렸고, 아빠에 대한 의존도도 그리 크지 않았던 희원은 경태의 두 번째 결혼을 당연한 수순인 듯 받아들였다.

이번이라고 해서 별다를 건 없었다. 그녀는 이미 아빠의 그늘 같은 건 필요 없는 나이가 되어버렸다.

[그렇게 말해주니 고맙구나. 내일 12시 알리앙스 웨딩홀 알지?]

"네, 알고 있어요."

상대방은 늦은 나이임에도 초혼이라 했다.

아무리 그래도 그렇지, 오십을 넘긴 나이에 화보촬영이며 웨딩드레스에 턱시도까지 제대로 구색 갖추는 결혼식은 장성한 딸들을 두고 너무 주책이라는 생각을 하지 않을 수 없었다.

더구나 막내딸의 가출을 심각하게 걱정해야 될 이 마당에 결혼식 시간이며 장소까지 알뜰히 챙기는 경태는 그녀로 하여금 거부감을 느끼게 만들어 대답이 제법 쌀쌀맞게 흘러나왔다.

[그리고 지원이한테 네가 한번 연락 좀 해볼래? 걔가 희원이 네 말이라면 곧잘 듣잖니.]

"알았어요. 연락해 볼게요."

[그래. 미안하다, 희원아.]

"괜찮아요."

[너는 별일 없이 잘 지내지?]

이럴 때 보면 경태와 선정이 왜 그렇게 한순간 불같이 타올랐는지 알 수 있을 것도 같았다. 선정과 마찬가지로 경태 또한 너무 늦어버린 질문을 던졌다.

한 번의 일탈로 두줄이를 가졌고, 지금은 아이의 행복을 위해 두줄이 아빠와 위험한 외줄타기 데이트를 하는 중이라는 말을 털어놓기엔 너무 인사말에 가까운 질문이었고, 잘 지낼 거라는 단정이 전제가 된 물음이었다.

"네, 잘 지내요. 그만 끊을게요. 내일 봬요."

희원의 대답은 '잘 지내요'로 귀결될 수밖에 없었다.

"누구?"

"아빠요."

아빠에 대한 복잡한 감정을 추스르기도 전 두준이 말을 걸어왔다.

오늘까지 합쳐 일곱 번의 만남 동안 둘은 서로의 신상에 대해 묻지 않았고, 묻지 않으니 자연히 대답도 없었다. 결국 둘은 육체적인 것 외에 서로에 대해 별로 아는 게 없었다.

그런 그에게 제일 처음 털어놓아야 할 신상이 세 번째 결혼을 앞두고 있는 아빠와 가출한 배다른 동생에 관한 것이어야 한다는 게 희원은 마음에 들지 않았다.

"부모님은 멀리 사시나?"

하지만 밝히기 싫은 얘기일수록 오해나 거짓이 쌓이기 전에 밝혀두는 게 좋았다.

"부모님은 제가 네 살 때 이혼했어요. 엄마는 그 후로 쭉 혼자 살고 계시고, 아빠는 내일 세 번째 결혼을 하세요. 제 밑으로 배다른 여동생이 둘 있는데, 그중 막내가 연락이 안 된다고 전화 주신 거예요. 잠깐 전화 좀 할게요."

두준의 반응을 보지 않고 희원은 곧바로 지원에게 전화를 걸었다.

지원은 그녀의 전화를 기다리기라도 했던 것처럼 두 번의 신호음이 채 끝나기도 전에 전화를 받았다.

[여보세요.]

"지원아, 어디야?"

[언니네 아파트 앞.]

"뭐? 근데 왜 언니한테 전화 안 했어?"

[지금 하려고 했는데, 언니가 먼저 전화한 거야.]

"후, 정확히 어디 있는데? 아파트 정문?"

[아니. 103동 놀이터.]

"알았어. 언니가 그리로 갈게. 거기 가만히 있어."

[응.]

전화를 끊은 희원은 가방을 집어 들다 말고 아직도 그녀의 어깨를 묵직하게 누르고 있는 두준의 재킷을 벗어 그에게 건넸다.

"저 그만 들어가 볼게요."

희원은 두준의 대답도 듣지 않고 차에서 내렸다.

조급하게 발걸음을 옮기는데 뒤에서 차 문 열리는 소리와 비닐봉지 부스럭거리는 소리가 들려온 뒤 큰 보폭의 걸음 소리가 이어졌다.

우뚝 멈춰 선 그녀에게로 성큼성큼 다가온 두준의 손에는 그녀가 포장을 부탁했던 분식 꾸러미가 들려 있었다.

"주세요."

"103동 놀이터가 왼쪽이었나?"

통통 튀는 지원의 목소리가 휴대폰 밖까지 들렸었나 보다.

"주시고 그만 가세요."

"소개 안 시켜줄 거야?"

그때까지도 그를 외면하고 있던 희원의 시선이 드디어 두준에게로 향했다.

미간을 일그러뜨린 채 바라보는 희원을 물끄러미 마주 보고 있던 두준이 그녀의 아랫입술을 엄지로 슬쩍 쓸었다.

부지불식간에 일어난 일이라 희원은 미처 말릴 새도 없었다.

"좀 부풀었네."

원색적으로 들리는 말에 흠칫 놀란 희원은 얼굴을 뒤로 물리며 그의 엄지손가락을 피했다.

휴대폰 벨소리도 못 들을 정도로 몰입했던 좀 전의 상황이 떠오른 희원의 얼굴이 어둠 속에서도 표가 날 정도로 붉어졌다.

"당신 이렇게 우울해할 줄 알았으면 전화를 못 받게 하는 건데 그랬어."

희원을 바라보는 두준의 눈빛에 걱정이 짙게 깔려 있었다.

우울하다고 말한 적 없었다. 그런 표정은 짓지도 않았다. 그녀의 신상에 관한 얘기를 할 때도 최대한 사무적인 투로 줄줄 읊어댔다.

이 남자는 대체 무슨 근거로 그녀가 우울하다고 하는 걸까? 어째서 이 남자는 그녀조차 제대로 깨닫지 못했던 그녀의 마음을 알고 있는 것일까?

6. 현실은 상상했던
것보다 더

"우와! 이 명함 잘 찢어지지도 않아."

우와! 저놈의 감탄사, 도대체 몇 번째인지.

두준의 명함이 무슨 연예인 사인도 아니고, 뭐가 좋다고 저렇게 보고 또 보고 내려놓질 못하는지 이해할 수가 없었다.

"내려놓고 어서 먹기나 해."

희원의 단호한 말에 지원은 하는 수 없이 명함을 지갑에 소중하게 갈무리하고, 젓가락을 들었다.

"우와! 정말 실감이 안 나네. 대한그룹 부회장을 직접 만나게 되다니……."

지원의 연이은 감탄사에 희원은 입을 삐죽거렸다.

"게다가 곧 형부가 될지도 모르는."

"장지원, 아직 아니라고 했다."

"아직 아닌 거지 앞으로도 아닌 건 아니잖아. 그리고 아까 형부도 형부라고 부르는 게 마음에 든다면서 웃었잖아. 웃는 모습이 그렇게 멋진 사람 첨 봤어. 도대체 뭘 먹고 자라면 그렇게 잘생겨지는 거야?"

"김밥, 튀김, 떡볶이."

"에이, 그게 뭐야."

"어서 먹기나 하라고."

희원은 컵에 물을 따라 건네며 미간을 일그러뜨렸다.

두준이 소개해 달라고 할 때 딱 잘라 거절했어야 하는 건데, 뚜렷한 핑곗거리도 없었던 데다가 지원이 정도야 뭐 어떠랴 안일하게 생각했던 게 화근이었다.

지원이 막내다운 붙임성과 당돌함을 고루 갖춘 아이라는 사실을 망각했다.

하룻밤 만리장성을 쌓고도 거리를 두며 매사에 조심스러워했던 희원으로선 상상도 못 할 일이 두준과 지원이 마주하고 3분 안에 모두 이루어졌다.

지금 생각해도 얼이 빠져나갈 것 같은 둘의 대화가 다시 생생하게 떠올랐다.

"지원아, 이분은…….'

"아저씨, 우리 언니 애인이에요?"

"그 비슷한 거. 언니랑 결혼하고 싶은 사람 정도가 가장 적당할 것 같군."

"그래요? 뭐 하는 분인지 물어봐도 돼요?"

"음, 감시하는 일."

두준은 지원에게 명함을 건네며 희원을 향해 비밀스러운 웃음을 지어 보였다.

아마도 유머러스한 표현이라고 생각하는 것 같았지만, 그 말을 처음 들었을 때 재밌게 여겼던 것과는 달리, 그의 정체를 알고 난 지금 유머와는 거리가 먼 것 같은 발언이 마음에 들지 않아 희원은 샐쭉하니 고개를 돌려 버렸다.

"우와! 아저씨, 이거 가짜 아니에요? 울 언니 혹시 대형 사기꾼한테 걸린 건 아니겠죠?"

"하하, 내가 사기나 칠 것처럼 보여?"

"그러니까 대형 사기꾼인 거죠."

"흠, 제법인데. 그거 아무한테나 주는 명함 아니야. 대한 본사에서는 프리패스카드로 통하지."

"와우, 멋진데요. 아저씨."

"그 아저씨란 호칭 좀 듣기가 그러네. 아직은 어딜 가도 아저씨라고 불릴 나이는 아닌데 말이야."

"그럼 뭐라고 불러요? 음, 형부? 형부라고 부를까요?"

"하하, 그거 좋네. 아주 마음에 들어, 처제."

그들에게 경악으로 커다래지는 희원의 눈 따윈 안중에도 없었다.

형부와 처제의 관계로 만들어줄 장본인의 허락도 없이 감히 누구 맘대로 호형호제, 아니, 호형부호처제를 허한단 말인가. 이건 잘못돼도 한참 잘못된 일이었다.

하지만 희원이 끼어들 틈 없이 말을 주고받던 그들은 그녀가 어찌해 볼 새도 없이 형부와 처제 사이를 공고히 하고 헤어졌다.

아마도 두준의 지갑에서 나온 5만 원짜리 두 장이 둘 사이를 공고히 하는 데 지대한 영향을 끼쳤을 것이다.

"4월 5일 개교기념일이라 쉬는데, 형부네 회사 가서 점심 사달라고 할까 봐."

"형부 아니라니까. 거길 왜 가?"

"아까 못 들었어? 명함이 프리패스카드라잖아. 그리고 형부가 보안 책임자한테 말해놓는다고 아무 때나 와도 좋다고 했거든."

"장지원, 가기만 해. 언니한테 혼날 줄 알아."

"쳇."

"그보다 아빠랑 왜 다툰 거야?"

두준 때문에 신나 있던 지원의 표정이 갑자기 시무룩해졌다.

"아빠 결혼하시는 것 때문에 그래?"

"언니 난 있지, 아빠한테 꼭 배신당한 것 같아. 아빠도 아빠 인생이 있는 건데 이러면 안 되지 싶다가도, 엄마 돌아가셨을 땐 금방이라도 따라갈 것처럼 목 놓아 울더니, 어쩜 저럴 수가 있을까? 그런 생각밖에 안 드는 거야. 언니는 아무렇지도 않았어?"

"뭐가?"

"처음 소개받는 자리에서 아빠가 그 아줌마 접시에 음식을 놔주는 거야. 살 좀 찌면 좋겠다고 많이 먹으라고 하면서. 그거 보는데……."

그때 기억이 다시 떠오른 지원은 목이 메는지 말을 잇지 못했다.

"어떻게 그렇게 한순간에 사랑이 변할 수가 있어. 엄마랑 아빠랑 사이가 얼마나 좋았는데. 언니도 알잖아. 아빠가 얼마나 열심히 병간호했는지."

알지 왜 모르겠는가.

근데 아빠는 바퀴벌레한테도 애정을 쏟을 분이라니까.

경태의 넘치는 애정에 대해 알지 못하는 지원이 느꼈을 배신감이 얼마나 컸을지 짐작이 가고도 남았다. 거기다 제게로 향할 사랑을 빼앗길 것 같아 겁도 났겠지.

"지원아, 아빠는 정이 넘치시는 분이야. 물론 그게 좋은 것만은 아니지만, 그렇게 나쁠 것도 없다고 생각해."

"나쁠 게 왜 없어? 앞으로 그 아줌마랑 같이 살아야 한다니까."

"그건 나쁜 게 아니라 불편한 거야. 저번에 네가 전화로 그랬잖아.

좋은 분 같다고."

"그렇긴 하지만……."

"지원아, 지금 아빠의 애정이 그 아줌마한테 있다고 해서 너희 엄마에 대한 애정이 없어진 건 아니야. 그건 너나 나, 정원이에 대한 애정도 마찬가지고. 아빤 심지어 우리 엄마한테도 아직 애정을 가지고 계실걸."

입이 삐죽 나온 지원은 젓가락으로 튀김을 툭툭 쳐댔다.

"아까도 말했지만, 물론 그게 좋을 수만은 없지. 그래도 아빠가 애정에 대한 책임을 게을리하지 않았다는 건 인정해 드려야 돼. 너하고 내가 괜찮은 관계를 유지할 수 있었던 것도 어쩌면 아빠 덕분이니까. 네가 말한 대로 아빠 인생이야. 평생 결혼도 안 하고 아빠랑 살 작정이었던 건 아니지?"

"미쳤어?"

대뜸 정색하며 소리를 지르는 지원의 모습에 희원은 헛웃음이 새 나왔다.

감정 표현에 솔직하고 자신의 행복이 그 무엇보다 먼저인 지원에게선 아낌없이 사랑받고 자란 태가 흘러넘쳤다.

이제 와 부럽다거나 질투가 난다거나 한 건 아니었지만, 씁쓸한 뒷맛은 어쩔 수 없었다.

"거 봐. 너도 정원이도 좋은 사람 만나서 시집가 버리고 나면 아빠는? 그땐 아마 너희들, 혼자 사는 아빠 짐같이 여기게 될걸."

"그건 그렇지만, 너무 빠르잖아. 엄마 돌아가신 지."

"2년이나 됐지. 아빠가 우리 엄마랑 이혼하고 너희 엄마 만나 결혼한 건 1년 11개월 만이었어."

"두 분은 사이가 안 좋으셨다며?"

"그렇다고 두 분, 사랑하지 않았던 건 아니야."

경태의 애정이야 더 말할 것도 없었고, 얼마 전 선정도 사랑이 아니었다고 답하지 않았다.

"언니도 그때 배신감 같은 거 느꼈어?"

"글쎄, 그런 마음 가지기엔 너무 어리기도 했고…….."

배신감이 싹틀 만큼 아빠와의 애정이 깊지도 않았다. 원래 사랑이 깊어야 증오도 배신감도 깊은 법이니까.

그런 면에서 본다면 지원은 행복에 겨운 비명을 지르고 있는 것이나 마찬가지였다.

"아우, 뭐가 이렇게 많아. 분식집을 통째로 털어왔어?"

"눈치도 빠르네."

"에에?"

눈치 빠른 지원이 희원의 기분이 미묘하게 변한 걸 알아채고 냉큼 말을 돌렸다.

어딜 가도, 누구한테 건 미움받을 타입은 아니었다.

"어떤 양반이 분식집을 통째로 털었어."

"오! 우리 형부 능력 쩌는 거 봐."

"형부 아니라니까 그런다."

"피, 그나저나 이걸 어떻게 다 먹어?"

"미란이랑 민욱이 곧 온다고 했으니까 먹고 싶은 만큼만 먹어."

"민욱이 오빠 온대? 아싸."

"민욱이 오는데 네가 왜 좋아해?"

"오, 오랜만에 만나니까 반가워서 그러지."

"미란이랑 민욱이 사귀는 사이다."

"누가 뭐래? 반가워하는 것도 죄야?"

"괜히 엉뚱한 마음 가졌다가 상처받을까 봐 그러지."

말해놓고 자조적인 웃음이 새 나왔다. 엉뚱한 마음 가진 게 누군데,

대체 누구한테 훈계를 하는 건지.

"쳇, 하여튼 세상에 모든 잘생긴 남자들은 다 짝이 있어."

"후후, 또 하나의 가족인 네 오빠들은 애인 없을 거 아니야."

"그럼 뭐 해. 만나기가 힘든걸. 그리고 울 오빠들은 만인의 연인이라 독차지하려고 들었다간 매장당하는 수가 있어."

중3, 한창 아이돌에 열광할 나이였다.

해마다 있는 공식 팬클럽 가입부터 시작해 아까운 줄 모르고 돈을 써대는 지원을 두고 경태는 또 하나의 가족을 가지고 있다며 넋두리를 했었다.

진짜 가족은 돈 주는 가족이고, 지원이 한참 열 올리고 있는 아이돌은 돈 쓰게 만드는 가족이라나.

틀린 말이 아니다 싶어서 피식 웃고 말았다. 모르긴 몰라도 오늘 두준에게 받은 돈의 절반 이상은 또 하나의 가족을 위해 쓰일 게 뻔했다.

"근데 언니, 형부 진짜 내일 결혼식에 올까?"

눈치에다 말도 빠르고 행동도 빠른 지원은 두준과 잠깐 대화를 나누는 사이 내일 있을 결혼식에 초대하는 것까지 몽땅 끝내 버렸다. 희원이 말릴 사이도 없었다.

평생을 형부와 처제로 살았던 것처럼 어찌나 죽이 척척 잘 맞는지, 어찌어찌 끼어들 기회를 잡았다 싶은 순간 둘은 이미 할 말 못 할 말 다 끝내고 다정하게 손까지 흔들고 있었다.

"그 사람 그렇게 한가한 사람 아니야."

가는 사람 일부러 잡아서 얘기할 필요는 없다고 생각했다. 의무적으로 만나는 여자의 아빠 결혼식에까지 참석할 만큼 한가한 사람이 아니었으니까. 계획에 없는 일은 하지 않는 사람이라니까.

✤

'헐! 내가 잘못 안 거야? 두줄이 아부지, 당신 그렇게 한가한 사람이었어?'

길쭉하니 눈에 띄기도 잘 띄었다.

끝까지 뾰로통해서 끌려온 지원을 아빠와 화해를 시키고, 오랜만에 만난 정원과 담소를 나누고 있을 때였다.

나이 든 신랑 민망하기 이를 데 없게 장난 아닌 슈트발을 자랑하며 나타난 두준은 예식장에 모인 하객들뿐 아니라 진행요원들의 시선까지 왕창 끌어 모으며 희원을 향해 성큼성큼 다가오고 있었다.

"어, 형, 읍."

손을 높이 쳐들며 '형' 자에다 '부' 자까지 갖다 붙이려는 지원의 입을 빛의 속도로 틀어막았다.

"장지원, 형부 소리 입 밖으로 꺼내놨다간 언니랑 인연 끊게 될 줄 알아. 알았니?"

잇새로 자근자근 씹어뱉듯 말을 꺼내놓자 지원이 마지못해 고개를 끄덕였다.

지원에게서 손을 뗀 희원은 다섯 발짝 앞까지 다가온 두준에게로 다가가 손목을 덥석 거머쥐었다.

"저 좀 봐요."

이 여자 아주 손잡아 끄는 데 재미 붙였다. 이것도 세 번째 당하다 보니 끌려가는데도 나름 요령이 생겼다.

너무 질질 힘없이 끌려가도 안 되고, 그렇다고 힘주고 버텨도 안 된다. 희원의 힘을 고려해서 잡아끄는 맛이 있도록 적당히 힘을 조절해 주는 게 관건이었다.

아니나 다를까, 재미 붙인 희원은 그에겐 제대로 시선조차 주지 않고 끌고 가는 데만 열중이었다.

중요한 골프 회동까지 취소하고 온 길인데, 살랑거리는 원피스 뒷

자락만 선보이고 있는 희원에게 서운함을 느껴갈 즈음 과하게 머리를 부풀린 아주머니 한 분이 그들의 앞을 떡하니 막고 섰다.

"어머나, 희원아, 오랜만이다."

희원이 흠칫 놀라 두준의 손목을 놓아버리자 그가 냉큼 그녀의 손을 잡았다.

"고, 고모, 하하, 네, 그러네요. 오랜만이네요. 잘 지내셨죠?"

희원은 곤란한 듯 웃으며 손을 빼내려 해봤지만, 이 남자 무슨 생각인지 놓아주질 않았다.

"그럼, 나야 잘 지내지. 근데 이 잘생긴 총각은 뉘실까?"

"아, 저, 그게⋯⋯."

"처음 뵙겠습니다. 희원이 남자친굽니다."

'헐, 이 양반이 정말. 언제부터 나랑 친구 먹었는데?'

넘치는 정과 사교성은 경태 친가 쪽 내력이었다. 거기에 음식 솜씨까지 겸비한 희원의 고모는 맛집으로 소문난 음식점을 운영하고 있었다.

한 번도 안 가본 사람은 있어도 한 번만 가본 사람은 없다는 소문이 날 정도로 훌륭한 음식 솜씨와 맞물린 고모의 친절과 사교성은 한 블록 떨어진 곳에 2호점을 낼 정도로 장사를 흥하게 했다.

고모는 지금 그 놀라운 사교성을 십분 발휘해 주고 있었다. 20분도 안 되는 사이, 경태를 비롯한 모든 일가친척과 인사를 나눈 두준은 어느새 희원의 남편감이 되어 있었다.

"강 서방, 이 홍어회무침 좀 먹어보게. 맛나게 잘 무쳤네."

"네, 고모님도 드십시오."

강 서방이라고 넙죽넙죽 불러대는 고모야 그렇다고 쳐도 이 남자는 도대체 왜⋯⋯ 휴.

"저 두준 씨, 다 먹었으면 저 좀 잠깐."

"강 서방, 술도 한잔할 텐가?"

"아닙니다. 고모님. 오후에 다른 일정이 있어서."

"아이고, 내가 주책이지. 큰일 하는 사람 억지로 잡아놓고 있었나 보네."

"그런 말씀 마십시오. 저도 이런 자리 즐겁습니다. 오늘은 갑자기 오는 바람에 어쩔 수 없지만, 다음에 자리 한번 마련하겠습니다. 술은 그때 주십시오."

"두준 씨, 자리는 왜……. 휴, 저랑 잠깐 얘기 좀 해요."

"호호호, 어머, 얘 봐라. 아주 좋아 죽네. 좋아 죽어. 그래, 한참 둘이만 있고 싶을 때지. 신랑 신부 옷 갈아입고 내려오려면 꽤 걸릴 텐데, 바쁘면 그만 일어나게."

"아닙니……."

"네, 고모. 그럼 먼저 일어날게요."

또 넉살좋게 웃으려는 두준의 말을 가로챈 희원이 자리에서 벌떡 일어났다.

"호호호, 아이고, 급했네. 급했어. 빨리 날 잡아야겠네."

"고모, 아직 그런 사이."

"네, 고모님. 곧 좋은 소식 들려 드리겠습니다."

"그럼, 그래야지. 우리 희원이가 지 엄마 닮아서 좀 냉한 구석이 있긴 해도 똑똑하고 맘씨도 고운 아이니까 힘내고. 내 강 서방만 믿고 있겠네."

"네, 고모님. 그럼 다음에 뵙겠습니다."

"그래, 어서 가봐."

인상을 험악하게 구긴 희원이 남다른 탄탄함을 자랑하는 옆구리를 쿡쿡 찔러대는데도 전혀 굴하지 않는 든든한 강 서방은 인사를 나눴던 모든 일가친척에게 먼저 가보겠다고 양해를 구한 뒤, 정원, 지원 자매와도 작별 인사를 하고 나서야 식장을 벗어났다.

먼저 앞서 가던 희원이 주차장에 도착해 갑자기 우뚝 멈춰 섰다.

그 바람에 뒤를 바짝 따르던 두준과 부딪쳐 비틀거리자, 단단한 팔이 재빨리 뻗어와 그녀의 허리를 낚아챘다.

그 팔을 신경질적으로 풀어낸 희원이 뒤를 돌아 두준을 똑바로 올려다봤다.

"계획적인 사람이라면서요?"

사납게 치켜 올라간 눈썹이 밉기는커녕 귀엽게 느껴졌다.

꽃향기를 머금은 머리는 교묘하게 틀어 올려 가늘고 흰 목이 그대로 노출되어 있었다.

그 아래로 조금만 시선을 내리면 묘하게 그를 사로잡는 쇄골이 그녀가 숨을 들이쉬고 내쉴 때마다 미세하게 오르내리고 있었다.

적당히 부풀어 오른 예쁜 가슴과 잘록한 허리 라인을 그대로 살려주는 미색 원피스는 허리 부분이 약간 넉넉해 보였다.

'임신하면 살이 찐다는데, 도리어 빠진 건가?'

어제오늘 그의 팔 안에 들어찼던 그녀의 허리는 한 달 보름 전 그때보다 더 가냘파진 것 같았다.

"내 말 듣고 있어요?"

"제대로 먹긴 하는 건가?"

"네? 무슨 엉뚱한 소리예요?"

"아니, 입덧 같은 거 하나 싶어서. 좀 마른 것 같군."

"내 입덧은 내가 알아서 할 거구요, 지금은 계획적인 강두준 씨에 대해 얘기 좀 하자고요. 아니, 분명 철저한 계획주의자라고 들었는데, 어째서 내 눈엔 전혀 계획적인 것 같아 보이지 않느냐고요? 내가 잘못 안 거예요? 아니면 내 일에만 계획적이지 않은 건가요?"

"생각 안 해봤는데, 그래, 당신 일에만 계획적이지 못한 것 같군."

"왜요? 왜 그런데요?"

"글쎄, 왜 그런 걸까?"

"예에? 그걸 지금 저한테 물어보는 거예요?"

희원이 고개를 갸웃하며 인상을 썼다.

어디선가 불어온 바람이 그녀의 앞머리를 붕 띄웠다가 다시 내려놓았다.

예뻐 보이긴 해도 보온 효과는 전혀 없을 것 같은 원피스가 신경 쓰인 두준이 재킷을 벗어 그녀의 어깨 위에 걸쳐 주었다.

"아우, 정말, 얘기에 집중 좀 해요."

"해. 하고 있어."

두준은 재킷을 벗어 돌려주려는 희원의 손을 밀어내며 꼼꼼히 여몄다. 더 이상 어찌 해볼 수도 없게 집중한 상태였다.

"그리고 그건 지금부터 열심히 생각해 볼게. 왜 당신 일에만 계획적이지 못한지. 그런 무계획이 왜 아무렇지도 않은지."

조약돌 하나가 툭 날아와 희원의 가슴에 파문을 일으켰다.

두준의 말이 무슨 뜻인지 제대로 이해도 못 했으면서 조그만 배에 올라탄 것처럼 마음이 요동을 쳤다.

모양 좋은 두준의 손가락이 희원의 눈을 살짝 가린 앞머리를 부드럽게 쓸어 제자리로 돌려놓았다.

어디에 놓여 있건 상관없는 앞머리는 쉽게 제자리로 돌아갔지만, 요동치는 그녀의 마음은 쉬이 제자리를 찾지 못했다.

"강세현, 빨리 못 오지. 이러다 지각이야."

저만치 앞서 나갔던 태우가 크게 원을 그리며 되돌아왔다.

입을 삐죽거리며 성의 없이 페달을 밟고 있는 세현의 주위를 한 바퀴 삥 돌더니, 그녀와 엇비슷하게 속도를 맞췄다.

"그러니까 먼저 가라고 했잖아. 진짜 다리 아프단 말이야."

일부러 망가뜨린 노력이 무색하게 태우는 석 달도 더 남은 세현의 생일선물이라며 새 자전거를 가져다 안겼다. 자전거를 망가뜨리고 얻은 자유는 금요일 하루로 끝이 났다.

"강세현, 멈춰봐."

자전거를 멈춘 태우가 여전히 성의 없는 세현에게 명령했다.

"왜에?"

불만스레 튀어나온 입이 귀여워 태우의 입가에 피식 웃음이 맺혔다가 사라졌다.

자전거에서 내려서 바닥을 툭툭 차대는 세현의 앞에 한쪽 무릎을 꿇고 앉은 태우는 교복 스커트 아래로 드러난 그녀의 무릎에 손을 가져다 댔다.

세현은 뛰어오를 듯 놀라며 주위를 둘러보았다. 등교 중인 아이들이 힐끔힐끔 그들을 쳐다봤다.

"오빠, 왜 이래?"

"아프다며? 여기가 아파?"

"손 치워. 다른 애들이 보잖아."

"아님, 발목이 아픈 거야?"

태우의 손은 종아리를 스치고 내려가 그녀의 발목을 꾹꾹 눌러댔다.

"아, 진짜. 괜찮아. 안 아파. 다 나았다고."

태우의 손안에 든 발목을 어떻게든 빼내보려고 애쓰며 짜증스레 소리를 높이자, 태우가 고개를 들고 세현을 바라보며 씩 웃어 보였다.

"나랑 자전거 타는 게 그렇게 싫어? 자전거도 일부러 망가뜨리더니, 멀쩡한 다리까지 아프다고 찡찡대고."

헐! 다 알면서도 일부러 자전거를 선물했단 말이야? 괴롭히는 것도 클래스가 다른 장태우. 네놈이 짱입니다요.

뜨끔해서 눈치를 보던 세현은 비굴한 웃음부터 지어 보였다.

"오빠, 오빠 인기 엄청 많은 거 알지?"

태우는 뜬금없는 세현의 물음에 관심도 없는 듯 잡고 있던 그녀의 발목을 이리저리 살폈다.

"어머니한테 침 좀 놔달라고 할까? 너 페달 밟을 때 이쪽 발에 힘이 덜 들어가는 거 알아?"

유심히도 살폈다. 작년에 한 번 되게 삐어서 고생한 뒤로 세현은 무의식중에 왼쪽 발에 힘을 덜 주는 버릇이 생겼다.

"아무렇지도 않다니까. 그보다 오빠, 어떤 스타일이 좋아? 엊그제 오빠 집 앞까지 왔던 언니 예쁘게 생겼던데. 말 들어보니까 그 언니 피아노도 잘 치고 노래도 잘 부른대. 오빠, 테니스 좋아하지? 그 언니 테니스도 엄청 잘 친대."

"이번 주 토요일에 어머니한테 찜질 좀 해달라고 하자."

세현의 의견 따위 상관없이 제 맘대로 그녀의 주말 일정을 정해 버린 태우가 벌떡 몸을 일으켰다.

큰 키에 압도당한 세현이 뒤로 움찔 물러나자, 태우는 피식 웃으며 그녀의 머리를 쓱쓱 쓰다듬었다.

"오빠, 내가 그 언니 번호 따났거든. 알려줄까?"

"강세현."

"어?"

"내 이상형은."

하나도 놓치지 않겠다는 듯 초집중한 세현의 눈이 태우를 향했다.

"머리는 길지도 짧지도 않은 적당한 길이에, 키는 크지도 작지도 않은 딱 요 정도, 옅은 쌍꺼풀에 짙은 속눈썹, 흰 피부에 작고 오똑한 콧날, 삐죽대도 밉지 않은 입술을 가지고 있으면 딱이야."

세현은 태우의 입에서 나온 말들을 엊그제 태우의 집 앞을 서성대던 3학년 선배와 접목시켜 보느라 바빴다.

'길지도 짧지도 않은 머리? 머리가 좀 긴 것 같았는데, 그거야 뭐 자르면 될 테고. 키? 나랑 거의 비슷한 것 같았으니까 무조건 합격. 쌍꺼풀이 있었나? 속눈썹? 그것까진 못 봤는데. 그래도 피부는 꽤 하얀 편이었어. 오케이! 그 정도면 느낌 좋아.'

"그리고 이게 제일 중요한데……."

"뭐? 뭔데? 제일 중요한 게 뭐야?"

"등 왼쪽 어깻죽지 부근에서 3㎝ 위쪽에 붉은 점이 있는 여자."

"에? 그게 뭐야."

미간을 팍 일그러뜨리는 세현에게 씩 한 번 웃어 보인 태우는 다시 자전거에 올라탔다.

"빨리 안 가면 진짜 지각이야."

얼른 자전거에 오른 세현도 부지런히 태우의 뒤를 따랐다.

"오빠, 그게 왜 중요한데? 혹시 등에 붉은 점 있는 여자애를 봤는데 무지 맘에 들었던 거야? 응?"

"응."

"그래? 그럼 혹시 그 여자애 알, 알……."

"알몸을 본 거냐고?"

"어? 어."

"그랬지."

"헐! 대애박. 언제? 나도 아는 사람이야? 누군데? 근데 지금은 왜 안 만나?"

"강세현. 진짜 늦는다."

"오빠, 거짓말이지? 그런 대박 사건을 내가 모르고 지나갔을 리가 없지. 지금 막 꾸며낸 거지?"

"네 맘대로 생각해."

세현은 태우의 표정이 보고 싶어 부지런히 쫓아갔지만, 보이는 건 널따란 등뿐이었다.

학교 정문 앞 야트막한 오르막에서는 매번 속도를 맞춰줬던 태우는 오늘따라 그녀를 기다리지 않고 열심히 페달을 밟았다.

"오빠, 잠깐만. 그거 진짜 아니……."

"세현아, 강세."

가방도 메지 않은 라니가 교문 안쪽에서 세현을 발견하고 부지런히 달려오다가 태우를 보고는 냉큼 걸음을 조신하게 꾸몄다.

세현이 자전거를 멈추자, 태우도 자전거를 멈추고 내려섰다.

"왜 다시 나와? 어디 가?"

"네가 너무 안 와서 나와 봤지. 안녕하세요, 태우 선배."

뭘 했다고 태우를 본 라니의 얼굴이 금세 붉어졌다.

"오빠, 내 친구 라니 알지? 구라니."

태우의 시선이 잠깐 라니에게 머물렀다.

"먼저 간다. 둘이 천천히 와."

"으, 멋져. 살짝 손드는 거 봤어? 어쩜 저런 행동 하나도 저렇게 고급진가 몰라."

'어유, 저놈의 콩깍지.'

"일부러 나 마중 나온 건 아닐 테고, 무슨 일이야? 설마 장태우 보러 온 거야?"

양손을 가슴 앞에 모아 쥐고 별빛이 내릴 것 같은 눈으로 태우를 쫓고 있던 라니가 웬일인지 금세 태도를 바꿔 세현을 불렀다.

"아! 강세, 빅뉴스. 내가 특종을 잡았다니까. 빨리 알려줘야 하는데, 오늘따라 네가 늦는 바람에 몸소 여기까지 행차를 했지."

"또 무슨 일인데?"

"놀라지 마. 울 담임 있지."

라니의 시선이 몇 발짝 앞서 걷고 있는 태우를 힐끔 쳐다본 뒤 다시 세현에게로 옮겨졌다.

"울 담임이 뭐?"

"임신했대."

세현은 놀란 숨을 삼키며 튀어나오려는 비명을 꾹 눌러 참았다.

"너 그거 어디서 들었어?"

"믿기지 않지? 나도 엄청 놀랐다니까."

"어디서 들었냐고?"

마음이 급한 세현이 버럭 소리를 지르자, 앞서 가던 태우가 멈춰 서서 그녀를 돌아봤다.

세현은 움찔 놀란 라니를 가까이 잡아당겼다.

"구라니, 너 혹시 그 소리 교생 쌤한테 들었니?"

"어? 어. 직접 들은 건 아니고, 전화 통화하는 거 우연히 들은 건데……."

"다른 애들한테 얘기했니?"

"그게……."

"얘기했어?"

"응. 해민이랑 미연이, 또."

"라니, 너 진짜. 휴. 자전거 좀 부탁할게."

울상이 된 세현이 자전거를 내팽개치듯 라니에게 맡기고 미간을 일그러뜨린 채 멈춰 서 있는 태우를 지나쳐 뛰기 시작했다.

"강세현, 무슨 일이야?"

태우가 걱정스럽게 물었지만, 대답할 여유 따윈 없었다. 뒤통수를 얻어맞은 것처럼 머릿속이 멍했다.

지난 주 금요일, 지훈과 얘기를 나눌 때는 이상하다고 느끼지 못했던 것들이 이제 와 새롭게 재해석되고 있었다.

만약 지훈이 제대로 알지 못하고 그저 그녀를 떠본 거라면, 그녀는 크나큰 실수를 저지른 것이었다.

세현은 가방을 그대로 멘 채 교무실로 향했다. 다행히 교무실로 향하는 복도 중간쯤에서 지훈을 발견하고 부리나케 달려갔다.

"선생님."

"어, 세현이구나."

"저 말씀드릴 게 있는데요."

"어쩌지? 잠시 후에 교직원회의 있는데."

"5분이면 돼요. 아니, 1분이면 돼요."

"그래? 무슨 말인지 해봐."

"자리 좀 옮기면 안 될까요?"

"왜, 여기서 하면 안 되는 말이니? 어차피 한 시간이면 학교 안에 소문 쫙 퍼질 텐데, 자리 옮길 거 뭐 있어. 그냥 여기서 하지."

"쟤가 알았다간 한 시간도 못 가서 학교에 소문 쫙 퍼질지도 모른단 말이에요."

그녀가 지훈에게 유용한 정보를 제공한 꼴이었다. 그렇다면……

"그럼 설마 라니가 듣도록 일부러 전화 통화를……."

"우리 세현이 제법 똑똑하네."

"도대체 왜 그러신 거예요? 울 쌤이랑 친한 사이라면서요?"

울상이 된 세현이 묻는 말에 지훈은 한쪽 입꼬리를 끌어 올리며 어깨를 으쓱해 보였다.

"사연이 좀 복잡해. 그것까지 알고 싶은 건 아니지? 난 이만 들어가 봐야겠다. 너도 어서 교실로 가도록 해."

터지려는 울음을 참아내느라 입술을 깨문 세현은 잠시 그 자리에 꼼짝을 않고 섰다가 어슬렁거리며 걸어가는 지훈을 지나쳐 교무실로 향했다.

노크를 한 뒤 교무실 안으로 들어서자, 거의 모든 선생님이 자리를 지키고 앉아 있었다.

세현을 알아본 희원이 작게 손짓을 했다. 재빠르게 희원에게로 다가간 세현이 꾸벅 인사부터 했다.

"왜? 무슨 일이야?"

"저, 선생님."

금방이라도 울 것 같은 얼굴을 하고 있는 세현을 희원이 의아한 눈으로 바라봤다.

"상담 필요하니? 지금은 좀 그렇고 1교시 끝나고 상담실로 올래?"

희원의 말에 세현은 교무실을 꽉 채운 선생님들을 둘러봤다.

"아니요, 그게 아니라요. 선생님, 죄송해요. 정말 죄송합니다."

작게 속삭이듯 중얼거린 세현은 힘없이 고개를 숙여 보인 뒤, 기분 좋은 얼굴로 들어서는 지훈을 쌩 지나쳐 교무실을 나가 버렸다.

세현의 울 것 같은 표정이, 죄송하다는 말이 무엇을 의미하는지 알지도 못하면서 희원은 왠지 모를 불안감에 휩싸였다. 그리고 그 불안감은 곧 현실이 되어 나타났다.

학생들 사이에서 시작된 소문은 삽시간에 학교 전체로 퍼졌고, 급기야 오후 3시가 넘어갈 무렵엔 교감의 귀에까지 전해지기에 이르렀다.

"장 선생, 이게 말이 된다고 생각합니까? 아니, 행동거지를 어떻게 했기에 학교에 그런 소문이 퍼지느냐고요?"

"죄송합니다."

"이게 죄송하다는 말로 끝날 일입니까?"

"죄송합니다."

교감 앞에 머리를 조아린 채 희원은 같은 말만 반복하고 있었다.

달리 할 수 있는 말이 없었다. 헛소문일 뿐이라는 거짓말은 차마 할 수가 없었다.

그건 양심의 문제이기 이전에 두줄이를 부정하게 되는 일이었다. 떳떳하지 못한 엄마가 되고 싶지는 않았다.

"그 말밖에 할 줄 아는 게 없습니까?"

"죄송."

"에헤이, 참 나. 진위 여부는 따져 묻지 않겠습니다. 소문을 잠재울 방법을 찾으세요. 이 소문이 외부로 알려지기라도 해보세요. 그땐 장 선생 개인의 문제가 아니라 우리 학교의 명예가 실추되는 겁니다."

"죄송."

쾅!

희원이 죄송하다는 말을 끝내기도 전, 교감이 책상을 내려치는 바람에 화들짝 놀라고 말았다.

"그 말은 더 이상 듣고 싶지 않습니다. 앵무새처럼 같은 말만 반복하지 말고, 가서 아이들 입단속부터 시키세요. 혹시라도 학부모들한테 알려져 시끄러워지는 날에는 장희원 선생 당신은 해고야!"

벼락같이 소리를 지르는 교감 앞에서 희원은 속수무책 어깨만 한껏 움츠러뜨렸다.

두준에게 사표를 낼 거라고 큰소리치긴 했어도, 사표를 쓸 마음의 준비도 끝나지 않은 상태였다.

사표를 내게 되더라도 배가 불러오기 전, 하고 싶은 공부를 시작해볼 거라는 고상한 핑계를 대며 낼 생각이었다. 한데 이렇게 될 거라곤 상상조차 해보지 않았다.

하루 종일 그녀가 지나가기만 하면 학생들은 어김없이 힐끔거리며 수군대곤 했다. 선생님들은 그녀가 무슨 오물이라도 뒤집어쓰고 있는 것처럼 피하거나 외면했다.

허허벌판 한가운데 발가벗겨 내던져진 채 손가락질을 받고 있는 것 같은 느낌이었다. 현실은 상상했던 것보다 더 참담하고 고통스러웠다.

"얼른 나가 보지 않고 뭐 합니까?"

짜증 섞인 교감의 목소리에 마지못해 돌아서자 수학선생님이 희원을 똑바로 주시하며 비웃음을 날렸다. 희원은 외면하는 것보다 낫다는 생각을 하며 피식 웃어버렸다.

지금 수학선생님의 비웃음 따위는 문제도 아니었다. 소문을 잠재울 방법 같은 게 있기는 할까? 아이들 입단속이 가능하기는 할까? 정말 이대로 해고의 수순을 밟는 건 아닐까?

무겁게 한 발짝을 내딛는데 아찔한 현기증이 엄습해 왔다. 책상이, 바닥이 파도에 휩쓸린 듯 일렁거렸다.

눈을 질끈 감은 희원은 무엇이든 잡을 요량으로 손을 뻗었다. 그 손목을 누군가 잡아챘다.

"괜찮아요, 선배."

끝까지 호칭을 바꾸지 않는 말 안 듣는 후배 놈이었다.

"나랑 잠깐 바람 좀 쐬실래요?"

생각해 주는 척 다정하게 말을 건네고 있었지만, 싱그럽게 웃고 있는 지훈의 모습에 왠지 모를 괴리감이 느껴졌다.

그의 손에서 손목을 빼낸 희원은 아무 말 없이 교무실을 나섰다. 지금은 아무하고도 말을 하고 싶은 기분이 아니었다.

"선배, 종례는 내가 대신 할까요?"

눈치도 없는 후배 놈은 졸랑졸랑 따라오며 경쾌한 목소리로 물어왔다.

"이지훈 선생."

"네."

"휴, 그래요. 종례 좀 대신 해줘요. 그리고 세현이 좀 상담실로 오라고 전해주세요."

세현의 잘못이 아니었다. 엉뚱한 객기로 돌이킬 수 없는 실수를 저지른 그녀의 잘못이었다.

오전에 죄송하다고 말하는 세현의 표정으로 봐서는 심하게 자책을 하고 있는 것 같았다.

2주 넘게 비밀을 지켜주었던 아이였다. 어린 제자에게 너무 큰 짐을 안겨놓고 나 몰라라 한 것 같아 미안한 마음마저 들었다.

지금까지 희원이 지켜봐 온 세현은 그녀를 곤란하게 만들기 위해 일부러 소문을 퍼뜨리거나 할 아이는 아니었다.

필시 무슨 사정이 있었을 것이다. 그걸 들어주고, 세현이 가지고 있는 마음의 짐을 덜어줘야만 할 것 같았다.

"네, 그러죠, 뭐."

어깨를 으쓱해 보인 지훈이 그녀를 지나치며 혼잣말을 하듯 중얼거렸다.

"장희원도 별수 없네. 자기 잘못을 가지고 제자 원망이나 하려고 드니……."

"지훈 쌤, 지금 뭐라고 했어요?"

"아니, 그렇잖아요. 인생 그렇게 살지 말라느니, 발정 난 개새끼라느니 별의별 소리를 다 해가며 사람들 보는 앞에서 망신을 주고 혼자 고고한 척하더니……."

미간이 일그러진 희원에게로 바짝 다가온 지훈은 한껏 목소리를 낮췄다.

"아무리 발정 난 개새끼라도 최소한 난 애는 안 만들었는데."

"너 설마, 네가……."

"내가 소문냈냐고요? 제자도 모자라 나까지 원망하게? 난 그저 통화한 죄밖에 없습니다. 물론 입 가벼운 애가 곁에 있을 때를 노리긴 했지만, 그것까지 내 잘못이라고 할 수는 없잖아요?"

지훈의 비아냥거리는 목소리에 희원은 숨이 턱 막혀왔다.

"너 대체 왜 이러는 거니?"

"받은 만큼 돌려준다. 내 오랜 철학이에요. 설마, 그때 일 잊은 건 아니죠?"

지훈과 그녀 사이에 그때 일이라고 말할 수 있는 건, 잔디광장 사건이 유일했다. 귀찮은 여자를 떼어내는 일에 희원을 무단으로 써먹고도 뻔뻔한 말만 늘어놓는 지훈을 미란과 함께 사방 탁 트인 잔디광장에서 묵사발로 만들었던 일.

"카사노바니 남자 망신이니 학교에 소문 쫙 퍼져서, 그 후로 휴학하기 전까지 여자 구경을 못 했다고, 내가."

희원은 조용히 마무리됐다고만 생각했지, 지훈의 일상에 어떤 변화가 생겼는지는 관심 밖이었기에 전혀 알지 못했다.

"집안 망신이라며 얌전히 숨죽이고 있으라는 아버지의 엄포만 아니었어도, 그때 무슨 수를 써도 썼을 텐데 말이에요. 그래도 뭐, 잘됐다 싶네요. 선배가 이렇게 대형 사고를 터뜨려 줄 거라고 상상이나 했겠어요? 오래 기다린 보람이 있네요."

희원은 기가 막혀서 말을 잃었다. 지훈이 이렇게까지 형편없는 놈일 거라고는 미처 생각하지 못했다.

"장 선생님, 세현이 상담실로 가라고 하겠습니다. 아! 꼭 해주고 싶은 말이 있었는데, 깜빡 잊었네요. 장 선생님, 인생 그렇게 살지 마세요. 하하하."

경쾌한 걸음걸이로 복도를 걷는 지훈을 바라보고 있던 희원은 또다시 밀려드는 현기증에 창틀을 붙잡고 섰다. 눈을 질끈 감은 희원의 머릿속은 온통 암흑이었다.

하지만 이건 불행의 시작에 불과했다는 걸 희원은 미처 알지 못했다. 소문은 부유하는 먼지처럼 가라앉을 줄 몰랐고, 희원에게 머무는 시선엔 호기심과 비웃음이 가득했다.

　학교로 들어서는 발걸음은 무겁기 그지없었다. 설렘 가득한 가슴을 안고 교단에 섰던 그날 이후, 처음으로 학생들 앞에 서는 게 두려워졌다.

　선생으로서의 자존감은 바닥을 쳤고, 현실에서 도피하고 싶은 마음만 불쑥불쑥 솟아났다.

　부담스럽게만 느껴졌던 두준의 제안에 대해 끊임없이 유혹을 느끼는 순간이었다.

　어쩌면 진정한 사랑 없이도, 그와 그녀 사이엔 두줄이가 있으니까, 본능적인 끌림이 있으니까, 그럭저럭 삶을 꾸려 나갈 수 있지 않을까?

　밤새 속으로 눈물을 삼키며 사직서를 쓰는 동안, 희원은 두준이라는 히든카드에 대해 생각하고 또 생각했다.

　3년 남짓 아이들을 가르치는 일에 그 누구보다 열심이었고, 어느새 천직으로 여기고 있었다. 솔직히 두준의 힘을 빌려서라도 학교에 머무르고 싶었다.

　하지만 어린 그녀를 앞에 두고 서로에 대한 원망만 쏟아내고 상처 주기 바빴던 엄마와 아빠가 떠오를 때면 덜컥 겁이 나곤 했다.

　열렬하게 사랑해서 결혼을 해도 모자랄 판에, 불순한 목적을 가지고 하는 결혼은 그와 그녀뿐만 아니라 두줄이에게도 안 좋은 영향을 끼칠 것이 뻔했다.

　더구나 두준에겐 너무나 비열한 짓을 하는 것만 같았다. 역시 사표를 내는 것 외에 다른 방법은 없다는 결론을 내렸다.

　사표를 품은 채 들어가는 수업은 그녀를 더없이 착잡하게 만들었다.

　3교시 그녀가 담임을 맡고 있는 2학년 5반 수업을 들어가기 전엔 눈물이 흐르려는 걸 꾹 참아내야만 했다.

　"안 들어가요?"

수업참관을 위해 뒤따르던 지훈이 물어왔다.

어제 이후로 지훈과는 말을 섞지 않고 있었다. 그녀의 잘못으로 야기된 일에 지훈을 원망하는 것은 옳은 행동이 아님을 알았지만, 왠지 그가 곁에 있는 것만으로도 소름이 끼쳤다.

아무 대답 없이 교실 안으로 들어서자 아이들의 웅성거림이 뚝 그쳤다.

저만치 울상이 된 세현의 얼굴이 제일 먼저 눈에 들어왔다.

결코 네 잘못이 아니라며 여러 번 다독였는데도 세현은 여전히 희원에게 미안해하고 있었다.

"저, 선생님 오늘 수업……."

쭈뼛쭈뼛 일어선 세현이 수업에 대해 무슨 말인가를 하려는 순간 앞문이 요란한 소리를 내며 벌컥 열렸다.

고급스럽게 치장하고 선글라스까지 장착한 여자가 높은 힐을 신은 채 교실로 성큼성큼 들어섰다.

"당신이 장희원 선생이야?"

"네, 제가 장희원인데요. 실례지만 누구신지……."

"나 이경수 엄마 되는 사람인데."

그 말 한마디면 수업시간에 노크도 없이 무례하게 교실로 난입한 일들이 모두 설명이 된다는 듯 경수의 엄마라는 여자는 거기서 말을 끊었다.

희원의 시선이 고개를 푹 숙이고 있는 실장 경수에게로 향했다가 다시 되돌아왔다.

여자의 살짝 올라간 눈꼬리와 두툼한 입술이 경수와 많이 닮아 있었다.

"안녕하세요, 어머님. 무슨 일로 오셨는지 모르겠지만, 지금은 수업시간이니 교무실에서 기다려……."

"기다리긴 뭘 기다려. 아니, 자질도 부족한 선생한테 애들을 가르치라고 하는 게 말이 돼? 내 참, 기가 막혀서. 긴말할 것 없고, 나랑 같이 당장 교장실로 가자고."

요란한 구두 소리를 내며 다가온 경수 엄마가 희원의 손목을 낚아챘다.

붉은 매니큐어가 칠해진 사나워 보이는 손가락이 갈고리처럼 감겨들었다.

당황한 와중에도 희원은 아이들부터 살폈다.

호기심 가득한 시선이 온통 그녀에게로 쏠려 있었다. 우선 이 자리를 벗어나야만 할 것 같았다.

"이지훈 선생님, 수업 좀 대신 진행해 주세요. 경수 어머님, 함께 나가시죠."

"어, 그, 그래요."

끌고 나가려고 엉켜든 손을 희원이 끄는 형태가 되어버렸다.

경수 엄마는 제법 당당한 희원의 태도에 당황한 듯, 얼결에 존대를 하고 있었다.

교실 문을 나서서 몇 발짝 더 끌려가고 나서야 학교까지 쳐들어온 본연의 목적이 생각난 경수 엄마는 희원의 손목을 팽개치듯 놓았다.

"대체 이게 뭐 하는 짓이야?"

희원이 하고 싶은 말을 경수 엄마가 대신하고 있었다.

경수 엄마의 말대로 희원이 아무리 자질이 부족한 선생이라고 할지라도 수업이 시작된 교실에 노크도 없이 벌컥벌컥 들어오는 건 대체 뭐 하자는 짓인지 알 길이 없었다.

"경수 어머님, 심려를 끼쳐 드려 죄송합니다."

울컥하는 마음을 애써 누른 희원이 일단 고개부터 숙이고 봤다. 경수 엄마는 떨떠름한 표정으로 팔짱을 꼈다.

"이게 죄송하다는 말로 해결될 문제라고 생각해요? 어떻게 선생이라는 사람이 사생활 관리도 제대로 못 해서 아이들 사이에 이상한 소문이 퍼지게 만드느냐고? 그런 사람이 뻔뻔하게 얼굴 쳐들고 아이들을 가르치겠다고 하는 것 자체가 웃긴 일이지. 안 그래요?"

경수 엄마의 쨍쨍한 목소리가 복도를 가득 채우고 있었다. 옆 반에서 수업하던 윤리선생님이 교실 문을 빠끔 열고 이쪽을 쳐다봤다. 희원의 얼굴은 금세 울상이 됐다.

"어머님, 지금 수업시간입니다. 목소리를 좀……."

"하, 누가 누굴 가르치려 들어? 하여튼 긴말 할 거 없고 교장실로 가자고."

교장실이 아니라 더한 데로 가자고 해도 상관이 없을 것 같았다. 복도에 늘어선 교실들 문이 모두 한 번씩 열렸다 닫히고 있었다.

허리를 꼿꼿하게 편 경수 엄마의 구두 소리가 희원의 가슴에 콕콕 날아와 박혔다.

희원은 3월 초 실장을 맡게 된 경수의 엄마와 한차례 통화를 했었다.

공부에 방해되니 실장은 다른 아이에게 시키라는 요구를 해왔는데, 희원이 힘겹게 설득을 했었다. 경수 엄마는 한 번 찾아오겠다는 말을 협박처럼 남기며 전화를 끊었다.

그때 경수 엄마의 요구를 들어줬어야 했을까? 그랬다면 이런 웃지 못할 상황은 벌어지지 않았을까?

경수 엄마의 뒤를 따르며 그런 생각을 하던 희원은 이내 피식 웃고 말았다.

감당 못 할 일들이 계속해서 일어나다 보니 사람이 자꾸 비겁해지는 것 같았다.

이 모든 게 꿈이었으면 좋겠다는 생각이 머릿속을 가득 채웠다.

희원은 잠시 걸음을 멈추고 아찔하게 흐려지는 눈으로 교실을 돌아봤다.

아무래도 시작도 못 한 이번 수업이 그녀에겐 마지막 수업인 것만 같아 짙은 아쉬움이 밀려왔다.

"누가 회의실에 휴대폰을 가지고 들어온 겁니까?"

전자 파트 쪽 상반기 업무보고 도중, 끊어질 줄 모르고 들려오는 휴대폰 벨소리에 두준이 날카롭게 소리를 질렀다.

옆자리에 앉아 있던 시형이 두준의 발을 툭 쳤다. 미간을 구긴 두준이 날카로운 눈길로 바라보자, 시형이 입술을 삐죽거리며 그를 가리켰다.

두준은 입모양만으로 '뭐?'라고 물어왔다.

미간을 한껏 구긴 시형이 전화 받는 시늉을 해 보였다. 그제야 말귀를 알아들은 두준이 재킷 주머니를 뒤져 휴대폰 벨소리를 멈췄다.

두준은 꽤 난감한 표정이었다. 이런 실수는 좀체 한 적이 없었다. 어쩌자고 회의실에 휴대폰을 가지고 들어왔는지, 요즘 제정신이 아닌 게 분명했다.

신경질적으로 앞머리를 쓸어 올린 두준은 오후 2시로 회의를 미룬다는 말과 함께 자리를 벗어났다.

시형이 바로 뒤따라 나오자마자 그의 휴대폰이 다시 울리기 시작했다. 두준은 누군지 확인도 않고 전화를 받았다.

[삼촌, 우리 쌤 좀 도와줘.]

"세현이?"

세현의 목소리에 울먹임이 잔뜩 섞여 있었다.

[삼촌, 급해. 빨리 우리 쌤 좀 도와줘, 응?]

"우리 사장님이 학교 발전에 관심이 많다는 거 교장선생님도 잘 아실 거예요."

"네, 물론입니다. 잘 알고말고요."

경수 엄마가 말하는 '우리 사장님'은 대성기업 사장으로 있는 경수 아빠였다.

대성기업 사장이라는 직위를 강조하고 싶은 의도인 것 같았지만, 듣기에 꼭 회사 여직원이 부르는 것 같은 착각이 들게끔 하는 호칭이기도 했다.

교장과 마주 앉은 경수 엄마는 벌써 20분째 경수 아빠에 대한 얘기를 늘어놓는 중이었다.

희원은 자리에 앉지도 못하고 양손을 모은 채 20분째 서 있는 상태였다.

"오늘도 우리 사장님이 직접 오겠다는 걸 내가 극구 말렸어요. 요즘 가뜩이나 회사도 바쁘게 돌아가는데, 큰일 해야 할 양반이 자질 부족한 선생이 벌인 일로 신경 쓰게 하면 안 되지 않겠어요?"

"그럼요. 물론이죠."

교장의 말은 20분째 '물론입니다. 물론이죠. 그렇죠'의 범위를 벗어나지 못하고 있었다.

그리고 20분 동안 희원에겐 단 한 번도 말할 기회가 주어지지 않았다.

"그래서 이 일을 어떻게 처리하실 생각인가요?"

교장은 못마땅한 표정으로 희원을 한 번 힐끔 쳐다봤다.

"아, 저 그게 아직 누가 그런 소문을 퍼뜨렸는지 파악도 못 한 데다가……."

"교장선생님, 지금 소문을 누가 퍼뜨렸는지가 중요한 게 아니잖아요."

"아, 네. 물론 그렇죠. 하지만 진위 파악도 해야 하고……."

"진위 파악? 여기 장본인이 있으니까 지금 하면 되겠네요. 안 그래요? 장 선생."

자신의 일임이 분명한데도 20분째 대화에서 제외됐던 희원은 갑작스러운 경수 엄마의 부름에 움찔 놀라고 말았다.

"소문이 사실인가요?"

희원을 바라보는 경수 엄마의 얼굴엔 비웃음이 잔뜩 담겨 있었다.

"저는."

그 한마디 뱉어놓고 희원은 목이 메었다. 밤새 눈물을 삼키며 쓴 사직서가 이미 그녀의 가방 속에 들어 있었다.

선생님이라는 직업만 아니라면 주홍글씨라도 찍힌 양 죄인처럼 서 있을 필요도 없는 일이었다. 그녀의 임신 여부를 이 자리에서 밝혀야 할 의무는 없었다.

"저에 관한 소문으로 인해 아이들에게 안 좋은 영향을 끼친 점 깊이 사과드립니다. 그에 대한 책임을 물어 사직을 요구하신다면 기꺼이 받아들이겠습니다. 다만 갑자기 담임이 바뀌게 되면 혼란스러워할 아이들을 생각해서 잠시의 말미를…….'

"참 나, 되게 말 많네. 장 선생, 내 질문 못 알아들었어요? 소문이 진짜냐고 물었잖아!"

경수 엄마가 희원의 말을 끊으며 목소리를 높였다.

"경수 어머님, 소문의 진위 여부가 왜 중요한가요?"

"뭐야?"

경수 엄마가 사납게 눈을 치켜떴다.

"아이들 교육이 걱정돼서 오신 길이라면서요. 그럼 제 인생에 대해서 관심 갖지 마시고 거기에만 집중해 주시길 부탁드립니다."

"어머, 지금 내가 쓸데없는 데 관심 가진다고 뭐라고 하는 거야? 교장선생님, 들었죠? 이런 선생한테 아들을 맡겨놓고 안심이 되겠냐고. 우리 사장님이 이 사실을 알아봐요. 당장 이사회 소집하자고…….'

다시 '우리 사장님'을 들먹이는 경수 엄마의 목소리가 점점 높아질 무렵 둔탁한 노크 소리에 이어 교장실 문이 벌컥 열렸다.

경수 엄마를 비롯한 모두의 시선이 그리로 향했다.

교실로 무작정 난입했던 좀 전의 상황은 까맣게 잊어버린 경수 엄마는 자신의 말을 끊고 허락도 없이 들이닥친 남자들을 못마땅한 눈으로 쳐다봤다.

화들짝 놀라 몸을 일으킨 교장이 뜻밖의 등장인물에 넋이 나간 희원을 밀치고 얼른 앞으로 나섰다.

힘없이 비틀하는 희원을 본 두준의 미간이 짜증스럽게 일그러졌다.

"아, 안녕하십니까, 이사장님. 연락도 없이 갑자기 어쩐 일로……."

교장의 입에서 나온 호칭에 놀란 경수 엄마가 소파에서 슬그머니 몸을 일으켰다.

이사장이 대한그룹 부회장이라는 사실은 남편한테 들어서 이미 알고 있었다.

얼마 전 대한전자와 납품 계약을 맺었다고 좋아했던 남편의 말이 생각난 경수 엄마는 이게 웬 횡잰가 싶었다.

전 이사장이었던 대한그룹 회장도 그렇지만, 지금의 이사장도 교육에 관심이 많다는 소리를 들었다. 더구나 이사장의 조카가 경수와 같은 반이라고 하니, 이 사실들을 잘 버무려 제대로 어필만 한다면 남편의 사업에 도움이 될 수도 있겠다는 생각에 경수 엄마의 얼굴에 화색이 돌았다.

"어머, 이사장님이시구나! 안녕하세요. 저는……."

"교장선생님, 안녕하십니까? 밖에서 들으니까 이사회 소집 소리가 들리던데, 무슨 일이라도 생긴 겁니까?"

두준은 하이 톤으로 올라가는 경수 엄마의 말을 끊고 교장에게 물었다.

'쳇, 대한그룹 부회장이라고 건방지기는. 사람이 말을 하는데 쳐다보지도 않고. 그나저나 여자 여럿 홀리게 생겼네. 경수 아빠도 머리만

안 빠졌으면 그런대로 괜찮았을 텐데. 어떤 여자 남편이 될지 그 여자 되게 부럽네.'

경수 엄마는 새초롬하니 입술을 삐죽거리며 두준의 머리부터 발끝까지 쭉 훑었다.

감탄 어린 시선을 그대로 뒤로 옮기자, 역시나 비주얼 괜찮은 남자와 눈이 딱 마주쳤다.

그녀의 속내를 들여다보기라도 한 듯 남자의 입꼬리는 비스듬히 올라가 있었다. 어설프게 미소를 지어 보이자, 남자는 못 볼 걸 본 것처럼 고개를 돌려 버렸다.

'쳇, 기분 나쁘게.'

"이사장님, 우선 이리로 앉으시죠."

교장이 두준에게 자리를 권했다. 바로 자리에 앉지 않고 두리번거리던 두준이 구석으로 밀려난 채 그를 바라보며 눈만 깜빡거리고 있는 희원에게로 다가가 손을 잡았다.

"헉! 왜 이러세요?"

"언제부터 서 있었던 거야?"

희원이 놀란 소리로 작게 속삭이자, 두준도 덩달아 으르렁거리듯 속삭이곤 그녀를 끌어다 소파에 나란히 앉았다.

두준의 행동에 놀란 교장이 엉거주춤 맞은편 자리로 가서 앉았다.

그마저도 놓친 경수 엄마는 좀 전 희원이 서 있던 자리에 입만 헤벌린 채 서 있었다.

교장의 눈치를 보며 두준에게 잡힌 손을 빼내려고 애쓰던 희원은 한 손으로 입을 가린 채 그에게 속삭였다.

"손 좀 놔주세요."

그의 손과 차이 나는 뽀얀 손을 힐끔 바라본 두준이 마지못해 놓아주자, 희원은 슬그머니 소파에서 몸을 일으켰다.

이를 용납하지 않으려는 듯 두준의 손이 재빠르게 다시 그녀의 손을 낚아챘다.

"그냥 있어."

"아, 저, 이사장님, 저는 그냥 서 있는 게……."

"그냥 있으라고."

교장과 경수 엄마의 얼굴이 의아함으로 물들고 있었다. 그런 것 따위 안중에도 없는 듯 두준은 굳은 표정으로 시형에게 물었다.

"이 실장, 여기 계신 분이 이사회를 소집하고 싶어 하는 것 같은데, 일정을 뺄 수 있을까?"

"5월 말까지는 아무래도 힘들 것 같습니다, 부회장님."

"그렇지? 더 이상은 조정 못 하겠지? 4월에 있을 우리 결혼식 때문에 일정 조정하느라 이 실장이 꽤나 힘들었거든."

두준의 마지막 말은 희원을 바라보며 한 말이었다.

지금 두준이 말한 '우리'는 말하는 이가 자기와 듣는 이를 포함한 즉, 다시 말해 희원을 포함한 '우리'임이 분명했다.

희원의 눈이 경악으로 커다래졌다. 교장과 경수 엄마의 눈도 크게 다를 바가 없었고, 시형의 눈엔 경악과 짜증이 겹쳐 있었지만, 겉으로 표가 날 정도는 아니었다.

두준의 입에서 나온 이상 4월 결혼식이라는 일정을 맞추는 건 오로지 시형의 일이 되어버리는 것이었다.

'저놈 진짜 죽을라고. 폭탄을 터뜨릴 거면 이리로 오는 동안 살짝 귀띔이라도 해줬어야지. 내가 차 팔아버리고 이 일 당장 때려치운다, 진짜.'

속이야 어떻건 두준의 비서답게 시형의 표정은 평화롭기 그지없었다.

"겨, 결혼식이라뇨? 이사장님."

당황해서 말을 더듬는 교장의 목소리가 시형의 상념을 뚫고 들어왔다.

이미 터져 버린 폭탄, 그저 구경하는 수밖에 시형에게 다른 선택지는 없었다.

"우리 희원이가 아직 얘기 안 했나 봅니다."

저놈의 '우리' 소리, 두준의 입에서 나올 때마다 희원은 흠칫흠칫 놀랐다.

대체 그녀가 무슨 얘기를 안 했단 말인가?

희원의 총명한 눈은 흐려져 빛을 잃은 채 멍하니 두준을 바라보고 있었다.

두준은 미소를 머금은 채 사랑이 뚝뚝 흘러넘치는 눈으로 그녀를 바라보며 잡힌 손을 끌어다 자신의 무릎 위에 올려놓는 만행까지 저지르고 있었다.

좀 작다 싶은 교장의 눈이 최대로 확장된 채 두준과 희원 사이를 바쁘게 오갔다.

경수 엄마는 정신이 나간 것처럼 입을 헤벌리고 두준의 무릎 위에 올려진 희원의 손을 뚫어지게 바라보고 있었다.

지금 이 구역에서 여유로움을 유지하고 있는 건, 폭탄선언에 탁월한 소질이 있는 두준뿐인 것 같았다.

"안 그래도 어제 학교에 엉뚱한 소문이 돌았다기에 이젠 그만 밝히는 게 어떠냐고 했더니, 결혼 상대가 나인 거 알면 동료 교사들이 불편해할 거라면서 꺼리지 뭡니까. 이 사람이 이렇게 속이 깊다니까요."

사랑이 흘러넘치는 눈도 부담스러워 미칠 지경인데, 바라보는 이가 숨을 삼키게 만드는 그림 같은 손놀림으로 희원의 앞머리까지 다정하게 넘겨주시는 두준의 연기는 그야말로 수준급이었다.

졸지에 희원은 내 속이 그렇게 깊었나 하는 쓸데없는 생각까지 하고 말았다.

"아, 하하, 그렇죠. 장 선생님이 속이 참 깊죠."

교장의 과한 웃음소리가 실내를 가득 떠돌았다.

오늘 이 일이 있기 전까지 희원의 속은커녕 겉조차 제대로 파악하지 못하고 있었을 교장은 선생 뒤에 '님' 자까지 붙여가며 속 보이는 칭찬을 해 보였다.

"장 선생님은 아무리 입이 무거워도 그렇지, 이런 좋은 소식이 있었으면 나한테라도 말을 해줬어야죠. 잘못하다 큰 실수할 뻔했습니다."

생판 모르는 사람이 들으면 교장과 희원이 허물없이 지내는 사이처럼 들리는 말이었다.

"우리 희원인 결혼도 되도록 비밀리에 하고 싶어 했습니다. 아이들을 가르치는 일에 보람을 느끼는 사람인데, 나와의 결혼이 알려지면 아무래도 계속 학교에 나오는 건 곤란해지지 않을까 많이 걱정했거든요."

"아이고, 곤란한 일이라니요. 저희야 이사장님 사모님 같은 재원이 계속 학교에 남아준다면 더할 수 없이 고마운 일이죠."

교장에게 희원은 어느새 이사장님 사모님이 되어 있었다.

"하하, 그런가요?"

"그럼요. 물론이죠."

"어쨌든 끝까지 비밀에 붙이려던 계획이 엉뚱한 소문으로 다 틀어져 버렸으니…… . 게다가 이 사람 어제오늘 스트레스도 만만치 않고. 안 그래도 요즘 살이 빠져 걱정하던 참인데, 얼굴까지 까칠해져서는…… ."

여운을 남기는 두준의 말투는 아주 수준급이었다. 자연스럽게 희원의 볼을 쓰는 손길은 여러 사람 숨을 멎게 할 정도였다.

날카로운 눈길로 교장과 경수 엄마를 번갈아 바라볼 때는, 희원의 스트레스를 유발한 원흉을 지목하듯 살벌했다.

"그, 그러게 말입니다. 누가 그런 소문을 퍼뜨렸는지 단단히 조사하라고 이를 작정이었습니다."

"그래요? 굳이 그렇게까지 할 필요는…… ."

"무슨 말씀을! 당연히 밝혀내야죠. 밝혀내서 다시는 엉뚱한 소문들이 교내에 떠돌지 않게 조치를 취하겠습니다."

"하하, 이거 교장선생님의 의지가 그렇게 확고하시니 달리 말릴 방법이 없겠네요. 어차피 학교 일이야 교장선생님 소관이니, 알아서 잘 처리하시리라 믿겠습니다."

시형은 가식적인 웃음을 만들어내는 두준을 보며 고개를 절레절레 저었다.

"아, 그리고 저분은 무슨 일로 이사회를 소집하고 싶으신 건지……."

거의 잊혀져 가던 경수 엄마가 모두의 관심 대상으로 되돌아왔다.

"아, 저, 그게……."

"설마, 우리 희원이 일로 이사회를 소집하자고 하신 건 아니겠죠?"

실내에서도 끝까지 걸치고 있는 선글라스가 안쓰러워 보일 정도로 경수 엄마의 얼굴이 붉어졌다.

"들으려고 들은 게 아닌데, 어찌나 목소리가 크신지 어쩔 수 없이 들려서 말입니다. '우리 사장님이 이 사실을 알아봐요. 당장 이사회 소집하자고'까지 들었는데, 우리 사장님이라는 분이 어디 사장님인지 여쭤봐도 될까요?"

"아, 네, 대성기업이요."

경수 엄마는 손을 얌전히 모은 채 추궁당하는 학생처럼 넙죽 대답을 내놓았다.

"대성기업이라……."

"이번 년도 2월부터 대한전자 쪽과 납품 계약을 체결한 곳입니다. 자산총액 팔백억 원 규모의 업체로 전원변압기와 충전기 분야에서……."

"이 실장, 그만. 여기가 회사도 아니고."

어쩌면 저렇게 죽이 척척 맞을까?

두준이 슬쩍 운을 떼자 미리 준비라도 한 것처럼 시형은 대성기업에 대해 줄줄 읊어댔고, 그걸 또 전혀 알 필요 없다는 뉘앙스를 팍팍 풍겨주며 중단시키는 데까지 둘은 완벽한 환상의 복식조였다.

"보통 계약을 1년씩 하나?"

"네, 보통은 그렇습니다."

"그래?"

두준이 내뱉은 '그래?'는 상당히 탐탁지 않은 '그래'로 들렸다. 점점 울상이 되어가던 경수 엄마가 갑자기 서 있던 자리에서 무릎을 꿇었다.

놀란 희원이 얼른 자리에서 일어나 경수 엄마를 말리려 하자, 두준이 잡힌 손을 꼭 붙들어 말렸다.

"이사장님, 제가 그만 우리 아이 얘기만 듣고 오해를 해서 장 선생님을 곤란하게 만들었네요. 제가 생각이 짧았습니다. 죄송합니다, 이사장님. 죄송해요, 장 선생님."

"아닙……."

아니라고 말하려는 희원의 손을 두준이 또 한 번 꼭 감싸며 말렸다.

"그렇게까지 말씀하시니, 저야 뭐 우리 희원이만 괜찮다고 한다면 상관없습니다만. 희원아, 괜찮겠어? 아이들 앞에서 망신이 이만저만이 아니었을 텐데, 마음 많이 상했지?"

아우, 이놈의 손 확 부러뜨려 버릴 수도 없고.

두준의 손은 또 희원의 얼굴을 다정하게 쓸고 있었다. 희원의 눈썹이 확 일그러지는데도 뭐가 즐거운지 입가의 미소는 걷힐 줄을 몰랐다.

"아니요. 괘, 괜찮아요. 경수 어머님도 나쁜 마음에서 그런 게 아닌걸요."

"그럼요, 장 선생님. 저는 그저 아이들 교육을 걱정하는 마음에…….
그래도 죄송해요. 경수 아빠도 항상 이놈의 물불 안 가리는 성격 고치라고 잔소리 해댔었는데, 고치지를 못하고 사고를 치고 말았네요. 죄송합니다."

경수 엄마의 '우리 사장님'은 어느새 '경수 아빠'라는 호칭으로 바뀌어 있었다.

"네, 알겠습니다. 그만 일어나세요, 경수 어머님."

"이런, 별일도 아닌 것 가지고 바닥에 무릎을 꿇기까지. 어서 일어나세요. 이러다 또 이상한 소문 퍼지겠습니다."

희원이 말려도 꿈쩍을 않고 무릎을 꿇고 있던 경수 엄마가 그제야 무릎 꿇고 있는 걸 깨달은 것 같은 두준의 말에 주춤주춤 자리에서 일어났다.

"교장선생님, 이 사람 좀 데리고 가도 되겠습니까?"

"아, 네, 그럼요. 물론이죠. 장 선생님, 어제 오늘 맘고생 많았을 텐데 오후엔 푹 쉬고 내일 나오세요."

"아, 저는……."

희원의 대답이 끝나기도 전 두준은 그녀의 손을 잡은 채로 자리에서 일어났다.

희원은 하는 수 없이 그를 따라 일어나야만 했다.

두준이 등장한 뒤로 생각지도 못한 상황 전개에 졸지에 잡혀 버린 자신의 결혼까지, 오후에 수업을 하라고 해도 못 할 상황이었다.

얕은 한숨을 속으로 삼킨 희원은 과도하게 허리를 숙여 인사하는 교장과 경수 엄마에게 마주 인사를 건넨 뒤 두준을 따라 교장실을 벗어날 수밖에 없었다.

7. 배려와 분명한
선긋기의 차이

4교시가 막 시작되었을 시간, 학교 안은 조용했다.

여전히 손이 잡힌 채 두준에게 끌려가다시피 하던 희원이 주차장으로 향하는 계단을 앞두고 갑자기 걸음을 멈췄다.

앞서 가던 두준도 그들을 따르던 시형도 덩달아 걸음을 멈췄다.

"얘기 좀 해요."

"차로 가서 해."

좀 전 다정했던 두준은 어디로 가고 그는 왠지 화가 난 것 같아 보였다. 고개를 갸웃해 보인 희원의 시선이 곧 시형에게로 향했다.

둘이 다른 차를 타고 온 게 아니라면 차에는 저 사람도 함께 타는 것 아니냐는 의미가 담긴 시선이었다. 헛기침을 한 번 해 보인 시형이 먼 산을 바라봤다.

"이 실장, 고등학교 졸업한 지 얼마나 됐지?"

"10년도 더…… 그걸 갑자기 왜 물어보십니까?"

"추억 돋지 않아? 잠깐 학교 좀 둘러보지."

"제가 워낙 모범생이라, 공부했던 기억밖에 없어서 별다른 추억이……."

"이 실자앙. 그럼 오늘이라도 새로운 추억을 만들어보던가."

'아우 씨, 저놈을 그냥 확. 내가 차 판다. 팔고 말아.'

이를 부득부득 가는 시형을 그대로 둔 채 두준은 희원을 그의 차가 주차되어 있는 곳으로 이끌었다.

두준에게 이끌려 차 뒷좌석에 나란히 앉은 뒤로 5분 정도가 침묵 속에 흘러갔다.

할 말이 없어서가 아니라 머릿속이 제대로 정리되지 않아 말머리를 꺼내지 못하고 있었다.

"그렇게까지 말할 필요는 없었어요."

기껏 꺼낸 첫마디가 힐난이었다.

"구구절절 설명 않고도 간단하게 상황을 정리할 수 있는 한마디였지."

간단한 거 참 좋아하는 패스트푸드 강두준 님 되시겠다.

"거짓말은 금방 탄로날 거예요."

"거짓말이 아니니 탄로날 일도 없어."

앞좌석에 고정되어 있던 희원의 시선이 드디어 두준에게로 향했다.

"그게 무슨 뜻이에요?"

"4월에 우리 결혼식이 있을 거라는 뜻이지."

다정한 미소는 싹 가신 경직된 표정. 차창에 한 팔을 걸친 채 긴 다리를 꼬고 앉은 두준은 왠지 고압적인 분위기를 풍기고 있었다. 좀 전에도 느꼈지만, 두준은 화가 나 있는 것 같았다.

감사의 말을 먼저 꺼냈어야 했다는 생각이 이제야 멍한 희원의 머릿속을 스치고 지나갔다.

계획적인 거 좋아하는 사람이 그녀로 인해 계획에 없는 일정을 잡은 것도 그렇고, 그의 사회적 위치나 이미지에 손상을 입을 만한 일에 적극 나서준 것 역시 고마운 일이었다.

물론 그건 두줄이에 대한 책임감이 십분 발휘된 것에 지나지 않겠지만, 곤란한 상황에 자신의 책임을 다하는 것은 훌륭한 행동임에는 분명했다.

이 모든 걸 생각할 때, 따지는 것 같은 그녀의 첫마디는 잘못된 것이었다. 두준은 아마도 그것 때문에 화가 났을 것이다.

배은망덕한 그녀의 태도에 화가 나, 올바른 대답을 해주고 싶지 않은 마음에 심술을 부리고 있는 것이 분명했다.

머리 좋기로 소문난 그가 수습할 방안 하나 만들어놓지 않고 그런 폭탄선언을 했을 리가 없다.

"이 말부터 먼저 했어야 했는데, 좀 전엔 제가 경황이 없어서요. 정말 감사했어요."

조심스럽게 감사의 말을 꺼낸 희원은 잠시 호흡을 가다듬으며 생각을 정리했다.

극단으로 치달았던 좀 전의 대화는 없던 것으로 하고 다시 처음부터 차분히 시작할 필요성을 느꼈다.

"음, 어떻게 알고 오셨어요?"

"세현이가 전화했더군."

"아아."

'녀석 그렇게 얘기했는데도 여전히 미안해하고 있나 보네. 이지훈이 이놈, 진짜 선생님 될 마음이 있기는 한 거야? 아무리 복수에 눈이 멀어도 그렇지, 어쩌자고 제자를……'

세현이 얘기에 파르르해진 희원이 이를 부득 갈았다.

공개된 장소에서 두들겨 맞은 일이 지훈에겐 큰 상처로 남았고, 받은 만큼 돌려주고 싶은 복수심에 그녀를 곤란하게 만든 건 사실 엄청 쪼잔한 것 같긴 하지만, 그럴 수도 있다고 치자.

하지만 선생님 되겠다고 교생실습 나온 녀석이라면 기본적으로 그런 일에 학생을 이용하지는 말았어야 했다.

다른 건 다 자업자득이라 생각하고 넘어간다고 쳐도 금쪽같은 제자 가슴에 흠집을 낸 일만은 그냥 넘길 수 없는 문제였다.

두준의 입에서 나온 세현의 이름에 지금의 상황과는 조금 동떨어진 생각을 하며 희원은 두 주먹을 불끈 쥐었다.

"할 말은 그게 단가?"

두준이 손목시계를 힐끔 쳐다보며 딱딱한 어조로 물었다. 그녀가 잠시 다른 생각에 빠져 있었다는 걸 아는 눈치였다.

희원은 이래저래 그를 화나게 하고 있었다.

초 단위로 계산될 게 분명한 그의 귀중한 시간을 그녀가 뺏고 있었다. 그를 위해서도 그녀를 위해서도 빨리 이 대화를 마무리 지어야 했다.

"당신 한참 바쁠 텐데, 귀한 시간 뺏어서 미안해요."

최대한 정중하고 부드럽게 건넨 말에 두준은 여전히 못마땅한 표정으로 팔짱을 꼈다.

"아, 그리고 혹시나 그렇게 들렸을지 모르지만, 그렇게까지 말할 필요는 없었다고 지적한 거 당신을 비난하려는 의도는 아니었어요. 머리 좋은 사람이니까 따로 수습할 방법을 마련해 놨을 거라는 거 알아요. 단지, 좀 전엔……."

"4월에 있을 우리 결혼식에 관한 얘기라면, 따로 수습할 방법 같은 건 없어."

단정적으로 똑 떨어진 두준의 말에 희원은 잠시 말을 잃었다.

"아니, 방법이 없다니, 그게 말이 돼요?"

"말이 안 될 건 또 뭔데?"

"낼모레면 4월이에요. 아니, 그보다 왜 당신 마음대로 결혼을 결정하는데요? 내 의견 같은 건 무시해도 된다고 생각하는 건가요?"

"그게 싫었으면 상황이 이 지경이 되도록 두지 말았어야지."

두준에게서 처음 듣는 싸늘한 말투였다. 차라리 소리를 질렀으면 상대하기가 더 쉬웠을 것 같았다.

"세현이가 연락할 수도 있다는 생각은 미처 못 했어요. 신경 쓰이게 하고, 바쁜 시간 빼앗은 건 미안한데요. 그렇다고 자꾸 화를 내면 어쩌자는 거예요."

"내가 지금 그것 때문에 화내는 것 같아? 당신한테 난 도대체 뭐야? 왜 그런 연락을 조카한테 받게 해?"

"그야…… 두준 씨 바쁘잖아요. 괜히 제 일로 신경 쓰게 하고 싶지 않았어요."

"장희원, 너 진짜. 그렇게 꼭 생판 모르는 남같이 선을 그어야겠어?"

그녀는 배려로 치부했던 일이 그에게는 분명한 선긋기로 인식되고 있었다.

"당신에 대한 배려였어요."

말이 제법 뾰족하게 흘러나왔다.

"배려? 무슨 죽을죄를 졌다고. 죄지은 사람마냥 그러고 서 있는 꼴을 보여주는 게 나에 대한 배려였다고?"

두준의 눈초리가 좀 전보다 더 사납게 변했다. 다정하기만 한 성격이 아니라는 건 벌써부터 파악하고 있었지만, 그녀가 큰 잘못이라도 저지른 것처럼 몰아붙이는 데는 왠지 모를 설움이 밀려왔다.

"누가 오랬어요? 안 왔으면 될 거 아니야."

"그걸 지금 말이라고 해? 내 아이와 애 엄마가 관련된 일이야. 어떻게 모른 척해."

"당신 그 놀라운 책임감은 알겠는데, 당신은 뭐가 그렇게 쉬워요?

하룻밤 보낸 게 다잖아. 나란 여자가 어떤 사람인지 제대로 알지도 못하면서 당신 아이를 가졌단 이유 하나만으로 그렇게 무조건…… 난 그거 안 돼요. 당신이 어렵고 불편하다고요."

희원이 도움을 청하는 일에 익숙지 않다는 걸 두준은 모르고 있었다.

엄마는 항상 바빴고, 아빠는 정해진 날짜 외엔 볼 수가 없었고, 어느 때부터라고 정확히 기억할 순 없었지만, 희원은 자신의 일을 혼자 판단하고 해결하는 데 익숙해져 버렸다.

민욱의 어머니가 신경을 써주긴 했지만, 희원이 먼저 무언가를 부탁하는 일은 드물었다. 아주 어릴 적부터 그녀의 인생은 그녀 혼자만의 몫이었다.

그러나 인생 최대의 난관 앞에서 그녀 또한 두준의 도움을 생각하지 않은 건 아니었다. 그야말로 프리패스카드를 거머쥐는 격일 텐데 왜 생각해 보지 않았겠는가.

하지만 그의 아이를 가졌단 이유가 그에게 허물없이 도움을 요청해도 된다는 뜻은 아니라는 인식이 더 강했다.

이건 자존심의 문제가 아니었다. 그에게 하나둘씩 의지하다 보면 감정적으로 확신을 가지기도 전에 두준이 의도하는 대로 결혼에 이르게 될 게 뻔했다.

어찌 됐건 본능적으로 그에게 끌리고 있는 건 확실하니까, 속궁합은 더 이상 볼 것도 없이 잘 맞으니까, 그럭저럭 맞추면서 살아갈 수 있지 않을까 생각 안 해본 것도 아니었다.

하지만 그럭저럭 맞추기에 그는 너무도 대단한 사람이었고, 두줄이 하나만 보고 결혼생활을 유지하기란 쉽지 않은 일이 될 것이었다.

모두 자신의 엄마, 아빠처럼 치열하게 싸우다가 이혼의 수순을 밟게 되는 건 아니라는 것 정도는 알고 있었지만, 그녀의 결론은 이상하게 항상 비극으로 치달았다.

예정된 비극을 향해 달리기엔 그녀는 아직 마음의 준비가 부족했다.

"그렇다고 뭐 울기까지……."

두준의 모양 좋은 손가락이 쭉 뻗어와 그녀의 눈가를 쓸기 전까지 희원은 자신이 눈물을 흘리고 있다는 사실도 깨닫지 못하고 있었다.

요즘 들어 감정을 통제하는 일이 쉽지가 않았다.

"당신한테 화낸 거 아니야. 난 그저 흠, 화내서 미안해. 울지 마."

두준의 말에 갈무리하려던 눈물이 봇물 터진 듯 넘쳐흐르기 시작했다.

이제는 눈물만 흘리는 데 그치지 않고 울음소리까지 입 밖으로 새 나오고 있었다.

두준의 손을 밀어낸 희원이 양손으로 눈물을 마구 훔쳐 냈다.

"왜 달래고 난리예요? 흑흑, 우는 줄도 몰랐는데, 그냥 흐르다 말 거였는데. 흑흑."

어찌할 바를 모르고 안절부절못하는 두준이 흐려진 시야 가득 들어 찼다. 고압적인 자세로 화를 내던 두준은 순식간에 어디론가 사라지고 없었다.

"원래 잘 우는 편인 거 맞나 보네."

곤란한 듯 이마를 쓸며 중얼거린 두준의 말에 희원은 우는 와중에도 눈을 흘겼다.

원래도 총명하게 반짝이던 눈은 습기까지 잔뜩 머금어, 잠시 그의 숨을 멎게 했다.

"흠흠."

괜한 헛기침만 뱉어내며 타이를 느슨하게 조절한 두준이 널찍한 제 어깨를 툭툭 쳐 보였다.

"괜찮으면 빌려 쓸래?"

가타부타 대답하기도 전에 두준이 그녀를 당겨 안았다.

다독이는 손길이 너무 부드러워, 얼굴을 묻은 어깨가 너무나 든든

해, 희원은 그를 물릴 수가 없었다.

꾹꾹 눌러 참고 있었지만, 정말은 어제오늘 목 놓아 울고 싶었다. 한 번 울음을 터뜨리고 나면 감당이 안 될까 봐, 참고 또 참았는데 결국은 이렇게 되고야 말았다.

희원은 울음을 목 뒤로 삼키느라 끅끅거리는 괴상한 소리를 내고 있었다.

설움을 삼키듯 속으로 눌러 담는 울음소리는 두준의 가슴을 묵직하게 내리눌렀다.

결코 희원에게 화가 난 것이 아니었다. 세현에게 대충의 자초지종을 듣고 달려올 때만 해도 그저 의무감이라 여겼다.

하지만 교장실 문을 뚫고 들려온 쟁쟁거리는 여자의 목소리에 솟구친 짜증은 가냘픈 어깨를 한껏 움츠리고 두 손을 모으고 서 있는 희원을 보는 순간 주체하기 힘든 화로 바뀌었다.

그 순간 두준을 지배한 생각은 단 하나였다.

'감히, 내 여자를 건드려.'

의도하지 않았으나 불쑥 솟아난 생각은 그를 온통 지배하기 시작했다. 의무감 같은 건 비집고 들어올 자리도 없었다.

두 번 다시 어느 누구에게도 희원이 이런 대우를 받게 하지 않겠다는 생각에 휩싸여 계획에도 없던 결혼 발표를 해버렸다.

이곳으로 오기 전까지는, 아니, 금방이라도 울 것 같은 그녀의 얼굴을 마주하기 전까지는 그의 머릿속에 존재하지 않았던 계획이었다.

5월 말까지 빽빽하게 짜인 일정들은 이미 그의 결재를 거친 것들이라 시형이 귀에 꽂히도록 지적하지 않아도 잘 알고 있는 상황이었다.

요 근래 희원이 덕에 펑크 난 일정은 두준이 취침 시간을 줄여가며 메우는 중이었고, 물론 희원을 설득해야만 가능한 일이겠지만, 6월로 잡은 결혼식도 사실 소화하기 힘든 일정이었다.

그런데 뜬금없이 4월에 결혼이라니. 그가 생각해도 너무 즉흥적이고 비정상적인 발언이었지만, 그의 입에서 나온 이상 이미 공식화된 일정이 되어버린 것이나 마찬가지였다.

희원의 바람처럼 다른 수습 방법 같은 건 없었다. 그리고 그는 즉흥적으로 결정된 결혼식 일정이 상당히 마음에 들었다.

본능적인 끌림이건, 두줄이에 대한 책임감이건 이유는 중요치 않았다. 그는 하루라도 빨리 희원을 그의 영역 아래 두고 싶었다.

그러기 위해서는 우선 희원을 설득해야만 했다.

머리를 쓰다듬는 어설픈 그의 손길이 제법 효과가 있었는지 그녀의 울음은 거의 잦아든 상태였다.

"다 울었으면 우리 이제 대화를 좀 나눠볼까?"

운 게 창피해서 그러는지 희원은 그의 어깨에 얼굴을 그대로 묻은 채 작은 소리로 웅얼거렸다.

"뭐라고? 고개 좀 들어봐. 뭐라고 하는지 안 들리잖아."

"당신 옷 다 버려놨다고요."

간신히 얼굴을 조금 떼어낸 희원이 귀에 착착 감기는 촉촉한 음성으로 엉뚱한 말을 꺼내놓았다.

"지금 그런 건 중요한…… 그래, 그런 것 같군. 이 옷 꽤나 비싼 건데 말이야."

무슨 생각에선지 중요하지 않다고 말하려던 두준이 갑자기 수긍을 하며 입꼬리를 쓱 끄집어 올렸다.

흠칫 놀란 희원이 주춤주춤 그의 품을 벗어났다.

"그, 그래요? 세탁해 드릴게요. 벗어주세요."

"글쎄, 이게 막 세탁해도 되는 그런 옷이 아닌데. 혹시 알려나 몰라. 이게 이 디자인으로는 전 세계를 통틀어 단 세 벌밖에 없는 이태리 명품 슈트거든. 나도 아껴 입느라 겨우 두 번째 입은 건데 말이야."

"지, 진짜요? 드라이클리닝 같은 걸로 안 될까요?"

두준이 시무룩한 표정으로 어깨를 으쓱해 보였다.

"안 될걸. 이런, 콧물도 묻었어."

"그, 그럴 리가 없어요."

그럴 리 없다고 말을 더듬으며 눈을 갸름하게 뜬 채 유심히 그의 어깨 부위를 살피는 그녀는 울어서 퉁퉁 부어오른 눈에도 불구하고 귀엽기 짝이 없었다.

두준은 씰룩거리며 올라가려는 입꼬리를 간신히 붙들어 맸다. 희원을 놀리는 재미가 제법 쏠쏠했다.

"그러게 왜 빌려 쓰라고 해요?"

"뭐야? 기껏 달래줬더니 원망하는 건가?"

"아니, 그런 게 아니라요. 특별한 세탁 방법을 쓰는 건가요? 어떻게 하면 되죠? 알려주세요. 최선을 다해볼게요."

"그래? 방법이 하나 있긴 한데…….."

"뭔데요?"

"해줄 건가?"

두준의 표정에 왠지 장난기가 잔뜩 묻어 있었다. 그의 표정이란 마치 고등학생 남자 아이들이 음흉한 일을 꾸밀 때와 흡사했다.

"무, 물론이죠."

기어들어 가는 목소리로 간신히 대답을 건네자, 아니나 다를까 두준의 입꼬리가 보기 좋게 타원을 그리며 올라갔다.

"잘됐군. 결혼하는 걸로 퉁 치는 건 어때?"

"네에? 아니, 슈트랑 결혼이랑 무슨 상관이라고…….."

"오묘한 상관관계가 있지."

눈가까지 번져 있는 두준의 미소로 봤을 때 장난이라는 걸 모를 수가 없었다. 희원이 콧잔등에 힘을 주며 눈을 흘겼다.

"장난 그만해요, 진짜. 이거 세 벌밖에 없는 이태리 명품 슈트라는 것도 거짓말이죠?"

"그럴까?"

"아니에요?"

"아마도."

두준의 심드렁한 대답에 희원의 눈이 동그래졌다. 수정 구슬을 박아 넣어도 저렇진 않을 것 같았다.

진위를 파악하려는 듯 뚫어져라 바라보는 그녀의 눈동자 가득 그가 담겨 있었다. 더없이 매혹적인 모습에 두준은 저도 모르게 희원의 눈꼬리 부근을 엄지로 슬쩍 쓸었다.

하지만 두준의 어깨 부위로 시선을 옮긴 희원은 귀찮은 파리를 쫓듯 그의 손을 툭 쳐낸 뒤, 티슈를 뽑아 눈물로 젖은 부분을 꾹꾹 눌러댔다.

"명품이면 명품 값을 해야지, 세탁도 제대로 안 되면 그게 무슨 명품이야. 일회용이지."

"미안하군. 일회용 명품을 입고 있어서."

투덜대는 희원의 말에 두준은 착실하게 답을 떠안겼다.

"콧물은 진짜 안 묻었는데. 아, 쫌. 움직이지 말아봐요."

넥타이를 개줄 당기듯 잡아끌던 당찬 희원이 다시 등장했다.

꾹꾹 누르는 손길에 살짝 어깨를 틀었던 두준이 된통 면박을 받고, 그녀가 원하는 위치에 어깨를 떡하니 대주었다.

주름이 잡힌 희원의 미간은 심각하기 이를 데 없었다. 잔뜩 힘을 준 입술은 불만스럽게 튀어나와, 꽉 깨물어주고 싶을 만큼 앙증맞았다.

그녀는 심각한데 두준은 자꾸 웃음이 나왔다. 우는 것보단 이런 모습이 훨씬 낫다 싶었다. 꾹꾹 눌러봐야 딱히 달라진 게 없는 재킷을 희원은 티슈로 문지르듯 닦아내고 있었다.

"어? 어떡해."

금세 울 것 같은 얼굴을 한 희원이 맨손으로 재킷을 톡톡 털어댔다.

이제 두준의 어깨는 티슈 보풀까지 들러붙어 더 엉망이 되어 있었다. 힐끔 쳐다본 그는 결국 참지 못하고 웃음을 흘렸다.

"하하, 세탁하기 쉽지 않다는 건 거짓말이니까 그만해."

희원이 또 앙큼하게 눈을 흘겼다.

"왜 사람을 놀리고 그래요?"

"당신 제법 놀리는 재미가 있는 거 알아?"

"쳇, 그런 소리 처음 듣네요."

입을 삐죽거리는 희원을 두준이 온화한 미소를 머금고 쳐다봤다.

"자, 이제 말 좀 해줄래?"

"또 뭘요?"

"왜 나랑 결혼하기 싫은 건지."

두준이 장난의 연장선상인 듯 가볍게 뱉어낸 말에 희원의 표정이 서서히 굳어졌다.

"서로 사랑하지 않는다는 이유는 빼고. 그건 결혼 후에도 얼마든지 달라질 수 있는 부분이니까."

거짓을 꾸며내는 일엔 소질도 없었지만, 희원은 지금 이 순간 솔직해야 한다는 걸 알았다.

하지만 그 어느 때고 자신의 솔직한 감정을 드러내는 일은 결코 쉬운 일이 아니었다.

잠시 망설이며 입술만 깨물던 희원이 결연한 표정으로 그를 바라봤다.

"저, 겁이 나요."

두준이 미간을 일그러뜨리며 고개를 갸웃했다. 내가 이 여자한테 많이 무섭게 했나 고민하는 눈치였다.

엄청난 포커페이스라 생각했는데 오늘은 의외로 그의 표정이 잘 읽혔다.

그녀가 그의 표정을 파악할 수 있게 된 건지, 그가 의도적으로 감정을 내보이는 건지는 모르겠지만, 그의 속내를 들여다보는 것은 생각보다 즐거운 일이었다.

"우리가 잘할 수 있을지 겁난다고요. 두줄이를 위한 최선의 방법이라는 건 알지만, 당신하고 나한테도 최선의 방법일지 확신이 안 서요."

그제야 그녀의 말뜻을 제대로 이해한 듯 두준의 미간이 펴졌다.

"확신은 내가 가지고 있으니까."

두준의 따뜻한 손이 조금 냉한 기운이 도는 그녀의 손에 감겨왔다.

"희원이 넌 잘 따라와 주기만 하면 돼."

희원의 이마를 스치듯 지난 두준의 손끝이 울어서 빨개진 콧방울을 톡 건드렸다.

"되도록 무섭게 안 할게. 겁먹지도 말고."

두준이 씩 웃으며 한 말에 희원도 웃고 말았다.

"4월에 결혼하자."

"그래도 4월은……."

"다른 걱정은 할 필요 없어. 내가 보기보다 능력 있는 사람이거든. 당신은 오케이만 해주면 돼."

조심스럽게 그녀의 얼굴을 배회하던 두준의 손은, 희원에게 대답을 강요하며 귓바퀴와 귓불을 나른하게 더듬고 있었다.

그의 은근한 손길에 희원의 신경은 온통 귀로 몰려 있었다. 그녀를 바라보는 두준의 눈길이 뜨겁게 느껴졌다. 제대로 된 생각 같은 걸 할 만한 상황이 아니었다.

이 남자, 아무래도 오케이 외에 다른 대답은 할 수 없도록 그녀를 홀리고 있는 게 분명했다.

귓불을 만지작거리던 두준의 손은 목선을 스치며 내려오더니 쇄골을 부드럽게 쓸기 시작했다.

희원은 저도 모르게 '아' 하는 어정쩡한 감탄사를 뱉어내곤 민망한 마음에 입술을 깨물었다.

그게 두준의 관심을 끈 건지 쇄골을 쓸던 손이 입술로 옮겨왔다.

그녀의 앞니에 점령당한 입술을 부드럽게 **빼낸** 두준은 입술 선을 따라 손가락을 움직이고 있었다. 키스라도 하려는 듯 적당히 각도를 튼 두준의 얼굴이 서서히 가까워지고 있었다.

이번엔 키스해도 되냐고 묻지도 않을 모양이었다. 하긴, 묻는다 해도 거절은 생각지도 못할 게 분명했다.

본능적인 끌림은 어찌나 강렬한지, 아직 닿지도 않은 입술을 갈망하며 그녀는 숨부터 거칠어져 있었다. 그의 키스는 엄청난 중독성을 가지고 있는 게 분명했다.

귓불은 물론 볼까지 붉어진 희원은 당연한 수순을 밟듯 스르르 눈을 감았다.

코앞까지 다가온 두준의 뜨거운 숨결이 그녀를 한없이 달뜨게 만들었다. 그녀의 입은 벌써 그를 맞이할 준비를 끝낸 듯 살짝 벌어져 있었다.

"아직 대답 안 했는데."

곧 입술이 겹쳐질 거란 예상과는 달리, 잠겨서 한 톤쯤 낮아진 두준의 목소리가 들려왔다.

코를 찡긋한 희원이 눈꺼풀을 살짝 들어 올렸다.

"결혼 승낙해야지."

마치 결혼을 승낙해야 키스를 해주겠다는 소리처럼 들렸다.

그녀의 얼굴은 이미 두준의 손에 의해 고정된 상태였고, 승낙하기도 그렇고, 하지 않기도 그런 애매한 상황에 놓여 버렸다.

"어, 저, 그게……."

"셋 셀 동안 대답 안 하면 승낙한 걸로 안다. 하나, 둘."

1초도 안 되는 사이 둘까지 후딱 지나가 버렸다. 거기다, 셋이 나오기 전에 대답하려고 벌어진 희원의 입술은 두준의 입술에 그대로 가로막혀 버렸다.

두준의 사전에 셋은 없는 것이 분명했다.

✤

요란스러운 노크 소리에도 이불무더기는 잠잠했다.

"장희원, 안에 없어? 치킨 사오라며?"

치킨 소리에 사람이 들어 있긴 한 건지, 그저 이불무더기가 아닌지 의심스럽던 이불이 꿈틀했다.

"장희원, 희원아…… 무슨 일 있는 거 아니지? 나 들어간다."

희원을 부르는 민욱의 목소리가 점점 불안한 기색을 띠더니, 결국 벌컥 문을 열어젖혔다.

그사이 한참을 꿈지럭거리다가 간신히 일어나 앉은 희원이 눈도 제대로 못 뜨고 민욱을 쳐다봤다.

"야, 너 꼴이 왜 이래?"

두준이 그녀를 집에 내려주고 간 뒤 희원은 대충 세수만 하고 침대로 기어들었다.

전날 한숨도 못 잔 데다 울기까지 해서인지 몸이 축축 처졌다.

살짝 한기까지 느껴져 목 끝까지 이불을 덮고 따끔거리는 눈도 꼭 감았지만, 금방이라도 쏟아질 것 같던 잠은 쉬이 오지 않았다.

머릿속은 온통 결혼 승낙 낙인이나 다름없었던 두준의 키스에 관한 생각으로 가득했다.

매일 그런 키스를 해주는 사람이라면 결혼해도 괜찮지 않을까 싶은 생각이 들게 만드는 감미로운 키스였다.

위험할 정도로 감미롭고 중독성 있는 키스 스킬을 보유한 데다가 그보다 더 훌륭한 잠자리 테크닉과 끈질긴 정자를 숨긴 남자, 거기다 출중한 외모에 그녀와는 비교 불가한 배경까지.

그는 겁먹을 필요 없다고 했지만, 그녀는 여전히 겁이 났다.

아기로 인해 이루어진 성급한 결혼은 잘 살 확률보다 그렇지 못할 확률이 더 높을 것이다.

이젠 그럴 여력도 없었고, 이미 결정된 일 번복할 생각도 없었지만, 착잡한 심정은 그녀를 자꾸 뒤척이게 만들었다.

그러다 무의식중에 건조한 입술을 매만지게 됐고, 갑자기 갈증이 느껴져 맥주 한 잔이 절실하게 그리워졌고, 맥주의 둘도 없는 단짝 치느님을 생각하기에 이르렀다.

이불 밖으로 나가기 싫어 휴대폰으로 미란에게 치킨 좀 사오라 하고는 그 뒤로 깜빡 잠이 들어버렸다.

"내 꼴이 뭐?"

전혀 그녀의 목소리 같지 않은 끌끌하고 쉬어터진 소리가 이질적으로 들려왔다.

"붕어새끼를 잡아먹었냐? 눈이 왜 그래?"

안 그래도 묵직하게 내려앉은 눈이 잘 떠지지 않았다. 침대 곁으로 성큼성큼 다가오는 민욱을 느끼며 희원은 양손으로 재빨리 눈을 가렸다.

"야, 안 나가. 왜 남의 방에 막 들어오고 난리야?"

"5분을 넘게 두드렸는데도 아무 소리가 없는데 안 들어오게 생겼어?"

"잠들었나 보다 생각 못 해?"

희원의 눈은 뜨기 힘들 정도로 형편없이 부어 있긴 했지만, 소리 지르는 모양새로 보니 크게 걱정할 정도는 아닌 것 같았다.

미란의 전화를 받고 희원을 향해 발동하는 습관적인 걱정에 부리나케 달려온 게 괜스레 억울해지는 순간이었다.

눈 부은 것보다 더한 꼴도 본 사이에 새삼스럽게 가리느라 난리법석인 희원을 보고 있자니 헛웃음밖에 안 나왔다.

"생전 조퇴 같은 거 않던 애가 조퇴했다니까 심하게 아픈 건가 했지. 요게. 걱정해 줘도 난리야."

"아 씨, 때리지 마."

어느새 침대 맡에 바짝 붙어선 민욱이 그녀의 머리를 손가락으로 퉁기자, 희원이 소리를 질렀다.

"오빠한테 말버릇하고는. 근데 눈은 대체 왜 그런 거야? 어디 좀 보자. 떠지기는 해?"

"보긴 뭘 봐. 건드리기만 해. 콱 물어버릴 거야."

"아이고, 알았다, 알았어. 세수하고 나와. 치킨 다 식는다."

"간장치킨이야?"

"그래. 얼른 안 나오면 다 먹어버린다."

민욱의 말에 잽싸게 일어난 희원이 방에서 나와 고개를 숙인 채 화장실로 달려갔다.

잠시 후, 민욱이 건네는 닭다리를 받아 든 희원은 여전히 퉁퉁 부은 눈으로 씩 웃어 보였다.

"웃지 마라. 꿈에 나올까 무섭다."

희원은 흘겨지지도 않는 눈으로 민욱을 흘겨본 뒤, 야무지게 닭다리를 뜯기 시작했다.

잠깐 눈 붙였다가 일어난 것 같은데 시간은 벌써 저녁 8시를 향해가고 있었다. 뱃속에서 먹을 거 달라고 난리가 났다.

"미란이는? 치킨 사오라고 미란이한테 전화했는데."

"가족모임이 좀 길어졌대. 곧 들어올 거야."

"가족모임? 그런 말 없었는데. 걔 또 선…… 어우, 미안."

"미란이가 선보는데 네가 왜 미안해?"

"가족모임이라며?"

"가족모임을 빙자한 선이겠지."

담담한 말투였지만, 민욱의 기분이 그리 좋지 않다는 걸 느낄 수 있었다.

희원은 뜯던 닭다리를 슬그머니 내려놓았다.

"왜 내려놔? 얼른 먹어. 꼬르륵 소리 시끄러워 죽겠다."

"쳇, 너도 먹어."

"난 철곤이랑 저녁 먹었어."

민욱은 나머지 닭다리도 마저 찾아내 희원에게 건넸다.

"근데, 너 왜 울었어?"

"누가 울어? 내가? 안 울었는데."

얼토당토않은 시치미를 떼는 희원을 보며 민욱은 입꼬리를 비스듬히 끌어 올려 비웃음을 날렸다.

"눈이나 어떻게 하고 거짓말을 하던가. 그 영웅 놈이 속 썩여?"

"하하, 영웅 놈은 또 뭐야? 웃긴다, 너."

"말 돌리지 말고 똑바로 말 못 해? 두줄이 아빠가 속 썩이는 거야?"

대충 넘어가려는 그녀의 의도가 먹혀들 거라고 생각하진 않았지만, 두줄이 아빠를 언급하는 그의 태도는 생각보다 더 전투적이었다.

"그랬다면 어쩌게? 네가 혼내주기라도 하려고?"

"그래야지. 감히 내 동생을 울려."

"야, 생일도 내가 훨씬 빠르거든. 그리고 그 사람 때문에 운 거 아니야."

"얼씨구, 벌써부터 편드는 거 봐라."

"편드는 거 아니고, 내 일은 내가 알아서 할 거니까 네 얘기나 좀 해봐."

학교에서 있었던 일을 민욱과 나누고 싶지 않았다. 두준 앞에서 무참히 구겨진 자존심만으로 충분했다. 민욱이 그녀를 동정의 눈길로 바라보는 일은 절대 사양이었다.

"내 얘기 뭐?"

"미란이 계속 선보러 다니게 둘 거야?"

민욱은 희원이 묻는 말에 대답도 없이 자리에서 일어나 냉장고로 갔다. 맥주를 꺼내 돌아온 그는 캔 하나가 거의 다 비도록 아무 말이 없었다. 희원은 그의 목으로 꿀꺽꿀꺽 넘어가는 맥주만 쳐다보고 있었다.

"꿈도 꾸지 마라."

"뭘?"

"지금 맥주 마시고 싶어서 쳐다본 거 아니야?"

"쳇, 아니거든."

"맥주 귀신이 참 안됐다. 두줄이 아빠 네가 맥주 귀신인 거 모르지?"

모르지. 그것만 모르나. 아는 것보다 모르는 게 더 많은 사이다, 우리가. 이런 데도 결혼하는 게 잘하는 짓일까?

"준비 중이야."

"어?"

희원의 상념을 깨고 들려온 민욱의 말에 무슨 뜻인지 몰라 반문할 수밖에 없었다.

오늘따라 민욱에게 집중하기가 힘들었다. 결혼하자고 말하던 두준이 시시때때로 민욱과 그녀 사이를 뚫고 나와 또렷하게 재생되고 있었다.

"미란이 아버님 앞에 당당하게 나서기 위해 준비 중이라고."

미란의 아버지는 막내딸 사랑이 유별나 막내사위만큼은 제 손으로 직접 고르겠다고 열정을 불태우는 분이었다.

희원에겐 가지고 싶어 안달 난 단란한 가정이었지만, 미란이 아버지 입장에서 민욱의 집안은 그저 그런 평범함에 지나지 않을 것이 분명했다.

게다가 지금 막 사업을 시작한 앞날이 불확실한 대학원생 민욱은 사윗감은커녕 남자친구로도 자격미달이라고 생각할 게 뻔했다.

미란이 아버지 입장에선 길 가던 여자들도 한 번씩 돌아보게 만드는 출중한 외모나, 다정다감한 성격, IT분야에서 천재적이라 칭송받는 그의 능력, 또 미란이 '잘 컸어'란 말로 인정한 잠자리 테크닉 같은 건 그리 중요한 게 아닐 것이다.

미란과 민욱이 사귀기 시작한 지 5개월이 넘어가고 있었지만, 그들은 각자의 집에 아직 연인이 아닌 친구로 소개되고 있었다.

"잘 돼가?"

"뭐, 그럭저럭."

민욱이 '퓨처 케어시스템'이라고 명명한 아동성범죄 예방시스템은 유명 통신사가 관심을 보이면서 곧 상용화될 거라고 했다.

희원은 '퓨처 케어시스템'이 자상한 민욱과 잘 어울리는 훌륭한 프로그램이라고 생각했다.

"희원아."

"응?"

"어느 위치쯤 가야 괜찮은 사윗감일 수 있을까?"

민욱의 질문에 희원은 뜯던 닭다리를 입에 문 채 멈칫 굳어졌다.

이 녀석의 마음은 이미 거기까지 가 있었구나 하는 생각이 희원의 머릿속을 스치고 지나갔다.

그전 같았으면 명치를 쿡쿡 찌르듯 아프게 다가왔을 민욱의 말이 이상하게 별로 아프지 않았다.

이미 두준과의 결혼을 결정했기 때문일까? 그와 결혼을 약속하고도 민욱을 염두에 두는 것은 도덕적으로 용납할 수 없다는 생각에 마음이 벌써 적응을 한 것일까?

"넌 지금도 충분히 괜찮은 사윗감이야."

용기를 북돋우는 말 한마디를 전하면서도 전처럼 목이 메지 않았다. 희원은 입에 든 짭조름한 간장치킨을 야무지게 씹어 넘겼다.

"짜식, 사람 볼 줄 아는데."

"히히, 내가 좀 그래."

"그래서, 넌 왜 울었어?"

민욱이 집요한 구석이 있다는 걸 깜빡했다. 이 녀석은 대강 넘어가는 법이 없었다.

희원은 살점이 말끔하게 떨어져 나간 뼈를 슬그머니 내려놓으며, 쏘아보는 듯한 민욱의 시선을 피해 최대한 가볍게 말을 꺼냈다.

"나 4월에 결혼해."

"아아…… 뭐? 뭘 한다고?"

"아, 깜짝이야. 왜 소리는 지르고 난리야?"

희원의 손이 무의식중에 여전히 납작한 배로 향했다.

"미, 미안. 두줄이 아빠랑 하는 거지?"

민욱의 쓸데없는 물음에 희원이 눈을 흘겼다.

"미안. 자, 잘됐네. 아무래도 배불러서 결혼식 치르기는 좀 그렇지. 내년 4월이면 몸조리도 다 끝났을 거고 괜찮네."

"내년 4월이 아니라 다음 달 4월인데."

"뭐?"

소파에 기대앉아 있던 몸을 꼿꼿이 세운 민욱이 버럭 소리를 질렀다.

"아우, 야, 소리 좀 그만 질러."

"다음 달 4월? 너 제정신이야? 낼모레면 4월이야."

"그렇게 됐어."

희원은 그 한마디면 모든 게 설명되기라도 하는 것처럼 말을 아꼈다. 민욱은 그것이 구구절절 설명하고 싶지 않다는 희원이 나름의 표현

방식인 걸 알고 있었다. 그럴 때 민욱은 그녀를 배려하듯 더 이상 묻지 않고 위로의 제스처를 취하곤 했다.

"그렇게 되긴 뭐가 그렇게 돼? 결혼이 무슨 애들 장난이야? 며칠 사이에 결혼 준비를 어떻게 한다는 거야? 누구 생각이야? 두줄이 아빠 생각이야?"

매번 통하는 원칙은 아닌가 보다. 다다다 쏟아내는 민욱의 말에 희원은 정신이 하나도 없었다.

"두줄이 아빠 잘못 아니야. 어쩌다 보니 상황이……."

"상황이, 뭐? 무슨 상황이면 저녁 약속 잡듯이 결혼 날짜를 정하게 되는 건데?"

민욱이 희원의 팔을 덥석 잡고 얼굴을 들이밀었다.

그렇게 됐다거나, 어쩌다 보니 같은 말들로는 그냥 넘어가지 않을 것 같은 분위기에 상황 설명을 하려고 희원이 입을 여는 순간, 전자음과 함께 현관문이 벌컥 열렸다.

얌전한 컬이 들어간 머리에, 튀지도 그렇다고 너무 고루해 보이지도 않는 전형적인 맞선룩을 장착한 미란이 바짝 붙어 앉은 희원과 민욱을 발견하고 멈칫 굳어졌다.

3초간 셋 다 말이 없었다.

"너희들 뭐 하냐?"

미란이 구두를 벗으며 대수롭잖은 투로 물었다.

"하긴 뭘 해. 이민욱, 아파. 팔 좀 놔."

미란을, 정확히 미란의 맞선룩을 확인한 민욱의 눈에 불길이 일며 손에 자연스레 힘이 들어간 것 같았다.

희원의 말에야 손에 힘을 준 걸 깨달은 민욱이 얼른 그녀의 팔을 놓아주었다.

"옷 좀 갈아입고 나올게. 뭘 하는 중이었든 나 신경 쓰지 말고 마저 해."

쿨내 진동하는 미란이 특유의 말투는 분명한데, 이상하게 가시가 돋은 것처럼 따끔거렸다.

"황미란, 이리 와 앉아봐."

팔짱을 끼고 정자세로 앉은 민욱의 목소리는 전에 없이 근엄했다.

"불편해. 옷 먼저 갈아……."

"내 맘은 그보다 더 불편하니까 잔말 말고 와서 앉아."

우뚝 멈춰 선 미란과 고압적인 자세로 팔짱을 낀 민욱이 비슷한 눈빛으로 서로를 노려보고 있었다.

희원은 치킨박스를 챙겨 슬그머니 일어났다. 둘 사이에 끼어드는 게 현명한 생각이 아니라는 건 여러 번의 경험으로 이미 파악한 상태였다.

"장희원, 어딜 도망가?"

"하나만 신경 써. 내 일은 내가 알아서 해. 너희들, 우리 두줄이 놀라니까 기물파손은 안 돼. 혹시 19금 씬 찍을 일 있으면 요 앞 공원 화장실 뒤편 벤치를 추천할게. 거기가 제일 음침하더라."

희원은 미란의 곁을 스치며 '너 선 본 거 들켰어'라고 속삭여 주는 걸 잊지 않았다.

둘은 둘만의 방식으로 싸우고 화해하고 사랑할 것이다. 희원에겐 그것까지 신경 쓸 여력이 없었다.

"아, 미란아. 민욱이가 얘기하겠지만, 직접 하는 게 나을 것 같아서. 나 4월에 결혼해. 부케는 네가 받아줘."

내내 민욱을 노려보고 있던 미란의 놀란 눈이 희원에게로 향했다. 희원은 소심한 미소를 지어 보인 뒤 방으로 들어가 문을 닫아버렸다.

마음이란 게 끊어낸다고 딱 단절되는 게 아니라는 건 알지만, 이젠 오랜 짝사랑을 마무리 지어야 될 때라는 걸 알았다.

치킨박스를 든 채 닫힌 문 뒤에 기대선 희원은 가슴이 들썩거릴 정도로 크게 숨을 뱉어냈다.

이루지 못한 짝사랑에 대한 갈망, 자신에게 허락되지 않은 사랑을 차지한 친구에 대한 질투 같은 감정들은 결혼을 앞둔 그녀에게 절대로 필요치 않은 것들이었다.

매일 조금씩 정리한 마음은 계속 차곡차곡 쌓여 이제 거의 100%에 가깝게 갈무리되었다고 느꼈다.

❖

"야, 강…… 세."

급식실로 뛰어 들어온 라니가 습관처럼 세현을 부르려다가 멈칫했다. 며칠 전 경수 엄마의 교실난입 사건 이후로 라니와의 사이가 데면데면해졌다.

그날 오후 이례적으로 교장선생님이 방송을 통해 근거 없는 소문을 확산시키지 말라는 당부를 전달했고, 라니는 교감선생님한테 불려가기까지 했다.

이 일의 원흉인 지훈에게 어떤 조치가 취해졌는지는 알 길이 없었지만, 희원은 다음 날 아무 일도 없었던 것처럼 일상으로 돌아왔고, 세현은 삼촌에게 들은 결혼 소식으로 얼마간 멘붕 상태였다.

학교는 평범한 일상으로 돌아가 있었다. 하지만 세현과 라니는 예전 같지 않았다. 둘 사이엔 뭔가 해결하지 못한 문제가 있는 듯 내내 찜찜했고 조금 어색했다.

지금도 전 같으면 세현이 식판을 들고 있건 말건 냅다 끌고 가고도 남았을 라니가 쭈뼛쭈뼛 다가오며 눈치를 살피고 있었다.

"그냥 전처럼 하지."

"그래도, 돼?"

세현이 밉지 않게 눈을 흘기자, 라니가 멋쩍게 씩 웃어 보였다.

"하던 대로 해. 우리 언제 싸우기라도 했니? 웬 낯가림이야?"

"그냥 좀 미안해서 그러지."

"잘못은 내가 제일 많은데 네가 왜 미안해? 그리고 입 가벼운 게 어디 네 잘못이겠니?"

이번엔 라니가 눈을 흘겼다.

"계집애, 말을 해도 꼭 얄밉게 해. 하여튼 지금부터 전처럼 한다."

말이 끝남과 동시에 라니가 세현의 손을 확 잡아끌었다.

"어디 가는데? 야야, 식판이나 놓고 가야지!"

세현이 질질 끌려가며 소리를 지르자, 라니가 식판을 확 빼앗아 막 급식실로 들어오는 1학년에게 건넸다.

"이러고 있을 시간 없어. 태우 선배가."

"그 이름 왜 안 나오나 했다."

여지없이 들려온 귀에 익은 이름에 세현은 안 가고 버틸 것처럼 뭉그적거렸다.

"아이 참, 태우 선배 얘기가 아니라니까. 지금 운동장에서 교생이랑 태우 선배랑 축구 시합한대."

"교생? 이지훈 쌤?"

"그래."

"왜? 아니, 어쩌다가?"

"그것까진 모르지. 들리는 소문에 의하면 태우 선배가 먼저 하자고 그랬다는데?"

"그래?"

더 이상의 대화는 이어지지 않았다. 세현이 힘껏 뛰기 시작하자, 라니도 웃음을 머금은 채 그 뒤를 따랐다.

운동장 정면에 위치한 스탠드에 막 도착했을 때, 공중으로 떠오른 공이 누군가의 어깨를 야무지게 가격하고 바닥으로 툭 떨어지고 있었다.

태우가 뒤통수를 긁적이며 고개를 까딱해 보였다.

세현의 느낌상 지금 운동장에선 축구가 목적이 아닌 축구 시합이 벌어지고 있는 것 같았다.

태우의 똘마니 지킴이 정신이 십분 발휘된 게임임이 분명했다.

세현은 멍하니 서 있다가 라니에게 끌려 스탠드 맨 아래 칸에 자리를 잡고 앉았다.

"태우 선배랑 교생 쌤 다른 팀인 것 같지?"

"어? 글쎄. 그걸 어떻게 알아?"

라니의 물음에 눈으로 태우를 좇고 있던 세현이 다시 되물었다.

"태우 선배 손목에 넥타이 매어져 있잖아. 교생 쌤 손목엔 없고."

라니의 말을 듣고 자세히 보니, 진짜 손목에 넥타이를 맨 무리와 매지 않은 무리로 나뉘어져 있었다.

여학생 한 명이 숫자가 크게 쓰인 노트 하나를 들고 있었다. 아직 골을 넣은 팀은 없는 건지 '0'이라는 숫자가 두 개의 눈처럼 그려져 있었다.

"우와, 우리 태우 님은 공도 어쩜 저렇게 멋지게 차니? 폼 봐라. 끝내준다."

기도하듯 양손을 가슴 앞에 모아 쥔 라니가 감탄의 말을 쏟아내는 사이 멋있게 차올려 날아간 공은 골대로 향하는 대신 지훈의 엉덩이를 거세게 때리고 튕겨져 나갔다.

지훈은 앞으로 꺼꾸러질 듯 휘청했다.

성의 없이 설렁설렁 뛰어간 태우가 지훈을 향해 고개를 까딱 숙여 보이며 무어라 중얼거렸다. 아마도 '죄송합니다'쯤 일 것 같았다. 멀리서도 지훈의 얼굴에 드리운 미소가 상당히 어정쩡해 보였다.

"세현아."

"응?"

"감이 딱 오지 않아?"

"무슨 감?"

"태우 선배가 교생 쌤이랑 축구 시합하자고 한 이유."

"그, 글쎄, 난 잘 모르겠는데."

"응징이지."

"뭐?"

이 계집애 요즘 복수극에 심취한 건가?

세현은 라니의 오버가 극에 달해 있다는 생각을 했다.

"그날 아침에 태우 선배가 너 왜 그러냐고 물어봐서 아주 디테일하게 설명해 줬거든. 그때 태우 선배 눈빛을 네가 봤어야 했는데. 아주 막 불꽃이 이글이글. 꼭 누구 하나 태워 없앨 것 같았다니까."

'라니야, 네가 뭘 몰라서 그러는데, 저 인간 눈빛이 원래 좀 이글이글해.'

엊그제도 지훈과의 일을 물으면서 어찌나 살벌하게 쳐다보는지, 죄지은 사람마냥 할 필요도 없는 말까지 줄줄 읊었더랬다.

"느낌 딱 왔어. 아무래도 태우 선배."

'딱 오긴 뭐가 왔는데? 저 인간이 어울리지 않게 불의를 보면 못 참는 거? 그러면서도 똘마니는 알뜰하게 괴롭히는 이중성?'

묻는 말에 기껏 다박다박 대답해 줬더니 '바보 멍청이'라고 중얼거리며 가버린 성질 더러운 놈이었지만, 대외적으론 상당히 바람직한 인간이 장태우였다.

"너 좋아하는 것 같아."

"그렇지. 저 인간이 원래…… 뭐? 누굴 좋아한다고?"

"강세현, 너 말이야. 널 좋아하는 게 분명해. 다른 사람은 몰라도 울 태우 선배가 널 선택했다면 깨끗이 물러나 줄 용의가 있지."

인상을 팍 일그러뜨린 세현이 라니의 이마로 손을 가져갔다.

"열은 없는데. 고라니, 너 아직 점심 안 먹었지? 당 떨어졌나 보다. 그러니까 헛소릴 하지. 얼른 일어나. 뭐 좀 먹으러 가자."

짜증스럽게 세현의 손을 치워낸 라니가 운동장에서 시선을 떼지 않고 계속 말을 이어나갔다.

"강세, 내 촉은 틀린 적이 없다니까. 분명해. 태우 선배는 널……."

"말 같은 소릴 해. 장태우랑 나는 핑크빛 도는 그런 사이가 아니라니까. 저 인간은 그저……."

"꺄아, 봤어? 봤어? 울 태우 님은 도대체 못 하는 게 뭐라…… 어어?"

스탠드에서 벌떡 일어난 라니가 방방 뛰며 손뼉을 쳐대다가 입을 떡 벌린 채 굳어졌다.

"헐! 대단해. 강세, 봤어?"

"어? 어. 보이네."

"저거 코피 맞지?"

"어? 어. 그런 것 같네."

라니가 돌고래 소리를 낸 걸로 봐서, 아마도 태우가 멋진 자태로 슛을 날렸던 것 같았다.

공은 골대를 향해 아름다운 포물선을 그리며 날아갔다.

단지, 문제가 있다면 공이 날아간 방향에 지훈이 서 있었고, 그를 지나쳐야만 골인에 이른다는 점이었다.

라니가 '어어' 하는 사이, 공은 정확히 지훈을 향해 날아갔고, 지훈은 헤딩이라도 할 것처럼 피하지 않고 공을 바라보고 있었다.

하지만 그 공의 목적은 원래 그것이었던 것처럼 지훈의 얼굴을 강타한 뒤, 바닥으로 곤두박질쳤다.

그러곤 모두가 넋을 놓고 있는 사이 떼굴떼굴 굴러 골대 앞 경계를 넘어 그물망 안에 안착했다.

몇몇이 하이파이브를 하며 기쁨을 나누고 있었다. 점수를 매기던 여학생은 어느새 1:0이라고 쓴 노트를 열심히 흔들어댔다.

첫 골에 흥분한 아이들 그 누구도 지훈의 코밑을 장식하며 흘러내리는 시뻘건 두 줄을 발견하지 못하고 있었다.

계속 지훈을 주시하고 있던 태우만이 한쪽 입꼬리를 쓱 끄집어 올리며 성의 없이 설렁설렁 달려가 고개를 까딱 숙였다.

코피를 손으로 쓱 닦아낸 지훈이 태우를 사납게 노려봤다.

"장태우 너 이 새끼, 일부러 그랬지?"

"죄송합니다, 선생님. 제가 축구는 잘 못 해서요."

어깨, 엉덩이, 허리, 넓적다리에 얼굴까지 총 다섯 군데를 저놈이 찬 공에 맞았고, 축구는 잘 못 한다는 저 소리도 다섯 번째 듣는 말이었다.

엉덩이를 맞았을 때까지만 해도 축구 못 한다는 저 말을 곧이 믿었다.

역시 어린 녀석이라 긴 다리로 잘도 뛰어다닌다고만 생각했지, 조금의 의심도 하지 않았었는데, 그의 몸을 강타하는 공의 세기며 원하는 방향으로 공을 몰아가는 발기술로 봐서, 장태우는 절대로 축구를 못 하는 녀석이 아니었다.

"솔직하게 말해, 인마. 너 일부러 나한테 공을 찬 거잖아!"

저 녀석이 교무실로 찾아왔을 때부터 의심을 했어야 했다.

장태우가 있는 반엔 단 한 번도 수업을 들어간 적이 없음에도 일부러 찾아와 함께 축구하지 않겠냐는 말을 한 것 자체가 이상한 일이었다.

하지만 축구를 권하는 녀석의 말이 워낙 반지르르했던 데다, 태우를 대하는 다른 선생님들의 태도가 워낙 다정스러워서 자연스럽게 고개를 끄덕일 수밖에 없었다.

교감은 물론 교장한테까지 불려가 학생들 앞에서 조심스럽지 못했다는 지적을 받고, 다음 날 출근한 희원에게 공식적으로 사과를 하고 난 뒤로는 교무실에 있는 게 편치 않았던 것도 녀석의 제안을 받아들이는 데 힘을 보탰다.

그렇게 시작된 게임은 단순한 축구가 아니었다.

장태우가 힘껏 차올린 공은 거의 대부분 그를 향해 날아왔고, 몇 개는 간신히 피하고 몇 개는 스치듯 지나간 뒤 정확히 그의 어깨를 강타했을 때에야 저 녀석이 세현과 함께 있었던 모습을 기억해 냈다.

일부러 그런다는 확신이 있었음에도 녀석이 꼬박꼬박 죄송하다고 말해오는 바람에 제대로 화도 내지 못했다.

하지만 이젠 죄송하다는 사과 한마디로 그냥 넘어갈 수준을 넘어선 상태였다. 피까지 본 마당에 영혼 없이 뱉어낸 죄송하다는 말로 될 일이 아니었다.

"너 이 새끼, 똑바로 말해. 강세현 때문에 일부러 그런 거지?"

지훈이 사납게 눈을 치켜뜨며 따지고 들자, 태우가 그와의 간격을 좁히며 성큼 다가섰다.

요즘 아이들은 밑반찬으로 산삼뿌리라도 매일 집어먹는 건지 그를 능가하는 체격이 상당히 위협적으로 느껴져 움찔할 수밖에 없었다.

"대체 무슨 말씀을 하시는 건지 잘 모르겠네요. 혹시 우리 세현이한테 무슨 잘못이라도 하셨어요?"

"자, 잘못이라니, 내가 그럴 일이 뭐가 있다고?"

"그렇죠? 있을 수가 없죠. 앞으로 선생님 되려고 마음먹은 분이시라면, 감히 제자를 속여 정보를 캐내고 그걸 이용하는 야비한 짓 같은 걸 하시겠어요? 재미로 교생실습 나온 게 아니라면 절대 그럴 수가 없죠. 안 그래요, 선생님?"

"뭐, 뭐야? 야비한 짓? 너 이 자식, 지금 나한테 야비하다고 한 거야?"

화가 난 지훈이 태우의 멱살을 거머쥐자, 태우는 더없이 순한 얼굴로 울상을 지어 보였다.

"에이, 설마요."

태우의 가련한 표정과는 달리 입에서 흘러나오는 말은 능글맞기 그지없었다.

"선생님, 괜찮으시겠어요?"

"뭐, 인마, 뭐가?"

"애들이 다 이쪽만 쳐다보고 있는데요. 지금 선생님 모습, 축구에 져서 쪼잔하게 화내는 걸로 보일 것 같지 않아요?"

그렇게 속삭이듯 중얼거린 태우는 멱살이 잡힌 채 큰 소리로 죄송하다고 말하며 고개를 숙였다.

당황한 지훈은 급히 주변을 둘러봤다.

아니나 다를까, 아이들의 눈이 지훈을 주시하고 있었다.

지훈은 하는 수 없이 어설픈 미소를 지어 보이며 태우의 멱살을 놓아야만 했다.

그사이 코피는 멈추지 않고 흘러 이를 붉게 물들이고 턱까지 적시고 있다는 걸 지훈은 미처 깨닫지 못하고 있었다.

그가 짓는 어설픈 미소는 괴기스러우면서도 처량하기 이를 데 없었다.

전반 15분 후반 15분의 숏타임 경기는 1:0 태우팀의 승리로 끝이 났다.

태우팀이 지훈팀에 비해 월등하게 실력이 앞섰는데도 불구하고 더 이상의 점수가 나지 않은 것은, 태우가 찬 공이 골대보다 지훈에게로 더 많이 날아간 때문이었다.

어느 누가 봐도 의심이 가는 상황이었지만, 당사자인 지훈이 잠자코 있는 다음에야 누구도 이를 지적하는 사람은 없었다.

짧은 시간 동안 지훈은 만신창이가 됐고, 삼산뿌리를 밑반찬으로 먹었을 게 분명한 태우는 공을 장악한 채 운동장을 날아다녔으면서도 힘든 기색 하나 없었다.

"야, 점심시간 끝나기 전에 얼른 햄버거랑 콜라 사와!"

태우팀에 속해서 승리의 기쁨을 만끽하고 있던 녀석 하나가 큰 소리로 외치고 있었다.

햄버거와 콜라가 걸린 경기였고, 이 사실을 몰랐던 지훈에게로 경기에 진 아이들의 처량한 시선이 쏠렸다.

어디가 잘못되기라도 했는지 멈추지 않는 코피를 손으로 문질러 닦고 있던 지훈이 미간을 일그러뜨린 채 그에게 쏠린 시선들을 쭉 훑었다.

마치, 내가 왜? 나 코피 흘리는 거 안 보여? 라고 말하는 것 같은 눈빛이었지만, 아이들은 당연한 걸 요구하는 듯 그만 바라보고 있었다.

"야, 야, 교생 쌤 코피 터진 거 안 보여? 그리고 아직 교생이신 선생님이 무슨 돈이 있겠냐? 가뜩이나 축구 져서 기분도 안 좋으실 텐데, 너희 팀까지 다 내가 쏠게."

태우의 말에 대충 둘러대고 교무실로 도망가려고 마음을 굳혔던 지훈의 관자놀이에 핏대가 툭 불거졌다.

"아니야. 진 팀이 사기로 한 거면 룰은 지켜져야지. 학생이 무슨 돈이 있다고. 선생님이 살게. 지갑이……."

뒷주머니에 얌전히 박혀 있는 지갑을 찾는 척하며 지훈은 태우의 눈치를 슬쩍 봤다.

그의 씀씀이가 헤프다며 아버지가 카드 한도를 터무니없이 낮춰놓은 데다가, 받은 용돈은 친구들과 노느라 이미 다 써버렸고, 차 연료도 간당간당했다.

용돈 받는 날은 보름이나 남았는데, 점심은 급식으로 대충 해결한다고 해도 차로 출퇴근하려면 거의 한도에 도달한 카드는 더 이상 쓰면 안 됐다.

이쯤에서 슬슬 건방진 애송이 녀석이 잘난 척해주길 바랐다. 그럼 적당히 체면치레만 하고 물러날 생각이었다.

"선생님."

그렇지, 잘 생각했어. 세현이도 보고 있겠다. 제대로 폼 한번 잡아
봐야지. 이 애송이 녀석아.

"어, 왜?"

　지훈이 너무 반가운 티를 내지 않으려 애쓰며 묻자, 태우는 한쪽 입
꼬리를 쓱 끌어 올리며 가소롭다는 표정을 지었다.

　울컥 짜증이 솟구치는 걸 지훈은 꾹꾹 눌러 참았다.

　알량한 자존심 세우겠다고 보름을 거지로 살 수는 없었다.

　코피로 얼룩진 얼굴을 최대한 온화하게 꾸며낸 지훈은, 태우의 잘난
체에 적당히 응대해 주기 위해 마음을 내려놨다.

"지갑 오른쪽 뒷주머니에 있네요."

"어? 어. 여, 여기 있는 걸 몰랐네. 하하."

　얼굴이 순식간에 칙칙해진 지훈이 미세하게 떨리는 손으로 지갑에
서 카드를 꺼냈다.

　태우가 순진한 얼굴로 씩 웃으며 그의 손에서 카드를 빼냈다.

"교생 쌤이 햄버거 사신단다! 너희들도 이리 와!"

　태우는 카드를 높이 쳐들며 큰 소리로 외쳤다. 운동장에 있는 애들
을 다 불러 모을 심산인 듯 보였다. 지훈은 조울증이라도 걸린 것처럼
울 것 같은 얼굴로 웃고 있었다.

✢

"장 선생, 시간 괜찮으면 저녁 같이 안 할래?"

　희원은 윤리선생의 말이 반갑기 짝이 없었다. 경수 엄마의 교실 난
입사건 이후로 교장을 비롯한 모든 선생님이 그녀를 대하는 데 조심
스러워했다.

　학교를 비웠던 반나절 사이, 그녀는 어느새 동료 교사에서 이사장님

사모님이 되어 있었다.

지훈의 공식적인 사과가 있은 후, 교감과 수학까지 혹시라도 맘 상한 일이 있었다면 미안하다는 말을 해왔다.

다들 너무 정중했으며, 어려운 사람을 대하듯 거리를 뒀다. 임신 소문이 퍼지고 그녀를 피할 때와 별반 다르지 않을 정도로 그녀는 고립되어 있었다.

윤리선생만이 유일하게 말을 걸어오긴 했지만, 예전처럼 허물없이 대해주진 않았다. 윤리선생은 근 사흘 만에 전처럼 '장 선생'이라는 호칭으로 그녀를 불러줬다.

"네, 저녁 좋죠."

희원이 환하게 웃으며 고개를 끄덕이자, 윤리선생도 마주 웃어주었다.

"뭐 먹고 싶은 거 없어? 입덧 안 해?"

직선적인 윤리선생의 말이 싫지가 않았다. 망망대해 외따로 떨어진 섬에 고립된 것 같은 그녀에게 유일하게 내밀어진 구원의 손길이었다.

줄곧 조절 안 되던 감정이 제 역할을 하려는 듯, 뜨거운 것이 울컥 치밀고 올라왔다. 금방이라도 울 것 같은 희원의 표정을 오해한 윤리선생이 당황하여 얼른 말을 덧붙였다.

"오, 미안. 이런 물음 좀 그런가?"

"아니요. 하나도 안 그래요. 제가 요즘 감정 조절이 잘 안 돼서 쓸데없이 울컥하고 그래요. 저 임신 체질인가 봐요. 입덧을 안 하네요."

"하하, 그래? 다행이네."

"고마워요, 김 선생님."

"뭐가?"

"그냥 다요."

"사람 마음이란 게 참 그래. 그치? 어떤 상황에 놓여 있건 장 선생은 똑같은 장 선생일 텐데 말이야. 괜히 좀 조심스럽더라고. 그러다 이게 뭔 짓인가 싶었지. 미안해."

"미안하긴요. 이해해요. 저조차도 감당하기 힘든 상황들인데, 받아들이기 쉽지 않겠죠."

"아유, 착한 우리 장 선생. 이렇게 말 꺼내면 아무것도 아닌 일을. 며칠 동안 답답해서 죽는 줄 알았네."

"저도요."

"저녁 뭐 먹을까? 이사장님과의 러브스토리 심층 분석하는 시간 가질 거니까 각오 단단히 해라."

"러브스토리라고 할 게 없는, 잠깐만요."

익숙한 벨소리에 말을 멈춘 희원이 휴대폰을 집어 들었다. 엊그제 충동적으로 수정한 '두줄이 아빠'라는 호칭이 화면을 채우고 있었다.

"여보세요."

[6시쯤 데리러 가면 될까?]

밑도 끝도 없는 두준의 물음에 눈만 깜빡거리던 희원은 오늘 종일 그녀를 긴장하게 만들었던 일정을 생각해 내고는 울상을 짓고 말았다.

"휴, 네."

절로 한숨이 새 나왔다.

[희원아, 걱정할 필요 없어.]

"네."

[학교 앞으로 갈게.]

"네."

통화를 종료한 희원은 어깨를 축 늘어뜨렸다.

"이사장님?"

"네."

"근데, 통화가 너무 무미건조한 거 아니야? 나 의식해서 그런 거야? 혀 짧은 소리까지는 아니더라도 '자기야' 정도는 해줘야지."

강두준한테 '자기야'라니, 생각만 해도 온몸이 근질근질한 느낌이었다. 희원은 그저 배시시 웃어 보이기만 했다.

"김 선생님, 죄송해서 어쩌죠? 오늘 저녁 식사 다음으로 미루면 안 될까요? 중요한 약속이 있었는데, 선생님이 말 시킨 게 반가워서 잠깐 깜빡했지 뭐예요."

"아유, 괜찮아. 괜찮아. 신경 쓰지 마. 장 선생 편한 시간에 먹자고. 이사장님이랑 어디 가기로 했나 봐?"

"네."

대답하는 희원의 입에서 한숨이 뒤섞여 나왔다.

8. 지금 이럴 때가 아닌데

차 안은 정적에 휩싸여 있었다. 희원은 긴장한 듯 손을 비틀어 짜고 있었고, 두준은 생각에 잠겨 있었다.

"저, 두준 씨."

목소리가 너무 작았던 건지, 두준의 생각이 너무 깊었던 건지, 아니면 둘 다였는지, 그는 아무런 반응이 없었다.

"두준 씨."

"어?"

한 번 더 목소리를 높여 부르고 나서야 두준이 그녀를 돌아봤다.

"저…… 회장님이요, 어떤 분이신가요?"

희원의 물음에 두준은 미간만 짙게 구겼다. 두준의 반응을 이해할 수 있었다. 대한그룹 회장님이라면 모르는 사람 찾기보다 아는 사람 찾기가 더 쉬울 만큼 유명인이니까.

하지만 희원이 궁금한 건 그런 게 아니었다. 이를테면.

"그러니까 성격이라든가, 좋아하시는 거라든가…… 뭐, 꼭 잘 보이고 싶거나 그래서 묻는 건 아니고요, 이왕이면 좋은 이미지를 남기는 게 나을 것 같아서……."

뉴스에 심심찮게 등장했던 대한그룹 강찬길 회장님은 그야말로 카리스마의 결정판, 쉽게 범접하기 힘든 다른 세상 사람이었다.

생각지도 못한 임신에, 원인 제공을 한 남자는 대한그룹 부회장이고, 얼마 후엔 얼렁뚱땅 결혼까지 해야 될 이 모든 상황이 풍랑에 휩쓸린 배에 올라탄 것처럼 그녀를 뒤흔들고 있었지만, 오늘의 상황에 비하면 아무것도 아닌 일처럼 느껴졌다.

살아생전 대한그룹 회장을 만날 일이 있을 거라고 꿈엔들 생각이나 했겠는가.

지나친 긴장감에 시달린 머리는 쥐가 날 것처럼 찌릿찌릿했다. 혈압은 수직으로 급상승한 것 같았고, 온기 없는 손엔 홍수가 난 듯 식은 땀이 배어 나오고 있었다.

"아버님이랑 어머님은 신경 안 써도 돼."

'헉!'

대한그룹 회장님만으로도 숨 막혀 돌아가실 지경이라 사모님까진 생각도 못 하고 있었던 희원이 속으로 놀란 숨을 삼켰다.

"왜 그래? 어디 불편한가?"

"아, 아니요. 휴."

간신히 아니라고 말한 뒤 작게 한숨을 뱉어냈다. 두준이 그녀의 긴장감을 이해하기란 쉽지 않을 것 같았다. 상대방을 불편하게 했으면 했지, 누구 앞에서 불편함을 느낄 일은 드물었을 테니까.

희원은 차창으로 고개를 돌리고 천천히 심호흡을 했다. 언젠가 동네 미용실에 갔다가 본 막장드라마의 한 장면이 그녀의 머릿속을 가득 채우고 있었다.

주눅 들기 딱 좋게 생긴 으리으리한 저택에 고상하게 부풀린 머리를 하고 정자세로 앉은 사모님이 차가워 보이는 은테 안경 너머로 얌전하게 앉은 여자를 못마땅하게 쳐다본다.

상석에 자리한 카리스마 작렬 회장님은 여자를 '저런 걸'이라고 칭하며 아들을 큰 소리로 나무란다.

그러면 여자는 가련함을 한껏 꾸며내 저흴 그냥 사랑하게 해달라며 두 손을 모아 빈다.

카리스마 작렬 회장님은 더 이상 함께 자리할 가치도 없다는 듯 일어나며, 꼴 보기 싫으니 어서 치우라고 말한다.

머리 부풀린 사모님은 하얀 봉투를 탁자 위에 툭 던지며 너 같은 게 낳은 아이는 원하지 않는다고 말한다.

'그럼 우리 두줄인? 안 돼! 그럴 순 없어. 해외로 도망갈까? 그러려면……'

상상 속에서 벌어진 심각한 상황에 꼭 쥐어진 희원의 손 위로 크고 따뜻한 손이 겹쳐졌다. 화들짝 놀라 쳐다보자, 두준은 한쪽 눈썹을 꿈틀했다.

"무슨 생각을 그렇게 열심히 해?"

"저 봉투 받을 거예요."

"뭐?"

너무 상상에 몰입한 나머지 현실을 잊은 희원의 입에서 생각지도 못한 말이 튀어나와 버렸다.

"어, 아니요. 그러니까 내 말은……"

"긴장하고 있군."

두준이 주먹 쥔 희원의 손등을 부드럽게 쓸더니 다정하게 다독거렸다.

"아버님이랑 어머님은 걱정할 필요 없다니까. 그보다……"

거기까지 말한 두준이 또다시 미간을 짙게 구겼다. 그의 반응에 희원은 더욱더 불안해졌다.

아버님, 어머님은 걱정할 필요가 없는데 그보다 뭐가 더 있다는 것일까? 그렇다면 혹시……

"두준 씨, 형제가 몇이에요? 세현이 아버님 말고 형제가 또 있나요? 이를테면 누나라든가, 여동생이라든가."

"일단은 형님과 단둘이야."

상당히 애매모호한 답변이었다. 말머리에 붙인 '일단'은 분명 '우선 먼저'라는 뜻을 가지고 있었다. 먼저가 있으면 반드시 나중도 있다는 뜻이었다.

그렇다면 일단은 형님과 두 형제지만, 나중엔 아닐 수도 있다는 소린가?

"이해하기가 힘드네요. 일단은 단둘이면 나중엔 아닐 수도 있다는 소린가요?"

"사촌들이 있어, 좀 많이."

사촌들 얘기를 하는 두준은 왠지 좀 초조해 보였다. 그는 운전대를 손가락으로 계속 두들겨 대고 있었다. 두준은 사촌들과 과히 친하지 않은 것 같았다.

충분히 짐작이 가능했다. 가장 높고 폼 나는 자리를 노리는 여러 친척들 사이에서 끊임없이 살아남으려 애쓰는 처절한 싸움.

한창 상영 중이었던 막장드라마는 어느새 기업인의 애환과 성공을 그린 드라마로 바뀌어 있었다.

"사촌들하고 사이가 안 좋은가 봐요?"

"그런 건 아닌데…… 당신, 달리는 건 힘들겠지?"

"네?"

두준의 뜻 모를 물음에 희원의 눈이 동그래졌다.

두준의 시선은 달리기엔 전혀 적합하지 않은 폭이 좁은 희원의 스커트에 머물러 있었다. 뽀얗고 매끈한 다리가 스커트 아래로 고스란히 노출돼 있었다.

뭐가 마음에 안 드는 건지 두준의 미간이 좀 전보다 더 일그러졌다.

"바지를 입으라고 한다는 걸 깜빡했군."

두준의 중얼거림에 희원은 스커트 자락을 끄집어 내리며 입을 삐죽거렸다.

"그렇게나 별로예요?"

정면을 향해 있던 두준의 시선이 그녀에게로 돌아왔다. 머리부터 그의 시선이 닿는 무릎까지 몇 초간 빠르게 살핀 두준은 아무 말도 없이 고개를 돌려 버렸다.

"별로구나!"

그와 반대 방향으로 고개를 돌린 희원이 작게 중얼거렸다.

나름 신경 쓴다고 아침부터 꽤나 분주하게 굴었었는데. 머리에 예쁘게 컬을 넣으려다 고대기에 손가락까지 데었는데. 바쁘고 정신없어서 미처 신경 쓰지 못했던 데인 손가락이 이제야 아릿해 왔다.

"예뻐."

"네?"

정면을 주시한 채 운전에 집중하며 툭 던지듯 내어놓은 말은 전혀 실감이 나지 않아 제대로 들은 게 맞는지 의심스러웠다.

"예쁘다고, 아주 많이."

'아주 많이'라고 강조하는 두준의 말에 희원의 입가로 미소가 번졌다.

예쁘다는 소리 싫어할 여자 없다지만, 두준의 입에서 나온 예쁘다는 말은 왠지 좀 더 가치가 있는 것처럼 느껴졌다.

참 이상한 일이었다. 두준의 그 한마디가 가슴을 옥죄는 것 같은 긴장감을 얼마간 낮춰주는 효과를 발휘하고 있었다.

달라진 상황은 아무것도 없는데, 일말의 안도감과 실낱같은 자신감과 몽실몽실한 두근거림이 그녀의 입가에 드리운 미소를 한층 더 깊게 만들고 있었다.

여전히 정면을 주시하고 있는 두준을 보고 있던 희원은 지워지지 않는 미소를 숨기기 위해 차창 밖으로 고개를 돌렸다. 그와 동시에 두준의 시선이 희원에게로 옮겨왔다.

그녀는 매순간 예뻤다. 타임에서의 밤 이후로는 줄곧 사감선생 스타일로 얌전하게 정리되어 있는 머리칼도, 동그란 이마도, 총명하게 반짝이는 눈도, 윗입술보다 2㎜ 정도 더 도톰한 아랫입술을 가진 조그만 입도, 어느 한 군데 미운 구석이 없었다.

다른 날보다 한층 더 점잔을 뺀 것 같은 옷 아래 숨겨진, 그의 몸과 안성맞춤으로 맞아떨어지는 그녀의 몸은 더 말할 것도 없었다.

두준은 인간의 종족 번식에 대한 의지란 참 대단한 것이구나, 라는 생각을 했다. 그 어떤 여자도 두준에게 매순간 예뻐 보인 적은 없었다.

4년 전 잠깐 사귀었던 빼어난 미모를 소유한 모델 출신 배우 정해미조차도 모든 게 다 예뻐 보이진 않았다. 다른 이들은 매력적이라 높이 평가했던 그녀의 큰 입이 사귀는 내내 신경에 거슬리곤 했었다.

객관적으로 판단했을 때 희원의 외모는 정해미보다 더 나은 것이 없는데도 불구하고, 놀라서 치켜뜨는 눈, 삐죽거리는 입술까지 뭐 하나 거슬리는 게 없었다.

두준은 그 이유가 두줄 때문이라고 생각했다.

핏줄에 대한 집착 같은 게 자신의 내부에 있으리라곤 생각도 못 했지만, 그것 말고는 희원에 대한 마음을 설명할 방법이 없었다. 이젠 결혼 상대로 희원 아닌 다른 여자는 상상 불가였다.

그가 도출해 낸 명확한 결론은 이미 강 회장 내외에게 보고된 상태였고, 오늘의 만남은 가족이 될 사람과 인사를 나누는 것에 불과했다.

희원이 봉투 어쩌고 했을 때 뭘 걱정하고 있는지 짐작이 갔지만, 강 회장 내외는 그녀의 상상을 실현시켜 줄 만큼 자식들의 일에 크나큰 열정을 가지고 있지 않았다.

강 회장은 한준의 첫 번째 결혼을 반대한 전적이 있긴 했지만, 그건 한준이 책임감도 박약한 데다 즉흥적이고 너무 어렸기 때문이지 결코 결혼 상대자가 마음에 안 들었기 때문은 아니었다.

고로 두준의 집안에 그녀와의 결혼을 반대할 사람은 없었다. 단지, 하나 걱정되는 게 있다면…….

"희원아."

그녀를 부르는 두준의 음성이 꽤나 진지했다. 얼굴에서 미소를 지워 낸 희원이 그에게로 시선을 돌렸다.

"그럴 리는 없을 텐데, 혹시 모를 만일의 경우라는 것도 있으니까. 내가 도망가자고 하면 예의고 뭐고 차릴 것 없이 무조건 나만 믿고 따라오는 거야."

"네?"

도망이라니? 이게 그 말로만 듣던 사랑의 도피행각? 기업인 성공드라마는 스케일 큰 애정드라마로 변신 중이었다.

"크게 걱정해야 할 일은 아니야. 그저 좀 귀찮은 일에 말려들기 싫어서 그러는 거니까……."

"잠깐, 잠깐만요. 도망까지 생각해야 하는데 크게 걱정할 일이 아니라고요? 도망가게 되면 어디로 가는데요? 우리 해외로 나가요? 아니, 그보다 저는 사랑의 도피행각을 벌일 만큼 당신을……."

사랑하지 않는다고 하려던 희원이 말을 끝맺지 못하고 두준의 눈치를 봤다.

대그룹의 부회장이라는 중책을 맡고 있는 사람도 두줄이에 대한 책임을 다하기 위해 도피를 생각 중인데, 그 와중에 사랑을 논한다는 것은 너무 궁색한 핑계인 듯 여겨졌다.

"사랑의 도피행각이라, 거기까지 생각하고 있는 줄은 몰랐군. 위급한 순간에 필히 참고하도록 하지."

"아니, 참고하라고 한 말이 아니라요. 도망까지 생각해야 할 정도로 저를 마음에 들어 하지 않으시는 거라면 굳이……."

차가 멈춤과 동시에 그녀의 말도 뚝 끊겼다. 잠시 뒤로 밀려났던 긴장감이 제자리를 찾아 냉큼 돌아오고 있었다.

TV에서 한 번쯤 봤음 직한 높다란 담장 넘어 웅장한 건물이 그녀를 내리누를 것처럼 버티고 서 있었다.

"다 왔어. 내리지."

"아, 네. 잠깐만요. 거울, 거울, 거울이……."

최종 확인을 하려고 가방 속에서 손거울을 찾는 희원의 손이 미세하게 떨리고 있었다.

"희원아."

듬직한 그의 손이 그녀의 어깨 위에 놓여졌다. 분주하게 거울을 찾던 손이 미세한 떨림을 멈췄다. 밀랍처럼 핏기가 가신 얼굴을 들자, 두준이 환한 미소를 짓고 있었다.

"거울 안 봐도 예뻐. 지나칠 정도로 많이."

어깨를 누르던 손이 예쁘게 컬이 진 머리칼을 매만지다가 손가락에 감았다.

"겁먹을 필요 없어. 내가 있잖아."

그녀의 심장이 요동을 쳤다. 긴장감 때문인지, 감격 때문인지 정확히 구분하기가 힘들었다.

온전히 그녀를 위해서만 존재하겠다는 것처럼 들리는 두준의 말은 희원에게 격한 감동을 선사하고 있었다. 지금 이 순간이라면 도피행각을 벌일 수도 있을 것 같았다.

"나 정말 괜찮아요?"

대답 대신 불쑥 다가온 그가 그녀의 볼에 입을 맞췄다.

"향기롭고, 달콤하고, 매혹적이야."

그녀의 볼에서 완전하게 입술을 떼어내지 않고 속삭이는 두준의 목소리는 온몸이 짜릿할 정도로 매혹적이었다.

"괜찮은 정도가 아니라, 최고야."

다시 한 번 '촉' 입술을 부딪치고 떨어지는 두준은 정말 최고인 것처럼 느껴졌다.

지금 이 순간 의지할 구석이라곤 두준뿐이라는 사실 때문인지, 희원은 미소 짓는 그가 지나칠 정도로 멋져 보였다.

"이제 내릴까?"

"네."

두준을 따라 차에서 내린 희원은 꼿꼿하게 허리를 폈다.

그가 이끄는 대로 대문 앞에 다다르자, 철제 대문 안쪽으로 보이는 돌계단에 50대쯤으로 추정되는 여자가 서 있다가 그들을 발견하고 부리나케 달려 내려왔다.

부풀리지 않은 깔끔한 커트 머리며 수수한 옷차림으로 보아 아무래도 집안일을 돌봐주시는 분인 것 같았다.

어느 정도 마음의 안정을 찾은 희원은 미소부터 지어 보인 뒤, 몸에 밴 예의를 한껏 발휘해 정중하게 허리를 숙여 보였다.

"왜 나와 계세요?"

두준의 퉁명스러운 말투에 희원은 그를 힐끔 쳐다봤다.

아랫사람이라고 하찮게 대하는 건 본 적이 없었는데, 혹시 그런 사람이었나 하는 생각에 괜스레 마음이 좋지 않았다.

"그냥 앉아서 기다릴 수가 있어야지."

눈앞의 여자도 아무리 연세가 있다지만, 고용인치곤 말이 참 짧았다. 느낌이 이상했다.

"반가워요, 장희원 씨. 나 두준이 엄마예요."

"네, 큭. 콜록콜록."

안정됐던 마음은 급격하게 상향곡선을 그리며 위로 치달았다.

대문을 경계로 삼아 안쪽으로 발을 들여놓기 전까지는 조금 안심해도 된다고 생각했다가, 예고편도 없이 들이닥친 상황에 놀란 희원이 숨을 잘못 삼키는 바람에 심하게 기침을 해댔다.

"안녕, 콜록, 하, 콜록콜록, 세요. 콜록."

"어머, 어째. 놀랐나 보네. 얼른 들어가서 물 좀 마셔야겠다."

"그러게 왜 여기까지 나와 계세요. 희원아, 많이 놀랐어?"

두준이 걱정스럽게 물으며 그녀의 등을 쓸었다. 붉어진 얼굴을 손으로 가린 희원이 얼른 괜찮다고 고개를 끄덕였다.

두준에게 편들지 말라고 소리라도 지르고 싶은 심정이었다. 막장드라마 찍기도 전에 상당히 바람직하지 못한 첫인상으로 찍히게 생겼다.

"여보, 잣 골라내지 말아요."

"골라낸 거 아니야. 먹어. 아껴 먹을 거야."

대추차에 띄워진 잣을 티스푼으로 몰래 떠내다 딱 걸려서 타박받고 있는 저분. 그래, 그 카리스마 작렬 강찬길 회장님이 분명했다.

"대추차가 입맛에 맞으려나?"

"네, 맛있습니다. 시중에 파는 거랑은 맛이 완전히 다르네요."

"입맛에 맞다니 다행이네."

차가운 은테 안경도 없이 온화한 표정으로 희원의 입맛을 챙기는 이분. 강 회장님의 사모님인 한숙희 여사 되시겠다.

한 여사 앞에서 강 회장의 카리스마는 무디고 녹슬고 이 빠진 칼날이었다.

상상도 못 했던 모습이라 희원은 적잖이 당황하고 있었다.

수많은 수행원을 거느리고 근엄한 표정으로 뉴스에 등장하곤 했던 그 강 회장은 지금 이 자리에 없었다.

편식하지 말라는 잔소리를 듣고, 살짝 구겨진 옷깃을 펴주는 세심한 아내의 손길에 흐뭇한 미소를 짓는 그는 그저 평범한 남자에 불과했다.

대한그룹 강 회장과는 맞지 않는 모습이었고, 여러모로 완벽해 보이는 두준과도 전혀 매치가 되지 않는 부모님이었다.

두준이 어디까지 어떻게 말했는지 모르겠지만, 정원을 향한 넓은 창이 있는 거실에 강 회장 내외와 마주 앉은 뒤 받은 질문이라곤 대추차가 입에 맞느냐고 물어본 게 다였다.

말은 주로 한 여사가 하는 편이었고, 편안한 표정으로 듣고만 있던 강 회장이 한 말이라곤 4월에 결혼식 치르려면 좀 벅차지 않겠냐는 게 다였다. 그것도 희원이한테 물은 것이 아니라 두준에게 물은 말이었다.

계획적인 사람이라는 말만 들었지, 계획적인 면을 직접 접한 적이 없어서 체감하지 못하고 있었는데, 두준이 결혼에 대해 디테일하게 읊어대는 걸 듣고 있자니, 오랜 기간 준비를 한 게 아닌가 하는 착각이 들면서 이 남자 진짜 계획적인 사람이었구나, 하는 깨달음이 밀려왔다.

두준이 읊어대는 말 중에 희원이 알고 있는 부분은 거의 없었다. 결혼식 일정은 물론이고, 함께 살게 될 신혼집까지 그녀가 모르는 계획들이 어느새 거미줄처럼 꽉 짜여 있었다.

두준은 물론, 아직 희원과 의논이 안 된 일이라 의견을 물을 예정이라는 말을 덧붙이기는 했다. 하지만 그녀의 귀에만 그렇게 들리는 건지 몰라도, 이미 다 결정이 된 것만 같이 여겨졌다.

그녀가 할 결혼인데, 꼭 남의 결혼식 일정을 듣고 있는 것처럼 실감이 나지 않았다.

선이 단정한 두준의 옆얼굴을 멍하니 바라보고 있는 시간이 길어졌다. 강 회장 내외와 두준이 나누는 대화에 끼지 못하고 찻잔만 만지작거리는 동안, 그들은 결혼식에 초대할 손님 규모까지 합의를 끝내고 있었다.

한 여사가 대추차에 대해 물었을 즈음엔 희원의 정신은 이미 절반 이상이 가출한 상태였다.

강 회장 내외를 만나는 자리에서 어떤 일이 벌어질지 수없이 생각하며 예상 각본을 짜보았지만, 그중 어느 것도 지금의 상황과 일치하는 것은 없었다.

"저, 이런 거 물어봐도 괜찮나 모르겠네."

그런 의미에서 한 여사의 조심스러운 물음은 차라리 반가웠다. 드디어 올 것이 왔나 싶었다. 희원은 한 모금 머금은 대추차를 얼른 삼켰다.

자녀의 결혼 상대자를 마주한 부모라면 궁금할 수밖에 없는 가정환경이나 인성, 나이, 직업, 건강 여부 등등, 묻고 싶은 게 한두 가지가 아닐 것이다. 그 수많은 질문 중 희원이 만족스러운 답변을 할 수 있는 질문은 몇 가지나 될까?

희원은 무릎 위에 올려놓은 손을 핏기가 없어질 정도로 꽉 움켜쥐었다. 계속 그녀를 주시하고 있었던 것처럼 따스한 온기를 품은 두준의 손이 그녀의 주먹을 감쌌다. 움찔 놀란 희원이 두준과 강 회장 내외를 번갈아 살폈다.

두준은 너무도 태연한 표정이었고, 강 회장 내외는 별반 신경 쓰지 않는 듯 보였다.

하지만 이런 다정한 스킨십이 강 회장 내외의 눈에 좋아 보일 리 없다는 생각에 희원은 손을 억지로 빼냈다.

'헉!'

억지로 빼낼 일이 아니었다. 희원의 주먹이 빠진 자리는 그대로 메워져, 두준의 손은 그녀의 무릎을 감싼 꼴이 되어버렸다.

난감한 눈길로 두준을 쳐다봤지만, 그의 시선은 강 회장 내외에게로 향한 채였다. 밀어내야 하나 말아야 하나 고민하느라 희원의 눈썹이 물결을 쳤다.

"어머니, 미리 말씀드렸지만, 곤란한 질문은 안 됩니다."

"어머, 얘, 모르는 사람이 들으면 내가 새아가 괴롭히기나 하는 나쁜 시어머니인 줄 알겠다."

희원도 모르는 사이 그녀는 어느새 새아가가 되어 있었다.

좋아해야 하는 건지 싫어해야 하는 건지 분간하기 힘든 마음을 대충 갈무리한 희원은 무릎에서 두준의 손을 슬쩍 치워내며 최대한 환하게 미소를 지어 보였다.

"아무거나 물어보셔도 괜찮습니다. 편하게 물어보세요."

"그래도 될까?"

"네, 물론이죠."

희원의 확답을 받고도 한 여사는 잠시 머뭇거렸다. 무슨 어려운 질문이기에 저러실까 싶어 희원은 겁이 덜컥 났다.

가만 보니, 강 회장은 한 여사를 외면한 채 몰래 골라내려던 잣을 씹는 데 열중하고 있었고, 두준은 신경질적으로 머리를 헝클이고 있었다.

두 부자는 각자의 방법으로 한 여사가 꺼낼 질문에 대해 거부 반응을 보이고 있었다.

대체 무슨 질문이기에 저런 반응들을 보이는 것일까?

잠시간 섬광처럼 온갖 나쁜 생각들이 머릿속을 헤집고 지나갔다.

'그 아이가 정말 두준의 아이가 맞긴 한 거니?'

'혹시 너 우리 두준이가 대한그룹 부회장인 거 알고 접근한 거니?'

희원은 목에 무언가 걸린 것처럼 침 넘기기가 힘들었다. 그런 질문들이 쏟아진다면 무어라 답하면 좋을지 머릿속이 복잡했다.

진실을 말한다고 믿어주기는 할까? 그녀조차도 우연이 아닐지도 모른다고 의심했었지 않았나.

"그게 저, 한준이가 그랬다면 그러려니 하겠는데, 두준이가 그랬다니까 믿기지 않아서 말이야."

또다시 조심스럽게 운을 떼는 한 여사의 얼굴에 애매모호한 미소가 떠올랐다. 희원의 머릿속에서만 존재하던 나쁜 생각들은 곧 현실이 될 조짐이었다.

"두준이가 우리 새아가 어떻게 유혹한 거니?"

"여보."

"어머니."

한 여사가 얼굴에 옅은 홍조까지 띠며 물어본 말에 잔뜩 긴장하고 있던 희원은 넋이 나간 듯 입을 헤벌렸다.

"어떻게 유혹했는지 정도는 괜찮지 않아요?"

"안 괜찮습니다."

"그런 사적인 부분까지 묻는 건 점잖지 못한 것 같은데 말이오."

"그래요? 그러니? 새아가."

"네? 어, 그게, 그러니까. 좀 사적인 부분 같기는 한데, 그 정도는 괜찮지 않을까 싶기도 하고……."

강 회장과 한 여사의 눈치를 번갈아 살피며 희원은 안절부절못했다.

희원이 하는 말에 한 여사는 놀라울 정도로 빠르게 반응했다.

실망스러운 듯 눈꼬리가 처졌다가, 긍정에 가까운 답을 듣자 한껏 기대감에 부푸는 눈빛이 이팔청춘 소녀의 그것마냥 다채로웠다.

희원은 상황에 맞지 않게 웃음이 나올 것만 같았다.

저렇게 감정이 풍부한 어머니 밑에 두준 같은 아들이 있다는 게 믿기지가 않아 힐끔 쳐다보자, 그는 상당히 불만스러운 듯 미간을 구긴 채 팔짱을 끼고 있었다.

그런 모습은 강 회장도 별반 다르지 않아 두준이 누굴 닮았는지 알 것도 같았다. 그러면서도 화를 내거나 하지 않는 걸 보면, 한 여사에 대한 강 회장의 애정이 상당히 깊다는 걸 미루어 짐작할 수 있었다.

"이런 말씀 드리긴 상당히 민망한데요. 아이들을 가르치는 교사로서 거짓말은 하지 않는 편이라. 사실, 유혹은 제가 했어요."

"어머, 어머, 정말이니? 아니, 어떻게?"

"여보!"

"어머니!"

"당신도 궁금하지 않아요? 우리 두준이가 애교 많고 귀엽고 이런 거 딱 질색하잖아요. 물론 새아가가 예쁘긴 한데, 두준이 주변에 예쁜 여자들이 한둘이었어요? 얘 꼬셔보겠다고 열을 올리던 팔등신 미녀들이 얼마나 많았어요?"

"그렇긴 하지. 그래도 그런 사적인 걸 묻는 건 좀……."

만류하는 강 회장의 음성엔 설득력이 쏙 빠져 있는 것 같았다. 반짝 반짝 빛나는 한 여사의 눈에 카리스마 작렬 대한그룹 회장님의 칼날 은 무뎌지기만 했다.

"조금만 물을게요, 여보. 언니들이 두준이한테 얼마나 관심이 많은지 당신도 알죠? 지금 다들 촉각이 곤두서 있는데 뭐 하나라도 건 질……."

"어머니, 혹시 이모들 부르셨어요?"

"어? 아니, 그게, 부르려고 부른 게 아니라, 하필이면 오늘 오전에 정희 언니한테 전화가 와서……."

"그래서 말씀하셨다고요?"

"어차피 새아가가 인사도 시켜야 하고, 겸사겸사……."

"제가 다음에 하자고 말씀드렸잖아요. 희원이 홑몸 아닌 거 아시면서……. 휴. 그래서 몇 분한테 얘기하신 건데요?"

"어? 그게, 정희 언니가 미희 언니하고 통화한다고 해서 나는 영희한테만 전화했는데, 진희가 또 전화가 와서……."

"결국은 이모들 다 아신다는 말씀이네요."

"그렇게 됐지, 뭐."

두준은 계속 신경질을 내고 있었고, 한 여사는 큰 잘못이라도 한 것처럼 쭈뼛거렸다.

희원은 이해할 수가 없었다. 결혼을 하려면 어차피 친척들도 만나야 할 텐데, 이모들한테 알린 게 저렇게 큰일인 걸까 궁금증이 밀려왔지만, 분위기상 차마 물을 수가 없었다.

'근데, 이모들이 참 많네. 그럼 많다던 사촌들은 이종사촌?'

"설마, 다 오시기로 한 건 아니죠?"

멋쩍은 미소를 지어 보인 한 여사가 도움을 요청하듯 강 회장을 쳐다봤다. 이런 일이 처음이 아닌 듯, 강 회장은 헛기침을 하며 한 여사를 외면했다.

"그게, 다들 저녁 함께 먹기로 했거든. 이러고 있을 때가 아니지. 난 주방에 좀……."

"어머니, 진짜……. 몇 시에 오시기로 한 겁니까?"

자리에서 일어나려던 한 여사가 얼른 시간을 확인하곤 배시시 웃어 보였다.

"7시까지 모인다고는 했는데……."

손목시계를 확인한 두준이 다급하게 몸을 일으켰다.

"희원아, 얼른 일어나."

"네?"

도대체 어떻게 돌아가는 상황인지 영문을 모르겠는 희원은 내밀어진 두준의 손을 멍하니 쳐다보기만 했다.

"시간 없어. 어서 일어……."

두준의 말이 끝나기도 전에 초인종 소리가 넓은 거실에 울려 퍼졌다.

"어머, 왔나 보다."

한 여사의 얼굴은 환히 밝아졌고, 강 회장의 얼굴은 굳어졌으며, 두준의 얼굴은 급격하게 어두워졌다.

"희원아, 아까 차 안에서 했던 말 생각나?"

"네?"

"도망가자고 하면 예의고 뭐고 차릴 것 없이 나만 따라오라던 말 기억나?"

"네."

"지금이 그때야. 가자."

두준이 희원의 손을 잡고 반강제로 일으켜 세웠다.

"아버지, 어머니, 저희 갑니다. 이모들한테 결혼식에서 뵙겠다고 좀 전해주시고요."

"두준이 너 이 녀석, 내가 그렇게 가르쳤……."

"그러셔도 소용없어요. 오늘 이모들 상대하는 건 아버지 혼자 하세요."

강 회장에게서 '끙' 하는 못마땅한 신음 소리가 새 나왔다.

"두준아 얘, 아무리 그래도 인사는 하고……."

"인사만 하고 못 빠져나갈 거 뻔히 알면서 그러지 마세요, 어머니."

두준이 다짜고짜 잡아끄는 통에 희원은 인사도 제대로 드리지 못하고 부랴부랴 걸음을 옮겨야만 했다.

외부로 통하는 다른 문이 있는 건지, 두준은 애초에 그들이 들어왔던 정문 쪽이 아닌 저택 뒤쪽으로 향하는 복도로 그녀를 이끌고 있었다.

"두준 씨, 갑자기 이게 무슨……."

"얘기는 빠져나간 뒤에 하지."

그의 이모들이 정원을 통과해 이미 거실에 도착한 건지, 웅성거리는 소리가 꽤 떨어진 복도까지 들려왔다.

두준의 걸음은 더욱 빨라졌고, 다리가 긴 그를 따라잡기 버거운 나머지 희원의 숨은 조금 거칠어졌다.

"이런, 안 되겠군."

잠시 걸음을 멈춘 두준이 그를 따라잡기 바쁜 희원을 보며 혼자 중얼거리듯 내뱉은 뒤, 갑자기 그녀를 번쩍 안아 들었다.

"엄마야!"

"지금부터 뛸 거야. 꽉 잡아."

"내려주세요. 나도……."

뛸 수 있다는 말은 하지도 못했다. 이미 뛰기 시작한 두준의 목을 양팔로 꼭 끌어안을 수밖에 없었다.

희원의 상상 속에서만 벌어지던 막장드라마는 기업인 성장드라마로 바뀌었다가, 국경을 넘나드는 애정드라마에서, 초특급 첩보드라마로 변신을 거듭하고 있었다.

그녀를 안고도 빠른 속도로 달리는 두준으로 인해 파악이 쉽지 않았지만, 그들은 복도 끝 방 서재로 추측되는 곳으로 들어갔다.

안쪽으로 들어서자마자 문을 잠근 두준은 왼편으로 난 좁은 통로를 따라 걷다가 뜬금없이 나타난 문 앞에서 그녀를 내려놓았다.

"두준 씨."

"쉿!"

기다란 손가락으로 그녀의 입술을 꾹 내리누른 두준은 점점 소란스러워지는 뒤쪽을 힐끔 쳐다봤다.

알아들을 수 없는 웅성거림 사이에 '열쇠'라는 말이 섞여 있는 걸로 봐서 이모님들의 추격전은 계속 진행 중인 것 같았다.

분위기 때문인지 겁이 덜컥 솟아난 희원이 울상을 지으며 그의 팔목을 덥석 잡았다.

피식, 미소를 지어 보인 두준은 안심하라는 듯 그녀의 머리를 다정하게 쓸어준 뒤 오른쪽 벽에 있는 줄도 몰랐던 고리를 잡아당겨 수납장 문을 열었다.

움찔 놀란 희원은 무기가 숨겨져 있지 않을까 하는 호기심을 품고 수납장 안을 들여다봤다. 하지만 이내 피식 웃을 수밖에 없었다.

아무래도 영화를 너무 많이 봤나 보다. 엉뚱한 생각이 아닐 수 없었다. 무슨 첩보영화도 아니고, 여기서 갑자기 무기가 왜 등장하겠는가.

두준은 수납장 안에 놓인 몇 켤레의 운동화 중 하나를 꺼내 신고는 얇은 스타킹에 감싸인 그녀의 조그만 발을 쳐다봤다.

수납장 안엔 남자 운동화뿐이었다. 그녀에게 신길 것처럼 그중 제일 가벼워 보이는 운동화로 손을 뻗었던 두준이 미간을 구기며 고개를 내젓더니 그대로 문을 닫아버렸다.

운동화를 장착한 두준의 발과 자신의 맨발을 번갈아 바라보던 희원의 시선이 수납장으로 옮겨갔다. 두준은 그녀에게 운동화를 제공하지 않을 생각인 것 같았다.

두준의 품에 안겨가는 것보단 큰 신발이라도 신는 게 낫겠다는 판단을 내린 희원이 좀 전 그가 잡아당긴 손잡이에 손을 뻗으려 하자, 정원으로 통하는 문을 연 두준이 또다시 그녀를 덥석 안아 들었다.

"어어, 두준 씨, 나도 신발……."

"쉿, 안 돼."

그녀에게 신기기엔 너무 비싼 운동화라 안 된다는 건지, 걸으면 안 된다는 건지, 대체 뭐가 안 되는 건지 알 수가 없었다.

"이렇게는 힘들어요. 잠깐 신고 돌려줄게요. 운동화 하나 줘요."

"당신 발이 너무 작아서 안 돼. 잘못하다 넘어져. 윽, 젠장."

모퉁이를 돌며 말을 잇던 두준이 신경질적으로 욕을 뱉어낸 뒤, 다시 몇 발짝을 되돌아가 벽에 바짝 기댄 채 대문이 있음 직한 방향을 살폈다. 희원도 고개를 돌려봤지만, 아무것도 보이지 않았다.

"무슨……."

"희원아, 왼쪽 안주머니에 있는 지갑 좀 꺼내봐."

"네?"

첩보영화도 이렇게까지 다채롭지는 않겠다 싶었다.

맥락이 이어지지 않는 두준의 주문에 동그래진 눈으로 고개를 들자, 왼쪽 가슴께를 내려다보고 있던 그의 얼굴과 정통으로 마주하는 형상이 되어버렸다.

예쁘게 말려 올라간 그의 속눈썹 개수도 셀 수 있을 정도로 가까운 거리였다.

그녀를 안고 뛰면서도 고르기만 했던 그의 숨결이 거칠어진 것처럼 느껴졌다. 미처 그에게서 시선을 돌리지 못한 희원도 살짝 벌어진 입새로 거친 숨결을 내뱉고 있었다.

"왼쪽, 안주머니, 지갑."

두준이 거칠어진 숨결 사이사이로 한 단어씩 내뱉는 동안, 희원은 잠시 지금의 상황도 잊고 절제미를 발산하고 있는 그의 입술만 뚫어져라 바라봤다.

"하아, 희원아, 지갑."

"아!"

두준의 뜨거운 숨결이 얼굴 위로 뿌려지며 그녀의 이름이 불리고 나서야 정신을 차린 희원이 그의 재킷 안으로 손을 얼른 집어넣었다. 그에게서 신음 비슷한 소리가 새 나왔다.

"지금 이럴 때가 아닌데……."

두준의 입에서 또 뜻 모를 말이 흘러나왔다.

"네?"

다시 동그래진 눈으로 고개를 반짝 쳐들자, 두준의 입술이 순식간에 그녀의 입술 위로 겹쳐졌다.

짧지만 강렬한 키스였다. 엑기스만을 추출한 듯 군더더기 없는 그의 키스는, 짧은 순간 찬란하게 만개한 벚꽃을 볼 때처럼 아찔했다.

이런 순간에 왜 갑자기 키스를 하는 걸까 하는 분석 같은 건, 머릿속에 남아 있지도 않았다.

마치 위기일발의 순간에도 아랑곳하지 않고 키스를 나누던 영화 속 주인공이 된 것만 같은 착각에 빠졌다.

영화 보면서 '키스할 새가 어디 있어'라고 투덜댔던 일은 아예 없었던 것처럼, 희원은 이 순간 두준의 키스가 반드시 해야만 하는 행동인 것처럼 느껴졌다.

짧은 시간을 만회하려는 듯 강렬했던 키스가 끝난 뒤에도 두준은 잠시 이글거리는 눈빛으로 희원을 바라보고 있었다. 아쉬움이 잔뜩 담긴 눈빛이었고, 무언가를 더 바라는 눈빛이었다.

"어, 저, 지갑."

그의 재킷 안쪽 탄탄한 가슴 위에 자리하고 있던 희원의 손이 무의식적으로 움직여 지갑을 집어냈다.

"어? 어. 좀 열어봐."

그제야 정신을 차린 두준이 짧게 명령을 내렸다.

시시때때로 골드카드를 토해내곤 하던 고급스러운 지갑을 손에 든 희원은 잠시 망설일 수밖에 없었다. 그의 지갑을 열어보는 건 너무 은밀한 행위인 것 같았다.

"뭐 해? 서둘러."

"네."

두준의 재촉에 떠밀려 마지못해 지갑을 열었다.

제일 먼저 질서정연하게 꽂힌 번쩍이는 여러 장의 카드가 눈에 들어왔다. 그게 다였다. 한 장쯤 꽂혀 있을 법한 가족사진조차 없는 무미건조한 지갑이었다.

"현금이 얼마나 있지?"

"글쎄요. 5만 원짜리가 꽤……."

"두 장, 아니, 네 장만 꺼내고 지갑은 다시 집어넣어."

5만 원짜리 네 장을 꺼내 든 희원이 지갑을 다시 왼쪽 안주머니에 넣었다. 손등에 닿는 탄탄한 가슴에 야릇함을 느낄 사이도 없이 두준의 명령은 계속 이어졌다.

"다시 뛸 거니까 꽉 잡아."

말 잘 듣는 아이처럼 희원은 양팔을 그의 목에 감았다.

"내가 신호하면 쥐고 있는 돈 바로 넘기는 거 잊지 말고."

누구한테 넘기라는 건지 주어가 빠져 있었지만, 물어볼 여유도 없이 두준은 달리기 시작했다.

정원을 가로질러 대문 앞에 도착했을 때, 이십대 초반으로 보이는 예쁘장한 여자가 두 팔을 벌린 채 버티고 서 있었다.

"오빠, 딱 걸렸어. 새언니, 안녕하세요. 저는……."

"희원아, 돈 얼른 쟤한테 넘겨."

두준에게 안긴 이상야릇한 자세였지만, 마주 인사를 건네려던 희원이 두준의 명령에 얼른 손에 쥔 돈을 여자에게 내밀었다.

"오빠, 이런다고 내가…… 히, 그냥 못 본 척해줘야겠지."

양팔을 내린 여자가 희원의 손에서 잽싸게 돈을 낚아채며 옆으로 비켜섰다.

"오빠, 나 얼마 전에 봐둔 가방이 있는데……."

"내일 회사로 와. 대신에 오빠 빠져나갈 때까지 이모들 책임지고 막아야 되는 거 알지?"

"예 썰."

충직한 수하처럼 손을 들어 보이는 여자를 보며 입꼬리를 끌어 올린 두준이 부지런히 돌계단을 뛰어 내려갔다.

"새언니, 저는 사촌 동생 정수진이에요. 다음에 봐요!"

두준의 어깨 너머로 열심히 손을 흔들고 있는 수진에게 인사를 하려던 희원은 놀란 숨을 삼키며 그의 어깨에 얼굴을 묻었다.

엇비슷한 키에 엇비슷한 몸매를 가진 한 무더기의 한 여사들이 우르르 몰려나오고 있었다.

수진이 두 팔 벌려 막고 있었지만, 두준과 희원을 따라잡는 건 시간 문제인 것 같았다.

"두준 씨."

두준이 왜 이모들을 피하는 건지도 모르면서 희원은 괜스레 겁이 나 그에게 찰떡같이 달라붙었다.

"괜찮아. 거의 다 왔어."

대문을 벗어난 두준은 그의 차가 세워진 곳까지 멈추지 않고 부지런히 달려 희원을 조수석에 얌전히 내려놓았다. 그러곤 재빨리 차체를 돌아 운전석에 오른 뒤 차 문부터 잠그고 바로 시동을 걸었다.

막 대문 앞에 나타난 한 무더기의 한 여사들 앞을 유유히 지나친 두준이 차창을 내려 살랑살랑 손을 흔들어 보였다.

두준을 부르는 이모들의 우렁찬 목소리가 울려 퍼졌지만, 승리의 미소를 머금은 그는 느긋하게 창을 올리는 것으로 스펙터클 어드벤처 첩보영화 한 편의 막을 내리고 있었다.

영문도 모른 채 두준에게 안겨 바짝 긴장했던 희원이 좌석 깊숙이 몸을 묻으며 크게 숨을 뱉어냈다.

"놀랐지?"

"네. 정신이 하나도 없네요."

"미안. 이모들이 좀 별나신 편이라, 최대한 피하고 보는 게 상책이거든.”

희원은 좌석에 머리를 기댄 채로 두준을 향해 고개를 돌렸다.

“어떻게 별나신데요?”

“애정도 넘치시고, 에너지도 넘치시는 분들이지.”

두준의 표정엔 귀찮은 기색이 역력했다.

“음, 누구랑 비슷한 것 같네요.”

“누구? 아, 아버님?”

“네. 우리 아빠도 정이 넘치는 분이거든요. 엄마는 바퀴벌레까지 사랑할 양반이라고 흉봤지만, 뭐, 역시 없는 것보단 넘치는 게 더 낫겠죠?”

“글쎄, 지나친 것도 과히 좋지는 않더군.”

“그런가요?”

두준은 그녀의 목소리에 우울함이 깔려 있다고 느꼈다. 이유를 묻고 싶었지만, 그녀는 더 이상 말하고 싶지 않은 듯 반대편으로 고개를 돌렸다.

희원을 자신의 여자라고 인식한 그 순간 이후로 두준은 그녀의 기분에 민감하게 반응하고 있었다.

“배고프지 않아? 먹고 싶은 거 없어?”

희원이 말하고 싶어 하지 않는 부분을 억지로 끄집어낼 생각은 없었다. 두준은 그녀의 민감한 부분을 건드리는 대신 배를 채워주는 쪽을 택했다.

“배고프긴 한데, 나 신발부터 어떻게 좀 해줘요. 이래가지곤 아무 데도 못 가요.”

발을 들어 꼼지락거리는 희원을 힐끔 쳐다본 두준이 실소를 터뜨렸다.

그녀뿐 아니라, 그도 슈트와 어울리는 구두가 필요했다.

“그러게, 구두부터 사야겠군.”

"거기 운동화가 숨겨져 있을 줄은 몰랐어요."

두준의 발에 꿰어진 슈트와는 어울리지 않는 운동화를 힐끔 쳐다본 희원이 좀 전의 상황을 떠올리며 중얼거렸다.

"이모들 피해서 달아날 용도로 형님이랑 둘이 만든 거야."

"그럼 거기 있던 문도 그 용도로 만든 거예요?"

"아니, 그건 아버지가 어머니를 피할 용도로 만든 거고."

"풋, 두 분 다 좋은 분들인 것 같아요."

"그렇게 봤다니 다행이군."

"뭐 하나 물어봐도 돼요?"

두준은 그러라는 듯 어깨를 으쓱해 보였다.

"그 팔등신 미녀 중 몇 명이랑 사귀어 봤어요?"

하려고 마음먹었던 많은 질문 중에 왜 하필 이 질문이 튀어나왔을까? 심지어 질문 리스트의 최하위권에 있었던 질문이었는데 말이다.

그녀를 힐끔 쳐다보는 두준의 눈엔 당혹스러운 빛이 어려 있었다.

어쩐지, 첫날밤 엄청 능숙하다 했다. 비교 상대가 없으니 두준의 수준이 정확히 어느 정도인지 가늠하긴 힘들어도, 암튼 희원은 그날 글과 말로만 익혀서 어떤 느낌인지 전혀 알지 못했던 황홀함을 경험했으니까.

하얀 피부에 깔끔한 외모, 성실하며 예의 바르고 기타 연주까지 능숙한 일명 교회오빠한테 꽂혀, 대학도 졸업하기 전에 결혼해 아줌마다운 걸걸한 입담을 획득한 친구 정인이의 노골적인 음담패설을 듣기 전까지, 희원은 남녀관계에 대해 막연한 환상을 가지고 있었고, 그게 모든 남녀에게 해당된다는 착각을 하고 있었다.

두 살 터울의 남매를 둔 정인은 애 만드는 의식을 치르는 것 같다는 말로 남편과의 잠자리를 비하했다.

설마 잠자리까지 교회오빠 같을 줄 꿈엔들 알았겠냐며 입을 삐죽거렸던 정인 때문에 간만에 모인 친구들은 배꼽을 잡고 웃었다.

아이 둘을 낳고도 부부관계의 즐거움이 뭔지 모른다는 게 말이 되냐고, 결혼하기 전에 꼭 속궁합 맞춰보는 거 잊지 말라며 열변을 토했던 정인이 덕에, 그녀가 느꼈던 그 순간이 일반적인 게 아님을 알았다.

완전 초짜인 희원에게 잊지 못할 황홀경을 선사할 정도면, 모르긴 몰라도 아마 수없이 갈고닦은 기술일 게 뻔했다.

저 인물에, 재력에, 매너에, 맘만 먹는다면 수시로 상대를 바꿔가며 즐길 수도 있었을 것이다. 왜 아니겠는가. 저 남자 꼬셔보려고 팔등신 미녀들이 열을 올렸다질 않는가.

'그 정도면 프로 중의 프로였을 텐데, 그깟 정자 하나를 제대로 관리 못 했단 말이야?'

갑자기 화가 치솟았다. 왜 그 질문이 먼저 튀어나와 버린 건지 스스로도 당황스러워 그저 농담이었다고 얼버무리려 했었는데, 꼬리에 꼬리를 물던 생각이 말초신경 어딘가에 꼭꼭 묻어두었던 엉뚱한 감정을 톡 건드리고 말았다.

바로 대답을 못 하는 두준을 괜스레 째려봤다. 단정하다고 생각했던 그의 옆얼굴이 갑자기 느끼해 보였다.

'바람둥이.'

"사귀었던 여자가 꽤 많았나 봐요? 지금, 세느라 오래 걸리는 거죠? 딱히 궁금해서 물은 건 아니니까 꼭 말해줄 필요는 없어요."

단조롭게 꾸민다고 애쓴 보람도 없이 그녀의 목소리는 상당히 신경질적으로 들렸다.

'두줄아, 아빠가 바람둥인 거 너도 몰랐지? 지금이라도 다 그만두고 엄마랑 너랑 둘이 사는 게 낫지 않을까?'

돋아난 심술에 눈썹을 사납게 치켜 올린 희원은 팔짱을 낀 채 차창 밖 풍경에 무의미한 시선을 던졌다.

질문 리스트 가장 윗자리를 차지하고 있던 결혼 일정이라든가, 신혼집 문제라든가, 그녀가 준비해야 될 것들에 관한 질문은 할 마음이 싹 사라져 버렸다.

또다시 갑작스러운 결혼에 대한 회의가 밀려오는 순간이었다.

"고민 중이야."

기껏 꺼낸 첫마디가 고민 중이라니. 희원의 사나운 눈길이 두준에게로 향했다.

"뭘요?"

"결혼한 친구들이 그러는데, 과거는 되도록 무덤까지 가져가는 게 좋다고 하더군."

'흥, 좋겠네. 무덤까지 가져갈 과거 많아서. 그런 인간이 내 짝사랑을 지적해.'

억울하기 짝이 없었다. 알량한 짝사랑은 이미 그에게 들켜 버렸고, 무덤까지 가져갈 과거 한 자락 없는 설움이 물밀 듯 밀려온 희원이 아랫입술을 삐죽거렸다.

얄은 콧방귀 소리에 정면을 주시하고 있던 두준의 시선이 희원을 힐끔 쳐다봤다.

그와 가까이 있기도 싫은 듯 창가로 바짝 붙어 앉은 희원은 도톰한 아랫입술을 열심히 삐죽이고 있었다. 두준은 이상하게도 저런 모습이 밉지 않았다.

"그래서 고민 중이야. 별것 없는 과거 얘기를 무덤까지 가져가는 게 좋을지, 그냥 털어놓는 게 좋을지."

'별것 없는 거 좋아하네. 알게 뭐야. 여기저기 제2, 제3의 두줄이를 막 만들어놨는지. 흥.'

콧잔등까지 찡그리는 모양새가 귀여워 두준의 입가에 절로 미소가 맺혔다.

갑자기 두줄이는 장희원 닮은 딸이었으면 좋겠다는 생각이 두준의 머릿속을 잠식했다.

"정말 예쁘긴 하겠네."

"네? 뭐가요? 누가요?"

"어? 아니. 그냥 혼잣말이야."

지금 누군 짜증 나 죽겠는데, 쓸데없는 혼잣말이나 하고 있는 두준을 이해할 수가 없었다.

"쳇, 과거에 누가 참 예뻤나 봐요? 누군 좋겠어요. 예쁘게 기억할 과거도 많고. 과거가 줄줄이 사탕으로 있었으면 충실하라는 말을 말던가. 짝사랑밖에 못 해본 사람한테는 충실하라고 눈빛을 바짝 세우더니, 흥."

"하하하!"

들릴 듯 말 듯 중얼거리는 희원의 말에 두준은 결국 웃음을 터뜨리고 말았다.

"왜 웃어요? 내가 웃겨요? 어서 신발이나 사줘요. 확 신고 도망가 버릴라니까."

"그럼 신발은 못 사주겠는데."

"뭐예욧?"

"도망가면 안 되거든. 난 예쁜 딸이 가지고 싶어."

"어머머머, 두줄이가 딸인지 아들인지 어떻게 알고…… 아니, 그보다 내가 애 낳는 기계예요? 누구 맘대로 딸을 가지겠대. 빨리 신발이나 사줘요."

"장희원 화내니까 무섭네."

"화 안 났거든요."

"그럼 다행이고. 화내는 거 태교에 안 좋을 테니까."

"두줄이 태교는 내가 알아서 할 거고요, 과거 많은 강두준 씨는 빨리 신발이나 사주시죠. 어, 저기. 저기 신발 파네요."

두준은 희원이 신나게 손가락질해 보인 신발가게를 그대로 지나쳐 버렸다.

"지금 뭐 하자는 거예요?"

"단골집이 있어. 그리로 갈 거야."

희원은 평온하게 단골집이나 찾고 있는 두준을 째려봤다.

말끔한 얼굴을 손톱으로 확 긁어놓고 싶은 충동이 울컥 샘솟았다. 임신한 아내를 두고 바람피운 남편을 마주한 것 같은 기분에 휩싸였다.

"4년 전에 두 달 정도 정해미랑 만났던 게 다야."

"네?"

"별것 없는 내 과거 말이야. 두 달 동안 기껏해야 다섯 번 정도 만났나? 바쁘다고 몇 번 약속을 미뤘더니 얼마 못 가 헤어지자고 하더군."

진중한 음성엔 거짓이라곤 없는 것 같았다. 대그룹 부회장은 거저 하는 게 아니었다. 그는 거짓도 믿게 만들 수 있는 힘을 가지고 있는 것만 같았다.

"꼭 말할 필요는 없다니까, 무덤엔 뭐 가지고 가려고 술술 털어…… 잠깐, 아까 정해미라고 했어요?"

"어? 어."

"혹시 그게 내가 아는 그 정해미는 아니겠죠?"

"키 크고, 눈 크고, 입 큰 정해미를 말하는 거라면 맞아."

"오, 대박. 정말 정해미랑 사귀었다고요? 그 정해미하고의 약속을 바쁘다고 미뤘다고요? 아니, 왜요?"

두준이 황당한 눈길로 희원을 쳐다봤다. 그의 과거에 신경 쓰며 짜증 냈던 여자는 이제 왜 제대로 된 과거를 만들지 않았냐고 따지는 듯 보였다.

"회사일 배우던 때라 진짜 바쁘기도 했고, 특별한 일 없이 시시때때로 전화하고 찾아오고, 일정에 자꾸 차질을 주니까 좀 짜증 나더군."

"허, 어떻게 그러지? 그렇게 예쁜 여자가 전화하고 찾아오고 하는데 짜증이 났다고요? 그거 나 들으라고 거짓말하는 거죠?"

"정해미가 그렇게 예쁜가?"

두준이 고개를 갸웃거리며 한 말에 희원은 어이없이 쳐다볼 수밖에 없었다.

신은 모든 걸 주지 않았다. 이 남자는 미적 감각이 결여되어 있었다.

"아마 우리나라 성인남자의 90% 정도는 정해미를 예쁘다고 생각할걸요."

"그럼 난 나머지 10%에 속하나 보지. 암튼, 정해미가 예쁘고 안 예쁘고를 떠나서 그땐 계획이 자꾸 어그러지는 게 싫었어."

'그 예쁜 정해미도 강두준의 계획에 밀려났구나!'라는 생각을 하던 희원은 고개를 갸웃거릴 수밖에 없었다.

솔직히 세현에게 들어서 계획적인 사람인가 보다 했지, 희원은 단한 번도 제대로 실감해 보지 못했다.

첫 만남부터 시작해 오늘에 이르기까지, 그 모든 우연과 정형화되지 않은 일들이 그가 이미 예상하고 그려놓은 큰 그림이 아니라면, 그와 그녀의 일은 계획적인 것과는 상당히 거리가 멀었다.

오늘만 해도 계획대로라면 강 회장 내외와 함께 저녁을 먹고, 그녀의 집까지 바래다주는 것으로 끝났어야 맞았다.

이모님들의 등장이라는 변수가 작용하긴 했지만, 지금 두준의 표정을 보면 계획이 어그러져서 짜증 난 것 같지는 않았다.

정해미조차도 계획을 어그러뜨려서 싫어했다는 사람이 왜 그녀와의 무계획은 아무렇지도 않은 걸까?

운전에 열중인 두준의 옆모습을 바라보던 희원의 입가에 저도 모르게 미소가 맺혔다.

정해미가 들으면 박장대소하다가 배꼽이 빠져 달아날 소리겠지만, 어쩐지 그녀가 정해미를 이긴 것만 같은 생각이 들었다. 두준에게 있어 그녀만이 특별한 사람인 것 같은 이 느낌, 나쁘지 않았다.

느끼해 보였던 얼굴은 다시 단정해 보이는 얼굴로 돌아와 있었다. 아니, 단정할 뿐만 아니라 빛이 나는 것도 같았다. 인정할 수밖에 없었다. 두준은 그녀에게 너무나 과분한 남자였다.

'두줄아, 아빠 좀 멋있지 않니? 엄마한테만 무계획적인 거, 분명 두줄이 너 때문이겠지?'

애써 두줄이에게 이유를 돌리긴 했지만, 얕은 설렘과 두근거림이 그녀를 채워가고 있었다.

두준을 볼 때마다 느끼는 원초적인 끌림과는 다른 설렘이고 다른 두근거림이라는 걸 그녀도 알았다. 처음으로 그와의 결혼이 겁나지 않았다.

"우리 구두 살 때 어머님 것도 하나 살까?"

"네?"

차는 어느새 유명 구두판매점 앞에 멈춰 있었다.

"내일 뭘 선물하면 좋을지 몰라서. 뭐가 좋을까?"

두준이 안전벨트를 풀며 묻는 말에 희원의 얼굴이 순식간에 굳어졌다. 가장 겁나는 일이 남아 있다는 걸 깜빡 잊고 있었다.

"두준 씨, 우리 엄마가 일반적인 엄마들이랑 다르다는 얘기 내가 했던가요?"

"뭐 특이한 걸 좋아하시나? 최선을 다해 구해볼 테니까 말해봐."

"풋, 하하, 아니에요. 그냥 꽃이면 될 거예요."

두줄이 때문이든 아니든, 충실하겠다고 말했던 두준이 보여주는 최선에 그녀의 마음이 맑게 부풀어 올랐다.

위기의 순간에 안고 달려주는 남자가 어디 흔하겠는가? 그녀의 다리와 겨드랑이 사이로 전해졌던 단단한 팔의 느낌이 아직도 생생했다.

그의 팔엔 절대로 그녀를 놓지 않겠다는 의지가 담겨 있었음을 느낄 수 있었다. 솔직히 감명받았고, 그가 점점 좋아지고 있었다.

"근데, 팔 안 아파요?"

희원이 걱정스러운 얼굴로 두준을 살폈다.

"팔?"

"나 꽤 무거웠을 텐데요."

"아아. 그러게, 보기보다는."

그녀를 향해서 완전히 몸을 튼 그의 입꼬리가 장난스럽게 치켜 올라가 있었다.

쇄골 부근에서 시작해 무릎까지 빠르게 훑는 그의 시선엔 옷 속에 숨겨진 걸 보는 것 같은 은근함이 담겨 있었다.

희원은 얼굴뿐 아니라, 몸 전체가 뜨거워지는 느낌에 괜스레 입만 삐죽거렸다.

"보, 보기보다 뭐요?"

"딱 적당한 무게감이었다고. 그래도 살은 좀 더 찌는 게 좋을 것 같군."

미간을 매력적으로 찡그린 두준의 말에 희원은 금세 얼굴이 붉어져 헛기침을 했다.

"흠, 당신이 그렇게 말 안 해도 어차피 찔걸요. 그때 밉다고 하지나 마세요."

"그럴 리가."

5만 원짜리 두 장을 던져 놓고 갔던 일 외에는 미운 적이 없던 여자였다. 그의 느낌상 앞으로도 오랜 시간 희원이 미울 일은 없을 것 같았다. 홍조 띤 얼굴을 숙인 채 입꼬리를 끌어 올리는 모습은 눈을 떼기 싫을 정도로 예뻤다.

❖

자전거에서 내려선 세현이 터덜터덜 걷기 시작했다. 저 앞 모퉁이만 돌면 집이었다.

태우는 과학 동아리 모임이 있었고, 그녀는 영어학원에 가야 해서 일주일 중 유일하게 그와 동선이 겹치지 않는 날이었다.

일주일 중 세현이 가장 좋아하는 날이라 혼자 집으로 향할 때면 휘 파람까지 불어대기 일쑤였는데, 오늘은 전혀 그렇지가 못했다. 몸보다 마음이 더 힘든 하루였다.

태우가 그녀를 좋아한다는 라니의 말은 세현의 마음속에 종일 파문을 일으키고 있었다.

태우의 마음은 물론이거니와 자신의 마음조차 종잡을 수가 없었다.

태우가 하는 모든 행동은 오로지 그녀를 괴롭히기 위해서만 존재한다고 여겼지, 다른 의미론 생각해 본 적 없었는데, 이제 와 그 모든 것이 헷갈리기 시작했다.

그렇다고 해서 태우와의 관계에 변화가 생길 것 같진 않았지만, 좀 찜찜했다. 사이다 마시고 트림 못 한 것처럼 속이 더부룩했다.

집을 코앞에 두고 걸음을 멈춘 세현은 불이 밝혀진 태우의 방을 물 끄러미 올려다봤다.

며칠 전 12시를 넘긴 야심한 시각에 태우가 잠이 오지 않는다는 이 유만으로 조그맣게 자른 지우개를 그녀의 창문으로 던져 꿀 같은 단잠을 깨웠던 일이 불현듯 뇌리를 스치고 지나갔다.

'좋아하는 거 좋아하네. 라니 이 계집애, 대체 뭘 보고. 두 번만 좋 아했다간 사람 잡겠다.'

종일 그녀를 괴롭혔던 상념을 일시에 털어낸 세현이 더부룩한 속을 달래려는 듯 어깨를 들썩이며 크게 숨을 내쉬었다.

"야, 너 강세현 맞지?"

"엄마야, 깜짝이야."

놀라서 놓친 자전거가 요란한 소리를 내며 옆으로 쓰러졌다.

가로등 불빛을 등지고 선 누군가가 세현에게 두려움을 불러일으키고 있었다.

세현의 시선이 자연스레 2층 태우의 방으로 향했다.

"네가 강세현 맞느냐니까?"

세현의 시선이 다른 곳으로 향해 있는 걸 알았는지, 다시 묻는 상대방의 목소리엔 짜증이 섞여 있었다.

"맞는데 그러는 넌…… 누구세요?"

똑같이 반말을 하려던 세현은 상대방이 한 발 성큼 다가서는 것에 놀라 금세 꼬리를 내리고 말을 높였다.

"나? 3학년 김다혜."

그 한마디면 모든 게 설명되기라도 하는 것처럼 뚝 끊어서 말한 다혜는 양손을 허리에 척 올리고 세상 불량한 자세로 떡 버티고 섰다.

"난 또. 그런데요?"

태우의 집 앞에서 서성이다가 그녀에게 시비를 건 여자애들이 한둘이었겠는가? 저 정도 불량 스킬은 애교 정도로 봐 넘길 만큼의 경험치가 쌓인 상태였다.

"뭐? 야, 나 방송반 김다혜라고."

"아이, 됐구요. 장태우 때문에 온 거죠?"

"어? 어."

"우리 여기서 얘기해요? 배도 고프고 목도 마른데. 요 앞에 조각케이크 진짜 맛있는 카페 있는데 갈래요?"

멍한 표정으로 입을 벌리고 선 다혜를 지나친 세현은 집 앞에 자전거를 대충 세워둔 뒤 걸음을 옮겼다.

"뭐 해요? 빨리 가요."

"어? 어."

뭔가 상당히 잘못되었다는 생각을 지울 수 없었지만, 당당한 세현의 기세에 눌린 다혜는 군소리 한 번 못 하고 그녀의 뒤를 따를 수밖에 없었다.

세현은 걸어서 10분 거리에 위치한 카페로 향해 가면서 다혜를 계속 힐끔거리며 쳐다봤다. 그녀의 계획을 실행하는 데 다혜는 상당 부분 괜찮은 요건을 갖추고 있는 듯했다.

카페에 도착해 먹음직스러운 밀푀유케이크를 놓고 마주 앉았을 땐, 추측은 거의 확신에 가까워졌다.

"으음, 여긴 요 밀푀유케이크가 제일 맛있다니까요. 진짜 안 먹을 거예요?"

"어, 난 배불러서. 너 많이 먹어."

"언니 혹시 살 빼는 거 아니죠? 장태우 비쩍 마른 거 별로 안 좋아하거든요. 매일 내 볼 잡아당기면서 빵빵해야 잡아당기는 맛이 있다고…… 헤헤헤. 아, 뭐, 그렇다고 언니가 말라 보인다는 건 아니에요. 은근 글래머러스한 것 같기도 하고 보기 좋아요."

다혜의 인상이 일그러지는 걸 눈치챈 세현이 얼른 말을 바꿨다. 세현이보다 키가 약간 작아서 그런지, 다혜는 살집이 있어 보였다. 나쁘지 않았다.

다혜라면 세현도 이미 알고 있는 선배였다. 뽀얀 피부가 돋보이는 다혜는 공부도 꽤 잘하는 편이었고, 예쁜 목소리를 갖고 있어 남학생들 사이에서 인기가 많은 선배였다. 태우의 관심을 돌려놓기에 부족함이 없었다.

"고, 고맙다."

"레모네이드도 한 잔 마셔야겠다. 언니는요?"

"아니, 나는 됐어. 내가 주문하고…….."

"에이, 앉아 있어요. 선배를 막 부려먹으면 안 되죠."

얼른 주문하고 돌아온 세현은 다시 포크를 집어 들었다.

"언니, 이번 주 토요일 2시 시간 돼요?"

"토요일 2시? 왜?"

"왜는요. 장태우 만나게 해주려고 그러죠. 시간 안 돼요?"

"아니, 괜찮아. 시간 돼."

"오케이. 근데, 운동 할 줄 아는 거 있어요?"

"테니스랑 탁구 좀 하는데."

"잘됐다. 장태우 테니스 좋아하거든요. 그리고 언니, 머리 원래 그 색이에요?"

"이 색깔 예쁘지? 봄방학 동안 염색한 건데, 애들이 엄청 잘 나왔다고…….."

"음, 예쁘네요. 근데, 염색하는 거 장태우가 싫어하는데."

"그래?"

"네. 염색하는 것도 싫어하고요, 틴트 진하게 바르는 것도 별로 안 좋아해요."

"그래?"

"핫팬츠, 미니스커트, 이런 건 아주 질색하니까 그날 바지 입고 와야 해요. 장태우 완전 구리지…… 아하하, 좀 보수적이지 않아요?"

거의 한 달에 한 번 꼴로 예정도 없이 하곤 하는 두 집안 바비큐 파티에서 별생각 없이 핫팬츠를 입었다가 태우에게 잔소리를 한 무더기 듣고 결국 갈아입었던 일이 있었다. 아버지인 한준도 하지 않는 잔소리를 태우가 도맡아놓고 하곤 했다.

'강세현, 너 입술이 왜 이래? 화장했어?'

'야, 그 치마 입지 마. 바람 불면 난리 나겠다.'

'바지가 그게 뭐야? 그렇게 쪼이는 거 입으면 혈액순환 잘 안 되는 거 몰라?' 등등.

태우는 잔소리하기 위해 태어난 것처럼 사사건건 잔소리를 해댔다. 어쩌다 잔소리할 거리를 찾지 못하는 날이면 그녀의 표정 가지고도 시비를 거는 게 장태우였다.

"그러게, 좀 그러네. 근데 난 그런 거 괜찮던데. 왠지 어른 같은 느낌이잖아."

"그래요? 완전 천생연분이네. 언니, 그 자세 딱 좋아요."

세현은 양손 엄지를 들어 보이며 환히 웃었다.

"앞으로 언니랑 장태우 잘될 수 있게 열심히 도울게요."

세현이 결의를 불태우며 주먹을 불끈 쥐어 보이는데도 다혜는 왠지 미심쩍은 눈으로 쳐다봤다.

"너 왜 이러는 건데? 혹시 네가 태우를 독차지하려고 수 쓰는 거 아니야?"

"하, 내가 장태우를요? 미쳤어요? 자그마치 17년을 넘게……. 아, 그러니까 17년을 넘게 붙어 지내다 보니 우린 완전 남매나 마찬가지거든요. 가족이나 다름없어요."

17년을 넘게 시달려 왔다고, 잔소리꾼에 구리기까지 한 장태우를 미쳤다고 독차지하겠냐고 하려던 세현이 다혜의 눈치를 살피며 말을 바꿨다. 태우의 이미지를 나쁘게 인식시켜서 좋을 건 없었다.

"그래? 우리끼린 다 태우가 널 좋아하는 게 틀림없다는 소릴 했었는데, 가족이나 다름없다고?"

"물론이죠. 어쩌다 재수없…… 아니, 재수 엄청 좋게도 옆집 살다 보니 붙어 다니는 것뿐이에요. 장태우는 나 안 좋아해요. 괜히 오해를 사서 나도 짜증 나 죽겠다니까요."

"그랬구나! 암튼 네가 도와준다니까 너무 잘됐다. 정말 고마워. 어,

레모네이드 나왔나 보다. 내가 가져다줄게."

"아니에요, 언니. 내가…….."

세현의 말이 끝나기도 전에 다혜가 잽싸게 일어났다.

세현도 다혜도 기분이 한껏 고조되어 있었다. 누구를 위한 작전인지 모를 작전이 막 시작되는 순간이었다.

9. 손수건이 필요한 드라마, 그리고 결혼

　두준은 오늘도 흠잡을 데 없이 완벽했다. 어제 그녀와 함께 산 구두 가 반짝반짝 빛을 발하며 진회색 슈트와 절묘한 조화를 이루고 있었 다. 어딜 봐도 하룻밤 실수로 임신해서 부랴부랴 결혼까지 하는 사람 으론 보이지 않았다.

　희원에겐 지금 그게 절실하게 필요했다.

　흠잡을 데 없이 완벽한 사람. 넘치는 정을 주체 못 해 충동적으로 사랑에 뛰어든 애송이 티가 나지 않는 진중한 성인남자. 그런 면에서 두준은 완벽하게 부합하는 인물이었다.

　선정에게 임신 소식을 알리지 못한 채 소개할 사람이 있다고만 하고 약속을 잡았다.

　두준에겐 선정이 과거에 어떤 마음으로 결혼을 하고 어떤 문제로 이 혼을 하게 됐는지 정확히 얘기하지 않았다.

　"두준 씨, 우리 엄마가 일반적이지 않다고 했던 말 기억해요?"

지배인의 안내를 받아 도착한 프라이빗룸 앞에 멈춰 선 희원이 손댈 필요도 없이 완벽한 두준의 행커치프를 매만지며 조심스럽게 운을 뗐다.

"또 운동화가 필요한 상황이 벌어지려나?"

오늘따라 유난히 경직돼 보이는 희원의 기분을 풀어주려는 의도였는지 두준이 씽끗 웃어 보이며 농담을 던졌다.

"풋, 아니요. 오늘은 첩보영화보다는 드라마 쪽에 가까울 거예요."

"첩보영화는 뭐고, 드라마는 또 뭐야?"

"어제 완전 첩보영화 같았거든요. 근데 오늘은 운동화가 필요 없는 드라마가 연출될 거라고요. 잘못하다 막장으로 흐를 수도 있고, 대왕 고구마 하나가 떡 버티고 있는데 냉수는 눈을 씻고 찾아봐도 없을 수 있어요."

희원은 두준과 눈을 맞추지 못하고 있었다. 대화를 나눌 때마다 총 명한 눈을 빛내며 집중하던 것과는 상당히 대조되는 모습이었다.

무언가 숨기려는 것 같기도 했고 미안해하는 표정 같기도 했지만, 두준은 따져 묻는 대신 그녀가 애써 늘어놓은 농담만큼의 반응만 보 여주기로 마음을 고쳐먹었다.

"그럼 손수건이라도 준비해야 하나?"

"하하, 그것까진 필요 없을 거예요."

선정에게 가장 어울리지 않는 물건이 있다면 그건 손수건이었다.

네 살 무렵 떼쓰면서 우는 그녀에게 선정은 냉기 뚝뚝 흐르는 목소 리로 '운다고 해결되는 건 아무것도 없어'라는 말을 했었다. 그 후로 희원 또한 눈물을 아끼게 되었다.

우아한 냉대에 대처하는 방법이라면 모를까 손수건은 절대로 필요 치 않았다.

"웃으니까 훨씬 낫네. 자, 들어갈까?"

문을 열자 선정이 이쪽을 등지고 꼿꼿한 자세로 앉아 있었다. 문 열리는 소리를 들었을 텐데 절대 돌아보는 법이 없었다.

발을 떼지 못하고 굳어 있던 희원이 두준이 잡아끄는 손길에 힘입어 걸음을 뗐다.

"엄마."

선정의 눈이 희원의 얼굴을 지나 두준에게 잠시 머물렀다가 그들이 잡은 손으로 옮겨갔다.

"안녕하십니까? 강두준이라고 합니다."

"안녕하세요. 앉으세요."

선정은 실수로라도 미소 한 자락 보이지 않았다. 식사는 지루할 정도로 조용하게 이어졌다. 간간이 두준이 선정의 일에 관해 물었고, 그녀는 간략하게 답변했다.

식사가 끝나고 커피와 음료가 세팅되기 전까지 선정이 두준에게 물은 말이라곤 '후추 줄까요?'가 다였다.

우아한 몸짓으로 커피를 한 모금 마시고 내려놓은 선정은 희원의 앞에 놓인 망고주스에서 시선을 떼지 못하고 있었다.

아마도 그녀의 머릿속에선 갑자기 찾아온 딸이 즐겨 마시지 않던 우유를 찾던 모습을 망고주스가 담긴 유리잔 위에 클로즈업 시키고 있을 것이 뻔했다.

"임신, 했니?"

나직하게 들려온 목소리에 희원은 주스 잔을 든 채 그대로 굳어졌다. 선정의 예리한 눈길은 듣지 않아도 이미 답을 알고 있는 눈치였다.

팽팽한 긴장감을 깬 건 두준이었다. 희원이 위태롭게 들고 있는 주스 잔을 내려놓은 두준이 선정을 향해 미소를 지어 보였다.

"죄송합니다, 장모님. 제가 희원이 잡고 싶은 마음에 그만 그렇게 돼버렸습니다."

두준이 자신의 탓이라 말하고 있었다. 진실과는 거리가 먼 소리에 희원은 눈이 동그래져서 그를 쳐다봤다.

"장모님이라는 소리, 듣기 좀 그러네요."

장모님 소리에서 살짝 격앙됐던 선정의 목소리는 곧 평정을 되찾았다. 이런 순간에도 선정의 평정심은 참 정떨어졌다.

"엄마, 우리 4월에 결혼해요."

대체 무얼 걱정하고 무얼 겁냈던 것일까? 그녀의 임신 소식을 듣고 흥분한 선정에게 등짝이라도 맞으리라 예상했던 걸까?

무엇을 예상하고 무엇을 기대했는지 희원조차도 알 수가 없었다. 어쩜 저럴까, 울컥하는 마음에 폭탄 하나 덜컥 터뜨려 놓고 오히려 흥분한 건 그녀였다.

가슴을 들썩거리며 숨을 몰아쉬고 있자니, 두준이 물 잔을 손에 쥐어줬다.

"그렇군요."

배신감을 안겨준 딸을 보고 싶지도 않다는 건지, 선정은 두준을 쳐다보며 말을 이었다.

"원한다면 결혼식에 참석할 수는 있지만, 다른 건 기대하지 말아요."

"하, 엄마, 차라리 화를 내요."

머리채라도 잡고 흔들어. 등짝이라도 한 대 치란 말이야.

일정을 통보하듯 무미건조한 선정의 말에 희원의 얼굴은 울상이 됐다.

"그럴 필요 있니? 네 인생이잖니."

다 맞는 말인데, 희원은 숨이 턱 막혔다.

"이 말 하려고 만나자고 한 거면 난 이만 일어나도 되겠죠? 약속이 있어서……."

자신의 전철을 밟으려고 하는 딸은 아예 없는 것처럼 취급하며, 두준을 향해 간결하고 우아한 몸짓으로 인사를 건넨 선정은 뒤도 돌아

보지 않고 룸을 벗어났다.

내내 고개를 숙이고 있던 희원의 눈에서 눈물이 방울져 떨어졌다. 참으려고 이를 악물어봐도 자꾸 끅끅거리는 울음소리가 밖으로 새 나왔다.

"미안, 흑, 해요. 엄마가 좀, 흑, 일반적이지가……."

잘게 떨리는 어깨 위로 따뜻한 손이 얹어졌다. 그의 앞 포켓에 꽂혀 있던 행커치프가 그녀의 눈앞으로 불쑥 내밀어졌다.

"손수건이 필요한 게 맞았네."

행커치프를 받지 못하고 눈물만 뚝뚝 흘리고 있는 희원을 안타까운 눈길로 바라보던 두준이 손수 눈물을 닦아내곤 품으로 당겨 안았다.

결혼식은 4월 22일 토요일 오후 5시로 잡혔다. 진짜 거짓말 하나 안 보태고 눈 한 번 깜짝했을 뿐인데, 결혼식이 코앞으로 다가와 있었다.

한 달도 남지 않은 기간 동안 정말 결혼 준비가 가능하긴 한 걸까 반신반의했던 희원은 놀라울 정도로 착착 진행되는 준비 상황에 혀를 내둘렀다.

희원은 홀몸이 아니라는 이유만으로 모든 번다한 일들에서 제외되는 특혜를 받았다.

그녀가 아니면 안 되는, 드레스를 고르는 일이나 웨딩촬영을 하는 일 외에는 결혼에 관한 모든 것은 두준의 비서실과 한 여사가 알아서 준비했다.

두준만큼이나 자주 만나서 친근해진 시형은 희원에게 계획적인 두준이 훨씬 더 나았다는 하소연을 여러 번 했었다.

번갯불에 콩 구워 먹듯 진행되는 결혼 때문에 가장 많이 힘든 사람은 아무래도 모든 일을 총괄해야 하는 시형일 테니, 당연한 하소연일 것이다.

희원은 시형에게도, 두준에게도, 강 회장 내외에게도, 그녀가 준비해야 할 부분까지 모두 떠넘긴 것 같아 이래저래 미안하기만 했다.

기대도 안 했지만, 선정은 딸의 결혼에 끼고 싶지 않다는 입장을 분명히 했다.

그나마 다행인 건 평상시 제대로 보듬지 못한 딸에 대한 미안함을 가지고 있는 경태의 노력으로 부모 상견례만은 보통의 그것처럼 무사히 넘어갔다.

선정은 시종일관 굳은 표정이었지만, 강 회장 내외가 불편해하지 않을 정도의 예의를 차려주었다.

희원에게 결혼을 앞둔 예비신부의 불안한 마음 같은 건 사치였다. 이 결혼 진짜 해도 되는 걸까 하는 고민도 마찬가지였다. 정신없이 돌아가는 상황에 마음은 돌아볼 여유가 없었다.

남들은 몇 달에 걸쳐 준비하는 걸 한 달도 안 되는 사이에 한다는 건 보통 힘든 일이 아니었다.

물론 번다한 일들에서 제외되는 특혜를 받았다고는 해도 시형이 골라놓은 최상의 것들 중 그녀의 선택을 요하는 일들이 꽤 많았다.

그중 신혼집을 선택하는 문제는 적잖이 난항을 겪고 있었다.

시형이 꼼꼼하게 따져 추려낸 집은 모두 세 채였고, 위치와 구조, 주변 경관을 찍은 사진까지 첨부된 현란한 브리핑을 받은 것이 어제였다.

희원이 세 군데 다 둘이 살긴 너무 크다는 두루뭉술한 의견을 피력한 데 반해, 두준의 의견은 상당히 구체적이었다.

한 군데는 전망이 별로라는 이유로, 한 군데는 생각보다 마당이 좁다는 이유로, 또 한 군데는 위치가 마음에 안 든다는 이유를 대며 트집을 잡았다.

결국, 인내심에 한계를 느낀 시형이 폭발하고 나서야 꼬리를 내린 두준은 집을 직접 보고 결정하겠다는 절충안을 내놓았다.

집을 보러 가는 데 시형과 동행할 거라는 희원의 예상과는 달리, 두준은 홀로 학교 앞을 지키고 있었다.

괜스레 어색했다. 결혼 준비를 하는 동안 두준과 단둘이었던 적이 없었다.

두준보단 그의 주변과 더 가까워진 시간이었고, 그와는 나름 자연스러워졌다고 느꼈다.

하지만 다시 단둘이 되고 보니, 자연스러움은 온데간데없이 사라지고 설렘을 동반한 약간의 어색함이 희원을 지배했다.

그에 반해 두준은 늘 그랬던 것처럼 퍽이나 여유롭게 그녀를 대했다.

"아이 서너 명 정도는 거뜬히 뛰어놀겠네?"

드넓은 마당 중앙에 떡 버티고 선 두준의 말에 현관으로 향하려던 희원이 매섭게 눈을 흘겼다. 전망이 별로인 집과 마당이 좁은 집을 거쳐 도착한, 위치가 마음에 안 드는 집이었다.

깨끗하고 한적한 동네였다. 말끔하게 꾸며진 공원도 근처에 있었고, 골목을 따라 조금만 내려가면 큰길이 나와 교통도 나쁘지 않았다.

아무리 생각해도 위치가 마음에 안 드는 이유를 알 수가 없어 두준에게 묻자, 그는 '형님 댁이 근처에 있어'라는 말을 하곤 입을 꾹 닫아 버렸다.

두준은 세현의 아버지 한준을 싫어하기보단 귀찮아하는 쪽에 가까워 보였다.

두준이 형님의 뒤치다꺼리를 하기 위해 어떤 일을 했는지 모르는 희원으로선 그를 비난하고 싶은 마음은 없었다.

"가족계획 혼자 막 세우고 그러지 마세요."

"누가 뭐래? 두줄이 친구들이 놀러 올 때를 대비해서 얘기한 것뿐이야."

이미 현관 앞에 도착한 희원을 따라잡은 두준이 장난스럽게 씩 웃어 보였다.

시형은 요 근래 두준의 웃음이 늘었다는 말을 했다. 그게 그녀 때문이든 아니든, 희원은 두준의 웃음이 싫지 않았다.

"불 좀 켜야겠는걸요. 스위치가……."

세 번째 집까지 오는 동안 해는 이미 기울대로 기울어 집 안은 짙은 어둠에 싸여 있었다.

현관에 선 채 부지런히 두리번거리는 희원의 뒤에서 현관문이 '딸깍' 소리를 내며 닫혔다.

두준이 그랬을 거라는 걸 알면서도 희원은 괜스레 움찔했다.

빈집 특유의 냄새가 떠돌던 공간이 두준의 상쾌한 향으로 채워졌다고 느끼는 순간, 그가 희원을 덮칠 듯 다가와 있었다.

"부, 불 좀 켜자니까요. 갑자기 왜……."

어둠 속에서 두준의 팔이 쑥 뻗어오자, 희원은 한 발 뒤로 물러났다.

장난이라도 칠 요량인지, 아니면 다른 의도가 있는 건지, 두준은 한 발 넓혀진 간격을 다시 줄여놓았다.

"두준 씨, 장난 그만해요."

한 발짝 더 물러나는 희원의 목소리에 얕은 떨림이 깔려 있었다.

아랑곳없이 다가선 두준은 그녀에게 입이라도 맞출 듯 상체를 기울여 왔다. 희원의 가슴이 세차게 두근거리기 시작했다.

거의 매일이다시피 만났지만, 두준은 첩보영화를 찍었던 그날 이후로 야릇한 분위기를 조성할 만한 신체 접촉은 하지 않았다. 근래 두준은 그녀와의 대화에 공을 더 들이는 눈치였다.

서로를 잘 모르는 것에 대해 불안해하는 희원을 위한 배려라는 것을 알면서도, 그녀는 정신적으로 거리를 좁히는 대신 육체적으로는 왠지 멀어진 것 같은 지금의 상황에 서운해하는 오묘한 감정을 겪고 있었다.

그녀의 감정을 떠나, 두준이 자신에게 성적으로 매력을 느끼지 못하는 것은 아닐까 걱정이 되던 참이었다.

두줄이라는 근본적인 이유를 제외한다면 그들의 결혼은 육체적인 면에 근간을 두고 있다고 해도 무방했다.

서로에 대한 원초적인 끌림은 순조로운 결혼생활을 유지하는 데 훌륭한 가교 역할을 할 것이 분명했다.

하지만 두준에게 대놓고 원초적인 부분에 대한 그의 생각이 변했는지 물을 수는 없었다.

이게 상당히 이상야릇한 문제라, 그와 육체적인 관계를 바라는 것으로 비춰질 게 뻔한 물음을 돌려 말할 방법을 찾지 못하고 벙어리 냉가슴 앓듯 전전긍긍하며 눈치만 보는 중이었다.

하룻밤 만에 이런 거 저런 거 다 해봤던 지난 일은 없었던 것처럼, 결혼 준비를 하는 동안 막 연애를 시작한 연인처럼 그의 손을 잡는 것도 조심스러웠다.

어떤 순간에도 독보적인 존재감을 뽐내며 근처에 있는 것만으로도 야릇한 긴장감을 선사하는 그가 점점 손대기 힘든 존재처럼 느껴지던 참이었는데, 그건 단순히 그녀만의 착각이었던 것일까?

앓았던 냉가슴이 억울할 지경이었다. 어둠에 휩싸여 있다고 금세 이렇게 질척해지는 걸 보면 그녀가 그의 매력에 끌리는 것처럼 두준도 여전히 끌리고 있는 게 분명했다.

기다렸다는 듯 냉큼 받아주는 건 꼴이 좀 우스워 보이지 않을까 싶었지만, 그녀에겐 튕길 만한 마음의 여유가 남아 있지 않았다.

희원은 키스를 해오면 받아줘야겠다는 생각을 하며 살그머니 눈을 감았다.

그보다 더한 것도 나눈 사이에 키스 정도는 일도 아니었다.

바짝 다가든 그의 가슴에 손을 올린 희원이 고개를 한껏 젖히고 발돋움했다.

그의 향기가 먼저 그녀를 훅 덮치고 들어왔다. 곧 겹쳐질 입술에 희원의 가슴은 무서울 정도로 두근댔다.

감긴 눈꺼풀에도 불구하고 갑자기 눈앞이 환히 밝아지는 걸 느낄 수 있었다. 곧 있을 키스에 대한 환희로 인해 겪는 현상이라고 하기엔 너무 인위적인 밝음.

코를 찡긋한 희원이 슬그머니 한쪽 눈꺼풀을 들어 올렸다. 우스워 죽겠는 것 같은 두준의 얼굴이 코앞에서 그녀를 내려다보고 있었다.

"불 켜달라며? 스위치가 여기 있어서."

두준의 손이 뻗어 나간 뒤쪽에 진짜 스위치가 떡하니 자리 잡고 있었다.

"말을 해줬어야죠. 난 그런 줄도 모르고……."

"그런 줄도 모르고 뭔가 다른 걸 바랐나?"

"바라긴 뭘 바라요? 불 켜는데 이딴 식으로 폼 잡는 사람이 어디 있어요. 저리 비켜요."

희원이 탄탄한 가슴에 올려져 있던 오른손을 들어 툭 치자, 두준은 기분 좋게 웃었다.

"난 다른 걸 바라고 폼 잡은 거거든."

두준의 은근한 목소리가 빈집에 울려 퍼졌다.

스위치 부근에 놓여 있던 손이 옮겨와 희원의 옆머리를 정돈하는 척하며 귓바퀴를 스치더니 결국 귓불을 만지작거리기 시작했다.

"향수 뿌렸어?"

"아, 아니요. 왜요?"

뭘 했다고 희원은 숨부터 가빠졌다. 두준의 동공에 맺힌 그녀의 모습은 반짝반짝 윤이 나는 것만 같았다.

"당신 근처로 다가설 때마다 좋은 향기가 나거든."

향기를 빨아들이기라도 하는 것처럼 두준이 눈을 지그시 감고 숨을 크게 들이마셨다.

"샤, 샴푸 냄새일 거예요. 요즘 샴푸는 냄새까지 좋지 뭐예요."

"샴푸 향 말고, 여기서 나는 향기를 말하는 건데."

두준의 얼굴이 예고도 없이 그녀의 목덜미 부근으로 툭 떨어졌다.

코끝이 닿은 것도 같고, 입술이 닿은 것도 같고. 희원은 온몸에 소름이 오소소 돋았다.

봄 날씨답지 않게 기온이 좀 높긴 했어도 땀이 나진 않았는데 땀 냄새일 리는 없고, 기껏해야 바디클렌저 냄새 정도겠지 생각하며 마음을 좀 진정시키려던 찰나, 뜨겁고 부드러운 것이 목에 닿았다. 거칠긴 했어도 잘 내쉬고 있던 숨이 일시에 멈춰 버렸다.

"장희원 살 냄새."

"헉! 가, 간지러워요."

희원은 참았던 숨을 헐떡거리며 기어들어 가는 목소리로 간신히 한마디를 뱉어냈다. 목이 절로 움츠러들었다.

"은은하면서도 달콤한 데다 상당히 자극적이지."

"윽, 두준 씨, 왜 무, 물고 그래요?"

입술이 맞물리듯 문 거라 아픈 것도 아니었다. 하지만 희원은 무언가 몸을 관통하는 것 같은 짜릿함에 아픈 것 같다고 느꼈다.

"그 밤, 이 향기에 취해 정신을 차릴 수가 없었는데……."

두준은 말과 함께 거친 숨을 토해내며 그녀의 목을 따라 볼까지 거슬러 올라왔다.

'그 밤'이 마치 마법의 결계를 푸는 주문이라도 되는 것처럼 희원의 몸은 두준과 함께했던 밤으로 되돌아간 듯 전율했다.

"매순간 시시때때로 당신을 가지고 싶어 미치겠어."

그의 입술은 이제 그녀의 입술 근처까지 와 있었다.

빠르고 쉽게 자신의 뜻을 전달하기 위해 직설화법을 즐겨 쓰는 패스트푸드 강두준이라는 건 이미 알고 있었지만, 이렇게 노골적으로 자신의 욕망을 표출한 적은 없었다.

어떻게 반응해야 할지 종잡을 수 없는 당혹스러움 속에서 희원의 몸만은 정직하게 반응하고 있었다.

아까부터 두준의 가슴을 차지하고 있던 희원의 손이 단단한 어깨를 타고 올라가 목 뒤로 감겼다. 그것이 순리인 것처럼 입술이 겹쳐졌다.

솔직한 그의 몸과 솔직한 그녀의 몸이 빈틈없이 만났다. 희원의 입 안으로 침범해 뜨겁게 엉켜든 혀는 거침과 부드러움을 절묘하게 섞어 노련하게 움직이고 있었다.

첩보영화 찍을 때 나누었던 짧은 키스를 만회하려는 듯, 두준은 그녀를 집요하게 얽어매고 놓아주지 않았다.

그가 얼마나 많이 그녀를 원하고 있는지 키스 하나만으로도 명확히 느낄 수 있었다. 그리고 그보다 더 명확한 사실은 그녀 또한 그를 절실히 원하고 있다는 것이었다.

서로에게만 충실한 시간, 시간도 공간도 그들의 의식 속에서 멀어져 가고 있었다.

다리에서 힘이 빠진 희원은 두준의 목을 생명줄인 양 감쌌고, 그는 그녀를 놓칠세라 두 팔로 단단히 얽어맸다.

"아, 창피. 뽀뽀한다, 뽀뽀."

빈집에서 들릴 리 없는 앙증맞은 어린아이의 목소리가 들려왔을 때, 둘은 놀라기보다 멍한 상태로 입술을 뗐다.

접점이 사라진 뒤에도 서로에게서 시선을 떼지 못하고 숨만 거칠게 몰아쉬었다.

"소리, 들었어요?"

두준이 부드러운 손길로 희원의 머리를 정리하며 고개를 끄덕였다.

"정말요? 이거 뭐죠? 설마 우리 두줄이 초능력자인 건가요?"

"하하하, 고등학교 교사치곤 상상력이 너무 풍부한 거 아니야?"

"하지만 아까 아이 목소리가……."

"연떠데. 두쭈 아닌데."

앙증맞고 귀여운 혀 짧은 소리가 좀 더 명확하게 들려왔다. 두준과 희원은 그대로 부둥켜안은 채 소리가 들린 쪽으로 고개를 돌렸다.

감탄사가 절로 튀어나올 만큼 귀엽게 생긴 여자아이가 눈을 초롱초롱 빛내며 그들을 바라보고 있었다.

너무 뒤늦게 화들짝 놀란 희원이 두준을 밀어내며 품에서 벗어났다.

"두준 씨, 나만 보이는 거 아니죠? 혹시 천사나 그런 건 아니겠죠?"

"연떠예요. 차연떠."

"꺄아, 어머, 귀여워라. 두준 씨, 너무 예쁘죠? 얘, 너 어디서 왔니?"

희원의 관심은 순식간에 아이에게로 넘어가 버렸다.

짤막한 비명을 내지르며 아이에게로 다가가는 희원의 뒤를 따르는 두준의 표정이 떨떠름했다. 희원의 관심을 빼앗아간 꼬마가 영 마음에 들지 않았다. 정말 우습게도 조막만 한 꼬마한테조차 희원의 관심을 빼앗기고 싶지 않았다.

"꼬마, 엄마 어디 있어? 남의 집에 몰래 들어오고 그러면 안 되는 거 몰라?"

부러 꾸민 것도 아닌데, 두준의 말은 제법 딱딱하게 흘러나왔다. 아이는 겁을 집어먹은 건지 쪼그려 앉아 있는 희원의 품으로 냉큼 뛰어들었다.

"왜 그렇게 무섭게 말해요? 아이가 놀라잖아요?"

아이를 끌어안으며 희원이 흘겨보자, 두준의 표정은 더욱 일그러졌다.

그러거나 말거나 두준은 안중에도 없는 희원은 나긋하게 흩어져 있는 아이의 앞머리를 쓸며 다정하게 웃어 보였다.

"아가, 이름이 연떠라고?"

"아니, 연뗘."

"음, 연서?"

"네."

"그렇구나. 연서야, 여긴 어떻게 들어왔어?"

"조기 문 열고."

아이가 거실 뒤쪽으로 난 통로를 손가락질로 가리키고 있었다.

"그래? 그럼 같이 가볼까?"

"네."

힘차게 고개를 끄덕인 연서가 희원의 손을 잡고 이미 빠끔 열려 있는 뒷문으로 이끌었다.

아이의 템포에 맞춰 천천히 발걸음을 떼면서 희원은 굳은 표정으로 뒤를 따르는 두준을 힐끔 쳐다봤다.

보드랍고 고물거리는 아이의 손을 잡은 이 순간이 현실 같지가 않았다. 지나치게 예쁜 아이의 외모가 그녀의 그런 생각에 힘을 보태고 있었다.

비정상적으로 황홀했던 키스부터가 현실적이지 않았다. 카펫조차 깔리지 않은 바닥에 눕히기라도 할 것처럼 열정적이었던 두준은 어떻고.

그녀도 느끼지 못하는 사이 다른 차원으로 들어와 버린 것은 아닌가 하는 의심이 일었다.

아기 천사의 손에 이끌려 저 문으로 나가게 되면 뒤뜰이 나오는 게 아니라, 생전 본 적 없는 새로운 세상이 나타날 것만 같은 환상에 사로잡혔다.

"두준 씨, 우리 이상한 세상에 들어와 있는 건 아닐까요?"

"꼬맹이가 방해하지 않았다면 환상적인 세계로 갈 뻔했지."

두준은 조그만 방해꾼에 대한 불만으로 계속 투덜대고 있었다.

희원이 믿지 않게 흘겨보자, 두준이 씽긋 웃으며 그녀의 코를 살짝 비틀었다 놓아줬다.

"뽀뽀. 뽀뽀. 뽀뽀."

연서가 희원과 잡은 손을 일렁이며 노래를 부르듯 '뽀뽀'를 연발했다.

"연서야. 연서야, 어디 있니? 아빠 오셨다."

"엄마아."

맑은 여자의 음성이 문 건너편에서 들려왔다.

아이는 듣기만 해도 기분 좋아지는 까르르 하는 웃음소리를 내며 희원의 손을 놓고 뒤뚱뒤뚱 넘어질 듯 달려갔다.

활짝 열린 문 너머엔 생각지도 못한 다리가 유려한 곡선을 선보이며 옆집과 연결되어 있었다.

"두준 씨, 이게 뭐예요?"

공들인 티가 물씬 풍겨나는 다리를 멍하니 쳐다보고 있다가 두준을 돌아보며 묻자, 그는 별일 아니라는 듯 어깨를 으쓱해 보였다.

"이 실장한테 보고받은 바로는 곧 보수할 거라고 했는데, 아직 안 했나 보네."

"두준 씬 알고……."

"연서야, 뛰지 마. 넘어져."

하던 말을 멈춘 희원이 선명하게 도드라진 여자의 목소리가 들린 쪽으로 고개를 돌렸다.

뛰지 말라는 당부에도 아랑곳없이 연서는 까르르거리는 경쾌한 웃음을 멈추지 않으며 양팔을 벌린 여자를 향해 내달리고 있었다.

아름다운 광경이었다. 아기 천사 같았던 아이만큼이나 연서의 엄마는 아름다운 외모를 가지고 있었다.

모녀를 유심히 바라보던 희원이 무엇에 놀랐는지 '어머!' 하는 소리를 내며 두준의 팔을 덥석 끌어안았다.

"저 사람 윤이수예요."

까치발을 한 희원이 두준의 귓가에 입술을 가져다 대며 작게 속삭였다. 나릿하게 날아드는 숨결에 두준은 그녀의 말을 제대로 알아듣지 못했다.

"뭐?"

"소설가 윤이수요."

"그래? 차 회장님 와이프가 글을 쓴다는 소릴 듣긴 했는데, 유명한 작간가?"

"그럼요. 두 달 전인가 TV에도 나왔었는데. 두준 씨, 혹시 잘 아는 사이예요?"

"차 회장님하고는 좀 알지."

밋밋한 두준의 대답에도 불구하고 희원의 얼굴엔 기대감이 번져 갔다.

"어머나, 잘됐다. 두준 씨, 난 이 집 정말 마음에 드는데, 우리 이 집으로 결정하면 안 돼요?"

"안 될 거야 없지만, 여기저기 보수도 해야 하고 바로 입주하는 건 아무래도……."

"당분간 당신 오피스텔에서 지내면 되죠. 어차피 다른 두 집도 바로 입주 못 하는 건 비슷하잖아요. 우리 여기로 해요, 네?"

간절함이 담긴 희원의 총명한 눈에 두준의 심장이 빠른 뜀박질을 시작했다.

자신의 눈빛이 그에게 어떤 반응을 불러일으키는지 모르는 희원은 되도 않은 애교까지 섞어가며 두준의 팔을 흔들어댔다.

"네가 원한다면, 그래. 그렇게 해."

"고마워요, 두준 씨."

희원의 얼굴에 화사한 웃음이 번지자, 두준도 덩달아 미소를 지었다.

결혼 준비를 시작한 이후, 아니, 타임에서의 그 밤 이후 처음으로 마주하는 환한 얼굴이었다.

두준의 손이 절로 희원의 입가로 향했다. 기뻐하는 모습만으로도 두준의 가슴을 뿌듯하게 채우는 여자는 장희원이 유일했다. 두준은 무어라도 해주고 싶은 욕구가 샘솟았다.

"안녕하세요. 집 보러 오신 거죠?"

"엄마야."

두준을 향해 서 있던 희원이 가깝게 들린 목소리에 놀라 그의 뒤로 숨어들었다.

"어머, 내가 놀라게 했나 보네요. 미안해요."

"아, 아니에요. 안녕하세요. 윤이수 작가님이시죠?"

얼른 다시 모습을 드러낸 희원이 깍듯하게 고개를 숙여 보였다.

"저를 아세요?"

"물론이죠. 팬인걸요."

"어머, 고마워라. 집은 마음에 들어요?"

"네. 너무 마음에 들어요. 그렇죠? 두준 씨."

두준을 향해 묻자, 그는 짧게 고개를 끄덕였다.

"다행이네요. 이 다리는 곧 철거하고 담장도……."

"아니요. 이렇게 예쁜 다리를 없애다니요. 괜찮으시다면 그냥 두면 안 될까요?"

팬심 폭발한 희원이 재빨리 말리고 나섰다.

좋아하는 소설가와 이웃해서, 그것도 언제든 오갈 수 있는 다리를 사이에 두고 지낼 기회는 아무한테나 주어지는 게 아닐 것이다.

"추억이 있는 다리라 저희도 그냥 둔다면 좋겠지만, 우리 연서가 귀찮게 할까 봐서요."

"엄마, 뽀뽀. 뽀뽀."

제 이름이 불리자 신이 난 연서가 이수의 다리에 매달려 다시 '뽀뽀' 소리를 해댔다.

"뽀뽀는 조금 있다가. 엄마 지금 대화 중이잖아."

"아니, 뽀뽀. 무떠운 아찌랑 이쁜 언니 뽀뽀."

"아하하. 연서가 뽀뽀를 엄청 좋아하나 봐요."

금세 얼굴이 발그레해진 희원이 어설픈 웃음을 흘리며 말을 돌렸다. 장대처럼 버티고 선 두준은 여전히 연서를 못마땅한 눈으로 쳐다봤다.

"연떠 뽀뽀 좋아."

"아빠도 뽀뽀 좋아하는데. 예쁜 연서가 해줄 거지?"

낯선 목소리가 툭 끼어들었다.

"빠아."

또다시 까르르 하는 웃음소리가 터져 나왔다.

다리 끝에 막 발을 올려놓은 키 큰 남자를 향해 뒤뚱거리며 달려간 연서가 그에게 안기자마자 침을 한가득 머금은 입술을 볼에 찍어댔다.

안 그래도 미남인 남자의 얼굴이 눈부시도록 환히 밝아졌다.

그저 단순한 부녀 상봉일 뿐인데 희원은 넋을 놓고 쳐다봤다. 영상미가 뛰어난 CF를 보고 있는 것 같은 착각이 일었다.

희원은 연서를 안고 걸어오는 성현에게서 눈을 떼지 못했다. 겹쳐지는 영상엔 사심이 가득 담겨, 연서를 안은 사람은 이미 두준으로 바뀌어 있었다.

그런 희원의 속내를 모르는 두준의 눈썹이 꿈틀거리며 춤을 췄다. 상당히 마음에 안 드는 눈치였다.

헛기침을 하던 두준이 희원의 손을 거머쥐고 나서야 그녀의 시선이 그에게로 옮겨왔다.

남의 남편한테 눈길 주지 말라는 말도 못 하겠고, 두준은 그저 담백하기만 한 희원의 표정을 보면서 이상하게 속이 쓰렸다.

미간을 한 번 구겨 보이는 것으로 의사 표현을 대신한 두준이 성큼 다가선 성현에게 먼저 인사를 건넸다.

"오랜만입니다, 선배님."

성현이 반갑게 손을 내밀었다. 두준과 성현은 같은 학교 선후배 사이였다.

"그러게. 경제인 모임에서 본 게 마지막이니까, 6개월 만인가? 한준이는 근처에 살아서 오다가다 한 번씩 얼굴이라도 보는데, 두준이 넌 도통 볼 기회가 없으니 말이야. 한준이한테 소식은 들었다. 22일 결혼한다고?"

성현과 한준은 고등학교 동창이었다. 끼리끼리 어울린다고, 엇비슷한 환경에서 자라다 보니 이래저래 겹쳐지는 부분들이 있어 친하진 않아도 서로 다 안면은 있는 사이였다.

"네. 형수님이랑 같이 오셔서 식사나 하고 가세요."

"그래야지. 근데 이 집 사려고? 한준이네 근처로 오기 싫다고 했다는 소릴 들은 것 같은데."

"그랬는데, 우리 희원이가 이 집이 마음에 든다고 하네요."

두준의 '우리' 공격이 또 시작되고 있었다. '우리'라는 말로 그녀를 묶는 것도 모자라 어깨에 팔까지 턱 두르며 희원을 바짝 끌어당겼다.

이 남자가 갑자기 왜 이러나 싶어 희원은 멋쩍게 웃으며 팔을 걷어내려 해보았지만, 살짝 굳은 두준의 표정만큼이나 팔도 굳건하게 감겨 있었다.

"두준 씨, 팔 좀⋯⋯."

두준은 희원이 작게 속삭인 말은 듣지도 못한 것처럼 팔을 풀 생각도 않고 말만 가로챘다.

"우리 희원이가 아기를 가졌거든요. 마당이 넓어서 아이들 뛰어 놀기 딱 좋겠다며 마음에 든다고 하니 어쩔 수 없죠, 뭐."

"두준 씨!"

얼굴부터 붉어진 희원이 힘주어 두준을 불렀지만, 이미 늦어버린 뒤였다.

좋아해 마지않는 윤이수 작가를 면전에 두고 속도위반 커밍아웃이나 하고 있는 이 상황이 심란하기 그지없었다.

그래 봐야 소용도 없다는 걸 알았지만, 못마땅한 눈길로 두준을 흘겨볼 수밖에 없었다.

희원이 이현 문학상 수상작인 이수의 처녀작 '그리운 그대여'를 읽게 된 건 대학을 졸업할 무렵이었다.

우리나라에선 제법 권위 있는 문학상 수상작이니까 영 엉망은 아니겠지라는 생각으로 별 기대 없이 읽기 시작했는데, 재탕에 삼탕까지, 완전히 윤이수 작가 팬이 되어버렸다.

이수의 글은 군더더기 없이 깔끔하면서도 정이 넘쳐흘렀다. 질척거리거나 끈적이는 정이 아니라, 마음이 푸근해지는 그런 정이 글 전체에 깔려 있었다.

눈물 박하기로 소문난 희원은 책을 읽으면서 훌쩍거리기까지 했다.

꼭 한 번 만나보기를 소망했던 작가였다. 두준은 그런 사람과 이웃사촌이 된다는 기쁨에 들떠 있는 희원에게 찬물을 확 끼얹은 셈이었다.

가식적인 이미지를 꾸며내고 싶은 마음은 없었지만, 그래도 이건 아니었다.

"어머, 축하드려요. 잘됐다. 우리 이웃사촌 되면 병원 같이 다니면 되겠다. 그렇죠? 여보."

의외의 반응에 심란했던 희원의 얼굴이 다시 밝아졌다.

연서를 안은 성현이 흐뭇한 미소를 지으며 이수의 볼을 엄지로 쓸었다. 바라보는 눈빛에는 애정이 아주 뚝뚝 흘렀다.

"병원은 나랑 가야지."

"당신 바쁠 때도 많잖아요. 일부러 시간 빼느라 야근까지 하게 되면 괜히 속상하더라."

콧잔등을 찡긋거리면서 말하는 이수는 희원의 눈에도 사랑스러워 보였다. 그건 성현의 눈에도 마찬가지였는지, 그의 손이 자연스럽게 이수의 머리를 쓸었다.

두줄이의 행복이 궁극적인 목적이 되어버린 그들과는 너무 다른, 서로에 대한 사랑이 넘치는 아름다운 부부였다.

"여태 성함을 안 물어봤네. 뭐라고 부르면 좋을까요?"

"아, 네. 장희원이에요."

"희원 씨, 몇 개월이나 됐어요? 난 6개월째 접어들었는데."

"이제 11주 됐어요."

이수가 6개월이라고 얘기하니 그런가 보다 하지, 치마 끝자락에 자수가 놓인 루즈한 살구 색 원피스를 입은 그녀는 전혀 임신한 사람 같아 보이지 않았다.

"얼마 안 됐구나! 우리 나중에 같이 병원 다녀요. 네?"

"저야, 영광……."

"형수님, 그건 좀 곤란하겠는데요. 첫아이라 병원은 되도록 함께 다니고 싶거든요."

희원의 입이 멍하니 벌어졌다. 그가 두줄이의 행복에 대해 지대한 관심을 기울이고 있다는 건 알고 있었지만, 뭐 이렇게 또 남 앞에서 열정을 불태우기까지.

"그렇겠네. 그걸 생각 못 했네요. 아쉽지만 어쩔 수 없죠, 뭐."

"아니요. 저는……."

희원의 말은 어깨를 더 꼬옥 감싸는 두준의 손길에 멈춰 버렸다. 아무래도 윤이수 작가와는 이웃사촌으로 만족해야 할 것 같았다.

"어쨌든 정말 잘됐어요. 임신한 뒤로 관리하기도 힘들고 해서 집 내놓고는 은근 걱정했는데. 희원 씨 같은 예쁜 사람이 이웃사촌이 된다니 얼마나 다행스러운지 몰라요."

"이사는 언제쯤 예정인가? 그전에 다리 철거하려면……."

"여보, 희원 씨가 이 다리 마음에 든다고 하네요. 집 파는 건 몰라도 다리 없애는 건 영 마음에 걸렸었는데, 잘됐지 뭐예요. 두준 씨만 괜찮다고 하면 그대로 두고 싶은데. 괜찮을까요?"

이수의 물음에 희원은 눈을 반짝이며 두준을 바라봤다. '괜찮다'고 했으면 하는 간절함이 담긴 눈빛이라 두준은 얇은 한숨을 뱉어낼 수밖에 없었다.

"네, 괜찮습니다. 없애긴 아까운 다리네요."

"잘됐군."

"그렇죠, 여보. 정말 잘됐어요."

두준으로선 이게 정말 잘된 일인지 명확한 판단을 내리기 힘들었지만, 희원의 바람을 들어주지 않을 수 없었다.

두준도 깨닫지 못하는 사이 그의 인생에 대한 모든 결정권은 이미 희원에게로 넘어간 것 같았다.

✤

희원은 텅 빈 화장대 앞에 멍하니 앉아 있었다. 그녀의 짐은 이미 두준의 오피스텔로 모두 옮긴 뒤였고, 신혼여행은 차후로 미뤄진 터라 따로 짐을 꾸릴 필요는 없었다.

내일 아침 일찍 시형이 데리러 오기 전까지 희원은 아무것도 할 일이 없었다.

꼭 태풍이 들이닥치기로 예정되어 있는 전날 밤 마음을 졸이고 있는 것 같은 느낌이었다.

똑똑.

뜬금없는 노크 소리에 멍한 상태에서 깨어난 희원이 문을 벌컥 열자, 미란이 멈칫하며 한 발 뒤로 물러났다.

"웬 노크? 놀랐잖아."

"이놈의 계집애는 예의를 지켜줘도 난리야."

"안 하던 짓 하니까 그렇지."

"잔말 말고 나와. 팩이나 하자."

"귀찮은데."

"얼른 못 나와? 한 번뿐인 결혼인데 예쁘게 보여야 할 거 아니야."

미란이 잡아끄는 걸 못 이긴 척 받아들였다.

고등학교 졸업 후 줄곧 미란과 함께였다. 자신이 섭섭해하는 만큼 미란 또한 섭섭해한다는 걸 느낄 수 있었다.

"신혼집은 결정했어?"

"응."

집으로 돌아오는 차 안에서 이수와의 만남으로 흥분한 희원과는 달리 두준은 내내 굳은 표정이었다.

폭발하기 일보 직전인 것 같은 표정을 참다못한 희원이 이유를 묻자, 남의 남편한테 왜 눈길을 주냐는 트집이 되돌아왔다.

황당한 표정으로 그런 적 없다고 했는데도 두준의 표정은 풀릴 기미를 보이지 않았다. 마치 질투를 하는 것처럼 보여서 기분이 묘했다.

"집은 마음에 들어?"

"어? 어. 미란아, '그리운 그대여' 작가 윤이수 생각나? 왜 내가 읽으면서 우는 거 보고 너도 읽었잖아."

"기억하지. 근데 그건 왜?"

"히히, 우리 옆집에 윤이수 작가가 산다."

"정말?"

"응, 정말."

"좋냐? 좋기도 하겠다. 난 아빠한테 끌려 들어가게 생겼는데 퍽이나 좋겠다."

"아버지가 들어오라고 하시니?"

"너랑 같이 산다고 안 했으면 애초에 독립 같은 것도 없었어. 계집애, 어쩌자고 사고는 쳐가지고 내 자유를 뺏어가는 거야."

"미안하다, 사고 쳐서. 그러지 말고 이참에 민욱이랑 결혼해."

"결혼을 혼자 하니? 청혼도 안 하는데 무슨 결혼을 해."

미란이 못마땅한 표정으로 입을 삐죽거렸다.

"네가 청혼하면 되지. 쿨하고 형식에 얽매이는 법 없는 황미란의 입에서 나올 법한 말은 아닌 것 같다."

"시끄러, 이 계집애야. 어서 눕기나 해. 결혼 특별 기념으로 오늘 팩풀 서비스는 이 언니가 한다."

"말 돌리지 말고. 민욱이랑 결혼 생각은 없는 거야?"

희원이 자리에 누우며 은근히 묻는 말에 미란은 금세 시무룩해졌다.

"그런 거 아니야. 이민욱한텐…… 그게 쉽지가 않아. 휴, 자꾸 위축되고 자신감도 떨어지고. 그 녀석 앞에선 내가, 내가 아닌 것 같단 말이야."

"황미란, 자신감을 가져. 내가 민욱이랑 정말 많이 친해서 아는데, 민욱인 네가 생각하는 것보다 더 많이 널 사랑하고 있어."

바삐 움직이는 미란의 손을 꼭 잡고 한 말에 그녀는 울먹이기라도할 듯 얼굴이 일그러졌다.

"울진 마라. 그러다 나도 따라 울면 못난이 신부 된다."

"걱정 마. 지금도 충분히 못난이라 더 못생겨질 일은 없을 거야."

"이걸 그냥 확."

"어어, 인상 펴. 얼굴에 주름 생긴다."

"걱정해 줘서 고맙다. 너도 누워."

"그럴까?"

미란도 마스크팩을 뒤집어쓰고 희원 옆에 누웠다.

"두줄이 아빠 어때?"

"뭐, 잘생기고, 돈 많고, 능력 있고, 달리기도 잘하고, 책임감도 있고, 모자란 게 없는 사람이지."

"정말 괜찮겠어?"

"뭐가?"

미란이 그녀를 보며 조심스럽게 물은 말에 희원은 눈을 감은 채 아무렇지 않은 듯 질문을 되돌렸다.

"사랑 없이 결혼하는 거 말이야."

"음, 좋아지긴 했어. 좋은 사람이야. 그리고 무엇보다 울 엄마처럼 지나치게 냉정하지도 않고, 울 아빠처럼 지나치게 열정적이지도 않고, 그래서 좋아. 잘 해나갈 수 있을 거야."

마지막은 미란에게 하는 말이라기보다 희원 자신에게 하는 말이나 다름없었다.

두준에게서 아직까진 참기 힘들 정도로 싫은 점을 발견하지 못했다. 매일매일 조금씩 좋아지고 있었고, 계속해서 더 좋아질 거라 믿었다.

"희원아, 너 결혼하고 나서도 우린 계속 제일 친한 친구지?"

"글쎄, 원래도 제일 친한 친구가 아니었는데 결혼한다고 달라질 건, 으악! 야, 간지러워. 얼굴에 주름 생겨. 윽, 하하하."

"너 오늘 죽었어. 뭐? 원래도 제일 친한 친구가 아니야?"

희원의 요란한 웃음소리와 미란의 목소리에 묻혀 전자음이 들리지 않았다.

예고도 없이 벌컥 열린 문 앞에 나타난 민욱은 양손에 들린 비닐봉투를 흔들어 보였다.

"짜잔! 야, 너희들, 나 빼고 둘이만 파티 하는 거 아니지?"

"왔어?"

"오, 이민욱."

"헉, 너희들 얼굴이 그게 뭐야?"

움찔 놀라는 민욱을 보며 미란이 황급히 마스크팩을 떼어냈다.

"희원이가 같이 하자고 해서…… 뭐 사왔어?"

가지고 온 꾸러미를 풀어놓는 민욱의 옆에서 미란이 열심히 손을 보탰다.

자리에서 일어나 앉은 희원이 절친한 친구 둘을 물끄러미 바라봤다. 저 친구들 덕에 그녀의 삶은 일정 부분 풍요로웠다. 참 감사한 일이 아닐 수 없었다.

"뭐 해? 장희원. 얼른 와."

"뭐 먹으면 안 될 것 같은데."

"안 될 정도로 먹으랬나? 분위기만 내. 야, 그리고 얼굴에 붙은 그 것 좀 떼. 꿈에 나올까 무섭다."

이 정도면 결혼 전야치곤 참 괜찮다고 느꼈다.

희원은 좀 전부터 정신이 하나도 없었다. 두준이 왜 첩보영화 찍기를 불사했는지 새삼 깨닫게 되는 순간이었다.

각양각색의 한복을 차려입은 한 무더기의 한 여사들이 희원을 에워싸고 사진을 찍거나, 살갑게 손을 잡거나, 질문을 퍼부어댔다. 그러다 곧 이모님들끼리의 환담이 이어졌다.

"목석 강두준이 또 이런 재주가 있는 줄은 몰랐네."

첫째 이모님이 말했다.

"아이고, 언니, 무슨 소리야. 우리 두준이가 아기 때부터 고추는 꽤나 실했잖아. 호호호."

둘째 이모님이 말했다.

"호호호, 그래, 맞아, 언니. 고추만 실했어? 엉덩이도 포동포동한 게 얼마나 예뻤어. 여태 썩혀둔 게 아까울 지경이지. 호호호."

셋째 이모님이 말했다.

"아유, 언니들, 새 신부 앞에서 못 하는 소리가 없네. 주책들이야, 진짜."

넷째 이모님의 말에 첫째, 둘째, 셋째 이모님들이 소녀처럼 까르르 웃어댔다.

"근데 너희들은 안 궁금하니? 우리 두준이 잠자리에서도 계획적일 것 같지 않아? 1분 동안 옷 벗고, 3분 동안 입 맞추고, 뭐 이렇게. 호호호. 조카며느리, 조금만 얘기해 주면 안 될까?"

첫째 이모님의 물음에 희원은 얼굴이 빨개져서 안절부절못했다.

"아우, 진짜, 그런 걸 물어보면 어떡해. 우리 조카며느리 얼굴 빨개졌네."

둘째 이모님이 눈을 찡끗거리며 첫째 이모님을 나무랐다.

"언니는 어쩜 그렇게 생각이 없수. 계획적으로 움직이는 것 같았으면 결혼 전에 애부터 만들었겠어? 가만 보니 우리 두준이 조카며느리한테 흠뻑 빠진 것 같더구먼. 물불 안 가리고 덤빈 거지. 안 그래? 조카며느리?"

셋째 이모님의 물음에 희원은 빨개진 볼을 손으로 감싸며 고개를 모로 틀었다.

"언니, 그게 아니지. 조카며느리 잡으려고 계획적으로 애부터 만든 거겠지. 암튼, 빠져도 보통 빠진 게 아니라니까. 아깐 정말 우리 두준이 아닌 줄 알았잖아. 입이 귀에 걸렸더구먼."

넷째 이모님이 붉게 칠한 입술 끝을 양손으로 쭉 끌어 올려 보였다.

"아이고, 얘, 말도 마라. 나는 노안이 와서 잘못 본 게 아닌가 했다. 그래서 요렇게 찍었잖아. 두고두고 보려고."

첫째 이모님이 휴대폰을 조작해 활짝 웃고 있는 두준의 사진을 화면 가득 띄워 자랑스레 흔들어 보였다.

"어머, 왜 그 생각을 못 했지. 나도 몇 장 찍어둘 건데. 언니, 그러지 말고 우리 다 같이 공유하자. 응?"

첫째, 둘째, 셋째, 넷째 이모님들이 휴대폰을 들고 머리를 맞댄 채 연신 감탄사를 내뱉었다.

"아유, 사진으로 보니까 우리 두준이 더 멋있어 보인다. 봐봐. 둘이 정말 잘 어울리는 것 같지 않아?"

넷째 이모님이 휴대폰 화면을 가득 채운 두준의 얼굴을 희원 가까이 들이대며 흐뭇한 미소를 지어 보였다.

"우리 두준이가 뭘 하든 똑 소리 나게 잘하는 애 아니니. 제 색시라고 대충 골랐을까. 난, 이렇게 예쁜 색시 숨겨놓은 줄도 모르고 한 달 전인가 김 의원 둘째 딸 들이밀었다가 일언지하에 거절당했잖니. 귀띔이라도 해줬으면 그런 실수는 안 했지."

셋째 이모님이 맞장구를 치며 서운한 듯 말을 덧붙이자, 둘째 이모님이 그녀의 팔을 때리며 나무랐다.

"아이고, 이 주책바가지야. 그런 얘기를 왜 이런 자리에서 해. 조카며느리, 혹시 기분 나쁜 건 아니지? 봐서 알겠지만, 우리 두준이 심지가 곧은 애라 다른 데 눈길 주고 그럴 애는 아니거든. 절대로 그 점에 대해선 안심해도 돼. 알았지?"

희원이 대답도 하기 전에 첫째 이모가 말을 가로챘다.

"아유, 이 생각 없는 것아, 조카며느리 얼굴 좀 보고 얘기해라. 저렇게 예쁜 색시 두고 다른 데 눈길 줄 시간이 어디 있겠어. 이제 깨 볶기도 바쁠걸. 호호호."

첫째, 둘째, 셋째, 넷째 이모님들이 왁자하게 웃으며 맞장구를 쳤다.

이모님들의 정신없는 환담은 한 여사가 나타나 줄줄이 강제로 끌고 나갈 때까지 계속됐다. 그리고 곧이어 마음을 추스를 새도 없이 두준의 이종사촌들이 우르르 몰려 들어왔다.

어림잡아도 열 명이 넘었다. 5만 원짜리 네 장을 낚아채 간 수진을 비롯해 열 명 남짓 사촌들이 모두 여자였다.

인사를 하며 자기소개 겸 한마디씩 건네는 데도 정신이 쏙 빠져 달아날 지경이었다.

이러다 식장에 입장도 하기 전에 정신을 잃고 마는 것은 아닌지 걱정스러울 즈음, 한준 내외가 아기를 안고 세현과 함께 들어와 이종사촌 무리를 싹 몰아냈다.

그때까지 이모님들과 이종사촌들의 요란함에 밀려 조용히 구석자리를 지키고 있던 미란의 눈이 반짝반짝 빛을 발했다.

두준의 형님이 강한준이라는 말을 들은 뒤부터 미란은 한 번 볼 수 없겠냐며 시커먼 사심을 드러냈었다.

쿨한 성격만큼 행동도 재빠른 미란은 언제 준비한 건지 펜과 수첩을 내밀며 한준에게 사인을 부탁했다.

휴대폰으로 다정한 인증 샷까지 찍는 뻔뻔함을 선보인 미란이 민욱을 찾는다고 나간 뒤, 한준 내외의 축하 인사와 세현의 포옹이 이어졌다.

잠깐의 짬을 두고 2학년 5반 아이들이 우르르 몰려왔다가 나가고, 선생님들과 대학 동창들까지 쉴 새 없이 사람이 들고나다가 예식 시간 10분 정도를 남기고 나서야 겨우 희원 혼자 남겨졌다.

큰 숨을 토해내며 한숨 돌리기도 전, 노크 소리와 함께 문이 빠끔 열렸다.

식장에 도착하고 내내 보이지 않던 민욱이었다.

"어디 갔어? 아줌마는 한참 전에 잠깐 들어왔다 나가셨는데. 미란이는 너 찾으러……."

성큼성큼 다가선 민욱이 그녀를 덥석 안는 바람에 희원은 말을 끝맺을 수가 없었다.

"잘 울지도 못하던 우리 못난이가 어느새 이렇게 커서 시집을 다 가고……."

민욱의 목소리가 왠지 습하게 느껴졌다. 그걸 듣고 있자니 희원도 눈물이 날 것만 같았다. 공들여 한 화장이 지워질까 겁난 희원이 부러 목소리를 밝게 꾸며냈다.

"꼭 지가 키운 것같이 말해. 생일은 내가 훨씬 더 빠르거든."

민욱이 듣기 좋은 웃음을 흘렸다.

"잘 살아야 돼. 반드시 꼭 행복하고. 혹시 두줄이 아빠가 힘들게 하면 알지? 오빠한테 무조건 일러."

아빠의 빈자리를 채워줬던 친구는 결혼식 날조차도 오빠 역할을 흉내 내고 있었다.

그게 싫지 않았다. 바람직하지 못한 가정환경에서 자라면서도 비뚤어지지 않았던 건, 아빠 같고 오빠 같고 때론 동생 같았던 친구 이민욱이 있었기 때문이다.

그녀에게 민욱은 숨 쉬는 것만큼이나 자연스러운 존재였다. 이성적인 끌림이 아예 없었다고는 말 못 하지만, 그보다는 동경과 신뢰에 가까운 감정이었음을 이젠 알 수 있었다.

두준과의 감정이 명확해진 건 아니었지만, 그와는 당연한 듯 느껴지는 원초적인 스킨십에 민욱을 맞춰 넣으면 거부감부터 이는 것만 봐도 쉽게 정의 내릴 수 있는 일이었다.

민욱은 희원에게 남자가 아니라, 아빠고 오빠고 친구였다.

"고마워."

"좀 떨어지지."

다정하게 희원을 토닥이는 민욱의 등 뒤에서 날카로운 음성이 날아들었다.

종일 얼굴 한 번 못 봤던 두준이었다. 몸을 일으킨 민욱이 대수롭잖다는 듯 어깨를 으쓱해 보였다.

"축하 인사치곤 너무 과한 것 같군."

"저로선 대폭 간소화한 건데요."

두준이 날카로운 눈길로 민욱을 쳐다봤다. 잠시 둘 사이에 불꽃이 이는 것 같은 착각이 들었다.

어찌할 바를 모르고 안절부절못하는 희원을 힐끔 쳐다본 민욱이 먼저 꼬리를 내렸다.

"나가 있을게. 식장에서 보자."

"어? 어."

민욱의 말에 안심하려던 찰나, 두준의 곁을 지나치던 그가 낮게 한마디를 건네며 오빠미를 제대로 발산해 주었다.

"우리 희원이 눈에 눈물 나게 하면 저 가만히 안 있겠습니다."

희원의 입이 뜨악하니 벌어졌다. 아빠 같고 오빠 같다고 생각한 거 다 취소하고 싶은 심정이었다. 오지랖도 정도껏이지, 지가 왜 눈물까지 관리하고 난리란 말인가.

"다시 한 번 내 아내 몸에 손대면, 그냥 넘어가진 않을 테니 그거나 명심해 둬."

둘의 팽팽한 긴장감이 희원에게까지 전달됐다.

왜들 저럴까 싶었다. 두 남자는 사바나 초원 한가운데서 마주친 맹수 흉내를 내고 있었다.

희원이 금세라도 무슨 일이 벌어지지는 않을까 불안해하던 찰나, 피식 웃음을 흘린 민욱이 두준에게 손을 내밀었다.

"우리 희원이 행복하게 해주십시오, 형님."

"그러려고 데려가는 거야."

두준도 피식 웃으며 민욱의 손을 맞잡았다. 극적 타결을 본 맹수 둘은 더 이상의 충돌 없이, 민욱은 대기실을 나가고 두준은 희원에게로 다가왔다.

뭘 걸쳐도 때깔이 좋을 위인이었지만, 예복을 입은 모습은 그야말로 금상첨화였다.

희원의 가슴 언저리가 뭉클했다. 제대로 기억나지도 않는 수많은 사람을 만나는 동안, 희원은 그 속에서 줄곧 두준을 찾고 있었다. 그가 보이지 않았던 내내 불안했다는 걸 이제야 알 수 있었다.

"손님 맞고 있어야 되는 거 아니에요?"

"시형이한테 잠깐 떠넘겼어. 힘들지 않아?"

성큼성큼 다가서던 두준은 두 발짝 정도 떨어진 위치에서 걸음을 멈췄다.

"네. 그냥 조금 정신이 없어요."

"아, 이모님들이랑 사촌들 다녀갔지? 이 실장한테 막으라고 했는데 역부족이었나 봐."

마음에 안 든다는 듯 미간을 구기는 두준을 보고 있던 희원이 웃음을 터뜨리고 말았다.

고추도 실하고 엉덩이도 포동포동했던 두준이 막 상상이 돼 웃지 않을 수 없었다.

"뭐야? 그 웃음. 이모님들이 뭐라고 한 거야?"

"그냥 뭐, 두준 씨 신체의 비밀을 조금 알려주신 게 다예요."

"신체의 비밀?"

고개를 갸웃하는 두준 때문에 희원의 웃음은 더욱 커지고 말았다.

주위가 환히 밝아지는 것 같은 희원의 웃음에 두준은 '끙' 하며 앓는 소리를 냈다.

두 발짝 떨어진 위치에서 붙박인 듯 움직이지 않던 두준이 순식간에 그녀 곁으로 다가왔다.

"젠장, 키스하면 안 되겠지?"

희원이 앉아 있는 의자 팔걸이를 짚으며 몸을 숙인 두준이 이글거리는 눈빛으로 그녀를 바라보며 물었다. 영역 다툼을 하던 맹수는 어느새 굶주린 수컷으로 돌변해 있었다.

"결혼식, 이거 두 번 다시는 못 하겠어. 종일 인내심 시험하는 것도 아니고 말이야. 신부는 꽁꽁 숨겨놓고 보여주지도 않고. 내 신부를 몰래 봐야 된다는 것도 마음에 안 드는데, 이게 뭐야. 시간 되기 전까지 풀지도 못하는 선물 같잖아."

징징대는 두준의 말에 희원의 웃음이 더 깊어졌다. 기어코 볼에다 입을 맞추고 일어나는 두준 때문에 가슴은 세차게 두근댔다.

정말 사랑하고 사랑받는 신부가 된 것만 같았다. 이 두근거림과 설렘이 사랑이라는 감정과 일맥상통한다면, 그녀는 두준을 사랑하고 있는 것인지도 몰랐다.

"조금만 참아. 예식 최대한 단축시키라고 지시해 놨으니까."

자신에게 하는 소린지, 그녀에게 하는 소린지 모를 말에 희원은 미소 지은 얼굴로 고개만 끄덕였다. 예식이 빨리 끝나길 바라는 건 그녀도 별반 다르지 않았으니까.

"오늘 너무 예쁘다."

두준이 가라앉은 목소리로 속삭이며 희원의 볼에 다시 한 번 입맞춤을 하고 아쉬운 듯 몸을 일으켰을 때 노크 소리가 들려왔다.

두준이 대답하는 소리를 듣고 있을 때만 해도 예식 시작을 알리는 진행요원이겠지 생각했다.

진행요원이든 다른 누구든 곧 들어올 걸 알면서도, 두준도 희원도 서로에게서 시선을 떼지 못하고 있었다. 둘의 눈빛은 갈망과 욕망이 5:5로 적당히 버무려져 일렁이고 있었다.

딸깍 소리가 들리고 난 다음에도 위험스럽도록 열정적인 눈빛은 쉬이 걷히지 않았다.

"오빠!"

야릇한 공기의 흐름을 깨고 들려온 발랄한 목소리에 간신히 몸을 돌린 두준의 품으로 눈부시게 예쁜 여자가 뛰어들었다.

희원은 김해인에게서 미워할 수 없는, 아니, 미워하기가 힘든 스타일이라는 인상을 받았다.

속눈썹 한 가닥도, 뽀얀 피부라 더 돋보이는 코에 찍힌 작은 점 하나까지도, 김해인을 이루고 있는 모든 것은 그것 자체만으로 아름다움을 발산하고 있었다.

두준이 품으로 뛰어든 여자를 탐탁지 않은 듯 떼어냈을 때, 희원은 상황에 맞지 않게 의아함을 느꼈다. 김해인은 홀대받기엔 너무 아름다운 여자였다.

사실 그런 생각은 두준의 품으로 뛰어든 여자가 그녀가 아직 보지 못한 이종사촌 중 하나라고 생각했기에 가능한 것이었다.

하지만 홀대받는 것에도 개의치 않은 그녀가 줄줄 쏟아내는 말속엔, 그들이 이종사촌 간이라고 단정 지을 만한 부분은 한 군데도 없었다.

더구나 두준은 희원에게 소개조차 하지 않고 있었다. 먼저 소개해 달래기도 자존심이 상해 그저 지켜만 보고 있는데, 진행요원이 곧 예식이 시작될 거라고 알려왔다.

결국 먼저 대기실을 나선 두준을 대신해 해인이 직접 자기소개를 했다.

예쁜 것도 모자라 그녀보다 젊기까지 했다. 거기다 애교는 아주 살살 녹았다.

수진과 초등학교, 중학교 동창으로 두준의 가족들과 오랫동안 알고 지낸 사이라고 했다.

패션 쪽 공부를 하느라 잠깐 프랑스에 나가 있다가 두준의 결혼 소식을 듣고 겸사겸사 들어온 길이라는 얘기도 들었다.

해인은 처음 본 그녀를 참으로 친근하게 언니라고 꼬박꼬박 불러댔다.

희원으로선 상당히 부담스러운 친근함이었지만, 그걸 트집 잡으면 그녀의 꼴만 우스워질 것 같은 상황이었다.

심지어 해인은 두준과의 요란스러웠던 인사법에 대해 정중하게 사과까지 했다.

오랜만에 보는 거라 너무 반가워서 프랑스에서의 습관이 저도 모르게 튀어나와 버렸다는데, 거기다 대고 무어라 하겠는가? 그저 괜찮다고 말할 수밖에 없었다.

딱히 두준에게 화를 낼 일도 아니었다. 그녀 또한 두준이 대기실로 들어오기 전 민욱과 끌어안고 있지 않았던가. 그런데 이상하게 신경 쓰이고 기분 나빴다.

강두준을 사랑하고 있는 걸지도 모른다는 생각을 하게 된 순간, 절대로 알지 말아야 할 찜찜한 무언가를 알아버린 것 같은 기분이 들었다.

하지만 희원에게 그런 기분들을 곱씹어볼 여유 따윈 없었다. 두준이 최대한 단축시키겠다고 선언했음에도 불구하고 예식이 끝나는 데는 두 시간 남짓이 걸렸다.

예식이 진행되는 내내 두준은 희원이 힘들진 않을까 챙기는 데 여념이 없었고, 해인은 오랜만에 만난 수진과 수다 삼매경에 빠져 있었다.

요란스러웠던 포옹 말고는 두준과 해인은 시선 한 번 주고받는 일이 없었다.

해인은 곧 희원의 의식에서 멀어졌다. 바쁜 시간을 쪼개 연습하느라 고생했을 게 뻔한 아이들의 축가에 감사 인사를 표해야 했고, 넘치는 정을 주체 못 하고 펑펑 울어대는 아빠를 달래야 했으며, 다시 한 번 이모님들에게 둘러싸여 얼굴을 붉혀야 했다.

이모님들은 경쟁적으로 두준과 희원을 찍어댔고, 실한 고추로 할 수 있는 여러 가지 일들에 대해 요란한 웃음을 섞어가며 떠들어댔으며, 부부의 실생활에 꼭 필요한 덕담들을 쏟아내기 바빴다. 결국 식장을 탈출하는 일은 007작전을 방불케 했다.

화장실에 간다고 빠져나온 희원을 비상계단 입구에서 기다리고 있던 두준이 낚아채서 두 개 층을 걸어 내려간 뒤, 엘리베이터를 타고 그들의 차가 주차되어 있는 지하주차장이 아닌 1층 로비에 내려 시형이 호텔 입구에 대기시켜 놓은 차에 올라 그곳을 빠져나왔다.

그리고 지금 희원은 또 다른 이유로 신경이 날카로워져 있었다.

'쏴아' 하는 물소리가 뚝 끊겼다. 짐 정리하느라 몇 번 와본 게 다인 두준의 오피스텔은 전과는 다른 분위기를 자아내고 있었다.

마치 '허니문 분위기 이렇게 즐겨요'라는 표제로 잡지책에 실렸을 법한 광경에 희원은 당황할 수밖에 없었다.

모던한 스타일로 꾸며져 꽃 같은 건 찾아볼 수가 없었던 거실엔 여기저기 향기로운 꽃들이 장식되어 있었고, 전에 없던 푹신한 카펫이 깔려 있었다.

허니문 분위기의 결정판은 침실이었다. 이불이 바뀐 것까지야 그런가 보다 하겠지만, 공주풍 캐노피엔 입이 떡 벌어졌다. 거기다 침대 밑 스툴에 놓인 커플용 잠옷을 봤을 때는 아찔하기까지 했다.

두준의 잠옷은 그럭저럭 정상처럼 보이는데 왜 그녀의 잠옷만 가려진 곳보다 노출된 부분이 더 많은 건지 알 수가 없었다. 먼저 씻고 나와 쉬려고 했던 생각은 수포로 돌아가고 말았다.

차라리 평상시 입던 면 잠옷을 입을까 싶어 꺼내봤지만, 편하다는 이유로 여러 해 동안 입었던 잠옷은 노출이 심한 지금의 잠옷보다 더 나을 것이 없는 데다, 오늘 같은 날 입기에는 너무 무성의해 보였다.

결국 이러지도 저러지도 못하고 두준이 씻는 동안 샤워가운을 입은 채 왔다 갔다 하다가, 물소리가 끊김과 동시에 입으나마나한 잠옷으로 갈아입고 침대로 파고들어 이불을 푹 뒤집어썼다.

곧 욕실과 연결된 문이 열리는 소리가 들렸다. 희원은 미동도 않고 숨도 조심스럽게 내쉬었다.

'첫날밤도 아니라 긴장은 안 하겠네'라는 미란의 말을 들었을 때는 피식 웃어줄 정도의 여유를 갖추고 있었다. 하지만 이불 속에 숨은 희원은 피식 웃었던 순간이 있었던가 싶게 긴장하고 있었다.

그와의 첫날밤엔 일정 부분 술의 힘을 빌리기도 했고, 서로가 씻는 걸 기다리며 마음 졸이거나 하는 일 없이 정말 말 그대로 불꽃처럼 타올랐던 밤이었다.

그때의 희원은 진정한 희원이 아니었기 때문에 부끄러움도 긴장감도 덜했던 것 같았다.

그러나 지금은 온전한 장희원이었다. 일탈을 꿈꾸며 대담함을 꾸며낸 희원이 아니라, 고등학교 교사이며 두줄이를 잉태했으며 지금 막 강두준의 아내가 된 장희원이 이불 속에서 촉각을 곤두세우고 있었다.

수건으로 물기를 닦고 옷을 걸치면서 나는 잔잔한 소음들이 커다랗게 도드라져 희원의 귓가로 파고들었다.

널찍한 침대 저만치 미세한 진동이 느껴졌다. 스킨 향과 어우러진 두준 특유의 시원한 향취가 그녀에게로 확 끼쳐 왔다.

"고생했어. 피곤하지?"

이불 한 자락이 조심스럽게 들리고 두준이 옆자리를 차지하고 눕는 게 느껴졌다.

"벌써 자는 거야? 답답하게 이불은 왜……."

머리까지 뒤집어쓴 이불을 걷어내리려는 두준에 맞서 희원은 더 꼭 움켜쥐었다.

"뭐야? 왜 그래? 혹시 울어?"

희원의 갑작스러운 부끄러움과 긴장을 이해하지 못한 두준이 그녀가 이불 속에 숨은 이유를 엉뚱한 방향으로 잡고 있었다.

"아니요. 그냥…… 자, 자려고요."

"이불 좀 내리고 자. 이렇게 자면 답답해."

"나 원래 이렇게 자요. 걱정하지 말고 당신도 어서…… 엄마야."

별안간 이불이 확 끌어 내려졌다. 너무 꼭 움켜쥐고 있던 이불에 반 이상 딸려 올라갔던 희원이 얼른 가슴 앞을 가리며 몸을 웅크렸다. 두준은 잠시 아무 말이 없었다.

"자, 잠옷이 이상해서요. 당신 거랑 깔맞춤만 했지 모양은 전혀……."

"하하하."

슬금슬금 이불을 끌어당기며 중얼대는 희원의 말에 두준이 웃음을 터뜨리고 말았다.

"웃지 마요. 이게 웃겨요?"

"아, 미안."

"이거 대체 누가 준비한 거예요? 캐노피에 잠옷 같지도 않은 잠옷까지. 당신, 이런 취향이었어요?"

"누명 씌우지 마. 어머니가 준비하신 거야. 장담하건대 어머니 혼자 하신 건 절대 아닐 거야."

"그럼 이모님들?"

"이모들이 일상생활에 절대 실현 불가능한 나름의 로망을 가지고 계신 편이지. 근데 그 잠옷, 그렇게 마음에 안 들어? 어떤지 내가 봐

줄게. 이불 좀 내려봐."

"어디서 수작이에요? 어떤지는 이미 내가 다 파악했거든요. 신경 끄시죠."

"어떤데?"

능글맞은 두준의 물음에 여태 등을 돌리고 있던 희원이 고개를 돌려 그를 확 흘겨봤다.

침대에 한쪽 팔을 괸 채 그녀를 향하고 있는 두준은 총천연 살색이 었다.

첫날밤 보고 감탄해 마지않았던 탄탄한 가슴과 명품 복근이 그대로 노출되어 있는 것도 모자라 그는 드로즈 하나만 걸치고도 당당하기 이를 데 없었다.

"다, 당신, 잠옷은 어쨌어요?"

"친구들이 그러는데, 첫날밤 잠옷은 그저 벗기는 용도라더군. 당신 피곤할 것 같아서 벗기는 수고나마 덜어주려고."

"하."

희원은 헛웃음이 절로 새 나왔다. 식장에서 수많은 두준의 친구들과 인사를 나누며 저 중 누가 과거는 무덤까지 가져가라는 충고를 했을까 하는 생각만 했지, 저런 기가 찬 충고를 하는 친구가 있으리라는 생각은 하지도 못했다.

장난기 머금은 웃음을 지으며 두준의 옆구리를 툭툭 쳐대던 몇 명 중 쓸데없는 정보를 제공한 유력한 용의자를 추려내는 데 집중하느라 그녀의 손힘이 느슨해진 틈을 타, 두준이 순식간에 이불을 걷어냈다. 아니, 걷어내는 것도 모자라 침대 밑으로 멀찍이 밀어버리기까지 했다.

희원이 놀란 숨을 몰아쉬며 이불로 손을 뻗었을 때는 이미 한참 늦어버린 뒤였고, 손으로 이리저리 가려보기엔 이모님들의 취향 저격 잠옷은 너무 노출 부위가 많았다.

두준의 재킷에 얼굴을 파묻던 희원이 다시 등장했다. 저만 안 보면 되는 것처럼 희원은 눈을 질끈 감아버렸다.

두준에게선 아무 소리도 들려오지 않았다. 눈을 감고 있어 어떤 표정을 짓고 있는지 알 수도 없었다. 끌어 내려야 전혀 소용없는 시스루 잠옷을 열심히 허벅지 아래로 잡아당기다 지친 희원은 부끄러운 듯 발을 꼼지락거리다가 기어들어 가는 소리로 두준에게 부탁했다.

"부, 불 좀 꺼주세요."

그녀의 부끄러운 요구에도 두준은 가타부타 말이 없었다.

지금 침실을 밝힌 등은 신혼 방에 어울리는 무드 등이라 정말 딱 좋은, 그러니까 사랑하기 딱 좋은 정도의 밝기였다. 이것 역시 이모님들의 취향일 것이 분명했다.

"두준 씨, 불 좀……."

"난 이게 좋아. 어두우면 무서워."

'헉! 말 같은 소릴 해야 믿는 척이라도 하지, 그럼 첫날밤엔 뭔데? 그때는 불 끄라니까 잘만 꺼놓고는. 불 끄고도 능수능란하게 잘만 움직여 놓고는.'

두준의 말 같지도 않은 소리에 속으로만 열불을 내던 희원이 어쩔 수 없이 눈을 떴다.

두준이 대체 어쩌고 있는지 봐야 했다. 그러나 희원은 1초도 지나지 않아 어쩌고 있는지 보려고 했던 자신의 결심을 후회할 수밖에 없었다.

이글이글 불타오르고 있는 칠흑같이 검은 눈과 딱 마주쳤다. 그가 아무 말도 하지 않았던 이유를 금세 깨달을 수 있었다.

두준은 시선으로 그녀를 매만지고 있었다. 그녀의 몸에 돋아난 솜털 하나까지 놓치지 않으려는 듯, 서두르는 법 없이 샅샅이 그녀의 몸을 훑고 있었다. 그래서 불도 끄지 않겠다고 했던 것이었다.

"이모들한테 감사하는 날이 올 줄은 꿈에도 몰랐는데……."

두준의 목소리는 한층 낮아져 그녀의 온몸을 휘감아 도는 것만 같았다.

가려봐야 소용도 없었지만, 대체 어디를 먼저 가려야 할지 판단조차 서지 않았지만, 목이며 얼굴이며 온통 붉어져 손을 이리저리 옮겨 대는 희원의 입장은 아랑곳없이 두준은 신음과도 같은 야릇한 한숨을 뱉어냈다.

그 소리에 움찔 몸을 떨었던 희원이 침대를 벗어나야겠다는 생각에 몸을 일으켰다.

더 이상 그의 시선을 견뎌내기가 힘들었다.

"부, 불은 내가 끌게요. 엄마야."

손목이 잡혀 그의 품으로 당겨진 건 순식간이었다.

"그 녀석들 말은 들을 게 못 되는군. 이런 잠옷이라면 벗기는 용도로만 사용하긴 아깝지."

그의 시선이 한 번 이상 탐하고 지나간 자리를 부드러운 손길이 다시 훑기 시작했다.

"두, 두준 씨. 그, 그건 첫날밤 얘기잖아요. 우린 첫날밤도 아닌 거 잊었어요?"

"잊었을 리가 있나. 당신을 다시 만나기 전까지, 아니, 다시 만난 뒤로도 자주 불면증에 시달렸거든. 시시때때로 몸이 뜨거워졌지."

부드럽게 감겨들던 희원의 몸이 항상 그의 침대 한 귀퉁이를 차지하고 있었다.

그나마 실체가 명확하지 않을 때는 좀 덜했는데, 장희원이라는 실체가 명확해지고 나서는 혼자 잠을 청하는 게 괴로울 지경이었다. 그러면서도 끝끝내 참아냈던 건 마음이 먼저라는 그녀를 배려하기 위함이었다.

터무니없이 앞당겨진 결혼이었지만, 그에겐 너무나도 오래 기다린 결혼이었다.

인내심의 한계점에 도달해 있었다. 더구나 이모님들의 취향 저격 잠옷을 입은 희원은 벗기기 아까울 정도로 아름다웠다.

"당신이 허락을 하건 않건 오늘만은 맘껏 보고 맘껏 만질 거야. 이젠 인내심도 바닥이고, 그 빌어먹을 불면증은 더 이상 겪고 싶지 않아."

조용한 음성과는 달리 두준의 말은 꽤나 과격했다. 움직임을 멈추지 않는 두준의 손은 아련하게 살결을 감싸고 있는 잠옷 위를 배회하고 있었다.

그 손길 하나만으로도 희원은 아찔함을 느꼈다. 정신은 혼미해지기 직전이었고, 숨은 점점 거칠어져 그의 손아래 놓인 심장이 심하게 들썩댔다.

"오늘이 우리의 첫날밤이야. 강두준인 내가 장희원과 사랑을 나누는 첫날밤."

두준의 말이 무엇을 의미하는지 알았다.

타임에서 만나 호텔로 이동했던 그날은 그가 누군지 그녀가 누군지 전혀 몰랐던 날이었다.

강두준은 강두준이 아니었고, 장희원은 장희원이 아니었던 그날, 그들은 데일 정도로 뜨겁게 불타올랐다. 뜨거웠지만, 완전하지 않았던 밤이었다.

두준은 지금 그 부분을 채우려 하고 있었다. 진정한 그들의 첫날밤이 시작되려 하고 있었다.

침실은 어느새 첫날밤다운 열기로 메워지고 있었다. 공주풍 캐노피는 세상으로부터 그들의 침대를 단절시켜 주는 역할을 충실히 해내고 있었다.

이 순간 널따란 침대 위가 그들이 소유한 세상의 전부였지만, 두준도 희원도 부족한 게 없다고 느꼈다.

두준의 손놀림 스킬이 한층 발전한 건지, 아니면 그녀가 쉽게 흥분하는 몸으로 변한 건지, 정확한 판단은 어려웠지만, 시선이 지난 자리를 그대로 따라가고 있는 그의 손길에 희원은 너무도 쉽게 흥분해서 야릇한 신음을 토해냈다. 스스로도 놀란 희원이 당황하며 입을 틀어막았다.

"여기를 만지면 간지럽다고 했었는데. 그렇지?"

두준의 손이 허벅지 안쪽 예민한 살을 쓸자, 희원은 웃음과 신음 그 중간쯤 어딘가에 존재하는 소리를 내며 급하게 다리를 모았다. 희원 자신보다 두준이 그녀의 몸을 더 잘 알고 있다는 사실을 잊고 있었다.

두준은 어떠했는지 몰라도 희원은 그때 단 하룻밤이라는 단정이 있었기에 평상시 그녀라면 절대로 하지 못했을 행동에도 거리낌이 없었다.

경험해 보지 못한 자극에 그녀는 적극적으로 반응했으며, 두준은 그것에 힘입어 희원을 열정적으로 이끌었다.

너무나 짧게 느껴졌던 하룻밤이었다. 가식이 전혀 섞이지 않은 하룻밤이었다. 두준도 희원도 육체적인 면에선 서로에게 더할 수 없이 솔직했고, 뜨겁게 전율했다.

희원은 두준이 절정의 순간에 도달했을 때 어떤 소리를 내는지 알고 있었다.

그건 두준도 마찬가지였다. 두준의 강력한 주장처럼 그들은 원초적인 부분에서 많은 걸 공유하고 있었고, 그 부분에 있어선 놀랍도록 잘 맞는 편이었다. 하지만 그런 원초적인 부분에 집중하기에는…….

"두, 두준 씨."

두준의 손이 입으나마나한 잠옷 밑으로 스며들어 속옷 위를 배회하다가 막 야심을 드러낸 순간, 희원이 그의 손을 잡으며 떨리는 목소리로 불렀다.

"우리 이러면 안 돼요."

그의 눈썹이 갈매기를 연상시킬 정도로 일그러졌다.

"신혼 첫날밤 신부가 할 소린 아닌 것 같은데?"

"아니요. 지금 꼭 해야 할 만한 소리예요."

두줄이에 대한 책임감에 결혼을 부르짖었던 두준은 지금 동물적인 본능 앞에 이성을 상실한 것 같았다.

원나잇의 그 밤보다 더 뜨겁게 불사를 것 같은 형형한 저 눈빛은 뭐란 말인가?

왜 부성애보다 모성애에 더 높은 점수를 주는지 깨닫게 되는 순간이었다.

동물적인 욕구와 황홀한 순간에 대한 기대감보다 훨씬 중요한 건 아직 세상 빛도 못 본 생명의 안전 문제였다.

희원의 단호한 눈빛을 마주한 두준은 복잡한 표정으로 앞머리를 쓸어 올렸다.

그녀가 또 사랑 운운하며 마음의 문제를 논한다면, 이성을 잃을지도 모르겠다는 생각을 하고 있었다.

"두줄이의 행복이 궁극적인 목적이었던 사람이 두줄이 생각은 안 해요?"

입을 삐죽거리며 쭈뼛쭈뼛 건네는 희원의 말에 두준의 얼굴이 환히 밝아졌다. 희원은 그의 표정 변화를 이해할 수 없었다.

"난 또 뭐라고."

"그렇게 가볍게 넘길 문제가 아니라고요. 임신 초기에는, 윽, 두준 씨, 잠깐만요, 하던 말은 끝내야죠."

대수롭잖다는 반응을 보인 두준이 아우토반으로 뚫린 마이웨이를 질주하듯, 희원의 쇄골에 입술을 내리눌렀다가 점점 아래로 내려가고 있었다.

다시 새 나오려는 신음을 아랫입술을 깨물며 참아낸 희원이 그의 얼굴을 두 손으로 잡았다.

"그거라면 걱정할 필요 없어. 어떤 자세가 두줄이한테 무리가 가지 않는지 충분히 공부해 놨으니까."

'헐, 바쁘다는 거 다 거짓말이지? 일은 안 해요?'

목구멍까지 솟아오른 질문을 간신히 꿀꺽 삼켰다. 그사이에도 두준은 얼굴을 감싼 그녀의 손을 떼어내 입을 맞추다가 검지를 입안으로 쏙 집어넣는 만행을 저지르고 있었다.

"혁, 두, 두준 씨."

희원은 또 하릴없이 두준의 이름만 불러댔다. 단지 손가락 하나일 뿐인데, 그의 입속에서 자근자근 깨물리고, 혀에 굴려질 때마다 엄청난 자극이 발끝까지 관통을 했다.

그리고 단지 손가락 하나를 차지한 그의 눈빛이란, 맛난 사냥감에 흐뭇해하는 야생의 그것과 닮아 있었다.

"당신을 충분히 보고 만진다는 거지, 힘들게 하겠다는 소린 아니니까 걱정할 필요 없어."

다섯 손가락 모두 꼼꼼히 맛보고 난 두준이 깊게 가라앉은 목소리로 선언하듯 뱉은 말이었다.

손가락 끝에 전해지는 자극에 숨만 거칠게 몰아쉬고 있던 희원은 붉어진 얼굴, 동그랗게 뜬 눈으로 그를 열심히 바라보기만 했다.

그녀와 눈을 맞추고 있던 두준이 신음 같은 한숨을 뱉어내며 눈꺼풀 위에 입술을 꾹 내리눌렀다.

"희원아."

달짝지근한 숨결과 함께 그의 입을 통과해 나온 그녀의 이름은 그저 단순한 이름이 아닌 것만 같았다. 그녀는 이름이 불린 것만으로도 전신에 간질거리는 전율을 느꼈다.

"네?"

"당신 눈이 얼마나 아름다운지 모르지? 가끔 말이야, 검토하던 서류 위에서 당신이 눈을 빛내며 날 쳐다봐. 그럼 어떤지 알아? 여기가 갑자기 고장 난 것처럼 뛰어대지."

두준이 희원의 손을 끌어다 지금도 정상적인 빠르기로 뛰고 있는 건 아닌 것 같은 가슴 위에 올려놨다.

평소 강두준 이사장님이 이론 중심의 수업 방식을 좋아하지 않는다는 걸 알고 있었다.

아무리 그렇대도 이런 순간에까지 이론 중심에서 벗어나 직접적인 체험을 유도하다니, 희원은 난감하기 그지없었다.

그는 희원의 손을 옴짝달싹 못 하게 밀착시켜 열정적인 뜀박질을 고스란히 느낄 수 있도록 유도했다.

10. 서로에게
익숙해지는 시간

　그의 체온에 비해 조금 찬 듯했던 희원의 손이 엇비슷하게 온도를
맞춰가고 있었다.
　"심호흡을 해봐도 소용이 없어. 다른 건 안중에도 없고 온통 장희원
에 대한 갈망으로 가득 차는 거야."
　두준의 시선에 사로잡힌 희원은 고개를 돌리지도 못한 채, 적당한
말을 찾지 못해 입만 벙긋댔다. 그의 심장이 옮겨 붙기라도 한 듯, 이
젠 그녀의 손바닥까지 두근거리는 것 같았다.
　"가끔 내가 미친 게 아닌가 싶었지."
　흘러나오는 말과는 달리 두준의 설명은 평온함 그 자체였다.
　"내가 이렇게 동물적인 존재였나? 내가 이런 말초적인 자극에 집착
하는 인간이었나? 자괴감이 들 정도였어."
　두준이 지성인으로서의 고뇌에 대해 나직한 목소리로 고해성사를
읊조리는 동안에도 그의 눈빛과 심장은 뜨겁게 반응하고 있었다.

"다른 누구도 아닌 장희원한테만 반응하는 거야. 뭘 어떻게 한 거지?"

"나, 난 아무것도…….."

여전히 격렬한 움직임을 보이는 심장에 닿아 있는 손. 이글거리는 눈빛으로 키스할 듯 다가드는 두준의 얼굴. 희원은 반편이가 된 것처럼 제대로 된 생각도 못 한 채 말을 더듬었다.

"그게 더 나빠. 장희원은 아무것도 않으면서 끊임없이 날 유혹하지. 그러니까…….."

잠시 말을 멈춘 두준이 나쁜 희원을 벌하려는 건지 그녀의 입술을 강렬하게 훔치고 떨어졌다.

"우리 이러면 안 된다느니 하는 쓸데없는 말은 하지 않기야. 당신이 좀 불만스러울지 모르겠지만, 너무 격렬하게, 읍."

희원은 두준에게 잡히지 않은 손으로 얼른 그의 입을 틀어막았다.

빠르게 전달하는 거 좋아하는 패스트푸드 강두준이 또다시 등장하는 순간이었다.

오늘은 그가 첫날밤이라고 주장하는 그들의 두 번째 밤이었다. 이런 직접적인 얘기를 터놓고 나누기에 그녀의 얼굴은 그리 두껍지 못했다.

얼굴이 금세 빨갛게 달아오른 희원이 미간을 일그러뜨렸다.

"두준 씨, 좀. 그런 걸 꼭 말로 할 필요는 없잖아요."

그의 눈이 능글맞게 웃음 짓더니, 입을 막은 희원의 손에 입맞춤을 한 뒤 떼어냈다.

"말로 못 할 이유도 없지. 이런 문제일수록 충분한 대화가 필요하다고 생각해. 짐승이 아닌 이상 내 욕구만 해결하고 마는 짓은 하고 싶지 않아."

"아, 알았으니까 그만요."

미간을 일그러뜨린 채 입을 삐죽거리며 말하는 희원의 입술로 예고도 없이 두준의 입술이 날아들었다.

"당신, 그런 표정이 얼마나 사람 애간장을 녹이는지 알아?"

알 턱이 없질 않나. 매일 거울 보며 체크하는 것도 아니고, 희원은 그녀의 표정이 어떤지 알지 못했다. 알지도 못하는 표정이 애간장을 녹이는지, 얼음을 녹이는지 알게 뭐란 말인가.

희원의 입술이 다시 삐죽거리는 것과 동시에 두준의 입술이 또 다가들었다.

"예뻐."

수식어 없는 단순한 칭찬에 진정될 줄 모르는 가슴은 한층 빠르기를 더해갔다.

두준의 입에서 나온 '예뻐'는 순도 99.9%의 진정성에 근간을 둔 것 같은 느낌이 들었다.

수줍은 듯 눈을 깜빡이는 희원의 입술 위로 다시 두준의 입술이 겹쳐졌다.

키스는 걷잡을 수 없이 깊어졌고, 서로의 몸은 빈틈없이 겹쳐졌다. 그들이 속해 있는 침대 위 세상엔 뜨거운 공기가 흘렀고, 농염함으로 물들기 시작했다.

자신의 말이 허언이 아님을 증명이라도 하려는 듯 두준은 부드러운 손길을 멈추는 법이 없었고, 가능한 모든 곳에 입을 맞췄다.

몽롱함과 황홀함이 그녀를 감싸고돌았다. 그녀의 온 감각은 그의 손짓에 그의 입술 끝에 초집중한 상태였다. 세상에 오직 그만이 존재하는 것 같은 착각마저 들 정도였다.

"하아, 두준 씨, 나……."

무슨 말을 하려 했던 건지 스스로도 알 수 없었다. 가슴이 너무 벅차오르고 손끝까지 저려오는 느낌에 그를 부를 수밖에 없었다.

"나도, 나도 그래. 가슴이 터질 것 같아."

놀랍게도 귀신같이 그녀의 마음을 알아챈 두준이 가쁜 목소리로 귓가에 속삭여 댔다.

당연한 일인 것처럼 다시 입술이 겹쳐졌다. 둘은 주체하기 힘들 정도로 달아올랐고, 모든 행동이 한 방향을 향해 치닫고 있다고 느끼는 순간, 두준이 그녀에게서 떨어져 나갔다.

황홀함에 흐릿해져 있던 눈을 급하게 깜빡거린 희원이 침대 옆에 놓인 탁자 서랍에서 생소한 물건을 꺼내는 두준을 의아한 눈으로 쳐다봤다.

"지, 지금 뭐 해요?"

"감염에 주의해야 한다고 되어 있더군."

무슨 말인지 제대로 이해하지 못한 희원이 눈만 멀뚱거리고 있다가 이내 '풋' 하는 웃음을 뱉어내고 말았다.

"왜? 왜 웃는 거야? 임신 초기엔……."

"하하, 설명 안 해줘도 알 것 같아요. 근데, 우리 그거 사용하는 거 너무 늦은 거 아닌가 싶어서 웃음이 나왔어요."

끈질긴 정자를 품은 계획적인 강두준 씨가 왜 그 밤엔 전혀 계획적이지 못했는지 그게 웃음이 났을 뿐이었다. 그때 이렇게 철저했더라면…….

거기까지 생각했던 희원은 어쩐지 우울해질 것만 같았다.

모든 우연이 필연처럼 맞물린 두준과의 결혼은 사소한 것 하나만으로도 어그러질 수 있었던 것이다.

"그때는 사용 안 했던 게 맞아. 그래서 장희원을 얻은 거니까."

희원의 심장이 쿵 하고 내려앉았다.

이렇게 가슴 떨리게 할 남자가 어디에 또 있을까?

다시 뜨겁게 덤벼드는 두준을 온 마음을 다해 맞았다. 두 사람 모두 충만해지는 순간이었다. 공주풍 캐노피 속 세상은 그들만이 존재하는 다른 세상이었다.

 암막커튼이 드리워진 침실은 여전히 한밤중이었다.

 미동 없던 이불이 꿈지럭대더니 하얗고 가는 팔이 쭉 뻗어 나왔다.

 무엇을 찾는 건지 더듬대던 손이 별 소득도 없이 다시 이불 속으로 되돌아갔다.

 이마까지만 삐죽이 나오도록 푹 덮고 있던 이불을 확 걷어낸 희원이 눈도 뜨지 못하고 구시렁댔다.

 "내 폰 어디 간 거야?"

 그러고는 또다시 잠에 빠져드는 듯 잠잠해졌다.

 "아으, 히히힝. 더 자고 싶다아. 출근해야 하는데."

 칭얼대며 몸부림치던 희원이 눈도 뜨지 않은 채 상체를 일으켰다.

 뭔가 많이 허전한 차림새였지만 희원은 미처 알아채지 못하고, 고개를 숙인 채 머리칼을 축 늘어뜨리고 또다시 구시렁거렸다.

 "날이 흐렸나? 왜 이렇게 어두워. 대체 몇 시나 된 거야? 폰아, 어디 갔니?"

 늦어도 7시엔 여지없이 잠에서 깨어나는 희원이었다.

 습관은 어찌나 무서운지 주말에도 방학 때도 깨어났다 다시 자는 한이 있어도 그 시간이면 눈이 떠졌다. 그런데 요즘은 잠귀신이라도 붙은 것처럼 일어나기가 쉽지 않았다.

 여전히 눈을 뜨지 못한 희원이 이불 위에 힘없이 늘어진 손가락을 꼼지락거리기 시작했다.

 그러더니 피식 웃으며 다시 자리에 누워 이불을 끌어 덮었다. 입술이 기분 좋게 휘어 있었다.

 "히히, 어젠 토요일, 오늘은 일요일이지롱."

 희원이 편안한 자세를 잡고 다시 잠으로 빠져들 준비를 했다.

침실 밖에서 미세한 움직임이 느껴졌다. 미란이가 별스럽게 일찍 일어났나 보다 했다.

"미란아, 아침은 라면 먹자."

생긴 것과 어울리지 않게 요리하는 걸 좋아하는 미란은 희원이 먹고 싶어 하는 걸 군소리 없이 잘 해주는 편이었다. 하물며 집어넣고 끓이기만 하면 되는 라면이라면 두말 않고 해줄 것이 뻔했다.

라면 끓이는 동안만 잠깐 눈 붙이자 싶었다. 어제는 결혼식 때문에 정말 힘들었던…… 결혼식?

눈을 번쩍 뜬 희원이 상체를 벌떡 일으켰다. 헝클어진 머리를 대충 매만지며 주변을 열심히 두리번거렸다.

다행히(?) 침대 옆자리는 비어 있었다.

미란과 함께 살던 희원의 방에는 없었던 암막커튼 덕에 실내는 흐릿한 어둠에 휩싸여 있었다. 두준이 그렇게 한 건지 캐노피는 한쪽으로 걷혀 있었다.

원래 그녀의 방보다 휑 하니 넓은 침실을 쭉 둘러보던 희원이 자신의 머리를 쥐어박았다.

"바보, 바보. 어떻게 결혼한 걸 잊어버릴 수가 있어?"

머리를 쥐어박는 그녀의 손짓에 어깨에 걸려 있던 이불이 스르르 밑으로 떨어졌다.

별생각 없이 시선을 내렸던 희원이 거칠게 숨을 몰아쉬며 다시 이불을 끌어 덮었다.

헐벗어도 너무 헐벗었다. 아니, 걸친 것 자체가 없었다.

원나잇의 그 밤보다 질이나 양적인 면에서 조금 떨어졌을지 몰라도 열정만은 뒤지지 않는, 아니, 어쩌면 열정만큼은 몇 배로 충만했던 순간이 지난 뒤, 그대로 두준의 품에 안긴 채 잠 속으로 빠져들었던 일이 뇌리를 스쳤다.

잠들기 직전 몇 분간 그가 다정하게 건넨 팔베개 때문에 목에 힘을 줬던 게 기억났다.

팔베개가 불편해서가 아니라 그의 팔이 아플 게 걱정스러워서 그랬던 건데, 그걸 눈치라도 챘던 건지 두준은 그녀의 머리와 어깨를 부드럽게 쓸며 조용히 물었다.

"불편해?"

"어, 그게 아니라, 당신 팔 아플까 봐요. 팔베개 안 해줘도 되는데. 우리 그냥 편하게……."

"이게 편해. 계속 안고 잘 거니까 목에서 힘 빼."

그렇게 말한 두준은 다리까지 그녀의 다리에 올려서 척 읽아맸다.

"두준 씨, 이렇게는 내가 답답해서 못 자요."

그녀가 기억할 수 있는 모든 순간 누군가와 함께 자본 적이 없었다.

어쩔 수 없이 함께 자야 하는 수학여행 같은 경우를 제외하고는 누군가와 함께 잔 건 두준과의 원나잇이 유일했다.

그때도 새벽녘까지 사랑을 나누다 그가 잠들자마자 도망치듯 빠져나왔으니까, 함께 잤다고 표현하긴 애매모호한 수준이었다.

그런고로 그녀는 누군가와 침대를 공유해야 한다는 게 너무 불편했다.

네 사람이 누워도 충분할 만큼 널찍한 침대에 뚝뚝 떨어져 자면 그나마 나으련만, 두준은 그녀를 놓아줄 생각이 없는 듯했다.

"계속 이럴 거니까 익숙해지도록 노력해 봐."

그렇게 말은 하면서도 두준의 팔과 다리는 조금 느슨해졌다.

"당신은 안 불편해요? 난 누구랑 같이 자본 적이 없어서 불편한데."

"나도 익숙해져 보려고."

"그럼 굳이 익숙해질 필요 없이 좀 떨어져서……."

"아까 한 말 잊었어? 당신 때문에 불면증에 시달렸다니까. 또 5만 원짜리 두 장 던져 놓고 도망갈까 봐 걱정도 되고, 이편이 나아."

5만 원짜리 두 장이란 소리에 그날 일이 생각나 창피해진 희원이 그의 가슴에 얼굴을 묻었다.

원나잇이라는 단정 아래 그녀가 얼마나 대담했던가? 한두 번은 그녀가 더 적극적으로 요구하기도 했으니, 다시 생각해도 얼굴이 붉어질 일이었다.

"뭐 하는 거야? 지금 엄청난 인내심을 발휘하고 있는 중이거든. 자꾸 자극하지 마."

"네에?"

가슴에 묻었던 얼굴을 얼른 들어 그를 마주하자, 두준이 장난기와 욕망이 어지러이 뒤섞인 표정으로 미소 짓고 있었다.

"얼굴에 열이 나네."

"두준 씨가 자꾸 엉뚱한 소릴 하니까…… 결혼까지 했는데 도망갈 리가 없잖아요."

"그거야 모르지. 하긴 이제 이름도 알고, 하는 일도 알고, 찾기는 쉽겠네."

"날 찾았어요?"

"한 달을 꼬박."

"왜요? 그때는 내가 두줄이를 임신했다는 것도 몰랐잖아요."

"물어보고 싶었거든."

"뭘요?"

절반은 이유를 알 수 없는 집착, 절반은 오기로 그녀를 찾았던 한 달간의 노력이 억울하게 느껴질 정도로 천진난만한 표정으로 묻는 희원을 보며 두준은 피식 어이없는 웃음을 흘릴 수밖에 없었다.

"내가 10만 원짜리밖에 안 되는 건지 궁금했어."

"네에? 겨우 그 이유 때문에 한 달을 꼬박 찾았다고요? 당신 의외로 사소한 것에 목숨 거는 경향이 있네요."

"사소하지 않았거든."

별로 내키지 않는 말을 꺼내려는 듯, 잠시 틈을 뒀던 두준이 빤히 쳐다보는 그녀의 코를 살짝 잡아 비틀더니 씩 웃어 보였다.

"이름도 안 가르쳐 주고 도망간 이 여자가 원나잇인 주제에 주제 파악도 제대로 못 하고, 시시때때로 내 침대 위에 나타나는 거야. 미칠 노릇이었지. 기가 차기도 하고, 자존심도 상하고, 화도 나고. 이놈의 두 장, 찾기만 해봐라. 엄청 별렀었는데."

"두 장?"

"장희원 별명."

"설마, 5만 원짜리 두 장 놔두고 갔다고 그렇게 지은 거예요?"

미간을 구기고 코를 찡긋대는 그녀에게 두준은 재빨리 입을 맞췄다.

"뭐라고 하지 마. 5만 원짜리 두 장을 봤을 때 내 기분이 어땠는지 알면, 당신 입이 열 개라도 할 말이 없을걸."

그날 새벽 이미 벌어진 상황에 대해 마음의 정리가 필요했던 그녀는 두준의 기분 같은 건 배려할 여유가 없었다.

서로 합의에 의한 관계였다고는 해도 먼저 유혹한 건 그녀였고, 그 대로 도망가는 건 예의가 아니라고 생각했을 뿐이다. 그게 그에게 상처가 될 줄은 몰랐다.

"미안해요."

희원은 너무 늦어버린 사과의 말을 건넸다. 이미 사과 따윈 필요치 않은 듯 두준은 그저 미소만 지어 보였다.

"안 물어봐요?"

"뭘?"

"당신이 10만 원짜리밖에 안 되는지……."

"대답해 줄 거야?"

두준의 물음에 희원은 얼굴을 살짝 붉힌 채 씩 웃어 보이기부터 했다.

"그게 그날 내가 가진 전부였어요. 덕분에 그 새벽에 지하철역까지 걸어가느라 엄청 힘들고 추웠네요."

희원의 쑥스러운 고백에 두준은 느슨했던 팔을 꽉 조였다.

"아우, 왜 이래요? 답답해요."

"아, 미안. 근데, 그 말 당신이 가진 것 전부를 주고 싶을 만큼 좋았단 얘기지?"

"뭐, 마음대로 생각해요."

심드렁하게 답하며 돌아눕는 희원을 두준이 다시 당겨 안았다.

"그 정도로 좋았단 얘기 맞잖아."

"몰라요. 나 잘 거야. 자꾸 말 시키지 마요."

"모르는 게 어디 있어? 인정할 건 인정해."

"아우, 진짜. 짐승 같아요. 가만 보면 은근 밝히는 것 같다니까요. 그날도 새벽까지…… 흠흠."

줄줄 말을 이어가던 희원이 민망한 헛기침을 뱉어내곤 눈을 꽉 감아 버렸다. 등 뒤에서 듣기 좋은 웃음소리가 들려왔다.

"나도 왜 그런지 모르겠는데, 당신 옆에만 있으면 짐승이 되는 것 같다니까. 그래서."

엄청난 선언이라도 할 것처럼 '그래서'를 강조한 두준이 잠깐 말을 멈췄다.

"당신 그냥 안고라도 자고 싶으니까, 빨리 익숙해지도록 해."

"피, 내가 무슨 곰돌이인형인가."

"곰돌이인형이 이렇게 말랑말랑하고 예쁠 수는 없지."

닭살 돋는 멘트에 무어라 쏘아붙이려던 희원의 입이 억눌린 신음 소리와 함께 꾹 다물어졌다. 슬금슬금 움직인 두준의 손이 그녀를 뜨겁게 감싸며 옭아맸다.

"그러니까, 이런 것도 익숙해지고."

나른한 한숨을 한차례 뱉어낸 두준에게선 더 이상 아무 말도 들려오지 않았다.

조금 시간이 지나자, 그에게선 규칙적인 숨소리가 전해져 왔다.

희원은 정말 이대론 잠들 수 없을 것만 같았다.

그랬는데, 그의 숨소리가 자장가도 아닌데, 이놈의 잠귀신은 그 와중에도 잠을 쏟아부었다. 걱정했던 게 민망할 정도로 곤한 잠에 빠져들었다.

그리고 맞이한 아침은 조금 어리둥절하고 낯설었다. 그러다 퍼뜩 정신을 차린 희원은 부지런히 주변을 살폈다. 우선 씻어야 할 것 같았다. 아니, 우선 옷부터…….

입으나마나한 잠옷은 얌전히 개켜져 침대 옆 탁자 위에 놓여 있었다.

그녀가 한 건 아니니, 아무래도 두준의 소행인 것 같았다.

저걸 다시 입을 수는 없었다. 고민을 하던 희원은 이불을 돌돌 말고 침대에서 내려왔다.

"영화에서 보면 이런 거 폼 나게 잘도 말아서 근사하게 보이던데. 휴."

이런 것도 아무나 하는 게 아니구나 싶었다. 자꾸 흘러내리려는 이불을 추스르며, 드레스룸을 향해 종종걸음을 치는데 갑자기 문이 벌컥 열렸다.

"라면보다는 죽이 나을 것…… 어, 희원아."

두준의 등장에 놀란 희원이 미처 추스르지 못한 이불을 밟고 비틀거렸다.

본능적으로 무언가를 잡아보려 손을 뻗었지만, 휑 하니 넓은 침실엔 잡을 만한 무언가가 없었다.

허우적거리던 희원은 다급한 와중에도 양손으로 배를 감쌌다. 그녀 안에 내재되어 있는 줄도 몰랐던 모성애는 알뜰하게도 제 역할을 다하고 있었다.

희원은 우스꽝스러운 모습으로 바둥대며 넘어지지 않으려 애써봤지만, 불가항력이었다.

결혼한 첫날 아침부터 이게 무슨 추태란 말인가. 어디서 또 본 건 있어서 하려면 제대로나 할 것이지, 이불 하나도 제대로 못 추슬러서 멍청한 짓을 저지르고 마는 자신이 한심하기 짝이 없었다.

태교 같은 건 생각도 않고, 속으로 자책하며 구박을 퍼부어대 봐도 아무 소용이 없었다.

저만치 쟁반과 예쁜 자기그릇이 하늘을 날았다. 두준이 그녀를 향해 뛰어오고 있었다.

그녀를 안고 뛰며 첩보영화 한 편 찍었던 강두준은 아무래도 슈퍼맨이었던가 보다. 쏜살같은 빠르기가 장난이 아니었다.

'두줄아, 아빠가 날아온다.'

날아오는 정도로는 안 되겠다 싶었는지, 두준은 타일 바닥을 쭉 미끄러지고 있었다.

쓰러지는 와중에도 간절함이 담긴 그의 표정이 희원의 눈에 들어왔다. 두줄이를 위한 행동일 거라 짐작은 하면서도 희원은 왠지 가슴이 벅차올랐다.

희원은 배를 꼭 감싼 채 눈을 질끈 감았다. 두줄이에게 아무 일이 없길 소망했다. 두준이 제때에 그녀를 잡아주길 소망했다.

"윽."

두준의 간절함과 희원의 소망이 만나 하나의 억눌린 신음을 만들어냈다.

두준이 타일 바닥을 미끄러진 덕에 그녀는 딱딱한 타일과 조우하는 대신 단단하면서도 탄력 있는 그의 몸에 부딪칠 수 있었다.

신음은 타일 바닥과 그녀 사이에 낀 두준에게서 들려온 것이었다. 굳건한 팔이 이불에 감싸인 그녀를 꼭 끌어안고 있었다. 그릇 깨지는 요란한 소리가 피날레를 장식했다.

이 모든 과정은 거의 동시에 순간적으로 일어난 일이었지만, 희원에 겐 슬로모션 효과가 작용하기라도 한 것처럼 길게 느껴졌다.

그릇 깨지는 소리에 움찔했던 그녀가 안도의 숨을 내쉼과 동시에 그의 입에서도 얕은 한숨이 새어 나왔다.

"하아, 잡았다. 큰일 날 뻔했잖아. 대체 뭘 하려던 거야?"

"미, 미안해요. 그냥 옷 좀 입으려고……."

"괜찮아? 아픈 데는 없어?"

"네, 그런 것 같아요."

두준이 그녀를 안은 채 옆으로 누웠다. 둘은 곧 타일 바닥에 마주 보고 누운 형태가 되었다.

희원의 헝클어진 머리를 정리한 두준이 세밀하게 그녀를 살폈다. 분명 괜찮다고 했는데도 걱정스러운 눈치였다.

두준은 그녀의 몸을 감고 있는 이불까지 풀어서 확인해 보고 싶은 눈으로 부지런히 희원을 살피더니, 합격 기준을 통과하기라도 한 건지 또 한 번 한숨을 몰아쉬며 바닥에 머리를 대고 한 손을 이마 위에 올렸다.

"두준 씨 손, 까졌나 봐요."

두준의 손바닥 한쪽이 붉었다. 아마 미끄러질 때 타일 바닥을 짚으면서 마찰열에 의해 까진 것 같았다.

두준이 이마 위에 올려놓았던 손을 들어 슬쩍 한 번 쳐다보더니 피식 웃고 말았다.

제때에 희원을 잡지 못할까 봐 조마조마한 마음에 제 살 어떻게 되는 건 알아채지도 못했다.

울상이 된 희원이 몸을 일으켜 그의 손을 살피려 했다.

"별것 아니야. 좀 까진 것뿐이야."

"이리 내봐요."

그녀가 보지 못하게 손을 감추려던 두준을 제지한 희원이 손목을 낚아채 코앞까지 가지고 갔다. 심각한 눈을 한 희원의 미간이 예쁘게도 일그러졌다.

"어우, 아프겠다. 치료해야겠어요. 미안해요."

"괜찮아. 별것 아니라니까."

"빨갛게 다 까졌는데 별것 아니긴요. 정말 미안해요. 이런 실수 잘 안 하는데, 낯선 곳에서 눈을 뜨니까 정신이 없어서……."

재차 사과하는 그녀를 보며 두준의 입가에 또 미소가 맺혔다. 이런 실수 잘 안 한다는 말을 듣는 순간, 그의 재킷에 머리를 감추던 희원이 생각나 버렸다. 그가 여태껏 봐온 희원은 이런 실수 곧잘 하는 귀여운 허당이었다.

"한심해 보여서 자꾸 웃는 거죠? 앞으론 이런 실수 하지 않도록 조심할게요. 두줄이 때문에 많이 걱정했죠?"

"두줄이? 거기까진 생각도 못 했군."

"네?"

낮게 중얼거리는 두준의 말을 제대로 알아듣지 못한 희원이 고개를 좀 더 숙이며 되물었다.

두줄이 생각은 하지도 못했다는 말을 건네긴 그래서 두준은 그저 피식 웃는 것으로 답을 대신했다. 그러곤 그녀에게 잡힌 손목을 빼낸 뒤 코앞까지 다가온 입술에 입을 맞췄다.

"갑자기 뭐예요?"

"늦었지만 굿모닝키스. 생각보다 요란스러운 아침이네."

재밌다는 표정을 지으며 다시 입술을 겹쳐 올 듯 몸을 일으키던 두준이 '끙' 하며 앓는 소리를 냈다.

"아파요? 어디가 어떻게 아픈 거예요?"

희원의 얼굴이 또다시 울상이 됐다.

"아니, 괜찮아. 허리가 좀 결린 것뿐이야."

"허리요? 어디 좀 봐요."

희원은 허준에 빙의되기라도 한 듯, 침이라도 놓을 것처럼 두준의 셔츠를 걷어붙였다.

다시 한 번 괜찮다고 하려던 두준은 희원의 다급한 손길이, 세상 진지한 표정이 참 예뻐 보여 잠시 지켜보기로 마음을 고쳐먹었다.

게다가 그녀가 미처 깨닫지 못하는 사이 양손에서 자유로워진 이불이 슬금슬금 흘러내려 부드러운 곡선이 거의 다 드러난 상태였다.

아침부터 참 사람 심란하게 하는 자태가 아닐 수 없었다.

살짝 결린 듯한 허리의 감각은 이미 사라진 지 오래였다. 대신 엉뚱한 곳으로 감각이 집중되고 있었다.

아무것도 모르는 허당 허준은 허리를 살피느라 난리도 아니었다. 눈으로 살피는 것만으론 성에 안 찼는지 이젠 가느다란 손가락으로 여기저기 꾹꾹 눌러보기까지 했다.

두준의 입에서 신음 소리가 절로 새어 나왔다.

"그렇게 많이 아파요? 병원 가서 엑스레이 찍어볼까요? 아우, 어떡해. 그러게 왜 슈퍼맨 흉내는 내고 난리예요."

두준의 야릇한 신음 소리를 잘못 오해한 희원이 안절부절못하며 매끈하고 단단한 그의 허리를 손바닥으로 쓸었다.

"겉보기에만 좋은 건가 봐. 속은 영 아닌 게 틀림없어. 척추가 잘못되거나 뭐, 그런 건 아니겠죠?"

매일 규칙적인 근력운동으로 탄탄한 복근과 더불어 명품 반열에 오른 튼튼한 허리를 겉만 번지르르한 속 빈 강정으로 폄하하는 희원의 말에 어금니를 꽉 깨물며 신음을 참아낸 두준이 한 손으로 그녀의 양손을 모아 쥐었다.

"그만."

"왜요? 만지면 아파요?"

"아니, 그게 아니라…….."

두준의 시선이 그녀의 가슴께로 떨어졌다. 의아하게 쳐다보던 희원이 그제야 허전함을 느끼고 시선을 내리자, 흘러내린 순백색 이불 위로 총천연 살색이 그대로 드러나 있었다.

희원이 놀란 숨을 삼키며 그에게 잡힌 손을 **빼내려** 했지만, 움켜쥔 두준의 악력이 제법 완강했다.

"참기가 힘들어서."

낮게 가라앉은 목소리로 간신히 한마디 내뱉은 두준이 급하게 입술을 겹쳐 왔다.

참기가 힘들다는 말이 사실임을 증명이라도 하려는 듯 굿모닝키스치곤 너무나 농염한 키스를 퍼부어댔다. 희원은 숨 쉴 틈도 없이 그에게 휘말려 들었다.

"절대로 이럴 생각은 없었는데."

거친 숨과 함께 중얼거린 두준이 잠깐 떨어졌던 입술을 다시 한 번 탐한 뒤 뜨거운 눈길로 그녀를 바라봤다.

"이러면 안 되는 거 아는데…….."

두준이 간절한 눈빛으로 그녀의 의사를 묻고 있었다. 키스 때문에 이미 붉어진 희원의 볼이 더욱더 붉어졌다.

"당신 허리 아프다면서요?"

"둘 다 격한 건 삼가야 하니 더 잘된 거지, 뭐."

시답잖은 농담을 뱉어낸 두준이 쿡쿡거리며 웃다가 이내 입술을 겹쳤다. 이미 의사를 타진하는 일은 건너뛰기로 마음먹은 것 같았다. 그에게서 놓여난 손을 두준의 목 뒤로 감는 걸 보면 희원의 마음도 마찬가지인 것이 분명했다.

깨진 그릇에서 쏟아진 전복죽이 널린 침실은 다시금 뜨거운 열기에 휩싸이고 있었다.

아침이라고 하기도, 점심이라고 하기도 애매한 시간이 되어서야 희원은 두준이 준비한 전복죽을 맛볼 수 있었다.

희원이 식탁 앞에 앉아 맛나게 죽을 떠먹는 동안, 두준은 침실을 청소하고 있었다.

깨진 그릇 때문에 위험하다고 근처에도 오지 말라는 통에 희원은 돕겠다고 우기다가 포기해 버렸다.

"두준 씨, 죽 너무 맛있어요. 이거 당신이 끓인 거예요?"

"아니, 어머님이 준비해 주신 거야. 데우기만 했어."

막 청소를 끝내고 나오는 두준을 보며 잔뜩 기대를 담아 묻는 희원의 말에 그는 참 솔직하기도 했다.

"그래요? 난 또."

"난 또, 뭐?"

"당신 요리도 잘하는 줄 알았잖아요."

"요섹남, 뭐 그런 거 원해?"

"아니요. 그런 건 아닌데, 못 하는 것보단 잘하는 게 낫죠."

"나 같은 남자가 요리까지 잘하면 세상 너무 불공평하단 생각 안 들어?"

"피, 잘난 척은."

"잘난 척이 아니라 잘난 거고, 장희원이 원한다면 요리도 한번 배워볼게. 어떤 음식 좋아해?"

"음, 김치찌개."

"그 정도는 안 배우고도 해줄 수 있을 것 같네. 그래, 점심엔 김치찌개랑 밥 먹자."

10시 넘어서 아침을 먹는데, 두준은 점심 얘기를 하고 있었다. 아마도 일요일 하루가 한정 없이 길어질 것 같았다. 그런데 그게 싫지 않을 것 같은 기분에 희원은 배시시 미소를 머금었다.

분명 어제 잠들기 전까지만 해도 그와 한집에서 함께 보내는 일이 어색할 것 같아 걱정을 했었는데, 아침부터 요란스런 상황을 겪고 난 뒤라 그런지 생각만큼 어색하지 않았다.

태어날 때부터 남을 배려하기보다 배려받는 것에 익숙했을 두준은 일상생활에서도 대접받기를 바랄 거라는 희원의 예상과는 달리, 작정이라도 한 것처럼 그녀를 가만히 모셔두었다.

이건 완전히 말로만 듣던 신주단지가 된 것 같은 기분이었다.

아침 챙겨 먹이고, 치우고, 차를 만들어주고, 과일을 깎아오고. 그녀가 소파를 벗어나는 건 화장실 가는 순간뿐이었다.

책을 보던 희원은 임신했다고 이렇게 극진히 대접받을 줄 알았으면 진작 결혼하는 건데 하는 생각을 하며 또다시 배시시 웃음 지었다.

"무슨 책인데 그렇게 흐뭇해?"

"네? 어, 아니에요. 그냥……. 당신은 뭘 그렇게 열심히 보는데요?"

두준은 희원의 옆에 붙어 앉아 아까부터 줄곧 태블릿을 들여다보고 있었다.

"다음 주 일정."

"봐도 돼요?"

희원이 조심스럽게 묻는 말에 태블릿에 머물러 있던 두준의 시선이 옮겨왔다.

"아니, 뭐 꼭 궁금해서 그러는 건 아니고요. 아무래도 당신 일정 정도는 대충이라도 알아두는 게 좋지 않을까 싶어서……."

두준이 내일 뭘 할 건지, 저녁은 집에 들어와서 먹을 건지를 묻는 건 너무 이른 게 아닌가 하는 생각이 들었다.

결혼도 했고 임신도 했지만, 그게 그의 일상에 대해 궁금해해도 된다는 허가는 아닌 것만 같았다.

정상적으로 만나 연애 기간을 거쳐 결혼을 했다면 좀 다르지 않았을까 싶지만, 지금 같은 상황에선 어쩐지 주제넘은 간섭이라는 생각이 들었다.

괜한 말을 꺼냈다는 자책에 두준의 시선을 피해 고개를 숙인 희원의 목소리가 점점 작아져만 갔다.

"남편이 뭐 하는지 궁금한 게 정상 아니야? 궁금하지 않다니까 괜히 섭섭한데."

통통거리는 두준의 목소리에 고개를 든 희원이 손사래부터 쳤다.

"아니, 내 말은 그런 뜻이 아니라요, 너무 궁금해하는 건 당신이 불편해할 것 같아서……."

"안 불편하니까 되도록 많이 궁금해 주시길, 부인."

능글맞게 말을 건넨 두준이 희원의 어깨를 감싸며 더 바짝 붙어 앉아 검게 변한 태블릿 화면을 터치했다.

왠지 뭉클함을 느끼며 입꼬리를 끌어 올린 희원이 두준이 보고 있던 화면을 쳐다봤다.

"와우, 일정이 이렇게 빡빡해요?"

"결혼식 앞당기려다 보니 이번 주에 잡혔던 일정 중에 꽤 여러 군데에서 펑크가 났거든. 유능한 이 실장이 알차게도 끼워 넣었네."

"힘들겠어요. 근데, 당신 말이 좀 이상하네요?"

안쓰러움에 미간을 일그러뜨렸던 희원이 의문을 담고 고개를 살짝 기울였다.

"음? 무슨 말이?"

"결혼식을 앞당기다니요? 혹시 내가 모르는 결혼식이 잡혀 있었던 건가요?"

태블릿을 조작하던 두준의 손이 우뚝 멈췄다. 당황한 듯 눈썹이 꿈틀했다.

"내가 앞당겼다고 말했나? 빨리 하려다 보니라고 말했던 것 같은데?"

"아니거든요. 분명 앞당기려다 보니라고 했거든요."

두준이 곤란한 듯 손가락으로 이마를 쓸더니, 급한 일이라도 생긴 것처럼 갑자기 벌떡 일어났다.

"희원아, 배고프지 않아? 조금만 기다려. 점심 준비할게."

"말하다 말고 어디 가요?"

"아우, 배고파. 아침부터 힘 뺐더니 배가 많이 고프네."

그를 잡으려 드는 희원의 손을 기지개를 켜는 척하며 교묘하게 피한 두준이 주방으로 달아났다.

"나도 모르게 마음대로 결혼 날짜 잡았던 거죠? 이거 뭐야? 지금까지 나 당신이 쳐놓은 거미줄 안에서 바둥거리기만 한 거예요?"

"떡갈비가 있었네. 이건 또 뭐야? 장언가?"

졸랑졸랑 따라붙어서 종알대는 희원의 말은 들은 체 만 체, 두준은 열심히 냉장고 안을 살피고 있었다.

"희원아, 장어 좋아해?"

"네, 뭐, 잘 먹…… 아이 참, 자꾸 말 돌릴 거예요? 당신 이지훈이 소문 퍼뜨렸을 때 옳다구나 한 거죠? 내 동의 없이 결혼하려고 했던 거 아니냐고요?"

"이지훈 그 녀석은 교생실습 마치고 돌아갔나?"

"네, 4월 초에 끝내고……. 두준 씨, 정말 말 안 할 거예요?"

제법 화났다는 표시를 내려는 듯 희원은 양팔을 허리춤에 척 올리고 눈에 힘을 팍 줬다.

회피하는 건 그만두기로 한 건지 두준이 냉장고 문을 닫고 돌아서서 그녀를 마주했다.

"제대로 된 인성을 갖지 못한 그런 녀석은 절대로 선생님 같은 거 하면 안 되는데 말이야."

"그러니까요. 그래서 평가서에……. 아우, 진짜 대화 안 할 거예요? 왜 자꾸 딴소리예요?"

"그냥 넘어가 줄 생각은 없는 거지?"

"네."

희원의 단호박 대답에 한숨을 푹 내쉰 두준이 비 맞은 강아지 같은 표정을 지어 보였다.

덩치는 산만 한 사람이, 아무리 불쌍한 표정 지어봐야 전혀 그래 보이지 않는 사람이 꾸며낸 표정은 제법 귀엽기까지 했다.

"숙제 안 해오고는 스리슬쩍 넘어가고 싶어서 애교 떠는 것 같은 그런 표정은 그냥 넣어두죠?"

"참 융통성 없는 선생님이군."

"종종 듣는 소리예요."

어울리지도 않는 불쌍한 표정을 걷어낸 두준이 희원에게로 성큼 다가섰다.

"키스 같은 걸로 막 어떻게 해볼 생각은 하지도 마요."

희원이 경계하듯 뒤로 물러서며 한 말이었다.

"키스하면 막 어떻게 해볼 수 있는 건가?"

"아니요."

"그렇군. 그럼 그거랑 상관없이 키스하는 건 괜찮아?"

"아니요. 제대로 된 대답 듣기 전에는 아무것도 못 해요."

안전거리를 확보하기 위해 한 발 더 물러난 희원이 단호한 표정을 지어 보였다.

"당신 설득할 자신 있었어."

"누구 맘대로요? 아니, 그보다 결국 결혼식 날짜를 미리 잡아놨었다는 소리네요?"

"그래, 시인할게. 미리 잡아놨었어. 그 편이 일정 조정하기가 훨씬 쉬우니까."

"왜요?"

"뭐?"

"왜 나와의 결혼을 당연한 것처럼 얘기하느냐고요. 단 한 번도 나와 결혼하는 것에 대해 물음표를 찍어본 적 없어요?"

그녀는 수없이 찍었던 물음표였다. 하룻밤의 일탈과 의무적인 몇 번의 만남이 다인 그와 정말 행복한 가정을 꾸릴 수 있을까? 두줄이에게 상처 주지 않는 좋은 부모가 될 수 있을까? 너무도 다른 환경 속에서 자란 둘이 서로 맞춰가며 살 수 있을까?

그런 기본적인 물음들에서 시작해 두준이 그저 평범한 사람이었다면 절대로 하지 않았을 의문들까지, 매일 답을 얻기 힘든 물음들에 갈팡질팡했다.

지훈의 계략으로 인해 학교에 소문이 퍼지지 않았더라면, 교장실에 나타난 두준이 폭탄선언을 하지 않았더라면 그녀는 끝끝내 수많은 물음표만 떠안은 채 망설이고 있었을 터였다.

그런데 두준은 단 한 번도 그녀와의 결혼을 망설이지 않았던 것처럼 얘기하고 있었다.

"내가 책임져야 할 부분이라는 결론을 내렸고, 장희원은 제법 잘 맞는 공동 책임자라고 생각했어."

간단한 그의 결론에 희원은 어쩐지 맥이 풀렸다. 은연중에 좀 더 낭만적인 이유를 생각했었나 보다. 생각도 못 한 실망감이 그녀를 덮쳐왔다.

"그리고 내 생각이 틀리지 않았다고 확신해."

그의 확신에 이상하게 그녀는 한 발 주춤 물러나고 싶은 마음이 되어버렸다.

아주 조금 그가 좋아졌다고 느꼈다. 아니, 생각보다 더 많이 그를 좋아하게 됐다고 생각했다.

공동 책임자가 아닌 좀 더 끈끈한 무언가로 인정받길 원하고 있다는 걸 느낄 수 있었다. 두준도 같은 마음일 거라고 생각했던 건 결국 그녀만의 착각이었다.

"그렇군요."

그녀가 할 수 있는 말은 그게 전부였다. 그녀의 마음에 변화가 생겼다고 해서 두준에게까지 강요할 수는 없는 문제였다.

"화난 거야?"

"아니요. 그냥 좀 피곤하네요."

조금 낮아진 목소리로 답한 희원은 그를 등지고 소파로 돌아갔다.

"그럼 점심은 떡갈비랑 장어 먹는 게 낫겠다. 괜찮지?"

"네, 맘대로 하세요."

그녀를 생각해, 아니, 어쩌면 두줄이를 생각해 점심 메뉴를 바꾸는 두준에게 심드렁하게 답한 뒤 소파에 자리를 잡은 희원은 태블릿을 다시 집어 들었다.

두준은 그야말로 살인적인 일정을 소화하고 있었다. 계획적이라는 명성에 걸맞게 결혼식이 있기 전까지의 일정은 물론 6월까지 그야말로 시간 단위로 쪼갠 일정이 빼곡했다.

심지어 휴일에도 골프 회동이나 오찬 모임이 잡혀 있었다. 그런데 단 하루, 4월 23일 일요일 칸은 텅 비워진 채 눈에 익은 세 글자만 쓰여 있을 뿐이었다.

"두준 씨, 이게 뭐예요?"

"음? 뭐가?"

떡갈비를 데우는지 레인지 앞에 붙어 서 있는 두준에게로 다가간 희원이 태블릿 화면의 한곳을 손가락으로 가리켰다.

"오늘 일정 란에 장희원이라고 쓰인 거요."

태블릿 화면을 힐끔 한 번 쳐다본 두준이 그를 올려다보며 코를 찡긋하는 희원의 입술에 재빨리 입을 맞췄다. 희원의 눈이 금세 동그래졌다.

"근 4개월 만에 내가 나한테 주는 상."

"네?"

"오늘 일정, 4개월 동안 쉬지 않고 일한 나한테 주는 상이라고."

"에이, 장난치지 말아요. 나 때문에 아침부터 계속 움직이고 있으면서 쉬지 않고 일한 당신한테 주는 상이 나라는 게 말이 돼요?"

두준이 어깨를 으쓱해 보였다.

"솔직히 말하면 신혼여행 미뤄진 게 마음에 걸려서 오늘 하루 일정을 다 뺀 건데, 지금은 정말 상 받고 있는 기분이야."

"당신 워커홀릭이에요? 아무것도 않고 있으면 막 불안하고 그래요?"

희원이 미간을 찡그리며 물은 말에 두준은 웃기부터 했다.

"일을 많이 하긴 하지만 좋아하진 않아. 그리고 집안일이 좋은 게 아니라, 당신과 함께하는 게 좋은 거야."

희원은 두준의 말에 그를 멀뚱멀뚱 쳐다보기만 했다. 그와 그녀의 관계를 공동 책임자 운운하며 형식적으로 만들어 버렸던 일은 없었던 것처럼 그녀와 함께하는 것만으로도 상 받는 기분이라고 말하는 두준을 어떻게 받아들여야 할지 판단이 서지 않았다.

"혹시 감동받았나? 그럼 키스 한 번만 해주지."

희원이 입만 뻐끔대고 있자, 한 손에 집게를 든 두준이 그녀의 허리에 한 팔을 둘러 당겨 안았다.

짙은 속눈썹이, 잘 뻗은 콧날이 점점 가까워지고 있었다.

그녀의 키스를 기다리지 못한 두준이 제멋대로 다가오고 있었지만, 희원은 피할 마음 같은 건 생기지 않았다.

두준의 의도가 무엇이건, 그녀와 함께하는 것이 좋다고 말하는 그는 상을 주고 싶을 만큼 괜찮은 남자였다. 미뤄진 신혼여행이 아쉽지 않을 만큼 둘만의 온전한 일요일이 설레고 좋았다.

두준과 결혼했어도 반복되는 일상은 여전했다. 달라진 게 있다면 남편이나 기사가 운전하는 차를 타고 학교로 출근하고, 퇴근시간엔 항상 교문 앞에 그녀를 기다리는 차가 있다는 것 정도.

아이들은 중간고사 기간이라 예민해져 있었고, 선생님들은 5월에 있을 체육대회와 현장학습 준비로 정신이 없었다.

표시 내지 않으려고 애쓰는 것 같았지만, 윤리선생님을 제외하곤 거의 모든 선생님이 희원을 불편하게 느끼고 있는 것 같았다.

희원은 전처럼 편하게 지내보려 여러 번 노력을 거듭해 봤지만, 별효과도 없이 점점 지쳐만 가는 중이었다.

거기다 시시때때로 쏟아지는 잠 때문에 몸도 마음도 힘든 하루하루가 계속되고 있었다.

결혼식을 치르고 출근한 지 나흘, 한 주의 절반밖에 지나지 않았는데 한 달은 지난 것처럼 피곤했다.

희원은 일찍 점심을 먹고 보건실로 향했다.

전에도 4교시 수업이 없는 목요일엔 간혹 보건실에 들러 차 한 잔씩 나누곤 했었다.

보건실 전 선생에게 양해를 구하고 한숨 잘 생각이었다.

임신 때문인지 아니면 춘곤증 때문인지 졸음이 쏟아져서 잠깐이라도 눈을 붙이지 않으면 오후 수업을 할 수 없을 것 같았다.

　"정말 너무 뻔뻔한 것 같지 않아요?"

　보건실 앞에 도착해 노크를 하려던 희원이 멈칫 굳어졌다. 빠끔 열린 보건실 문 너머에서 귀에 익은 목소리가 들려왔다.

　별로 마주치고 싶지 않은 정희 선생이었다.

　회식 자리에서 떡하니 두준의 옆자리를 차지하고 앉으며 관심을 드러냈던 정희 선생은 표시 내지 않으려 애쓰는 다른 선생님들에 반해요 근래 노골적으로 희원을 무시하고 있었다.

　작게 한숨을 뱉어낸 희원이 보건실에서의 달콤한 낮잠을 포기하고 막 몸을 돌렸을 때였다.

　"장 선생님은 정말 창피한 것도 모르는 것 같아요."

　"최 선생님, 무슨 말을 그렇게 해?"

　"아니, 그렇잖아요. 지금 학교에 장 선생님이 임신한 걸 빌미로 이사장님하고 결혼한 거 모르는 사람 있어요? 근데, 창피한 줄도 모르고 고개 빳빳이 들고 다니잖아요. 자기가 진짜 이사장님 사모님이라도 된 줄 안다니까요."

　"이사장님 사모님 맞지, 뭐."

　"아이 참, 제 말은 그 뜻이 아니잖아요. 임신한 것 때문에 억지로 한 결혼이 진정한 의미의 결혼이라고 할 수 있겠느냐고요. 나중에 아기 낳고 나면 아기만 뺏고 장 선생님 홀딱 쫓아낼지도 모르는 일 아니에요."

　"최 선생, 정말 못됐다."

　"어머, 전 선생님, 제가 내쫓는다고 했나요? 왜 저한테 못됐다고……."

　"남의 말 그렇게 막 하는 거 아니라고."

"저도 걱정돼서 그러는 거죠, 걱정돼서."

걱정된다는 정희의 목소리엔 전혀 걱정이 섞여 있지 않았다.

표정을 굳힌 희원이 발소리를 죽인 채 보건실 앞을 벗어났다. 그녀의 뒤통수로 정희의 애교 섞인 목소리가 날아와 박혔다.

"장 선생님은 대체 이사장님을 어디서 만났을까요?"

"그게 왜 궁금한데?"

"혹시 알아요, 나중에라도……."

벚꽃이 날리고 있었다. 중후한 검은빛을 띠는 벚나무 가지에서 떨어진 벚꽃 잎이 그 아래 자리 잡은 벤치에 꽃방석을 깔아놓았다.

쓸어버리기가 아까워 희원은 조심스러운 손길로 꽃잎을 밀어내고 벤치에 앉았다.

올려다본 벚나무는 눈부시도록 찬란했다.

작년 이맘땐 이 자리에서 기꺼운 마음으로 책을 읽었다. 휘날리는 벚꽃도 찬란했고, 꽃잎 떨어진 책 표면도 찬란했으며, 그녀의 인생도 얼마간은 찬란하다고 느꼈을 때였다.

스물여섯이 되도록 사랑다운 사랑 한 번 못 해봤지만, 때때로 혼자 가슴 설레며 감상에 젖는 짝사랑도 하고 있었고, 미란이 다녀오고는 다 쓰러져 가는 집조차도 예쁘다며 죽기 전에 꼭 한 번 가볼 만한 곳이라고 극찬한 스위스에 가기 위해 붓기 시작한 적금이 차곡차곡 숫자를 늘리고 있었던 때였다.

스위스로 날아가기 위해 붓던 적금은 작년 겨울에 만기가 됐지만, 그녀는 여행 준비를 하는 대신 일탈을 준비했다.

그녀를 배신감에 떨게 하며 '오늘부터 1일'을 선언한 친구들을 이유로 들긴 했지만, 그건 결코 바른 선택이 아니었고, 지금은 그 일탈에 책임을 져야 할 때라는 걸 알았다.

표면적으로 볼 때 정희의 말은 틀린 데가 없었다. 일반적으로 결혼이라는 형식엔 사랑이라는 내용이 따라붙어야 맞았다. 하지만 두준과 그녀의 결혼엔 두줄이의 행복이라는 목적만이 따라붙었다.

그녀가 아기를 빌미로 두준에게 결혼을 요구한 게 아니라, 그가 아기를 빌미로 희원에게 결혼을 요구했다는 뒤바뀐 진실은 과히 중요치 않았다. 어차피 사랑이라는 내용이 빠진 결혼인 다음에야.

그런데 왜 그녀는 두준에게 결혼 전에 물었어야 할 질문을 자꾸 하고 싶은 걸까?

정말 오로지 두줄이에 대한 책임감이 전부였냐고 묻고 싶어졌다. 두줄이를 가진 게 그녀가 아니라 그 누구라도 결혼했을 것 같으냐고 묻고 싶어졌다.

"휴."

왜 자꾸 이런 마음이 드는 건지 종잡을 수가 없었다. 육체적인 이끌림 외엔 아무것도 없다고 생각했을 때가 편했다.

"휴."

자꾸 한숨만 쉬어대면 태교에 안 좋을 텐데 왜 자꾸 한숨만 나오는 건지…….

그녀가 내뱉은 것이 아니었다.

벚나무를 보기 위해 뒤로 한껏 젖혔던 고개를 바로 하고 옆으로 시선을 돌렸다.

"웬 한숨이야? 땅 꺼지겠다."

"선생님은 저보다 더 크게 쉬던데요. 삼촌이랑 벌써 부부싸움 하셨어요?"

"그건 네가 걱정할 일이 아니지. 왜, 태우가 또 괴롭히니?"

"아뇨. 장태우 여자친구 생겼어요. 요즘 저 자유잖아요. 얼마나 편하게요."

편하다고 얘기하는 세현의 얼굴은 전혀 편해 보이지도 않았고, 신나 보이지도 않았다.

"여자친구?"

"네. 소개해 줄 때 험악하게 인상 구기고 난리도 아니더니, 이젠 아주 딱 붙어 떨어질 줄을 모르더라고요."

"그래? 장태우 여자친구를 네가 소개해 줬다고?"

"네. 3학년에 김다혜, 쌤도 아시죠?"

희원은 이름과 얼굴을 연결시키느라 잠시 눈을 굴렸다.

"방송반 하는?"

"네. 장태우 집 앞에서 얼쩡거리기에 만나게 해줬더니, 둘이 잘 돼가나 봐요."

우연인 듯 꾸며 만남을 주선했던 날, 태우는 험하게 인상을 구긴 채 아무 말도 없이 자리만 지키고 있었다.

민망하고 미안하고 짜증 나고 여러 가지가 복합적으로 울컥하는 마음을 꾹꾹 누른 채, 싸한 분위기를 무마시켜 보겠다고 세현은 입에 단내가 나도록 떠들어댔었다.

간단하게 점심을 먹고 다혜와 헤어져 집으로 돌아오는 내내 태우는 단단히 화난 것처럼 말 한마디 없었다.

"오빠, 화났어?"

"……."

"오빠가 잘 몰라서 그러는데, 다혜 언니가 팔방미인이더라고. 공부도 잘하지, 얼굴도 예쁘지, 저번에 물어봤더니 테니스랑 탁구도 잘한대. 거기다 목소리, 아, 다혜 언니 방송반인 거 오빠도 알지? 다혜 언니 목소리에 반해서 좋아하는 선배들 엄청……."

"강세현."

"어?"

"시끄러워. 입 다물어."

입을 꿰매 버리기라도 할 것 같은 표정으로 입 다물라고 하는 통에 집에 도착할 때까지 숨도 크게 쉬지 못하고 태우의 뒤를 쫓아야 했다. 그랬었는데…….

"점심은 먹었니?"

점심시간이 시작되고 10분밖에 지나지 않았음을 확인한 희원이 걱정스럽게 물었다. 세현은 시무룩한 표정으로 고개를 가로저었다.

태우는 이제 더 이상 점심시간마다 세현의 교실로 찾아오거나 급식실 앞에서 기다리며 그녀의 점심을 챙기지 않았다. 대신 다혜와 다정하게 마주 앉아 급식을 먹는 일이 잦았다.

아침 등하교 길은 또 어떻고. 고3이 무슨 자전거냐는 말로 팽개친 자전거가 그의 집 지하 창고에서 녹슬어가고 있었다. 하교 때는 거의 대부분 다혜와 함께였다.

세현에겐 분명 잘된 일이었다. 드디어 길고 긴 장태우 똘마니 생활에서 해방되어 눈부신 자유를 쟁취해 내고야 말았다. 그런데 전혀 기쁘지가 않았다.

어젠 옆에서 함께 걷던 반 남자애를 '오빠'라고 불렀다가 화들짝 놀라기까지 했다.

장태우와 함께했던 삶에 너무 익숙해져서 그런 것뿐이라고 애써 마음을 다독여 놓는데, 좀 전 급식실 앞에서 다정하게 마주 보며 웃는 태우와 다혜를 마주하자, 다독인 마음이 울렁이며 먹지도 않은 점심이 얹힌 것처럼 가슴이 답답해졌다.

결국, 점심은 먹지도 못하고 급식실 앞을 도망치듯 벗어나서 벗나무 아래로 온 길이었다.

"그럼 점심 먹어야지 왜 이리 왔어?"

"속이 좀 안 좋아요."

"그래? 그럼 같이 보건실……. 음, 보건실 가서 약 받아 먹어."

희원은 함께 보건실에 가자고 하려다가 멈칫하며 말을 돌려 버렸다.

"그 정도는 아니에요. 휴."

고개를 절레절레 저은 세현이 다시 한숨을 뱉어냈다.

"걱정거리가 뭐야? 선생님한테도 말 못 할 일이야?"

"아니요. 그런 건 아니고요."

세현은 손가락을 비틀어대며 조금 소원해진 태우와의 관계와 종잡을 수 없는 그녀의 마음까지 모두 희원에게 털어놓았다.

"분명 제가 바라고 바라던 일인데요. 전혀 즐겁지가 않아요. 왜 그런 걸까요?"

두준의 눈과 코를 살짝 닮은 똑똑한 제자는 울상이 되어 희원을 쳐다봤다.

"너 지금 때가 어느 땐데 그런 쓸데없는 생각이나 하고 있는 거야? 중간고사 준비는 다 했니? 그런 고민할 시간 있으면 공부를 해."

울상이었던 세현의 얼굴이 점점 더 찝찝한 표정으로 일그러지고 있었다. 선생님까지 이럴 줄은 몰랐다는 배신감과 실망, 짜증이 얼버무려진 표정이었다.

"여기까지가 선생님으로서 해줄 수 있는 말이고, 자, 지금부터는 숙모 자격으로 하는 말. 세현아, 정말 태우랑 함께했던 모든 일이 싫었니?"

희원의 물음에 태우와 함께했던 일들이 파노라마로 재구성되어 세현의 머릿속을 채우고 있었다. 그녀의 모든 순간에 태우가 있었다.

등하교 때, 피아노를 배울 때, 테니스를 배울 때, 공부를 할 때, 책을 읽을 때, 간식을 먹을 때, 게임을 할 때, 심지어 간혹 함께 낮잠에 빠지기도 했었다. 그 모든 순간이 싫었냐고?

싫고 좋고가 없었다. 태우는 그녀에게 공기와도 같은 존재였다. 없으면 안 되지만, 곁에 머물고 있다는 인식을 따로 할 필요가 없었던 존재.

그 모든 순간이 싫었냐고?

"아니요. 아니에요. 싫지 않았어요. 물론 귀찮을 때도 있고 저를 화나게 할 때도 많았지만, 싫은 건 아니었던 것 같아요."

"그럼 답 나왔네."

"네?"

"가까이에 있을 땐 미처 깨닫지 못하는 것들도 있지. 이번 기회에 태우가 너한테 어떤 존재였는지 잘 한번 생각해 봐."

"에이, 선생님, 그런 거 아니에요."

"정말 아닐까? 단정 짓지 말고 진지하게 생각해 봐."

"그래서요? 만약에, 만약에……."

희원은 세현이 잇지 못하는 뒷말을 짐작할 수 있었다.

겁먹고 있는 게 분명했다. 만약 태우를 좋아하는 거라면 그땐 어떻게 해야 할지 난감할 터였다.

태우가 이미 다른 사람을 좋아하고 있다면 뒤늦게 깨달은 감정은 아무짝에도 쓸모없이 세현의 마음만 괴롭히게 될 것이었다.

"생각을 하든, 직접 부딪쳐 보든, 한숨만 쉬고 있는 것보단 낫지 않을까?"

"선생님도 한숨만 쉬고 있었던 거 아니었어요? 저한테만 그래 보라는 건 너무 불공평한 것 같아요."

"그래서."

희원은 상큼하게 미소 지으며 자리에서 벌떡 일어났다. 그녀의 움직임에 떨어진 꽃잎들이 놀라 풀썩 몸을 떨었다.

"선생님도 한번 부딪쳐 보려고."

세현도 희원을 따라 엉거주춤 몸을 일으켰다.

"세현아, 우리 같이 힘내자. 점심 먹어야지. 매점 갈래?"

"네."

둘은 나란히 걸음을 옮겼다. 그녀들의 머리 위로 벚꽃이 눈처럼 날리고 있었다. 찬란한 계절이었다.

"쌤, 언제 이사해요?"

"이번 주말에."

"그래요? 우리 집 근처에 조각케이크 맛있는 커피숍이 있거든요. 거기 소개해 드릴게요."

"거기서 가끔 만나자는 소리지?"

"헤헤. 눈치도 빠르셔."

막 동관 모퉁이를 돌아 매점 쪽으로 방향을 잡는데, 태우 때문에 몇 번 본 적 있는 3학년 남자 선배가 세현을 향해 달려오더니, 햄버거 하나를 불쑥 내밀었다.

"강세현, 이거."

"이게 뭐예요?"

"어, 그게……. 아, 몰라. 그냥 일단 받아. 난 분명히 전달했다."

햄버거를 강제로 떠안긴 선배는 희원에게 꾸벅 인사를 하고는 뒤돌아 달려갔다.

"잠깐만요, 선배. 누가 전달하라고 했는데요?"

그녀가 좋아하는 종류의 버거였다. 짐작 가는 사람은 하나뿐인데, 여자친구 옆에 딱 붙어서 신경도 안 쓸 땐 언제고, 이건 또 뭐 하는 짓인지 알 수가 없었다.

버거를 든 채 입을 삐죽거리다가 슬며시 미소 짓는 세현을 보며 희원도 입꼬리를 끌어 올렸다.

'녀석들, 귀엽기는.'

✤

교문 건너편에 정차돼 있는 잘 빠진 검은 차를 본 희원의 입꼬리가 자연스럽게 올라갔다.

뛰어갔다간 두준에게 또 잔소리를 들을 게 뻔해 가벼워지려는 몸을 애써 자제시키며 적당한 걸음걸이로 다가가 조수석 문을 열었다.

"두준 씨, 언제…….”

"안녕하세요, 사모님. 부회장님이 아니라 어쩌죠?"

"안녕하세요, 이 실장님. 두준 씨 차라 두준 씨가 온 줄 알았어요.”

"부회장님은 잠시 후에 업무용 차 타고 퇴근하실 겁니다. 뒤로 타세요, 사모님.”

시형의 말에 뒷좌석에 오르며 희원은 실망감을 감출 수가 없었다.

어제 세현과 대화를 나눈 뒤로 결혼 전에 두준에게 했어야 할 질문들을 이제라도 해보기로 결심을 굳혔었다.

하지만 10시쯤 들어오겠다고 전화를 한 그에게 기다리겠다는 낯간지러운 말까지 건네놓고, 그녀는 거실 소파에서 그대로 잠이 들어버렸다.

잠결에 다정한 손길과 두준의 향취를 느꼈지만 눈을 뜰 수가 없었다.

새벽 6시가 넘어갈 즈음 악몽에 놀라서 깨기라도 한 것처럼 번쩍 눈을 떴을 때는 침대 위 두준의 품에 안긴 채였다.

그에게 어떤 식으로 질문을 하면 좋을까 긴장하고 설레었던 마음은 졸음 앞에서 완전 무용지물이었다.

강하게 둘러진 팔에 갇혀 눈만 멀뚱멀뚱 뜬 채, 곤히 잠든 두준의 얼굴을 물끄러미 바라보던 희원은 얕은 한숨을 뱉어낼 수밖에 없었다.

새벽 댓바람부터 두줄이가 존재하지 않았어도 자신과 결혼했을 것 같으냐고 물을 수는 없었다.

더구나 자고 있는 사람을 깨워, 우리의 결혼엔 두줄이에 대한 책임 감밖에 없는 거냐고 묻기는 좀 그랬다.

아무리 대놓고 부딪쳐 보기로 했다고 때도 가리지 않고 그러는 건 아닌 것 같았다. 어쩔 수 없이 결전의 순간을 오늘 오후로 미루어놨었다.

"두준 씨 오늘도 늦을까요?"

"아닙니다. 그럴 일은 없으실 겁니다. 아주 애가 닳았거든요. 크크."

"네?"

"퇴근 못 하셔서 머리 위로 불을 뿜어내는 걸 보고 왔습니다. 아마 넉넉잡고 30분이면 회의 끝마치고 댁으로 향하실 겁니다."

꼼꼼하기 이를 데 없는 부회장 덕에 한정 없이 길어지곤 하던 금요일 오후 임원회의가 오늘따라 초스피드로 진행되는 걸 보고 나온 길이었다.

그렇다고 회의의 질이 떨어지느냐 하면 그건 또 아니었다.

짧은 시간 최대의 효과를 얻으려는 악덕 부회장 덕에 머리 희끗희끗한 중역들은 아마도 진땀을 빼고 있을 것이다.

"요즘 부회장님 보면 댁에 꿀이라도 발라놓은 게 아닌지 의심이 들 정돕니다. 점심시간만 넘어가면 퇴근하고 싶어서 안달을 한다니까요."

"그, 그래요? 요즘 많이 피곤하니까 집에서 쉬고 싶은가 보죠."

"하, 천하의 강두준이요? 부회장님 일 한참 할 때는 일주일 넘게 철야를 하고도 펄펄 날아다녔다니까요."

"그래요?"

"어쨌든 사모님 덕분에 야근도 줄고, 부회장님 성질부리는 것도 줄고, 비서실은 요즘 여러 모로 해피데입니다. 감사합니다."

룸미러로 희원을 보는 시형의 얼굴엔 웃음이 한 가득이었다.

그녀를 놀리려고 꺼낸 말인 줄 뻔히 알면서도 희원은 얼굴부터 붉어져 열심히 손사래를 쳤다.

"아니에요. 제 덕분은 무슨. 두준 씨 집에서도 일해요. 그냥 집에서 하는 게 편하니까 그래서 그런 걸 거예요."

"그런가요?"

"네, 그럼요."

희원의 대답은 지나칠 정도로 즉각적이고 강하게 흘러나왔다. 도둑이 제 발 저린 격이었다.

시형의 얼굴을 가득 채운 웃음으로 봐선 그녀의 말을 전혀 신용하지 않는 것 같은 눈치였지만, 두준이 집에서도 일을 한다는 건 사실이었다.

약간의 문제가 있다면 훌륭한 책상과 의자가 있는 서재를 사용하는 대신 주로 그녀가 있는 거실을 애용한다는 것 정도였다.

두준은 1인용으로 꾸며진 서재에 책상을 하나 더 들여놓길 원했지만, 이사를 앞두고 있는 상황에서 비효율적이라는 그녀의 의견을 꺾지 못하고 말았다.

결국 거실에서 수업 준비를 하거나 책을 읽는 희원의 곁으로 일거리를 싸들고 나오면서 효율적으로 꾸며진 서재는 무용지물이 되고 말았다.

둘이 지내기에 오피스텔은 너무 넓었다. 두준이 서재에 틀어박히고 나면 희원은 적막한 분위기에 가슴이 서늘해지곤 했으므로 그가 거실에서 일하는 걸 은근히 반겼다.

다만, 조금 걸리는 게 있다면, 뭔가 이상해서 돌아보면 그의 시선이 항상 그녀를 향하고 있다는 것이었다.

거의 5분에 한 번 꼴로 두준의 시선은 일거리를 떠나 그녀에게 머무르는 것 같았다.

옆에 있는 게 신경 쓰여서 그러냐고 물어보면 그건 또 아니라며 이내 일에 집중하는 것 같다가도 왠지 이상해서 돌아보면 그와 시선이 마주치곤 했다.

몇 번 그런 과정을 반복하다가 두준은 항복의 의미가 담긴 것 같은 한숨을 뱉어낸 뒤, 입술을 겹쳐 오곤 했다. 그때마다 희원은 가슴이 몽글몽글해지면서 웃음이 나곤 했다.

"웃지 마. 난 지금 심각하다고. 당신 때문에 아무것도 못 하겠어."

"비켜준다니까 싫다고 했잖아요."

"그건 더 싫으니까."

그러곤 격렬하게 맞닿는 입술.

솔직히 두준이 일을 하긴 한 건지 알 수 없었다. 분명한 사실은 그녀가 그를 의식하는 만큼 그 또한 그녀를 의식하고 있다는 것. 그녀가 그의 손길을 갈망하듯, 그 또한 그녀의 손길에 뜨겁게 반응한다는 사실.

그래서 오늘은 꼭 확인해 볼 참이었다. 그와 그녀 사이에 두줄이를 빼고도 남는 게 있는지, 육체적인 끌림 외에 그녀가 느끼고 있는 감정을 그 또한 느끼고 있는지 물어볼 생각이었다.

"사모님, 지금 표정, 부회장님이 짓던 표정과 너무 많이 닮았는데요. 혹시 부회장님 생각하신 거 아닙니까?"

여느 신혼과 다름없는 그들의 저녁시간을 떠올리다 보니 입가에 저절로 미소가 지어졌나 보다. 시형은 그걸 알뜰하게 캐치해 놀리고 있었다.

"어머, 아니에요. 그냥 우리 반 아이들 생각에……."

얼굴을 붉히며 늘어놓는 어설픈 변명을 시형은 전혀 믿지 않는 눈치였다.

"그래요? 우리 부회장님 반 아이들한테도 밀려나고. 좀 더 분발하라고 말해야겠네요."

"아니요, 그런 건 아니고요…… 이 실장님, 그만 놀리세요."

"티 났습니까? 하하하."

"두준 씨한테 일러야겠어요."

"부회장님은 요새 완전 봄날이라 일러봐야 소용없을 것 같은데요? 하하하."

차 안을 채우는 시형의 웃음소리가 싫지 않았다. 희원의 가슴이 약간의 긴장과 기대감으로 채워지고 있었다. 두준의 봄이 그녀로 인해 온 것이길 간절히 바랐다.

잠시 후 오피스텔 앞에 도착해 차에서 내렸을 때, 희원은 불현듯 어제의 일이 떠올라 괜스레 주변을 두리번거렸다.

어제 오피스텔 로비에서 해인이 희원을 기다리기라도 한 것처럼 갑자기 나타나 팔짱을 끼는 통에 소스라치게 놀랄 수밖에 없었다.

가벼운 인사라면 모를까 팔짱을 끼어도 될 만큼 가까운 사이가 아님에도 해인은 너무 과하게 친한 척을 했다.

여전히 살살 녹는 애교와 부담스러운 친근함을 풀 옵션으로 장착한 채, 언니라고 부르며 반가워하는데 어쩐지 거부감이 일었다.

희원과 함께 엘리베이터에 오르면서 해인은 아는 선배네 놀러 온 길이라며 묻지도 않은 말을 줄줄 읊어댔다.

희원은 억지 미소를 지어 보일 수밖에 없었다. 자신이 너무 예민하게 구는 건 아닌가 싶었지만, 해인의 태도가 어쩐지 좀 수상하다고 느꼈다.

대체 선배네 집이 몇 층이기에 버튼도 누르지 않는 걸까? 어쩌자고 흡착판이라도 장착한 것처럼 쩍 달라붙어 그녀와 같은 층에서 내리는 것일까? 심지어 그 층에는 두준과 희원의 집 외에는 다른 누구의 집도 없는데 말이다.

희원이 강제로 그녀의 팔을 떼어내고 나서야 해인은 호들갑스럽게 작별 인사를 건네며 부랴부랴 다시 엘리베이터에 올랐다.

붙잡고 싶은 생각은 눈곱만큼도 없었던 희원의 마음을 알아채기라도 한 것처럼 해인은 그녀가 적당한 인사말을 건네기도 전에 엘리베이터 문을 닫아버렸다.

첫 만남에서도 그랬지만, 못된 구석이라곤 없는 것 같아 보이는 그녀의 외모에도 불구하고 희원은 해인이 신경 쓰이고 기분 나빴다.

또다시 해인을 마주치게 되는 것은 아닐까 불안한 마음에, 다시 한번 주변을 살펴본 희원은 두준에게 해인에 대해서도 물어봐야겠다는 생각을 했다.

해인을 계속 신경 쓰게 되는 것도 싫었고, 제대로 알아보기도 전에 의심하게 되는 건 더 싫었다.

이래저래 물을 게 많은 금요일 저녁이었다. 불현듯 두준이 빨리 왔으면 좋겠다는 생각을 했다.

그게 단지 물을 게 많아서인지, 그저 보고 싶어서인지 분간이 가지 않았지만, 희원은 키패드를 누르며 괜스레 설레었다.

문을 열자마자 고소한 음식 냄새가 먼저 그녀를 맞이했다. 얼굴 가득 웃음이 번져 가기 시작했다.

희원은 뜻밖의 상황이 그녀를 기다리고 있을 거라곤 예상도 못 하고, 두준이 일찍 돌아와 식사 준비를 하고 있다고만 생각했다.

"두준 씨, 나보다 늦을 줄 알았는데, 언제 왔어요? 음, 냄새 좋다. 뭐 만들……."

"언니, 오셨어요? 오빠는 아직 안 왔어요. 파스타 좋아해요? 냄새 죽이죠? 제가 또 파스타 하난 기가 막히게 만들거든요. 조금만 기다리세요. 이제 면만 삶으면 되거든요. 좀 이따 오빠 오면 우리 같이 먹어요.”

해인은 현관 앞에서 신발을 벗다 말고 굳어버린 희원을 그대로 둔 채 주방으로 걸음을 옮기고 있었다.

해인의 허리춤에 예쁜 리본으로 묶인 앞치마가 낯이 익었다.

그녀가 잘못 본 게 아니라면 저 앞치마는 분명 일상생활에선 절대 실현 불가능한 로망을 소유하신 이모님들이 두준의 것과 세트로 구입한 희원의 앞치마였다.

싱크대 서랍 속에 나란히 놓인, 같은 디자인에 색깔만 다른 앞치마를 보고 희원은 웃음을 참지 못했다.

선명하게 찍힌 빨간 하트 모양이 너무 노골적으로 보이기도 했고, 두준이 정말 이걸 두르는 날이 오기는 할까 싶어서였다.

그 앞치마는 두준뿐 아니라 그녀도 한 번 써본 적이 없는 것이었다.

두르는 날이 오기는 할까 싶으면서도 두준과 함께 앞치마를 둘러보면 어떨까 상상만 했던 그것이 해인의 허리춤에 아무렇지도 않게 묶여 있었다.

너무 자연스럽고 해사한 해인의 모습은 희원으로 하여금 이곳은 그들의 신혼집이 아닐지도 모른다는 착각을 불러일으키게 만들었다.

갑자기 고소하다고 생각했던 음식 냄새가 역하게 느껴졌다. 가슴 저 밑바닥에서 요동을 치기 시작한 울렁거림이 순식간에 목까지 치밀어 올라왔다. 3개월이 넘도록 잠잠했던 입덧이 막 시작되고 있었다.

급하게 거실을 가로지른 희원이 가방을 내팽개친 뒤 그대로 화장실로 달려갔다.

“언니, 왜 그래요? 어디 안 좋아요?”

희원의 뒤통수로 해인의 물음이 날아와 꽂혔지만, 대답해 줄 여력이 없었다.

화장실 문을 거세게 닫고 변기 앞에 쪼그려 앉은 희원이 막 토악질을 시작했을 때, 공처럼 통통 튀는 해인의 목소리가 다시 들려왔다.

"오빠, 다녀왔어요?"

두준이 돌아왔다. 퇴근하고 돌아온 그를 맞은 건, 이 집이 제집인 양 음식을 만들고 있던 해인이었다.

점심 먹은 건 이미 다 소화가 됐고, 토할 것도 없는데 묵직한 울렁임이 다시 가슴을 치밀고 올라왔다.

들숨과 날숨이 가쁘게 자리를 이동하는 가운데, 심장은 지나칠 정도로 거칠게 뛰어대고 있었다. 감당하기 힘든 상황에 손마저 부들부들 떨렸다. 입을 꽉 틀어막은 희원의 눈가에 눈물이 고였다.

해인의 말투가 너무나 자연스러워, 왠지 희원이 있지 말아야 할 공간에 억지로 끼어든 것 같은 느낌이 들었다.

"네가 왜 여기 있어? 누가 문 열어준 거야?"

당황한 것도 같고, 화가 묻은 것도 같은 두준의 목소리가 들려왔다.

"오빠, ·파스타 아직도 좋아하죠? 내가 오늘 실력 발휘 좀 했거든. 얼른 옷 갈아입고 나와요."

공처럼 통통 튀는 해인의 목소리는 여전했다. 해인의 말을 듣고 있자니 신혼부부는 마치 저쪽인 것 같았다.

"누가 문 열어준 거냐고 묻잖아."

"그게 뭐 중요한 일이라고 소리를 질러요? 그냥 잘 들어왔어. 밑에선 들어오는 사람 있기에 그냥 따라 들어왔고, 호수는 어제 언니가 가르쳐 줬고, 혹시나 하고 눌러봤더니 역시나 비번은 오빠 생일이던데요, 뭘."

별스러울 것 없다는 듯 말하는 해인의 목소리가 화장실 문을 뚫고 희원의 귓가를 쟁쟁 울렸다.

두준이 파스타를 좋아한다는 건 처음 알았다. 오피스텔 현관문 비번이 그의 생일이라는 것도 처음 알았다.

희원은 그에 대해서 너무 모르는 게 많았고, 해인은 그에 대해 지나치게 많이 알고 있었다.

어제 해인과의 만남은 다분히 계획적인 것이었고, 희원은 그녀에게 유용한 정보를 제공한 셈이었다.

해인이 왜 편법까지 써가며 이런 일을 벌였는지 유추해 내기에는 그녀의 신경이 너무 날카로워져 있었다.

당장은 울렁이는 가슴을 부여잡고 밀려오는 토악질을 참아내는 일만으로도 버거울 지경이었다.

집 안을 가득 채운 고소하고 느끼한 냄새로부터 달아나고만 싶었다. 집 안 곳곳을 맴돌다가 그녀의 귀로 들어와 박히는 해인의 맑고 경쾌한 목소리로부터 벗어나고 싶은 생각뿐이었다.

"김해인, 대체 이게 뭐 하는 짓이야? 너 이거 주거침입이야. 범죄라고."

"오빠, 왜 그래요? 난 그저 따로 결혼선물을 못 한 게 마음에 걸려서 서프라이즈 해주려고……."

"말 같은 소릴 해."

"너무해요, 오빠."

해인의 목소리에 울먹임이 섞여들었다. 두준의 입에서 깊은 한숨이 새어 나왔다. 희원의 입에선 또다시 토악질이 밀려 나오고 있었다.

"김해인."

격앙된 목소리를 어느 정도 가라앉힌 두준이 나직이 해인을 불렀다.

곧 그녀는 알지 못하는 그들만의 대화가 시작되려 하고 있었지만, 희원은 그들의 대화를 더 이상 듣고 싶지 않았다. 그저 되도록 빨리 이 집을 벗어나야겠다는 생각을 했다. 이 지독한 파스타 냄새는 더 이상 맡고 싶지 않았다.

변기를 의지해 힘겹게 몸을 일으킨 희원은 조용히 화장실 문을 열고 나왔다. 서류가방을 그대로 든 채 해인과 마주하고 선 두준의 넓은 등이 보였다.

잠시 물끄러미 바라보고 섰는데, 예리하게 빛나는 해인의 눈과 마주쳤다.

식장에서 처음 마주했을 때는 미워할 수 없는 스타일이라 생각했는데, 이젠 해인의 얼굴이 너무 밉게 보였다. 두줄이를 위해서도 이런 마음 가지면 안 된다는 생각에 희원은 얼른 시선을 돌려 버렸다.

조용히 발소리를 죽이고 현관까지 걸어간 희원은 신발을 대충 걸쳐 신고 도망치듯 집을 나섰다.

문이 닫히기 직전 두준이 다급하게 그녀를 부르는 소리가 들려왔지만, 희원은 돌아보지 않았다.

오로지 파스타 냄새가 꽉 들어찬 집에서 멀리 도망치고 싶다는 생각뿐이었다. 영혼까지 토해내고 말 것 같은 울렁거림으로부터 벗어나고 싶은 생각뿐이었다.

두준이 그녀를 잡으러 와줬으면 하는 마음과 이대로 도망가고 싶기도 한 상반되는 두 가지의 마음을 안고 엘리베이터에 올라 떨리는 손으로 1층 버튼을 눌렀다.

희원은 닫힘 버튼을 누르지 못한 채 멍하니 정면을 주시하고 있었다. 아마도 잡으러 와줬으면 하는 마음이 더 강했나 보다.

엘리베이터 문이 완전히 닫힐 때까지 두준은 모습을 나타내지 않았다.

혹시나 1층 로비에 먼저 도착해 그녀를 기다리고 있는 것은 아닐까 하는 드라마 같은 환상도 무참히 깨졌다.

그럴 의도는 아니었지만, 그들의 신혼집에 두준과 해인 단둘이 남겨졌다. 결국 희원이 자리를 피해준 꼴이 되어버렸다.

오피스텔을 나온 뒤 희원은 뒤를 힐끔 돌아봤다. 빠져나오는 데 정신이 팔려서 가방이고 휴대폰이고 아무것도 가지고 나오지 못했지만,

다시 돌아가고 싶은 마음은 눈곱만큼도 생기지 않았다.

오피스텔 주변으로 느끼한 파스타 냄새가 진동을 하는 것 같았다. 희원은 여전히 속이 울렁거렸다.

희원을 따라 나오지 않은 두준이 해인과 무엇을 하고 있는지 생각하고 싶지 않았다. 지금 당장은 오피스텔에서 최대한 멀어지고 싶은 마음뿐이었다.

아무런 대책도 없이 무작정 걷기 시작했다. 내내 꾹꾹 눌러 참았던 울음이 툭 터져 나왔다.

❖

편의점 로고가 찍힌 비닐봉투를 손에 든 남자가 희원을 힐끔힐끔 쳐다보며 지나갔다.

아직 완전히 어두워지기 전, 거리를 걸으며 훌쩍거리는 여자는 시선을 끌기 십상이었다.

눈물 박하기로 유명했던 장희원은 도대체 어디로 사라진 건지 알 수가 없었다.

희원은 멈추지 않는 눈물이 당황스러워 괜스레 두줄이를 야단치고 있었다.

'두줄이 너, 태어나기 전부터 이렇게 울기 있어 없어? 남자도 그렇고 여자도 그렇고 이렇게 눈물이 헤프면 안 되는 거야. 아직 인생을 살아보질 않아서 뭘 잘 모르나 본데, 운다고 해결되는 일 하나 없다, 너. 흑흑.'

운다고 해결되는 일은 하나도 없었다. 그건 희원이 자라면서 몸소 체험한 진리였다.

어린 그녀가 울 때마다 엄마 아빠의 싸움은 더욱 격렬해졌다. 운다고 해서 배고픔이 해결되는 일도 없었으며, 운다고 해서 무서움이 덜 해지지도 않았다.

무언가를 얻고자 하는 목적이 있을 때는 울기보다 노력을 해야 한다는 걸, 희원은 너무 어린 나이에 깨우쳐 버렸다.

물론 노력 가지고도 안 되는 일이 있기는 했다. 엄마 아빠는 희원의 울음과 상관없이 결국 이혼을 했으니까.

그래도 울어서 해결되는 일보다 노력으로 해결되는 일이 훨씬 많았다.

하지만 지금의 울음은 무언가를 얻고자 하는 목적도 없었고, 이유도 몰랐다.

뭐가 이렇게 서러워 눈물이 나는 건지 알 길이 없었다.

아직 확인된 건 아무것도 없는데, 왠지 불안하고 서글펐다. 안전하고 안락한 울 안에 있다가 갑자기 허허벌판으로 쫓겨난 것 같은 기분에 휩싸였다.

그녀를 쫓아오지 않은 두준 때문인지, 너무 당당하게 굴었던 해인 때문인지 정확한 원인은 가늠할 수 없었지만, 도망 나온 건 그녀면서 어쩐지 쫓겨난 것만 같았다.

대체 언제부터 두준에게 의지하는 마음이 커져 버린 걸까?

여태 혼자서도 잘만 해왔는데, 갑자기 홀로 매서운 바람을 맞고 있는 기분이 드는 건 왜일까?

좀체 멈출 생각이 없는 눈물을 양손으로 거칠게 닦아낸 희원이 주변을 휘둘러봤다.

처음엔 역겨운 파스타 냄새로부터 최대한 멀어지고 싶다는 생각에 거의 뛰다시피 오피스텔 근처를 벗어났지만, 꽤 거리가 벌어졌다고 느끼는 순간부터 마음만 들쑥날쑥 복잡해지고 걸음은 자꾸 느려져만 갔다.

두 번, 아니, 어쩌면 세 번 골목 모퉁이를 돌았던 것으로 기억했다.

오피스텔에 접해 있는 대로변은 오가는 차들로 너무 시끄러워 상대적으로 조용한 골목을 찾아든 것이 화근이었다.

닦아내도 소용없는 눈물 때문에 흐릿해진 시야로 보이는 건물들이 상당히 낯설었다.

갑작스레 겁이 덜컥 났다. 두준의 오피스텔에 살기 시작한 지 며칠 되지도 않은 데다가 매번 차로 이동했던 터라, 이 근처는 완전히 낯선 동네였다.

휴대폰을 가방에 넣어둔 채 그대로 나왔다는 걸 잊고 무의식적으로 주머니에 손을 집어넣었다.

텅 빈 주머니 속에서 하릴없이 손을 꼼지락거리던 희원은 아랫입술을 잘근 씹어 물었다.

갑자기 시작된 입덧에 당황스럽기도 했고, 해인의 이해할 수 없는 행동에 감정이 격해져 이성적인 판단을 할 수 없었던 상황이었지만, 그렇게 무작정 뛰쳐나올 일이 아니었다.

길을 잃었다는 걸 깨닫고 나서야 도망칠 필요가 없는 그녀의 공간에서 도망친 일에 대한 후회가 밀려왔다.

어찌해야 할지 난감했다. 길치에다 방향치인 희원의 뇌는 카오스 상태에 빠져 버렸다. 그녀가 걸어왔던 방향이 어느 쪽인지도 헷갈릴 판이었다.

이젠 다른 의미로 울상이 된 희원이 발을 동동 구르다가, 조금 전 그녀를 지나쳐 갔던 편의점 봉투를 든 남자를 생각해 냈다. 편의점에 가면 사정을 설명하고 전화를 이용할 수 있지 않을까 싶었다.

결심을 굳힌 희원이 남자가 걸어왔던 방향으로 막 걸음을 떼어놓았을 때, 뒤에서부터 비닐봉투 바스락거리는 소리가 들려왔다. 처음엔 그저 지나가는 행인이려니 생각했다.

그런데 주변이 점점 어두워지고 있어서인지, 아니면 낯선 곳에 있다는 두려움 때문인지 묵직하게 울리는 발소리가 꼭 그녀를 쫓고 있는 것 같은 느낌이 들었다.

의식적으로 좀 더 걸음을 빨리하자, 뒤따르는 발소리도 동시에 빨라졌다. 비닐봉투의 바스락거리는 소리가 그녀의 신경을 날카롭게 긁어댔다.

뒤통수로 서늘한 기운이 느껴졌다. 첩보영화 잘 찍는 누군가가 엄청 그리워지는 순간이었다.

그냥 아무 상관 없는 행인일 수도 있는데 고개를 돌려 확인하기가 겁이 났다.

막상 돌아봤는데 칼이라도 들고 있으면, 음흉한 웃음을 흘리며 달려들기라도 하면…….

오른손으로 배를 감싼 희원이 튀어나오려는 비명을 꾹 삼킨 채 발을 더욱 빨리 움직였다.

'헉!'

바닥을 쿵쿵 울리는 구둣발 소리. 그녀를 쫓던 발소리는 어느새 달리는 소리로 바뀌어 있었다.

아니, 아니다. 그녀를 쫓던 빠르고 묵직한 발걸음은 그대로였고, 또다른 누군가가 달려오고 있었다. 경직된 자세로 빠르게 걷고 있던 희원의 얼굴이 또다시 울 것처럼 일그러졌다.

이루 말할 수 없는 공포감이 밀려왔다.

확인해야만 했다. 두려움을 이겨내고 뒤를 돌아봐야만 두려움에서 벗어날 수 있다는 걸 알고 있었다. 걸음을 멈춘 희원은 눈을 질끈 감고 호흡을 가다듬었다.

순간, 그녀의 어깨에 무언가가 슬쩍 닿았다가 떨어졌다. 소스라치게 놀란 희원은 비명도 크게 내지르지 못하고 굳어버렸다.

달려오던 발소리도 묵직한 발소리도 동시에 멈춘 뒤, 비닐봉투가 요란하게 바스락거리다가 잠잠해졌다. 거친 숨소리와 '윽' 하는 신음 소리가 동시에 들려왔다.

"당신, 뭐야?"

낯선 남자의 당황한 목소리가 먼저 들려왔다.

"희원아!"

이어서 거친 숨소리가 섞인 두준의 목소리가 들려왔다. 질끈 감겨 있던 눈꺼풀을 들어 올린 희원은 냉큼 돌아봤다.

"하아!"

희원은 참았던 숨을 한꺼번에 토해내며 놀란 가슴을 쓸어내렸다.

좀 전에 지나쳤던 편의점 봉투를 든 남자가 두준에게 손목을 붙잡힌 채 황당한 표정을 짓고 있었다.

재킷은 어디로 간 건지, 두준은 셔츠 차림에 넥타이도 거의 풀어헤친 상태였다.

머리는 여러 번 헤집은 듯 어지러이 흩어져 있었고, 별로 덥지 않은 날임에도 불구하고 이마에 땀방울을 매달고 있었다. 항상 단정하던 두준과는 전혀 어울리지 않는 모습이었다.

"왜 남의 여자 몸에 손을 대려는 겁니까?"

험악하게 인상을 구긴 두준이 남자를 다그쳤다. 두준보다 머리 하나는 작은 남자가 움찔거리며 희원을 쳐다봤다.

"남의 여자? 둘이 아는 사입니까? 난 그저, 길 잃은 것처럼 울면서 가기에 도와주려던 것뿐입니다."

길을 잃었다는 남자의 표현에 다시 울컥 설움이 치밀어 오른 희원의 눈에 금세 눈물이 고였다. 입에선 막을 수 없는 흐느낌도 새어 나왔다.

다 큰 어른이, 게다가 아이들을 가르치는 선생님이 이러면 안 된다는 걸 알면서도 눈물이 멈추지 않았다.

희원의 울음에 당황한 두준이 얼른 남자의 손목을 놓고 희원에게로 다가가 그녀를 안으려 했다. 희원은 거부의 몸짓을 보이며, 그의 손이 닿을 수 없도록 한 발 주춤 물러났다.

두준에게서 놓여난 남자가 어이없는 감탄사를 내뱉으며 뒤돌아가려다가 희원의 반응을 보고는 찜찜한 듯 뭉그적거렸다.

"저어, 정말 아는 사이 맞습니까? 경찰에 신고라도……."

"부부입니다. 됐습니까?"

두준이 험악하게 노려보자, 남자는 도망갈 듯 뒤로 주춤주춤 물러나면서도 정의감을 불태웠다.

"거, 가정폭력은 안 되는 겁니다. 생긴 건 그렇게 안 생겼구만, 어디 할 짓이 없어서 여자를 울리고. 예쁜 마누라 얻었으면 잘하고 살아야지, 나 같으면 평생 떠받들고 살겠구…… 히익."

남다른 정의감에 어울리는 용기를 탑재하지 못한 남자는 참 모양 빠지게 계속 뒷걸음질 치면서 떠들어대고 있었다.

희원을 바라보고 있던 두준이 미간을 일그러뜨리며 획 고개를 돌리자, 그는 괴상한 소리를 내며 뒤돌아 뛰어갔다. 부지런히 휴대폰을 꺼내는 폼이 경찰에 신고라도 하는 것 같았다.

"흑, 저 사람, 경찰에 흑, 신고하나 봐요."

"그러게. 마누라 울린 죄로 잡혀가게 생겼네."

두준은 희원이 물러난 거리를 좁히지 않고 있었다. 성급하게 다가섰다가 달아나는 건 아닌지 겁나는 눈치였다.

"잡혀가기 전에 나 좀 안아줄래?"

두준은 처량한 미소를 지으며 양팔을 벌려 보였다.

"당신 못 찾을까 봐 겁나서 죽을 뻔했어."

좀 전엔 그랬다. 희원을 찾아 온 동네를 헤매며 진짜 죽을 것처럼 숨도 제대로 쉬어지지 않았다.

"나 지금 다리에 힘도 빠지고, 손도 떨리고, 제정신이 아닌 것 같거든. 그러니까 좀, 안아주라, 희원아."

떡 벌어진 어깨를 하고서 가는 어깨를 떨며 울고 있는 희원에게 안아달라고 응석을 부리는 두준의 표정은 정말 애절해 보였다.

울음 사이로 웃음을 뱉어낸 희원이 물러났던 거리를 좁혀 두준의 허리를 안았다.

곧 벌려놓았던 팔이 단단하게 감겼다. 두준에게서 나른한 한숨 소리가 새어 나왔다.

〈2권에 계속〉